Vingt mille lieues sous les mers

by Jules Gabriel Verne

海底兩萬里

【法文全譯插圖本】

儒勒．凡爾納／著
吳欣怡／譯

好讀出版

目錄

Table of contents

第一部

第二部

Vingt Mille Lieues sous les Mers
Riou
HILDIBRAND

第一部

第一章　神出鬼沒的暗礁

提到一八六六年，人們總免不了憶起那件無從解釋、令人匪夷所思的怪事。當時別說各種傳言引發沿海居民騷動，內陸民眾也為之瘋狂，以海為生的人尤其激動莫名。貿易商、船東、船長、其他歐洲及美洲的船隻駕駛、各國海軍軍官，還有兩大洲各國政府，莫不高度關切此事。

原因是，不久前，數艘船隻表示出海時撞見某個長型、紡錘狀的「龐然大物」，不時發出磷光，比鯨魚大得多，動作也更快。

許多航海日誌亦有相關記載，對該物體或疑似生物體的形貌、超乎想像的行動速度、驚人的位移動能、似乎擁有某種神奇力量等描述幾乎如出一轍。若說是鯨類，體積卻比當時科學能歸類出的任一鯨類都大。居維葉、拉塞貝德、杜梅里爾先生、卡特勒法熱先生[1]等人若非親眼目睹，必不相信存在這種怪物，這些學者只相信所謂的眼見為憑。

彙整目前數次遭遇得知的訊息，去掉過於保守的兩百英尺長及聲稱一英里寬、三英里長的誇張說法，以平均值論，假如此奇特生物當真存在，其體積肯定遠大於迄今魚類學家認知中的所有魚類。

1 這幾位都是十九世紀法國有名的動物、生物學家。

不過，此物存在已是無法不認的事實，加上人類的腦袋瓜原就偏好奇聞異事，這個超自然現象在全世界引起的騷動可想而知。至於視其爲無稽之談的論調，也該就此打住了。

事實上，一八六六年七月二十日，加爾各答暨布納訶船運公司的果維諾．希金森號輪船在距離澳洲東海岸五英里處，曾遇見這個正在移動的龐然巨物。貝克船長起先以爲是不知名的暗礁，正準備確認礁石實際方位時，只見一不明物體突然噴出兩道水柱，水聲隆隆直衝天際達一百五十英尺。因此，除非暗礁會間歇性膨脹，否則果維諾．希金森號確實遇上某種當時尚無人知悉的水生哺乳動物，能從鼻孔噴出伴隨霧氣的水柱。

同年七月二十三日，西印度暨太平洋船運公司的克西斯多巴．科隆號也碰上相同的事。才三天光景，果維諾．希金森號及克西斯多巴．科隆號遇見此物的地點，在地圖上卻相隔超過七百里格[2]。可見，此特殊鯨類能以驚人的速度從一處轉移到另一處。

十五天後，離前述地點兩千里格處，國家船運公司的海維西亞號及皇家郵船公司的尙農號，於美洲及歐洲間的大西洋海域呈對向航行，雙方各自在北緯四十二度十五分、西經六十度三十五分處目睹怪物蹤跡。根據兩船同時觀察取得之資訊，應可推斷該哺乳動物身長超過三百五十英尺[3]，因爲尙農號及海維西亞號船首至船尾量起來達百來公尺，卻仍比怪物體積小。而那些經常在阿留申群島的庫拉馬克島及恩古利克島等附近海域出沒的最大型鯨類，再怎麼巨大，也絕無超過五十六公尺長的紀錄。

這類的報告接連出現，比如橫渡大西洋的貝黑荷號，與英曼公司的艾特納號竟都撞上怪物，另外法國軍

2 里格（Lieue）：里格是古代歐洲國家慣用的長度標準之一，但並無固定的長度標準，本書作者凡爾納使用的一里格約等於四公里。

3 約一百零六公尺。

艦諾曼第號軍官們製作的航海記錄、克立德爵士號參謀長費茲．詹姆士准將所做的精密定位，都造成輿論轟動。某些天性隨興的民族，頂多將此事當玩笑看，反觀一些嚴肅、實事求是的國家，例如英國、美國、德國等，就非常愼重其事了。

怪物成爲各大城市最流行的話題，有人上咖啡館歌頌，有人投書報刊加以嘲諷，還有人將其搬上舞台。一些小報逮到機會大書特書，寫得天花亂墜，許多報刊並非照抄，而是重現各種假想的巨大生物，從北極海域可怕的大白鯨「莫比．迪克[4]」，到海怪「克拉肯[5]」，傳說其觸腳可纏住五百噸大船拖入深海。甚至有人翻出古代文獻，指稱亞里斯多德和普林尼都承認這類怪物的存在，還有彭多畢登主教的挪威記事、保羅．黑傑德的記述，以及海林頓先生的報告，報告裡信誓旦旦，不容置疑，聲稱一八五七年搭乘卡斯帝勇號時，親眼見到那條曾在從前立憲號行經海域出現過的大海蛇。

於是學術界與科學報刊上，信者與不信者爆發無止盡的論戰。「怪物問題」激發眾人腦力激盪。科學派記者力戰神怪派記者，在這片值得紀念的口誅筆伐戰場上，某些人甚至還流了兩三滴血，因爲他們從海蛇轉成了人身攻擊。

論戰持續了半年之久，各種形式都有，包括巴西地理研究所、柏林皇家科學院、不列顛協會、華盛頓史密森尼學院等機構發表的論文，以及印度群島報、穆紐神父的《宇宙》雜誌、彼德曼的《消息》報、法國及其他國家各大報刊科學專欄的討論文章，而小報則對反駁各家論述樂此不疲。當中一群幽默的作家仿效反怪物派人士引述植物學家林內的話，強調他們其實也支持林內「大自然不創造愚蠢」的說法，懇請這些人別再

4 莫比．迪克（Moby Dick）：著名小說《白鯨記》中白鯨的名字。
5 克拉肯（Kraken）：一種傳說中的北歐海怪，外型被描述為十五公尺長的巨大章魚。

否定大自然，趕緊接受「克拉肯」、海蛇、「莫比．迪克」的存在及其他瘋狂船員的胡言亂語。加上最後，某份以犀利著稱的諷刺報上，一篇由編輯部最受歡迎的編輯發表的文章幫了怪物一把，反怪物派就像希臘神話中遭海怪奪命的人物希波利特，受到最後一擊，於是論戰在世人捧腹大笑中落幕。神怪派戰勝了科學派。

一八六七年前幾個月，怪物問題銷聲匿跡，似乎無捲土重來的機會，沒想到又傳出新事件。這回不僅有科學疑問要解決，還得學會如何閃躲此物造成的實質且嚴重的危險。事況與從前截然不同。怪物竟能變成小島、岩石、暗礁，而且是神出鬼沒、無法捉摸、難以掌握的暗礁。

一八六七年三月五日晚上，蒙特羅遠洋公司的莫哈維庸號正航行於北緯二十七度三十分、西經七十二度十五分之處時，船側右舷撞上一座礁石，但沒有航海圖標註過這片海域有礁石。莫哈維庸號擁有四百馬力，加上風力助勢，當下航行速度高達十三節[6]，因此，要不是船體品質精良，因撞擊裂開的莫哈維庸號恐怕會與船上兩百三十七名自加拿大登船的乘客一起葬身海底。

意外發生在清晨五點，天剛破曉，幾個值班船員匆忙趕到船尾，聚精會神，仔細查看海面狀況，但一無所獲，只見一個大漩渦，在離船尾三錨鏈[7]處碎成浪花，大片洋面彷彿受到劇烈拍擊。莫哈維庸號記下事發地確切位置後，持續航行，乍看之下也無明顯破損。究竟是撞上水中暗礁或失事意外留下的大塊殘骸？沒人知道。只是當船送回船廠勘驗時，才發現船底部分龍骨已破裂。

雖說此事故非同小可，但若非三周後於相同情況下再度發生類似事件，大概就像其他事件般被忘得一乾二淨。也幸好後來這次受損船隻的國籍與其隸屬公司的聲望來頭不小，這個新發生的撞船意外才引發輿論轟

6 節為用於航行時的速率單位，一節為時速一海里。

7 錨鏈：指連接錨與船體間的鏈條，長度隨船體大小不一。

動。

英國知名船主居納爾無人不知無人不曉，這位聰明的企業家在一八四〇年創立郵務服務，派出三艘四百馬力、一千一百六十二噸的木製輪船往返利物浦及哈利發克斯之間。八年後，公司擴充設備，增加四艘六百五十馬力、一千八百二十噸的輪船，過兩年，又添購另外兩艘馬力及噸位更大的輪船。一八五三年，居納爾公司再度取得郵運特許權，立刻陸續買進阿拉伯號、波斯號、支那號、斯科西亞號、爪哇號及俄羅斯號，每艘都具備極佳航行效能，是繼大東方號後最大規模的海上船隊。就這樣，到一八六七年時，該公司已擁有十二艘輪船，其中八條爲輪式，四條爲螺旋槳式。

之所以扼要敘述以上細節，是爲了讓各位清楚這家海運公司舉足輕重的地位，及其聞名全球、精明的管理方式。該公司經營有道，生意興隆，尚無任何遠洋船運公司能出其右。二十六年來，居納爾船隊穿梭大西洋超過兩千船次，從未發生失誤，不曾誤點，沒丟過一封信、一名旅客、一艘船。因此，儘管法國的競爭對手來勢洶洶，旅客仍偏好居納爾公司的航線，近幾年的官方資料皆有清楚的統計明細。所以，當因爲該公司最豪華的輪船發生事故而引發軒然大波時，也就沒什麼好意外了。

一八六七年四月十三日那天，波平浪靜，風和日麗，斯科西亞號正航行於西經十五度十二分、北緯四十五度三十七分，船速十三點四三節，推進力達一千馬力。機輪擊水轉速正常，吃水深度六點七公尺，排水量六千六百二十四立方公尺。

事故發生在傍晚四點十七分，當時許多乘客正聚集大廳用餐，斯科西亞號的船尾及左舷機輪稍後位置，遭到除非特別留意才會察覺的碰撞。

並非斯科西亞號自己撞上，而是被撞，且是某種銳利或鑽孔的利器所致。由於撞擊力道非常輕微，若非貨艙管理員跑上甲板大呼小叫：「船要沉了！船要沉了！」大概沒人在意此事。

乘客起先十分恐慌，所幸安德森船長立刻出面安定人心。不過確實無立即危險，因爲斯科西亞號由七道防水隔牆，隔出七間艙室，足以抵擋進水，全身而退。

安德森船長火速趕往貨艙，發現海水已灌入第五間艙室，速度之快，顯示破洞極大。幸好鍋爐不位於此艙，否則一定立刻熄火。

安德森船長隨即下令停船，派一名船員潛水了解損害程度，沒多久便找出船底有個兩公尺寬的大洞。這麼大的裂口不可能堵得住，斯科西亞號只得在機輪半泡水的情況下繼續航行，當時尚距克利爾海峽三百海里，等船開進公司船廠時已遲了三天，弄得利物浦港口人心惶惶。

工程師進廠勘驗斯科西亞號時，簡直不敢相信自己的眼睛。船身吃水線下兩公尺半處有道等邊三角形的規則裂口，鋼板上的裂口切割平整，非一般鑽孔切割機能力所及。看來此鑽孔器具應採特殊鍛造而成，得以驚人衝力刺穿四釐米厚的鋼板，再倒退離開，著實令人百思不得其解。

最新案例大致如上，此事再度挑動輿論情緒，而且從此以後，凡原因不明的海難全算在怪物頭上。這頭變幻莫測的動物得爲每起險難負責，不幸的是，海難次數極多，每年於船檢協會登載報修的船隻約三千艘，而船本身及財產被認定失蹤且下落不明的汽船或帆船起碼兩百艘。

總之，無論合理與否，怪物得爲一切失蹤負責，託它的福，各洲陸間的海上交通越來越危險，公眾大聲疾呼，強力訴求應不惜任何代價，全力清理海域、消滅大鯨怪。

工程師勘驗斯科西亞號

第二章　贊成與反對

前述諸多事件發生時，我剛從環境惡劣的美國內布拉斯加州完成科學考察工作。因爲是巴黎自然歷史博物館代理教授，被法國政府派去勘查。我在內布拉斯加州待了六個月，之後攜帶眾多珍貴資料，於三月底抵達紐約，並預定五月初返回法國。我利用中間兩個月的空檔，將爲數眾多的礦物、植物、動物等資料分類歸納，斯科西亞號正於此時出事。

我很清楚事故的來龍去脈，再說，怎可能不弄清楚？只是反覆閱讀美國及歐洲各份報刊，總不見更深入的報導。我絞盡腦汁想解開謎團，卻在兩派間舉棋不定，始終無法立下定見。能肯定的是，一定有東西存在，不相信的人可去瞧瞧斯科西亞號認清事實。

我到紐約時，事情越演越烈，某些庸才甚至提出漂浮小島、神出鬼沒暗礁等顯然難成氣候的假設。依目前所有事證看來，除非暗礁腹部裝有機器，否則怎能以如此驚人的速度移動？

而漂浮船體、大型殘骸的說法同樣不符情理，原因仍在其移動速度太快。

於是，只剩兩種較說得過去的解釋，也各自有擁護者，雙方壁壘分明，一派認爲是力大無窮的怪物，另一派則主張爲動力強大的潛水艇。

雖然後者聽來可信度較高，但隨著歐美各國的調查顯示，該假設仍無法成立。一般人不太可能自行擁有這麼強大的引擎機械，他要在何時何地找何人製作機器？又如何秘密建造？

倒是政府可能擁有這種破壞力強的機器，尤其在多災多難的時代，人們總設法強化戰爭武器的威力，或許是哪個國家正暗中測試此款嚇人的動力設備。步槍後有魚雷，魚雷後有潛水衝撞車，還會陸續發明相抗衡的武器。至少，我是這麼覺得。

不過戰爭機器的假設在各國政府發出聲明後也站不住腳，畢竟牽涉到公共利益，越洋交通不便對誰都沒好處，所以無需懷疑各國政府自清的說法。何況，難不成還眞能掩人耳目興建此艘潛水艇？普通人欲瞞天過海已困難重重，更別提受敵對勢力嚴密監控一舉一動的單一國家了。

因此，在英國、法國、俄羅斯、普魯士、西班牙、義大利、美國，甚至土耳其紛紛參與調查後，潛水艇的假設確定不成立。

於是，怪物繼續優游大海，儘管小報挖苦嘲弄不斷，但事情發展至今，想像力豐富的人們，立刻又創造出更誇張的奇特鯨怪。

我到紐約時，遇幾位人士前來請教此案，敝人曾在法國出版一部四開本、共兩卷的著作，名為《海底大蒐秘》，這部著作十分受學術界青睞，抬舉我為自然史中未知世界的專家。人們徵詢我的意見，我只得採取沉默策略，不對現況發表看法，但很快就失效，仍得表態。我這「德高望重的巴黎博物館皮耶．阿宏納教授」甚至不得不接受紐約先驅報的邀請，發表幾項看法。

既然無法保持沉默，只好說點什麼，我就政治及科學等各面向提出探討，並於紐約先驅報發表內容詳盡的專文，四月三十日刊出，在此提供文章節錄：

「因此我得說，一一檢視過各項假設後，已排除其他可能性，必須承認確有力大無窮之海底生物存在。

「深海浩瀚，我們一無所知，探測船亦不知從何找起，萬丈深淵究竟發生什麼事？什麼東西能待在水下一萬兩千或一萬五千海里[1]深處？這些生物的構造又如何？實在難以推測。

「擺在我面前的問題只好以雙刀論[2]解決。

「人類要不就認識地球上的各種生物，要不就不完全認識。

「假設不完全認識，假設大自然謹守秘密，不讓人們知曉某些鯨類，那我們不得不承認在探測器無法到達的地層存在某些魚類、鯨類、物種，甚至新物類，其構造本身極適合待在深溝，如今可能因某起事件、或心血來潮、一時興起，無論什麼原因，浮上水面，並待了一段時間。

「反之，假設人類認得所有生物，就必須從已編目的海洋生物中查找我們討論的動物，在此情況下，我承認確實有大型獨角鯨的存在。

「普通的獨角鯨，或稱海上獨角獸，一般有六十英尺長，各位可依此身長放大五倍，甚至十倍，再搭配等比例的氣力，攻擊的犄角也跟著放大，即是諸位念茲在茲的怪物形貌。其體型比例符合尚農號船員的說法，也有刺穿斯科西亞號的必要配備及切開船體所需之氣力。

「其實，常見部分自然學者指出獨角鯨的角有如象牙及長矛般的利刃，該角硬如鋼鐵，致使每出擊必成功，我們曾發現其他鯨類遭受攻擊、大牙深陷體內的案例。獨角鯨刺穿船艦如鑽頭刺入酒桶那般容易，反觀人們想拔出大牙，卻得費盡千辛萬苦。巴黎醫學博物館即收藏一只二百二十五公分長的象牙，光底部就達四十八公分寬。

---

1 海里：一海里約等於一點八五二公里。

2 雙刀論：亦稱「兩難論」、「進退兩難法」。為辯論時的技巧，設定兩條路給對方選擇，但實際上兩條都是死路，迫使對方無論怎麼回答，都落入自己設好的圈套裡。

「好！各位可假定該武器比獨角鯨厲害十倍，或該動物比獨角鯨有力十倍，前進時速為二十海里，將體積乘以速度，即可得知造成海難時的衝擊力道了。

「因此，在獲取更多資訊前，我姑且認為是體型巨大的海上獨角獸，具攻擊性，使用的武器不是長矛，而是像裝甲艦或戰艦上貨真價實的馬刺裝備，同時具備重力及驅動力。

「那麼，原本不可思議的現象便說得通了，除非此物根本不存在，儘管有人瞥見、察覺，甚至親眼目睹、正面交鋒，仍有不存在的可能。」

最後一段話我承認模稜兩可，畢竟某種程度上，我希望保全教授的尊嚴，不願讓美國人握有笑柄，他們嘲笑人可沒分寸的，我得留點轉圜餘地。但基本上，我相信有怪物存在。

這篇專文引起熱烈討論及廣大迴響，吸引一票支持者，尤其開放式的結論更增添想像空間，人們就愛天馬行空幻想各種超自然生物。話說回來，海洋的確是巨大生物最佳居所，像大象或犀牛這類陸生動物站在海洋巨獸旁邊，簡直是小矮人，海洋是唯一能讓巨獸繁衍生長之處。一些已知的大型哺乳類物種便是倚靠汪洋大海浮游，其中或許藏著碩大無比的軟體動物、望而生畏的甲殼動物，例如一百公尺長的龍蝦或兩百噸重的螯蟹！爲什麼不可能？從前陸生動物在各個地質時期的物種，包括四足動物、四手動物、爬蟲類、鳥類等也都從巨大體型開始演化。造物主先利用大型模具塑造，再隨著時間慢慢縮小。相較於不停變化的地心，海洋始終如一，所以爲何不能在未知的深淵保有某個時期留下的巨大活化石？爲何不能在海底隱藏度百年如數年、度千年如百年的巨型物種遺族？

然而，我恐怕不能繼續胡思亂想下去！因爲，隨著時間發酵，我的幻想在現實生活中已然失控。我的意思是，輿論開始探究這件怪事的本質，並一致認爲是某種與傳說中的海蛇截然不同的巨大生物。

對某些人而言，這純粹屬於待解的科學問題，但對某些劍及履及的民族，尤其是美國人及英國人，則主張除掉海底令人恐懼的怪物，以保跨洋航行的安全，多數工商類報刊亦表態支持。《海運商報》、《洛伊德海事報》、《郵輪報》、《海洋殖民雜誌》及各類爲放話提高保費的保險公司抬轎的報刊更是一致贊成。輿論既起，美國率先發難，紐約開始籌備遠征獨角鯨計畫，高速驅逐艦亞伯拉罕．林肯號提早下水等候，兵工廠大舉動員，以應付艦長法哈居擴充船艦武力裝備的迫切需求。

沒想到（不過事情總是這樣），當人們決意追捕怪物時，怪物卻銷聲匿跡了。有兩個月的時間不曾聽人提起，也沒船員遇到，這頭獨角獸彷彿知悉這衝著自己而來的陰謀，人類談論太多，跨洋海底電纜恐怕傳遞不少消息出去了！有人笑稱這個精怪大概攔截到幾封電文，知所防範。

因此，這艘利於遠征且配備大型漁獵機具的戰艦竟不知駛向何方。正當群眾的不耐逐漸升溫之際，七月三日，一艘自加州舊金山開往上海的輪船傳出三周前，於太平洋北方海域撞見怪物的消息。

此訊息引發喧然大波，法哈居艦長連二十四小時也不得耽擱，糧食用品皆已裝船，艙底裝滿煤炭燃料，人員齊備，只差生爐點火，即可開船！別說輿論連半日的延遲都無法忍受，法哈居艦長也一心想出發。

而亞伯拉罕．林肯號離開布魯克林碼頭三小時前，我收到一封信，內容如下：

致　紐約第五大道飯店，巴黎博物館阿宏納教授。

先生：

由衷期盼您加入亞伯拉罕．林肯號遠征行列，合眾國政府樂見您代表法國共襄盛舉，法哈居艦長將為您保留專屬艙房。

海軍部長Ｊ．Ｂ．霍伯森　敬邀

高速驅逐艦亞伯拉罕・林肯號

第三章 悉聽尊便

收到J．B．霍伯森來信前三秒，我壓根兒沒起過追捕獨角鯨的念頭，頂多盤算如何穿越美國西北部，而讀完海軍最高長官來信後三秒，我終於明白自己滿心念想便是追捕可怕的怪物，將其徹底從世上消滅。

雖然我剛結束辛苦的旅程，實在需要好好休息、返國見見朋友、探視我在植物園的小窩及親愛珍貴的收藏！但現下什麼也攔不住我，我忘了疲憊、朋友、收藏，一切一切，不加思索便接受美國政府的提議。

「況且，」我自忖：「條條道路通歐洲，獨角鯨應該很善解人意，最終會帶我回法國海岸！這頭高尚的動物爲了獲得我認同，應該會選在歐洲海域束手就擒。那我至少得爲自然歷史博物館帶回半尺長的象牙利矛。」

「顧問！」我迫不及待地呼叫。

顧問是我的男僕，陪我上山下海，忠心耿耿，我喜歡這位勇敢的佛拉芒人[1]，他也對我很忠誠，此人生性穩重，循規蹈矩，刻苦耐勞，很少大驚小怪，雙手靈巧，什麼都會，雖然名字叫顧問，卻從不提供任何意見，沒問他就不會開口。

顧問經常同往來植物園小天地的學者們打交道，因而學了些本事。我身邊也多了位精通自然史分類的專家，他就像特技演員，能敏捷爬完門、群、綱、亞綱、目、科、屬、亞屬、種及變種等生物分類的階梯。不過也僅止於此，分門別類，他天天在做，而接下去的功夫他就不懂了。擅於分類理論，卻不會運用，我相信

---

1 佛拉芒人：日耳曼民族之一，主要分布在比利時北部的法蘭德斯地區。

他無法分辨抹香鯨與鬚鯨，但仍是正直勇敢的男孩！

十年來，我爲科學四處奔波，顧問總是跟隨左右，從不計較長途跋涉、旅程艱苦，無論去任何國家，他永遠二話不說，行李收了就走，即使遠如中國或剛果亦然，到哪兒對他都一樣，絕不多問。再說他身強體壯，百病不侵，肌肉結實，卻少幾根筋，其實看似少根筋，腦袋可精明得很。

小夥子今年三十歲，對照老闆年齡比例等於十五比二十，抱歉我得用這種方式表達我已四十歲。只是，顧問有個缺點，過於拘謹，與我交談總是採第三人稱，眞是讓人受不了。

「顧問！」我再喊，一邊手忙腳亂收拾行李。

當然，我全心相信小夥子的忠誠，以往外出旅行前，我通常不會詢問他是否願意同行，然而此番探險之旅怕是看不到終點，艱困險阻不說，追捕的還是能把驅逐艦當堅果殼般擊沉的動物！因此，即使是全世界最鎭定之人，碰到這種情況也得深思熟慮。顧問會作何反應呢？

「顧問！」我第三次叫他。

顧問來了。

「先生找我？」他入內詢問。

「是，小夥子。收拾我倆行李，兩小時後出發。」

「遵命。」顧問不慌不忙地回答。

「一秒也別浪費，旅行用品全塞進行李箱，外衣、內衣、襪子，不用算了，能帶多少就帶，動作快！」

「先生的收藏呢？」顧問提醒道。

「以後再回來拿吧！」

「什麼！您指的是古豬獸、始祖馬、高齒羊、古河馬跟其他生物骨骸？」

「先寄放旅館吧！」

「那隻活鹿豚怎麼辦？」

「我們外出期間會有人餵牠，我也會吩咐人將這些動物寄回法國。」

「所以我們不回巴黎？」顧問問道。

「如果……當然……，」我支支吾吾：「只不過得繞個彎。」

「先生想繞彎就繞彎。」

「喔！沒什麼大不了啦！路線沒那麼直罷了，然後會搭亞伯拉罕．林肯號。」

「先生認爲好就好。」顧問一派從容。

「你知道，朋友，就是說有怪物……那頭有名的獨角鯨……我們打算將牠趕出海洋！……身爲兩卷四開本《海底大蒐秘》的作者自然躲不掉與法哈居艦長同行。任務很光榮，但……也很危險！而且不知從何找起，海底怪物行蹤詭譎難料！儘管如此還是得去！況且我們有位堅毅熱血的艦長！……」

「先生做什麼，我就做什麼。」顧問回答。

「好好考慮！我一點也不想瞞你，這趟旅程，可能會永遠回不來！」

「悉聽尊便，先生。」

十五分鐘後，行李已備妥。顧問心細手巧，想必不會缺漏，畢竟小夥子分類內衣及外衣的功力與歸納鳥類或哺乳類同樣高超。

旅館電梯送我們到二樓大廳，我步下階梯來到一樓，在永遠擠滿人的大櫃台結清帳單，交代將動物標本及乾燥植物打包寄回巴黎（法國），並開立足夠的信用票據託人餵養鹿豚。隨後顧問便跟著我跳上馬車。

我們從百老匯大道接聯合廣場，再走第四大道至鮑維利街交叉口，轉入卡特琳街後於三十四號碼頭停

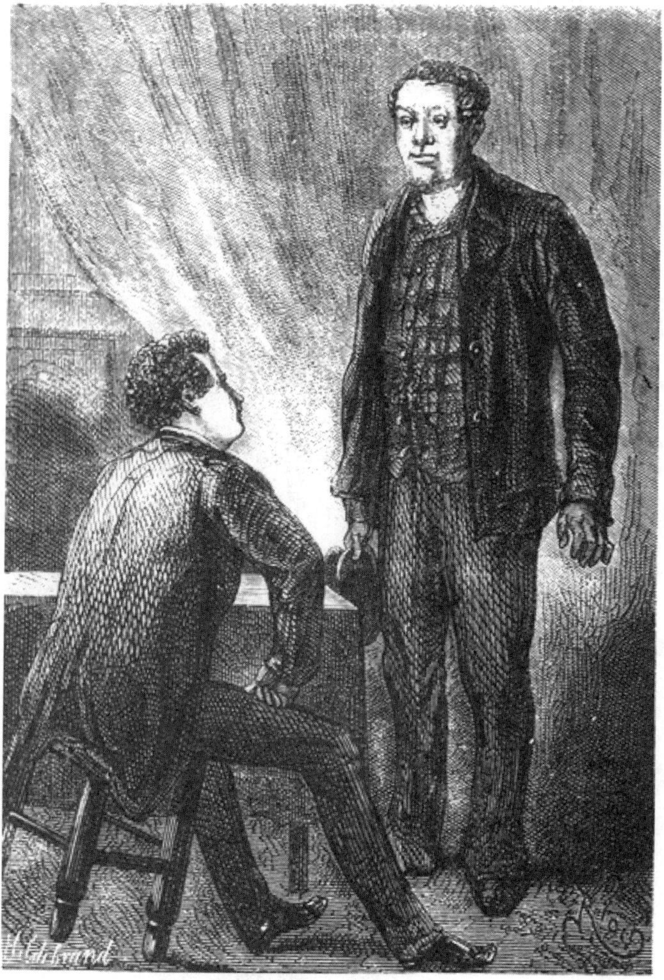

「悉聽尊便，先生。」

車，車資共二十法郎。接著連人帶車、馬匹搭上卡特琳渡輪，前往位於東河左岸、紐約最大區布魯克林。幾分鐘後，我們抵達亞伯拉罕·林肯號停泊的碼頭，其兩座煙囪正吐出滾滾黑煙。

我們的行李很快被搬上驅逐艦甲板，我急忙登船要求見法哈居艦長，某名船員帶我至後甲板，只見一位精神抖擻的長官朝我伸出手來。

「阿宏納先生？」他問。

「正是，」我回答：「您是法哈居艦長？」

「沒錯。歡迎，教授先生，您的房間已恭候大駕。」

寒暄致意後，爲讓艦長全心準備開船，我請人帶路去我的艙房。

亞伯拉罕·林肯號是經過精挑細選及悉心裝備，專門用於這趟新任務的軍艦。其爲高速驅逐艦，裝有蒸汽過熱器，可將蒸氣增壓達七個大氣壓力。在此壓力下，亞伯拉罕·林肯號平均航速可達每小時十八點三海里，速度驚人，但仍難與巨鯨搏鬥。

軍艦內部裝設極符合此次航行需求，我對艙房很滿意，位置在船尾，房門正對軍官休息室。

「我們住得不錯。」我對顧問說。

「先生別見怪，」顧問回應：「我覺得像寄居蟹住螺殼一樣舒適。」

我讓顧問安置行李，自己爬上甲板觀看啓航準備工作。

法哈居艦長正解開最後幾條亞伯拉罕·林肯號繫於布魯克林碼頭的纜繩，也就是說，再晚十五分鐘甚至更短時間，驅逐艦便會拋下我啓程，我亦錯失這場特殊、神奇、難以置信的冒險，後續就算如實記載此事，也難免引起質疑。

法哈居艦長不願浪費一天甚或一小時，急欲趕往那頭動物被指認出沒的海域。他找來工程師。

「艙壓夠了嗎？」他問。

「是的，先生。」工程師答道。

「開船！」法哈居艦長大喊。

艦長的命令透過氣壓傳聲機傳入機房，技工立刻啓動機輪，氣閥尙未全開，已然聽到滾滾蒸氣衝出的聲音，橫向排列的長型活塞吱嘎作響，推動機軸運轉，螺旋槳葉片擊打海浪的速度加快，亞伯拉罕·林肯號在其他渡輪及載著遊客的汽艇隨行下，氣勢磅礴，輝煌出航。

布魯克林碼頭及紐約在東河沿岸的整塊區域擠滿湊熱鬧的群眾，五十萬人齊心高喊三聲「嗚哈」，歡呼聲此起彼落。現場萬頭鑽動，許多人揮舞手帕，向亞伯拉罕·林肯號致意，直至船離開形成紐約城的長島海灣峽口，駛入哈德遜河域。

於是，軍艦沿著紐澤西海岸前進，右岸風光明媚，別墅鱗次櫛比，行經兩岸砲台時，大砲齊鳴致敬。亞伯拉罕·林肯號亦鳴炮回應，連升三次美國國旗，三十九顆星[2]在後桅杆上閃閃發光，接著，軍艦轉向，進入標示航標、環繞桑德霍克峽灣的航道，緊鄰舌狀沙洲航行，並再次受到數千群眾歡呼喝采。

隨行的船隻及汽艇沿路護送至燈標附近，那裡有兩道標明紐約航道入口的信號燈。

三點的鐘聲響起，領港員[3]走下軍艦返回自己的快艇，駛往下風處一艘小帆船。軍艦增添煤火，螺旋槳加速拍打海浪，沿著長島棕黃、低平的海岸前進，晚上八點，連火島西北邊的信號燈也看不見了，林肯號加足馬力，在漆黑的大西洋洋面奔馳而去。

---

2 美國國旗上的星星數量會依轄下州數而改變。

3 在港口、峽灣等水域內，引導船舶進出的專業人員。

船隻及汽艇沿路護送至燈標附近

第四章　尼德・蘭

法哈居艦長是一位優秀的航海家，受任軍艦總司令當之無愧，他與軍艦是一體的，更是軍艦的靈魂。關於怪鯨是否存在，在他想來無需懷疑，他船上用不著討論有沒有這種動物。他如此篤信並非出於合理論證，而是像婆婆媽媽相信海怪存在般，純粹基於某種信念。既然有海怪出沒，他發誓一定劊除。這倒類似希臘神話中，羅德島的一位騎士狄厄多內・戈松，迎擊破壞海島的蛇怪。要不法哈居艦長殺死獨角鯨，否則就獨角鯨殺死法哈居艦長，不容折衷。

船上其他軍官紛紛認同艦長意見，可以聽到他們發言、討論、爭辯及模擬各種碰見怪物的可能情境，同時留意遼闊海面的動靜。不只一位船員自願爭取爬上船桅值班，這種勤務在尋常時候，可是人人怨聲載道。只要太陽仍揮舞白晝的弓，即使甲板燙腳，幾乎使人站不住，桅杆旁仍總是擠滿船員！此時亞伯拉罕・林肯號可是連船頭都還沒切入怪物最可能出沒的太平洋海域。

船組人員只盼遇見獨角獸，擊倒後將牠拖上船大卸八塊，大家監視洋面，不敢大意。另外，法哈居艦長懸賞兩千美金，無論助理船員、資深船員、軍官，只要率先發現怪物者就可獲得。我猜亞伯拉罕・林肯號上的眼睛恐怕更拚命了。

至於我，也不落人後，每日親自觀察，不假他人之手，若喚這艘軍艦為「百眼號」實在合情合理。唯獨顧問對眾人興致勃勃的難題反應冷淡，與船上的熱烈情緒相比顯得格格不入。

方才提及，法哈居艦長為追捕巨鯨，悉心強化備齊艦艇裝備，完全比下了正規捕鯨船的武裝。常人聽過的武器我們都有，從手擲魚叉到雷筒槍的鐵箭，及野鴨槍的爆破彈，應有盡有。前甲板還躺著一台改裝大砲，砲管配有砲門，砲壁厚，砲膛窄，其模型曾於一八六七年世界博覽會展出。這台貴重武器來自美國，可輕鬆發射四公斤重的錐形砲彈，平均射程達十六公里。

因此亞伯拉罕·林肯號不缺毀滅性武器，但更厲害的是，它有捕鯨大王尼德·蘭。

尼德·蘭是加拿大人，身手矯健，在從事這項危險工作的同行中還沒遇過對手，他機靈冷靜、膽大心細、本領高超，只有特別兇惡的鬚鯨或特別聰明的抹香鯨才可能躲過他的魚叉。

尼德·蘭年約四十，體形壯碩魁梧，身高超過六英尺，表情嚴肅，喜怒甚少形於色，偶爾有點脾氣，遭人妨礙時會暴跳如雷。這種氣質很引人注目，特別是炯炯目光更強化其面部神情。

我認爲法哈居艦長雇請此人上船是明智之舉，就眼力及臂力，他一人可抵整隊船組人員。他像高倍望遠鏡，也像隨時準備射擊的大砲，這是我能想到最佳的比喻。

說是加拿大人，實則也是法國人，儘管尼德·蘭沉默寡言，但我得承認他對我抱持一定好感。或許我的國籍引起他注意，他有機會開口說至今幾個加拿大省分仍在使用的古拉伯雷語，恰巧我也聽得懂。捕鯨大王的家族在魁北克，當這個城市尚屬法國時，他家已出了一批勇敢的漁民。

漸漸地，尼德·蘭有了聊天的興致，我愛聽他敘述在北極海的冒險故事，他講起捕魚及戰鬥像唱詩，自然生動，宛若史詩情節，彷彿聽加拿大的荷馬吟誦北極版的《伊里亞德》。

一直到現在，這位勇敢的同伴仍一點沒變，我們成了老朋友，更因共同經歷前所未見的危難，使這段友誼無堅不摧、歷久彌新！啊！勇敢的尼德！眞希望能再活一百年，再思念你更長久些！

話說回來，尼德·蘭對海怪又是怎麼看？坦白說他一點兒也不信獨角鯨存在，是船上唯一與大家意見相左之人，甚至避而不談，我認爲得擇日好好問他。

七月十三日那晚，夜色迷人，距啓程已過了三周，軍艦行駛到位於巴塔哥尼亞海岸下風處三十海里的布

捕鯨大王尼德・蘭

蘭卡灣，我們已越過南回歸線，麥哲倫海峽就在南方不到七百海里之處。不用八天，亞伯拉罕．林肯號便能駛入太平洋海域。

尼德．蘭和我坐在後甲板聊天，一邊望著至今人眼難以看穿的神祕深海。我很自然提起巨型獨角鯨，並評估此番冒險成功或失敗的各種可能。後來，我見尼德只由著我說，自己卻不多談，便決定單刀直入問了。

「怎麼，尼德，」我問：「爲何一直不相信我們追捕的鯨類動物存在？難道有什麼特殊原因讓你如此疑心？」

回答前，魚叉手看著我幾分鐘，習慣性地拍拍寬大的額頭，接著閉上雙眼似乎陷入思考，最後才開口：

「或許吧！阿宏納先生。」

「尼德，你可是職業魚叉手，對大型海洋哺乳類瞭若指掌，理應很容易接受怪物是大型鯨類的假設，即使反對，怎麼說也該是最後一個。」

「那你就錯了，教授，」尼德應道：「一般人可以覺得彗星飛過天空不尋常，或相信地心住了一堆遠古怪物，但天文學家或地質學家勢必不接受這些幻想，當然，捕鯨專家也是。我追蹤過許多鯨類，捕獲無數，也殺過幾頭，但連其中最強壯兇猛的鯨魚都無法憑尾鰭或巨齒切開輪船的鋼板。」

「不過，尼德，屢屢傳出船身被獨角鯨牙刺穿的事故。」

「木船或許有可能，」加拿大人表示：「不過即使是木船，我也沒見過。所以，除非出現逆轉性的證據，我不認爲鬚鯨、抹香鯨或獨角鯨能做到那些事故。」

「聽我說，尼德……」

「不，教授，不，其他事你怎麼說都好，但這事我不認同，或許是隻巨型章魚吧？」

「那更不可能，尼德。章魚只是軟體動物，顧名思義肌肉不會太硬。章魚不屬於脊索動物門，即使長達五百英尺，對斯科西亞號或亞伯拉罕·林肯號也完全不構成威脅。因此像章魚巨怪克拉肯的豐功偉業或其他怪物傳說，都該視爲無稽之談。」

「所以，自然學家先生，」尼德·蘭語帶挖苦：「你堅信巨鯨存在？」

「是，尼德，我是基於邏輯推論才一再表示相信。我認爲有一種哺乳類動物，構造強壯，像鬚鯨、抹香鯨或海豚，同屬脊索動物門，且長有穿刺力驚人的角型巨牙。」

「嗯！」魚叉手應聲，卻搖搖頭，顯然不願信服。

「聽好了，可敬的加拿大人，」我接著說：「假如這種動物存在，假如牠住在深海，假如牠常在水平面下幾海里活動，就必須擁有無比剛強的身體構造。」

「爲什麼必須？」尼德問。

「因爲想在深水層生存，並承受水壓，就得力大無窮。」

「眞的？」尼德瞇著眼看我。

「眞的，隨便舉幾個數據就能證明。」

「喔！數據，」尼德不置可否：「現在想做什麼，拿數據出來就對了！」

「這叫實事求是，尼德，不是數學問題，你大可參考看看。首先我們得有個共識，一個大氣壓力等於三十二英尺水柱壓[1]，其實水柱壓會低一點，因爲我們現在是講海水，海水密度又大於淡水。好，尼德，當你每次潛水，你上方水深達幾個三十二英尺，即代表你的身體承受等比例的大氣壓力，也就是每平方公分面積得承受幾公斤。由此可知，三百二十英尺等於十個大氣壓，一百個大氣壓等於三千二百英尺，而一千個大

1 三十二英尺即約十公尺。

氣壓等於三萬二千英尺，約兩里格半。換句話說，若你抵達這個深度，你身體每平方公分得承擔一千公斤的壓力，那麼，勇敢的尼德，你知道自己身體面積是多少平方公分嗎？」

「不知道，阿宏納先生。」

「大概一萬七千平方公分。」

「有這麼多？」

「而實際上，大氣壓力比每平方公分承受的公斤量又重一點，所以你這一萬七千平方公分實則承受一萬七千五百六十八公斤。」

「我怎麼都沒感覺？」

「的確沒感覺。如果你沒被這麼大的壓力壓碎，代表空氣進入你體內維持相等壓力，內外壓力達到完美平衡且互相抵銷，才使你承受水壓卻不覺辛苦。但在水裡，又是另一回事了。」

「是，我懂。」尼德答道，表情正色許多：「因為水會包圍我，不會灌進體內。」

「正是如此，尼德。因此，在水面下三十二英尺處，你承壓一萬七千五百六十八公斤，三百二十英尺，則乘以十倍，也就是十七萬五千六百八十公斤，若是三千二百英尺，則乘以一百倍，即一百七十五萬六千八百公斤，最後，三萬二千英尺的話承壓達一千倍，是一千七百五十六萬八千公斤。那麼，你會像從水壓機的機盤拉出來般，被壓得扁扁的！」

「見鬼！」尼德叫道。

「好，我可敬的魚叉手，假如在這樣的深海底下，有幾百英尺長、體積相對龐大的脊椎動物存活，換算其身軀面積為幾百萬平方公分，估計得承壓數十億公斤，你大可推算牠們必須具備多堅固的骨骼構造、多強壯的肌肉組織，才頂得住如此壓力！」

「牠們得是八英寸的鋼板做成的，如同這艘裝甲軍艦。」

「正如你所說，尼德，你不妨再想想，像這樣的龐然大物以特快車之速衝撞船身時，會造成何等毀壞。」

「沒錯……的確……也許……」數字令加拿大人態度開始動搖，卻仍不願屈服。

「所以，我說服你了嗎？」

「你說服我一件事，自然學家先生，如果深海底有這類動物，一定得像你說得那般強壯才行。」

「如果不存在，頑固的魚叉手，你又如何解釋斯科西亞號遭遇的事故？」

「或許是……」尼德語帶遲疑。

「說呀！」

「因爲……這不是眞的！」加拿大擠出答案，殊不知引用了法國科學家阿哈葛的應答名言。

這答案無法解釋什麼，只能證明魚叉手的固執。那天我不再多問，斯科西亞號事故不容否認，破洞確實存在，還是非補不可的大洞，當然，我不覺得一個破洞就是鐵證，但破洞不會自己冒出來，既然非暗礁或潛艦的傑作，那肯定是某種動物的利器所致。

然而，依我看，就上述推論的各種理由，此動物應屬脊索動物門、哺乳動物綱、魚形群、鯨目，與鬚鯨、抹香鯨或海豚同科，至於該歸入哪個屬、哪個種，就等日後辨識。想解開謎團，得解剖這頭陌生怪物，想解剖就得先逮到，想逮到就得叉住牠，這是尼德．蘭的事，想叉住怪物，得先看到牠，想看到，得先遇到，這就是運氣的事了。

第五章　冒險開始

亞伯拉罕・林肯號出航這段時日，尙無遭遇任何意外，倒是發生一段小插曲，給尼德・蘭一個大展身手的機會，等同向眾人宣告，他値得全心信賴。

六月三十日，軍艦行駛至福克蘭群島外海，聯繫了幾艘美國捕鯨船，皆告知沒有任何獨角鯨的消息，其中盟侯號的船長知道尼德・蘭在亞伯拉罕・林肯號上，於是拜託他協助獵捕一頭盯梢許久的鯨魚。法哈居艦長想瞧瞧尼德・蘭的能耐，便同意他上盟侯號幫忙。結果我們這位加拿大人運氣實在太好，不只捕到一頭，而是兩頭，先直刺其中一頭的心臟，另一頭幾分鐘後也被追捕制伏！

若有朝一日怪物與尼德・蘭的魚叉交手，我絕對不押怪物贏。

軍艦加足馬力，沿著美洲東南海岸全速前進。七月三日，我們抵達麥哲倫海峽附近的維爾金角。法哈居艦長不打算走這條曲折的海峽通過，故指揮軍艦往南繞過合恩角。

船組人員一致認爲艦長的決定合理，事實上，我們眞有可能在這狹窄海峽遇上獨角鯨嗎？許多船員確定怪物不會經過此處，因爲「身體太大，過不去啦！」

七月六日下午將近三點，亞伯拉罕・林肯號從海峽南方十五海里處繞過這座像塊大岩石、孤零零躺在美洲末端的孤島，一批荷蘭船員給孤島安了家鄉的地名「合恩」。接下來是走西北航道，明天，軍艦的螺旋槳終於能拍打太平洋水面了。

「睜大眼睛！睜大眼睛！」亞伯拉罕・林肯號的船員不斷叨念。

於是，每個人都努力睜眼張望，無論肉眼或望遠鏡，果眞讓近在眼前的兩千美金迷住了，一刻都不肯休息。大夥兒不分晝夜盯著洋面，患晝盲症的人因視力在黑夜更佳，又多了百分之五十的成功機會，大大提高贏得獎金的勝算。

獎金對我倒不具吸引力，但我可沒少留意洋面，除了花幾分鐘吃飯，睡幾小時補眠，其他時間無論晴雨，我寸步不離甲板，時而趴伏在船頭舷牆，時而倚著船尾欄杆，虎視眈眈，緊盯著棉絮般的白色浪跡，直至一望無際的遠洋。某次浪濤間露出一頭鬚鯨心血來潮拱起的黑色背脊，我同船上長官及船員一樣激動，軍艦甲板上立刻擠滿人，成群船員及軍官從艙口蓋湧出，個個心跳加速、放眼急尋，注意鯨魚行蹤。我簡直看到視網膜將裂，眼睛也花了，始終氣定神閒的顧問，只不停提醒我，語氣冷靜：

「若先生肯省點力，眼睛睜小一點，想必能看得更清楚些！」

結果，空歡喜一場！亞伯拉罕．林肯號改變航向所追趕的目標動物，僅是尋常鬚鯨或一般的抹香鯨，沒多久便在眾人咒罵聲中失去蹤影！

所幸天氣一直不錯，航程進行順利，原本南半球正值天氣較差的季節，這一帶的七月與我們歐洲的一月雷同，但目前海象穩定，風和日麗，能見度佳，眺望範圍廣。

尼德．蘭依舊抱持懷疑態度，甚至非他值班時間，就完全不看洋面，至少沒有鬚鯨出現時是這樣。他的絕佳視力原可派上大用，但這固執的加拿大人十二小時中有八小時都躲在艙房看書或睡覺，置身事外，我罵了幾百次也沒用。

「哎呀！」他這麼回應：「什麼都沒有啦！阿宏納先生，即使眞有怪物，哪來什麼機會遇到？我們不就是亂槍打鳥嗎？聽說又有人在太平洋北部海域見到這頭遍尋不著的怪獸，我絕對相信，但從那次遇上怪物至今已經過了兩個月，顯然十分符合你這獨角鯨完全不愛在同個海域待太久的脾性！牠可是有驚人的移動能力。況且，教授，你比我更清楚大自然不做矛盾的事，大自然不會賦予生性緩慢的動物快速移動的能力，因

我寸步不離甲板

爲沒用處。所以，假如眞有怪獸，早就跑遠了！」

這番話，我無法反駁，我們確實在瞎找，但又能怎麼辦？機會確實有限，不過，大家仍堅信會成功，船上沒有一個船員敢打賭獨角鯨不存在或不再出現。

七月二十日，我們經過南回歸線及西經一百零五度交會處，同月二十七日，穿過西經一百一十度上的赤道線。方位確定後，軍艦便一路西行，進入太平洋中部海域。法哈居艦長仔細思考後，認爲最好前往深水區，而非待在怪物明顯會避開的大陸或島嶼附近，「對怪物來說，那周圍水深太淺！」船長這麼說。於是軍艦經過波莫度群島[1]、馬吉斯群島、三明治群島[2]，在西經一百三十二度處越過北回歸線，駛向中國海。

我們終於來到怪物近期現身的舞台了！老實說，船上的日子已達極限，大家的心臟再這樣砰砰強跳，將來怕是會得動脈瘤絕症。我找不出形容詞描述全體船員陷入極度神經緊繃的程度，大家根本不吃不睡。待在船桅高處監視的船員因錯覺導致誤判，每天總會發生二十次，每回都是一番折騰，大家的情緒也就更處於激動亢奮狀態，怪不得造成後來的反彈。

事實上，早就出現反彈了。這三個月來的每一天，都像一世紀那麼漫長！亞伯拉罕．林肯號跑遍北太平洋各處海域，只要發現鬚鯨就追，不然就突然離開航線，或突然轉向，甚或突然停住，冒著機器故障的風險，一下加足馬力一下熄火，從日本海岸到美洲海岸，沒有一處不曾搜索，結果，一無所獲！只有無止盡的海濤！沒有獨角巨鯨、水底海島，沒有船隻殘骸、神出鬼沒的暗礁，更別提什麼超自然現象了！

於是，開始出現反彈聲浪。大家先是萬念俱灰，接著興起懷疑的念頭。船上出現另一種情緒，夾雜三分

1 波莫度群島：即土阿莫土群島，今屬法屬玻里尼西亞。
2 三明治群島：夏威夷群島的舊名。

羞愧，七分惱怒，除了覺得被子虛無有的東西牽著走「愚蠢至極」，更多的是火大！一年來堆積如山的論據同時瓦解，此刻每個人只想好好吃一頓、睡一覺，來彌補因愚蠢而犧牲的時間。

人性本就善變，容易從一個極端投身另一個極端。原本最熱情支持遠征行動的人，如今亦成了最激烈的反對者。反彈從艙底發難，從鍋爐房到長官休息室，可以確定的是，若非法哈居艦長堅持到底，軍艦勢必掉頭往回開了。然而，不能再這麼徒勞無功地找下去。亞伯拉罕·林肯號為求成功已費盡全力，沒什麼好自責的。美國海軍還沒有哪艘艦艇的船員能展現如此耐心和熱情，這是非戰之罪；至此，回航已是唯一選擇。

有人向艦長提議返程，但艦長不為所動。船員也不掩飾內心不滿，船務大受影響。我不敢說船上發生叛變，只是經過相當時間的僵持後，法哈居艦長像從前哥倫布那樣，請大家再忍耐三天。如果三天期滿，怪物還不出現，舵手就三轉舵輪，帶亞伯拉罕·林肯號回駛歐洲海域。

艦長於十一月二日向大家做出承諾後，成功恢復船員士氣，大海重拾眾人關切的眼神，人人都想把握最後一望，做為這次遠征的紀念，望遠鏡又如火如荼用了起來。這是對獨角巨鯨的最後挑戰，牠應不能再對這張「出庭」傳票置之不理了。

兩天過去了，亞伯拉罕·林肯號維持低速前進。在這片可能撞見怪物的海域上，眾人想盡辦法吸引怪物注意或刺激它遲鈍的神經。船尾拖著大塊的臘肉，坦白說，倒是讓鯊魚大飽口福。當亞伯拉罕·林肯號下錨休息時，則派出許多小艇四處查找，不放過任何一處海面。但直到十一月四日晚上時，海底秘密仍未揭開。

隔天十一月五日正午，約定的期限便到了。中午一過，法哈居艦長就得履行諾言，轉道東南方，最終離開太平洋北部海域。

軍艦目前位於北緯三十一度十五分，東經一百三十六度四十二分。日本國土就在不到兩百海里的下風處。黑夜即將降臨，八點鐘聲剛響，大塊雲層遮掩上弦新月，海浪在船尾杜下平緩起伏。

派出許多小艇四處查找

這時，我倚靠船頭右舷牆邊，顧問在我旁邊盯著前方，船員們攀上桅杆纜繩，眺望逐漸縮短趨黑的地平線。軍官們拿著夜用望遠鏡搜索越來越暗的海面。偶爾，昏暗洋面閃爍從雲朵間隙透落的月光，不久，點點波光也埋入黑暗。我發現顧問這勇敢的男孩多少受了船上氛圍影響，至少我這麼覺得。也許，他的神經終於首度因好奇心驅使而激動。

「欸，顧問，」我說：「這可是兩千美元落袋的最後機會了。」

「先生請容我說一句，」顧問答道：「我從未想獲得這筆獎金，而且合眾國政府大可提出十萬美元，畢竟不會因多了這筆開支就變窮。」

「有道理，顧問，說到底，這是個愚蠢的行動，我們也沒想太多就栽進來，浪費多少時間，消耗多少精神！咱們早該在六個月前回法國去……」

「早該在先生的小房子，」顧問接話：「或先生的博物館裡！也許我已將先生蒐集的化石分類完畢！先生的鹿豚也能早點養在植物園的籠中，吸引全城關注！」

「沒錯，顧問，而且我在想，回去後免不了遭人嘲笑吧！」

「當然，」顧問淡然表示：「我覺得人們一定會嘲笑先生，我該不該說？」

「說吧，顧問。」

「的確如此！」

「好，先生即使被嘲笑也是應該的！」

「一個人若有幸成爲像先生這般的學者，就不該輕舉……」

顧問還沒說完恭維話，萬籟俱寂中，傳出人聲，大家都聽到了，是尼德·蘭，他大喊：

「嘿！那東西在下風處，正對著我們！」

第六章　全速前進

船上所有人一聽，全都飛奔到魚叉手旁邊，艦長、軍官、船員長、船員、助理，工程師們甚至離開機房、鍋爐工人也顧不得爐火了。艦長命令停船，軍艦只維持慣性滑行。

當時一片漆黑，無論加拿大人眼力多好，我不懂他如何發現又能看見什麼，我心跳到快炸了。

但尼德．蘭並沒有弄錯，大家都看到他手指的物體。

距亞伯拉罕．林肯號船尾右舷約兩個錨鏈處，似乎有光從海底透出水面，由於迥異於普通的磷光現象，任誰也不會弄錯。正如幾位船長描述，這怪物潛在水面下幾妥斯[1]深，發出十分強烈且神秘的光芒。如此奇特的光束應該來自某種強大光源。透光處在海面上暈成一片偌大拖長的橢圓，橢圓中心最爲明亮，越往外則亮度逐漸減弱黯淡。

「那不過是一堆磷分子的集合體。」一位軍官嚷道。

「不，先生，」我堅定反駁：「無論海筍或樽海鞘，都發不出這麼強烈的光芒，這種亮法基本上得靠電力產生……而且，你們看！你們看！動了動了！向前，向後！衝過來了！」

軍艦上驚呼四起。

「安靜！」法哈居艦長喝令：「迎風，滿舵，後退！」

船員衝向舵艙，工程師們趕回機房。船身立即轉向，亞伯拉罕．林肯號朝左轉了一百八十度。

1 妥斯（toise）：法國古長度單位，一妥斯約等於一點九五公尺。

有光從海底透出水面

「右滿舵，前進！」法拉古艦長喝令。

船員聽命行事，軍艦迅速遠離強光中心。

不，應該說，我們想離開，但那莫名生物卻倍速逼近。

我們倉皇狼狽，驚愕遠勝於恐懼，個個瞠目結舌、呆若木雞。怪物輕輕鬆鬆追上軍艦，繞著航速十四節的軍艦打轉，其光塵般的電網立即籠罩軍艦，接著游離兩、三海里遠，拖出一條磷光帶，類似特快車前進時向後噴出的團團煙霧，而後冷不防從昏黑模糊的地平線方向，以驚人的速度猛衝向亞伯拉罕·林肯號，至距船身二十英尺處再突然停住，光芒一併熄滅，看來並非潛入水中，因爲亮光不是逐漸轉弱，而是光源突然耗盡似的瞬間消失！不久它又從軍艦另一側冒出，可能是繞過來的，也可能是從船底潛來。衝撞隨時會發生，且恐怕是致命一擊。

軍艦的應對更令人意外，只顧著逃命而不反擊，本該追逐怪物卻反被追逐，我找法哈居艦長了解狀況，向來沉著冷靜的他，此刻竟露出莫名的震驚神情。

「阿宏納先生，」他回答：「我不知道那東西有多可怕，所以不能貿然派軍艦摸黑犯險，何況，敵暗我明，該如何攻擊？又該如何防衛？唯有等待天亮，才可能轉換情勢。」

「艦長，你百分之百確定怪物種類了嗎？」

「是的，先生，絕對是巨型獨角鯨，而且是帶電的獨角鯨。」

「或許，」我附和：「還像電鰻或電鰩般，根本無法靠近！」

「的確，」艦長同意：「這東西力量驚人，肯定是造物者手中最可怕的動物，所以我不敢輕舉妄動。」

深夜了，所有船員仍站立張望，沒人想睡，亞伯拉罕·林肯號既然拚不過對方速度，索性放慢，保持低速行駛。一旁的獨角鯨也跟著減速，順著浪頭搖晃起伏，似乎完全不打算放棄攻擊戲碼。

午夜時分，獨角鯨卻失去蹤影，或者，更明確說，牠像大螢火蟲般不發光了。該不會逃走了吧？就怕牠逃了，我們可不樂見。等到零時五十三分，又傳來一陣震耳欲聾的鳴聲，像是水柱受高壓噴射發出的巨響。當時法哈居艦長、尼德．蘭和我都在後甲板，直盯著黑暗深海不放。

「尼德．蘭，」艦長問：「你常聽到鬚鯨叫聲嗎？」

「經常，先生，但從沒聽過像這頭幫我拿到兩千美金的鬚鯨叫法。」

「你確實有權領獎，但麻煩告訴我，這不是鯨類從鼻孔噴氣發出的聲音嗎？」

「一模一樣，先生，不過這頭的噴氣聲大得出奇，所以不可能搞錯，水裡那東西肯定是鯨魚。你若允許，先生，」魚叉手繼續說：「明早天一亮，咱們可跟牠對話幾句。」

「最好牠願意洗耳恭聽，蘭師傅。」我有點半信半疑。

「如果我只跟牠隔四支魚叉的距離，」加拿大人反駁：「那牠最好聽我說話。」

「不過想靠近牠，」船長開口：「是否得替你準備一艘捕鯨小艇？」

「當然，先生。」

「那豈非賭上我船員的性命？」

「也賭上我的啊！」魚叉手回答乾脆。

清晨兩點，亞伯拉罕．林肯號上風五海里處再度出現亮光，強度絲毫未減，即使隔了一段距離，又夾雜風浪聲，仍可清楚聽見怪物尾巴拍擊及呼吸的巨大聲響。獨角巨鯨似乎浮出水面呼吸，大量空氣灌進肺腔，像蒸氣灌入兩千馬力機具的大汽缸一般。

「喲！」我心想：「這鬚鯨擁有千軍萬馬的力量，挺有看頭！」

軍艦徹夜警戒至天明，進入備戰狀態，舷牆邊擺列整排的各類獵捕工具，大副派人裝好能發射魚叉一海里遠的喇叭口短統槍及裝有爆破彈的野鴨長槍，凡擊中非死即傷，再強壯的動物也不例外。尼德．蘭則埋頭磨利魚叉，魚叉一入他手，即成可怕武器。

六點鐘，天光乍現，獨角鯨的電光在黎明第一道曙光中消逝。七點鐘，天已大亮，但晨霧濃厚，天際模糊難辨，連最好的望遠鏡也看不清楚，失望及氣憤之情油然而生。

我爬上船尾桅杆，幾位軍官已攀附桅杆頂端。

八點鐘，浪濤捲著濃霧，厚重氣團逐漸飄散，天邊轉而開闊清朗。

突然，像昨晚那樣，又傳來尼德．蘭的聲音。

「那東西，在左舷後方！」

大夥兒立刻朝他指的地方望去。

只見離軍艦一點五海里的水面上，浮出一公尺長的黑色軀體，尾巴猛烈擺動，激起偌大漩渦，從未見過什麼東西的尾巴能如此有力拍打海面，所經之處，後方留下大片白花花的浪跡，劃出一道延伸的弧線。

軍艦靠近鯨魚，我盡量仔細觀察，尚農號及海維西亞號對該物體積的報告略為誇大，我估計長度僅兩百五十英尺，至於大小，頗難判斷，但總之，該動物身形比例看來無可挑剔。

在我觀察此龐然大物之時，其鼻孔又噴出兩道達四十公尺的水柱，這樣的呼吸方式給了我依據，斷定牠屬於脊推動物門、哺乳動物綱、單體動物、魚型類、鯨目，至於科，我還無法確定，鯨目項下包含三科，分別是鬚鯨、抹香鯨及海豚，獨角鯨屬末者，而每科會分好幾個屬，屬再分好幾個種，每個種又含變種。我尚缺乏變種、種、屬和科的線索，但我相信在老天爺及法哈居艦長的幫忙下，一定能補足分類。

船員們焦急等候上司下達指令，艦長仔細觀察那怪物後叫來工程師，工程師連忙跑來。

「先生，」艦長問：「氣壓夠了嗎？」

「夠了，先生。」工程師回答。

「好，加大火力，全速前進！」

命令一出，全船叫好，戰鬥的時刻到了，一會兒後，軍艦兩座煙囪吐出大量黑煙，甲板隨著鍋爐震動而微晃。

亞伯拉罕．林肯號在強力螺旋槳驅動下，筆直朝怪物前進。怪物任由軍艦近逼，眼看只剩半錨鏈之遙，牠也僅稍微閃避好維持適當距離，無意潛水逃離。

如此你追我閃持續約四十五分鐘，軍艦連兩呎斯都超越不了，照這樣下去，顯然根本追不上。

法哈居艦長氣得扭絞下巴濃密的鬍子。

「尼德．蘭呢？」

加拿大人聽令而來。

「好啦，蘭師傅，」艦長問：「你看我需要派出小艇嗎？」

「免了，先生，」尼德．蘭回話：「除非這畜生自願被抓，否則永遠也逮不到。」

「那怎麼辦？」

「盡量加速，若你允許，我就去站在船首桅杆的鋼索上，等達到魚叉所能及的距離時，就投出魚叉。」

「行，尼德，」法哈居艦長一口答應，接著喊：「工程師，繼續加壓。」

尼德．蘭就定位，軍艦火力越來越猛，螺旋槳每分鐘達四十三轉，閥門噴出蒸氣，拋入水中的計程儀顯示亞伯拉罕．林肯號正以時速十八點五海里的速度航行。

沒想到，那該死的怪物竟也以十八點五海里的速度跟隨。

軍艦依此速又追了一小時，結果連小幅超前一呎斯都辦不到！這對美國海軍最快速的艦艇而言簡直是奇恥大辱。船員個個怒火中燒，咒罵怪物，但對方仍舊不理不睬。現在，法哈居艦長不只扭鬍子，甚至咬起來了。

他又找來工程師。

「加壓到最大了嗎？」艦長問。

「是，先生。」工程師回答。

「閥門加壓了嗎？」

「到六點五氣壓了。」

「去加到十氣壓。」

這叫美國式命令，即使在密西西比河上想贏得船賽也不能這樣做的。

「顧問，」我問身旁勇敢的僕人：「你知道我們可能爆炸嗎？」

「先生覺得會就會！」顧問應道。

是啦！而且我承認自己完全不排斥這冒險機會。

閥門持續加壓，大批大批的燃煤被丟進鍋爐，風箱送入大量空氣助漲火勢，亞伯拉罕．林肯號再次增速，船桅從桿頭到底座晃動不止，滾滾濃煙差點擠在細窄囪管裡出不來。

計程儀[2]又被拋進水中。

「如何，舵手？」法哈居艦長問。

「十九點三海里，艦長。」

2 早期船舶上裝的計程儀是通過測量海水流速，測得船舶航速，再通過計時裝置得到航程。

「加大火力。」

工程師照辦，氣壓表指向十一氣壓，顯然那鯨也跟著添火，甚至輕而易舉就拉到十九點三海里的速度。好激烈的追逐！我渾身顫抖，激動不已，尼德．蘭堅守崗位，緊抓著魚叉，船身靠近怪物數次。

「快追上了！快追上了！」加拿大人喊道。

但每每準備出擊，鯨魚便加速逃離，實際速度難測，估計時速至少三十海里，甚至在軍艦全速前進之際，故意嘲弄似地繞船一圈！惹得眾人發出怒吼！

都中午了，我們的進度卻跟早晨八點一樣，依舊無法超越。

於是法哈居艦長決定採取更直接的手段。

「啊！」他說：「這畜生竟比亞伯拉罕．林肯號快！好！咱們來瞧瞧牠能否躲過錐形砲，船員長，派人去船頭就位。」

船頭大砲立刻裝彈瞄準，結果射擊後，砲彈掠過距離半海里遠的鯨魚頭頂幾英尺高處，失準落下。

「換個射得準的來！」艦長喝道：「誰打中這刁蠻東西就給五百美金！」

一名灰白鬍鬚的老砲手走進砲台，當時情景如今仍歷歷在目，他目光沉穩、神色冷靜，調整好砲管位置後，仔細瞄準，接著傳來混雜船員歡呼的巨響。

砲彈命中目標，他擊中怪物了，奇怪的是，砲彈竟從怪物圓弧表面滑落，消失在兩海里外的海中。

「搞什麼！」老砲手氣急敗壞：「難不成這玩意身上裝有六英寸厚的鐵板！」

「該死！」法哈居艦長大聲咒罵。

追逐又開始了，法哈居艦長俯身對我說：

「我會追到船身爆炸為止！」

一名灰白鬍鬚的老砲手

「是，」我答：「你做得對！」

現在只能寄望怪物精疲力竭，牠總不可能像蒸汽機般永遠不累，然而怪物毫無異狀，時間一分一秒流逝，竟絲毫未露疲態。

無論如何，亞伯拉罕．林肯號不屈不撓地奮戰實在值得讚揚，我估算軍艦在這倒楣的十一月六日，至少航行了五百公里遠！暮色再度降臨，黑暗逐漸籠罩波濤洶湧的大海。

我以爲征戰將結束，永遠見不到這奇怪生物，但我錯了。

晚間十點五十分，距軍艦三海里遠的上風處，電光再現，明亮強烈，與前晚如出一轍。

獨角鯨似乎停止動靜，難道是累了一天，隨波酣睡？法哈居艦長決定利用這個機會。

他發出命令。亞伯拉罕．林肯號採低速前進，小心翼翼，避免驚醒敵人，在大海中遇見熟睡的鬚鯨且一舉擒獲的例子並非罕見，尼德．蘭就不只一次捕獲睡著的鯨魚。加拿大人又回到船首桅杆的鋼索旁。

軍艦無聲無息航行至離怪物兩鍊處關閉引擎，僅靠餘速前進，全部人屏氣凝神，甲板上鴉雀無聲，我們距白熱光不到一百英尺，亮光越來越強烈，刺眼炫目。

這時，我趴在船首欄杆，向下望見尼德．蘭一隻手抓住船艏桅杆的纜繩，另隻手則揮舞著可怕魚叉，與靜止的鯨僅差距二十英尺。

突然，他手臂猛力一擺，拋出魚叉，傳回的是響亮的碰撞聲，魚叉似乎射中某種堅硬軀體。

電光瞬間熄滅，兩道巨大水龍狂襲軍艦甲板，如急流般從船頭奔向船尾，沖倒眾人，打壞備用艇的纜繩。

船遭撞擊，我還來不及站穩，使從欄杆上被拋進大海。

第七章　不明物種的鯨

意外落水讓我大吃一驚，但當下的感受記憶猶新，印象絲毫不減。

我一下子被捲入約二十英尺深的海水裡，本人儘管不比游泳高手拜倫、愛倫坡厲害，卻還算熟水性，完全不會因被拋入海中而驚慌失措。我用力蹬了兩下腳跟，便浮出水面。

浮上海面後我最關心的是尋找軍艦的位置，有人發現我失蹤嗎？亞伯拉罕．林肯號掉頭了嗎？法哈居艦長是否派了小艇下水？我有無得救的指望？

夜色深沉，我瞥見一團黑色物體往東前進，隱沒黑暗之中，方位燈在遠處消失，是軍艦！我覺得完蛋了。

「救命！救命！」我邊喊邊拼命滑動手臂朝亞伯拉罕．林肯號游去。

但溼透的衣服黏著身體，阻礙我前進，害我動彈不得，我開始往下沉，快無法呼吸……

「救命！」

最後一次呼救後，海水灌滿我的嘴，我掙扎著被拖入深淵……

突然，有隻強壯的手抓住我的衣服，我感覺被猛力拉出海面，耳邊竟傳來，沒錯，竟傳來這些話：

「若能勞駕先生靠著我的肩膀，先生游起來會輕鬆很多。」

是忠心耿耿的顧問，我緊抓著他的手臂。

「是你，」我說：「是你！」

「是我，」顧問回答：「聽憑先生吩咐。」

「所以你跟我同時間被撞下海的？」

「那倒沒有，是爲了服侍先生才跟來的！」

高尚的男孩認爲這麼做天經地義。

「軍艦呢？」我問。

「軍艦！」顧問翻身仰泳：「我想先生最好別對它抱太大希望！」

「你的意思是？」

「我的意思是當我跳下海時，聽到舵手大喊：『螺旋槳和船舵都斷了……』」

「斷了？」

「對！怪物咬斷的，我想亞伯拉罕·林肯號只傷了這些設備，光這樣就已陷入困境，軍艦無法運轉了。」

「那我們完了！」

「也許，」顧問態度平靜：「但我們還能撐幾小時，這幾小時可以做很多事！」

顧問的沉著冷靜鼓舞我更加賣力游動，無奈衣物重如鉛蓋，緊裹身軀，礙手礙腳，怕是難以支撐太久，顧問注意到了。

「請先生容我爲您割開衣服。」他說。

他打開一把折疊刀，迅速由上往下劃開衣物，再俐落地幫我脫掉衣服，我則先拖著他往前游。然後換我幫顧問除下衣物，兩人才挨著彼此繼續「航行」。

不過，情況並未好轉，大概還沒人發現我們失蹤，即便發現，由於船舵毀損，軍艦也不可能逆風回頭搜尋，頂多指望小艇出現。

顧問冷靜推論出上述假設，從而研擬應對方案，眞是異於常人的個性！此時此刻竟能像待在自己家般鎮定！

結論是等待亞伯拉罕．林肯號派出小艇救人是唯一獲救的機會，所以我們得採有系統的方式盡量維持體力，等待救援。我們決定輪流出力，以免兩人同時耗盡體力，辦法是，其中一人先仰面浮在水面不動，雙臂環胸，兩腿伸直，另一人負責游泳並推其前進。每次推動的時間不超過十分鐘，如此循環，我們可漂浮數小時，也許能撐到天亮。

機會的確渺茫，不過我們仍深深抱著希望，何況我們有兩個人。事到如今，雖然不太可能發生，但我唯一能肯定的就是，只要興起一丁點企圖戳破自身幻想的念頭，或產生一絲絕望，就什麼事也辦不成了！

軍艦與鯨魚約莫夜間十一點發生撞擊，所以我估計至少得再游八小時才會天亮，我倆嚴格執行計畫，時間到就換班，大海風平浪靜，不至於太累，偶爾，我試著看穿濃厚夜幕，卻只見隨著我們游動產生的粼粼波光。閃動的水波在我手裡碎裂，發亮的水面彷彿一塊布滿斑點的青灰玻璃，說我們在泡水銀浴也不爲過。

凌晨一點，我開始有點累，四肢嚴重抽筋，手腳僵硬，顧問只得撐著我，保全兩條命的重擔獨落其身。一會兒，我聽見這可憐男孩氣喘吁吁，呼吸變得短促，我知道他也支持不了太久。

「別管我！別管我了！」我勸他。

「絕不丟下先生！」他拒絕：「我打算死在先生前頭呢！」

這時，一片烏雲讓風吹往東邊，月亮得以露臉，海面閃動著月光，這道及時光恢復我們的氣力，我抬起頭朝海平面各處搜尋，終於發現軍艦。軍艦離我們五海里遠，黑乎乎一團幾近難辨，小艇呢？一艘也沒有！

我想大叫，但這麼遠叫有何用！我的嘴唇已腫到講不出半個字，顧問還能說幾句話，我聽他反覆喊著：

「救命！救命！」

兩人輪流出力

我們暫時停止划動，靜候回音，儘管耳朵因充血嗡嗡耳鳴不止，但我似乎聽見有聲音回應顧問的呼喊。

「你聽到了嗎？」我低聲問。

「是！有的！」

顧問再度朝空中發出絕望的求救聲。

這次不會錯了！確實有人聲回應！莫非是某個受困海域的遇難者，或另一名因軍艦撞擊而跌入海中的受害者？又或者根本是軍艦小艇從黑暗中叫喚我們？

顧問用盡最後力氣靠著我的肩膀，我拼命忍耐再度來襲的抽筋撐住他，他半身浮出水面張望，然後精疲力盡跌回水中。

「看到什麼？」

「我看見了……」他喃喃自語：「看見了……不過別說話……我們得保持體力！……」

到底看見什麼？不知為何，我腦海裡最先浮現的竟是怪物！但那人聲又如何解釋？……聖經曾記載瓊納落海後，被吞入鯨肚避難再吐出的故事，現在可不是那年代了！

顧問繼續拖著我，不時抬頭望前，出聲回應逐漸靠近的聲音，我快聽不見他的聲音了，力氣消耗殆盡，手指癱軟，手臂再難施力，張著的嘴唇發麻，灌滿鹹水，寒氣朝我襲來，最後一次抬起頭後，身體開始下沉……

突然，我撞上一個堅硬的物體，本能地緊緊抓住，之後便感覺被拖著拉上水面，鼓脹的胸口頓時消氣，我暈了過去……

一定有人用力反覆按摩我的身體，才讓我快速甦醒，我迷迷糊糊地睜開雙眼：

「顧問！」我低聲喚著。

「教授叫我？」顧問應聲。

這時，月亮正西沉，藉由最後一絲光芒，我發現眼前並非顧問的臉孔，卻也立刻認出是誰。

「尼德！」我驚呼。

「正是，教授，我這傢伙追著獎金來了！」加拿大人回答。

「你也因軍艦撞擊被拋下水？」

「是，教授，不過比你們幸運，我落水沒多久便攀上這漂浮的小島。」

「小島？」

「或者說，咱們巨大的獨角鯨。」

「說清楚點，尼德。」

「我只弄懂魚叉無法穿透且一碰上牠皮膚就撞彎的原因。」

「爲什麼，尼德，爲什麼？」

「因爲這頭畜生，教授，是鋼板做成的。」

事發至此，我得盡快恢復清醒，重新回憶，檢視自己的論點。

加拿大人最後幾句話頓時扭轉我的思緒，我很快爬上這半浸在海中，供我們避難的生物或物體頂端，我踩了幾下，確實堅硬無法穿透，有別於其他大型海洋哺乳類的柔軟皮質。

這硬物可能類似某些古老生物身上的甲殼，我大可將怪物歸入如烏龜或短吻鱷的兩棲爬蟲類了事。

不過，事情沒那麼簡單！我腳下黝黑的背脊平滑光潔，未覆蓋鱗甲，踩踏時傳來的是金屬鏗鏘聲，更令人難以置信的，我得說這層甲殼似乎是靠螺絲連接拴緊的。

用不著懷疑了！我們得認清，這曾困惑整個學術界，造成南北半球所有船員心神不寧、誤判頻傳的動物、怪物或自然現象，是一種更驚人，甚至是人造的現象。

即使發現最奇特、最神怪的東西，我也很少驚駭到這種程度，因爲造物主創造的東西再不可思議，總能理解釋懷，但眼下猛然冒出這神力做不出、反由人力成功製造的東西，著實令人震驚！

無庸置疑，我們正躺在某種潛水艇背上，我判斷其外型如同一條大鋼魚，這部分尼德．蘭早已做此推論，如今顧問和我只能附和。

「所以，」我說：「這東西載有運轉機具及操作人員？」

「顯然是，」魚叉手答道：「不過，我在這漂浮小島待了三小時，始終沒有任何生命跡象。」

「船沒動過？」

「沒有，阿宏納先生，僅隨波搖晃，不曾移動。」

「但我們深知它擁有高速航行的能力，這點無須懷疑，而欲達此等速度得具備相關機器，及操作機器之人，所以我的結論是……我們得救了。」

「唔！」尼德．蘭語帶保留。

這時，像是認同我的觀點似的，這部怪機器尾端水花翻騰，推進器顯然是螺旋槳，機器開始移動，我們只得把握時間，攀住機身露出水面約八十公分高的上半區域，幸好速度並不快。

「它若保持在水平面上行駛，」尼德．蘭嘀咕著：「我倒無所謂，但假如心血來潮潛個水，要我也不拿兩美金買這條命！」

加拿大人言下之意，恐怕再便宜也買不到命了。所以當務之急是聯絡上機器裡的人，我試著從表面尋找開口、蓋板，術語叫「人孔」，無奈成排螺絲密實整齊，牢牢鎖緊鋼板接合處，找不出半點縫隙。

加上月光再度被遮蔽，四周重陷茫茫黑暗，只能等天亮再研究進入潛水艇的辦法了。

我們正躺在某種潛水艇背上

如此說來，我們能否得救，全賴駕駛機器的神祕舵手心情，假如他們潛入海中，咱們就完了！撇開這情況，我相信有機會與對方取得聯繫，況且，倘若他們無法自製空氣，就得定時浮出海面更換儲備的氣體，因此，船內肯定有個與能大氣層相通的開口。

至於法哈居艦長前來救人的指望，恐怕得完全放棄。我們被帶往西邊，速度適中，估計時速達十二海里，螺旋槳精準規律地拍擊海浪，偶爾浮出水面朝高空噴出磷光閃閃的水柱。

清晨四點左右，機器開始增速，我們咬牙力抗這令人發暈的鍛鍊，同時忍受猛烈打來的大浪。所幸尼德摸到一個固定在鋼板上方的大錨，大家才好緊抓著以免落海。

漫漫長夜總算告終，我的記憶不夠完整，無法詳細描述始末，唯一憶起的細節，是偶爾在風停浪歇時，我似乎聽聞幾次模糊的聲音，彷彿從遠處傳來，某種短促協調的和聲。全世界百思不得其解的海底航行之謎究竟是什麼？在怪船裡活動的又是何方神聖？是怎樣的機械原理造就如此不可思議的移動速度？

白晝來臨，晨霧籠罩，但不久便消散了，正當我認真查找平台狀的船頂時，突然覺得船逐漸潛入水中。

「喂！該死的！」尼德．蘭大聲咆哮，踹踢鋼板，鏗鏘聲不絕於耳：「給我開門，什麼船家，一點待客之道也不懂！」

然而螺旋槳的拍擊聲震耳欲聾，很難聽見他的聲音，幸好，船倒是暫停下沉了。

船裡突然傳出用力推動鐵栓的聲音，某塊鐵板被掀開，冒出一個人，他怪叫一聲，隨即縮回船內。

沒多久，出現八名蒙面壯漢，不發一語將我們拖進神祕詭譎的機器裡。

第八章　流動中的移動

綁架過程迅如閃電，手段粗魯，朋友和我根本來不及反應，我不知其他人被帶進這座浮動監獄的感覺，但我自己是打了寒顫，渾身發冷，我們是和誰打交道？無疑是某群自成一格、靠海洋牟利的新興海盜。

甫進船內，上方狹小蓋板旋即關閉，我被漆黑包圍，突然從明亮處進入黑暗，一時眼盲，只感覺光裸的腳踩在鐵梯上。尼德．蘭和顧問也被抓著在我後頭進來，樓梯下方開了扇門，待我們走入，立刻砰地關上。

我們被留在裡面。至於身在何方？別說描述，連猜測都難，四周全黑，是伸手不見五指的黑，一般無論待在多暗的地方，通常數分鐘後，眼前偶爾會浮動閃動的光點，但此處完全看不到。

尼德．蘭對此做法怒不可遏，大大發了一頓脾氣。

「天殺的！」他怒吼：「這幫傢伙倒比蘇格蘭土著喀雷多尼安人好客，就差沒吃人肉！萬一會吃人我也不意外，但先聲明，想吃我沒那麼容易，老子一定反抗到底。」

「冷靜點，尼德兄，冷靜，」顧問好言相勸：「時候未到犯不著發火，又還沒被送上烤肉架！」

「是沒上烤肉架，」加拿大人嗆道：「但鐵定進火爐！這裡有夠暗，幸好我的布伊刀[1]沒被拿走，我把刀放在醒目處，已備不時之需，看那群混蛋誰先招惹我……」

「別氣了，尼德，」我不得不開口：「暴力於事無補，別因此連累大家，誰知道是否有人正偷聽我們說話，倒不如先弄清楚所在位置！」

1 布伊刀：美國人總是隨身攜帶的一種大刀。

我摸索前進，走了五步，碰到一面以螺絲固定的鋼製鐵牆，於是我回頭，又撞上一張木桌，旁邊擺了幾張板凳，監獄地板鋪著新西蘭麻織成的厚草蓆，降低走路的音量，空無一物的牆壁摸不出任何門窗的痕跡。朝反方向前進的顧問與我會合，一起返回艙室中央，估計艙房長約二十英尺，寬約十英尺，至於高度，即使人高馬大的尼德·蘭也難衡量。

半小時過去了，情況依然沒有改變，這時，一道強光突然射入已熟悉黑暗的雙眼，牢房瞬間大放光明，應該說，牢房充滿強烈的發光分子，一開始令人難受，憑此白光及強度，我知道這屬電力照明，亦是形成潛水艇周圍奇妙磷光現象的原因。

我不由自主地閉上眼睛再張開，這才發現光源來自艙頂一個半透明的半圓球體。

「終於看清楚了！」尼德·蘭嚷著，緊握刀柄，擺出備戰姿勢。

「沒錯，」我同意，同時提出異議：「但情勢不會比較明朗。」

「先生得耐心點。」顧問依舊冷靜。

突如其來的光線正好助我細看周遭環境，艙房內只有一張桌子及五張椅凳，不見艙門，大概關得太密實了，聽不見任何聲音，船內一片死寂，究竟是航行中、停留洋面或潛入深海？實在無從臆測。

倒是光球不會無緣無故點亮，船裡的人大概很快就來了，若他們有意忘記我們，就不可能照亮牢房。

如我所料，外頭響起開鎖聲，門打開後，走進兩個人。

其中一位身材矮小、肌肉精實、肩頭寬闊、四肢健壯、闊頭大臉，留著濃密的黑髮及落腮鬍，目光犀利、炯炯有神，渾身散發法國南方普羅旺斯人特有的生氣勃勃。狄德羅[2]曾強調人的一舉一動饒富意義，眼

2 狄德羅：十八世紀時的法國啓蒙思想家。

尼德緊握刀柄，擺出備戰姿勢

前這位矮小男子正是鮮活的見證。照理應能從他慣用的語法中聽到大量的擬人、借代、換置等修辭法，無奈我無從驗證，因爲他從頭到尾只講某種獨特、我完全聽不懂的方言。

另一位就值得好好描述了。法國動物學家葛哈帝歐雷或德國哲學家恩格爾的門徒若見其容貌，應能立刻猜出他的性格。我快速歸納了此人特徵：昂首而立、氣宇軒昂、肩膀線條呈漂亮弧線、烏黑雙眼果決堅毅等，都屬自信的象徵；其次，白皙而非紅潤的膚色，顯示其個性穩健；收放靈活的眉眼肌群則代表精力充沛，最後，呼吸時胸廓強力起伏，象徵勇氣過人。

此人看來心高氣傲，眼神剛強冷靜，象徵超凡智慧，整體而言，舉止神態表裡如一，按相命師之言，無疑是個坦率眞誠的男子。

他的現身令人沒來由安心起來，想必雙方可以好好談談。

但我不確定他究竟是三十五歲或五十歲，他身材高大、前額寬闊、鼻子直挺，嘴型線條鮮明，牙齒整齊，雙手細緻修長，拿手相用語形容，叫「心靈層面」完美無瑕，正好與他高貴熱情的靈魂相稱，我從沒見過如此精緻美好的外型。另有個細部特徵，他雙眼間距較爲分開，因而增加四分之一的視野，可同時觀測遠近景觀，後來也證實此特質使他的眼力優於尼德·蘭一倍之多。他注視某物時會皺起眉頭，壓低眼皮緊迫瞳孔，藉此限縮視野範圍，再緊盯不放！瞧那眼神！彷彿能將因遠距縮小的物體放大！彷彿能穿透你的靈魂！彷彿能看清眾人眼中黑暗不明的汪洋大海，洞察深淵！……

兩位陌生人頭戴海獺皮做成的貝雷帽，腳穿海豹皮靴，身著特殊布料製的衣服，凸顯身材，活動自如。

較高的那位顯然是船長，他仔細打量我們，不發一語，接著轉身與同伴談話，但我聽不懂他的語言，那方言音調聽來清亮、協調、柔和，母音似乎帶著變化多端的重音。

另一人聽完點點頭，回了兩三句依舊聽不懂的話，接著望向我，好像正問我什麼。

我不確定他是三十五歲或五十歲

我用流利的法文告知不懂他的語言，但他似乎不明白我的意思，情況變得有點棘手。

「先生不妨完整敘述我們的遭遇，」顧問道：「兩位先生或許能從中抓出幾個關鍵字！」

我重新講了我們的探險過程，字正腔圓，鉅細靡遺，先表明姓名及身分，再一一正式介紹阿宏納教授、僕人顧問及捕鯨師傅尼德·蘭。

眼神溫和沉穩的那位靜靜聆聽，態度有禮，全神貫注。但從他的表情不見任何聽懂的跡象，等我說完，他毫無回應。

不然還可以說英文，他可能聽得懂這幾乎通行世界的語言。我懂英文，但和德語一樣，閱讀沒問題，對話可就難保正確了，不過，事到臨頭，總得想辦法讓對方明瞭。

「來吧！換你出馬了，」我對魚叉手說：「蘭師傅，麻煩露一手盎格魯撒克遜人的道地英語，盡量表達得比我再清楚。」

尼德也不推託，把我剛才的話重講一遍，我大致聽懂，內容相同，但方式差很多。加拿大人因性格使然，連說帶比，大力抱怨人權遭蔑視，被綁架至此，質問對方是憑哪條法律扣留他，一邊引用拉丁文的人身保護令，揚言控告非法監禁他的傢伙，他走來走去，指手畫腳，聲嘶力竭，最後以誇張的手勢讓對方明白我們餓死了。

這倒是眞的，儘管我們幾乎忘了飢餓。

魚叉手很驚訝，因爲與我相比，對方並未比較聽懂他的話，我們的客人眉頭皺也不皺，顯然既不懂法國科學家阿哈戈的母語，也不知英國物理學家法哈代的語言。

事情相當麻煩，我們用盡所有會的語文卻徒勞無功，正愁無計可施之時，顧問開口：

「先生能否容我以德語陳述？」

「什麼！你會德語？」我驚呼。

「身爲佛拉芒人卻會說德語[3]，希望先生別見怪。」

「怎麼會，我反倒高興，說吧！小夥子。」

於是顧問以平靜的口吻第三次描述我們高潮迭起的經歷。然而，除了講述者詞彙典雅、音調優美，德文仍未見效。

最後，逼不得以，我只好把小時候學過的語言通通搬出來，試著用拉丁文講一遍，西塞羅聽了肯定摀住耳朵，打發我去廚房。硬是講完後，仍是白費力氣。

最終一搏徹底失敗後，兩位陌生人以異語交換意見，隨即離去，甚至沒留下隨便哪個國家使用的安撫手勢。門又關上了。

「卑鄙無恥！」尼德．蘭怒吼，他大概暴跳如雷二十次了：「搞什麼！咱們講了法文、英文、德文、拉丁文，那些流氓竟沒半點回應，太無禮了！」

「冷靜點，尼德。」我向激動的魚叉手說：「憤怒無濟於事。」

「但你可知道，教授，」我們暴躁的同伴答道：「我們肯定會餓死在這鐵籠裡？」

「哎呀！」顧問就事論事地接話：「我們還能撐好一陣子！」

「朋友，」我說：「用不著沮喪，我們的處境是很糟沒錯，但請稍安勿躁，說說你們對這船的船員及船長有何看法。」

「我的看法就是，」尼德．蘭沒好氣地回答：「全是混蛋……」

3 佛拉芒人以使用荷語或法語為主。

「好！哪一國的混蛋？」

「混蛋國！」

「我勇敢的尼德，世界地圖上還沒標註這個國，但我承認很難確認這兩位陌生人的國籍！只能確定不是英國人、法國人，也非德國人。然而我敢說船長及副手來自低緯度國家，他們有南方人的樣子，會不會是西班牙人、土耳其人、阿拉伯人或印度人？從他們的外表還無法斷定，至於語言，絕對是聽不懂的。」

「就麻煩在不可能什麼語言都懂，」顧問回答：「或者說問題出在語言不統一。」

「說這些有屁用！」尼德．蘭答腔：「你們沒聽到他們有自己的語言，而且是發明來讓要求吃飯的勇士失望用的嗎？全世界誰不懂張開嘴、搖下巴、咬牙抿唇的意思？無論魁北克、波莫度、巴黎及其他地方，這不都表示我餓了、給我飯吃嗎？」

「喔！」顧問說：「就是有人天生愚笨啊！」

當他說這話的同時，門開了，進來一位侍者，替我們送來航海用的外衣、上衣及短褲，材質前所未見，我趕緊穿上，其他人也跟著穿妥。

這時，侍者（可能又聾又啞）擺好桌子，放上三副餐具。

「這才像話，」顧問出聲：「算是好的開始。」

「哼！」魚叉手餘怒未消：「你以為這鬼地方有啥東西可吃？頂多是烏龜肝、鯊魚塊、白斑角鯊魚排罷了！」

「拭目以待囉！」顧問回應。

餐盤蓋著銀製鐘罩，擺上鋪著桌巾的桌面，對稱放置，我們在飯桌前坐下。顯然，我們交手的對象教養不俗，若非滿室電光，我簡直以為身處利物浦的阿德費旅館或巴黎大飯店了，但仍得聲明少了麵包及酒。飲水十分乾淨清涼，不過終究是水，可不是尼德．蘭想吃的東西。端上的菜色中，我認得幾種精心料理的魚類，也有幾道不知名的美味菜餚，甚至說不出屬植物或動物。至於餐具，精美雅緻，品味絕倫，每件器皿、湯匙、刀叉、餐盤皆刻有被銘言圈繞的字母，照實抄錄如下：

流動中的移動

N

「流動中的移動！」此銘言用在這部潛水艇上恰到好處。而字母N無疑是神祕海底總司令的姓名字首！

尼德及顧問沒想那麼多，只顧著狼吞虎嚥，我也跟著大吃大喝，另方面，我不再擔心我們的命運，顯然東道主並不打算放我們活活餓死。

萬事皆有終點，一切都會過去，包括連續十五個小時未進食的飢餓感，吃飽喝足後，睡意襲來，歷經與死神搏鬥的漫長夜晚，自然想好好睡一覺。

「天啊！我好想睡。」顧問說。

「我這就睡了。」尼德．蘭應道。

兩位同伴躺在艙房地毯上，很快就睡熟了。

至於我，雖然也睏得要命，卻沒那麼容易入睡，腦袋裡塞滿千頭萬緒，太多難解謎團、太多畫面害我閉不上眼！我們在哪兒？被什麼奇怪力量帶來？我覺得，或者說我自以爲覺得，這部裝置正潛入海底深層，噩夢糾纏不放，我在神祕的避難所窺見陌生動物組成的世界，潛水船似乎是同類，活生生的，會動，跟牠們一樣駭人！……之後，腦子逐漸平靜，幻想在迷濛睡意間消逝，沒多久便沉沉入睡。

兩位同伴躺在艙房地毯上

第九章　尼德．蘭的憤怒

我不知道我們到底睡了多久，但想必不會太短，因為疲勞一掃而空，我第一個醒，其他兩位維持相同的姿勢，像堆雜物般窩在角落。

我從硬梆梆的地板爬起來，頓時感到神清氣爽，於是重新好好觀察這間牢房。內部擺設依舊，牢房仍是牢房，囚犯仍是囚犯，唯獨侍者趁我們熟睡時收拾好桌子。看來，沒有任何跡象顯示情況會有改變，我不禁認真思索永遠受困牢籠的可能性。

即便腦袋已擺脫昨夜紛亂混雜的思緒，眼下又覺得胸口異常窒悶，再想到前景堪憂，更是難受。我感到呼吸困難，空氣濃濁，肺葉得不到足夠的氧氣，雖然牢房寬敞，但我們勢必也用掉艙房大部分的氧氣。事實上，每人每小時得消耗一百公升的含氧空氣，等全部氧氣轉換為二氧化碳時，這種空氣已無法供人呼吸。

因此，當務之急是更換牢房的空氣，當然，整艘潛水船都得換。

我腦海中浮現一個疑問，這移動居所的主人如何完成換氣？是將氯酸鉀加熱放出氧氣、以氫氧化鉀吸收碳酸等化學方法取得空氣嗎？在這種情況下，為了取得必須的原料，他得定期靠近陸地。或者僅利用高壓儲存空氣於儲存槽，再依船員需求放出空氣？倒也不無可能。否則，難道採更方便實惠、可行性最高的做法，學鯨魚浮出水面呼吸，每二十四小時換一次氣？總之，不管什麼方式，我認真覺得該趕緊使用了。

其實，我不得不加快呼吸，好吸取艙房內所剩無幾的氧氣，這時，突然飄進一股帶海水鹹味的新鮮空氣，登時感到涼爽。竟真是使人精神煥發、含碘的海風！

我張大嘴，讓肺灌滿新鮮氣體，同時感到一陣搖晃，幅度雖然不大，但非常明顯。這艘船，這隻鋼鐵怪獸，顯然剛剛浮上海面，用鯨魚的方式呼吸。艦艇換氣的方式終於揭曉。

我一邊深呼吸汲取新鮮空氣，一邊尋找送進乾淨空氣的管線，或稱「輸氣管」也行，我很快便找到了，新鮮空氣來自門上方的通風口，藉此汰換、補足艙房氧氣。

觀察到一半，尼德．蘭和顧問在有起死回生神效的通風管刺激下，幾乎同時醒來，他們揉揉眼，舒展臂膀，隨即起身。

「先生睡得好嗎？」顧問問我，還是那麼有禮。

「非常好，勇敢的孩子，」我說：「你呢？尼德．蘭師傅？」

「我睡死了，教授，但我是否有點錯亂，怎麼好像呼吸到海風？」

討海人錯不了的，我向加拿大人解釋他睡著時發生的事。

「對啦！」他說：「這下亞伯拉罕．林肯號撞見所謂的獨角鯨時聽見的鳴叫聲就說得通了。」

「沒錯，蘭師傅，是它的呼吸聲！」

「話說回來，阿宏納先生，我完全不知道現在幾點，該不會是晚餐時間了吧？」

「晚餐時間？可敬的魚叉手，應該說，至少是午餐時間了，我們已經過一天了。」

「換句話說，」顧問說：「我們睡了二十四小時。」

「我想是的。」我表示。

「這我沒意見。」尼德．蘭回答：「反正不管晚餐或午餐，侍者只要送來我都歡迎。」

「一起來好了。」顧問答腔。

「對，」加拿大人附和：「我們有權吃兩餐，我嘛，兩頓都要大快朵頤。」

「好啦！尼德，等好消息吧，」我開口：「那些陌生人確定不想餓死我們，畢竟，如果要餓死我們，昨天的晚餐就沒意義了。」

「搞不好是想養肥我們！」尼德回應。

「我不覺得，」我說：「又不是落入食人族手裡！」

「只憑一頓飯很難斷定，」加拿大人一本正經：「誰知道那夥人是否很久沒嘗到鮮肉了，正巧出現像教授、貴僕人和我如此優質健康的活人……」

「別胡思亂想，蘭師傅，」我對魚叉手說：「尤其不能與主人家撕破臉，否則只會讓情勢雪上加霜。」

「總之，」魚叉手應道：「我餓死了，現在不管晚餐或午餐，都沒送來！」

「蘭師傅，」我說：「我們得遵照船上的規則，儘管咱們的胃恐怕比主廚的用餐鈴響得早。」

「沒錯！應該把肚子餓的時間與開飯時間調整至同步。」顧問淡定回答。

「你真讓我大開眼界，顧問兄，」加拿大人不耐煩地說：「幾乎不煩惱也不動怒！永遠那麼若無其事！你大約可以將飯後禱告挪到餐前先講，寧願餓死也不抱怨！」

「抱怨有何用？」顧問說。

「就發發牢騷啊！聊勝於無。那些海盜，喔，我是基於尊重才稱海盜，免得不准我叫他們食人族的教授生氣，如果那些海盜以為把我關在這悶死人的籠子就聽不見我破口大罵，可就大錯特錯了！那好，阿宏納先生，說真的，你認為他們是否打算長期把我們關在鐵箱裡？」

「說真的，我知道的不比你多，蘭兄。」

「那就用猜的如何？」

「我猜咱們碰巧捲入某個重要機密，倘若潛水船的人不想讓機密外流，且其中利益又比保全你我三人性命重要的話，我們就有生命危險了。若非如此，則一有機會，這頭生吞我們的怪物就會送我們回人類的世界去。」

「至少不會被收編進船組，」顧問說：「不然就得待下來了……」

「一直待到，」尼德．蘭接話：「出現一艘比亞伯拉罕．林肯號更快並敏捷的軍艦，拿下這賊窩，將整船人和我們送上桅杆頂呼吸最後一口新鮮空氣。」

「分析得不錯，蘭師傅，」我誇讚：「但據我所知，人家還沒就這部分向我們提出相關建議，除非事到臨頭，否則現在討論對策多說無益，我一直強調，靜觀其變，見機行事，別沒事找事。」

「恰好相反！」魚叉手仍堅持己見：「一定得找事做。」

「啊！蘭師傅的意思是？」

「逃跑。」

「陸地上越獄都很難了，何況海裡的監獄，我看絕對行不通。」

「來呀！尼德兄，」顧問反問：「你怎麼回應先生這番話？我以爲美洲人向來不會山窮水盡！」

魚叉手神情尷尬，啞口無言。以我們的處境，想脫逃絕無可能。但每個加拿大人身上都有半個法國人的影子，這點從尼德．蘭師傅的回答表露無遺。

「那麼，阿宏納先生，」思索半晌後，他開口道：「你怎不猜猜無法越獄的人犯該怎麼辦？」

「猜不著，朋友。」

「很簡單，就想盡辦法待在裡面。」

「這個自然，」顧問同意：「在裡面總比在上面或下面好！」

「不過得先把獄卒、看守、侍衛丟出去。」尼德．蘭補了一句。

「什麼，尼德？你真的打算奪船？」

「我很認真的。」加拿大人斬釘截鐵。

「不可能。」

「爲什麼，教授？若好機會送上門來，我看不出有什麼能阻止我們利用，如果船上只有二十幾個人，一定無法擊退兩個法國人加一個加拿大人，我是這麼覺得！」

與其繼續爭辯，不如暫且依魚叉手的意，我只好回答：

「蘭師傅，咱們就順其自然，見機行事。但在機會來臨之前，拜託你務必沉住氣，我們只能靠智取，輕舉妄動可催生不出好機會。所以答應我盡量不動怒。」

「我答應，教授，」尼德．蘭承諾的有點心虛：「我不再口出惡言、動手動腳，即使飯菜不照希望的時間端來也不發火。」

「一言爲定，尼德。」我對加拿大人說。

談話到此告一段落，大家各自陷入沉思。就我而言，坦白說，儘管魚叉手自信滿滿，我卻不抱任何奢望，也不認爲會發生尼德．蘭口中的大好機會。潛水船能操作得宜、行進穩當，想必人員眾多，如此一旦正面對決，對手太過強大。況且，當務之急在重獲自由，但別說八字沒一撇，我甚至找不出逃離這密實鐵牢的辦法，那古怪船長倘有任何保密的需要（至少目前看來是有的），就不可能放我們在船上自由行動。現在，他究竟打算逼迫我們下船，或哪天隨便把我們扔在地球某個角落？無從得知。我覺得每條假設都可能發生，因此若指望靠武力奪回自由，得先變成魚叉手才行。

另外，我明白尼德．蘭腦子裡塞滿太多想法，惹得他心浮氣躁，我聽見他喉頭開始發出嘀咕咒罵，變得劍拔弩張。他起身，像籠中獸般亂轉，對著牆拳打腳踢。再者，隨著時間一分一秒過去，飢餓更加難耐，這回，侍者並未現身。若對方對我們眞心懷著好意，也未免忘記遇難者的處境太久。食量不小的尼德．蘭餓得發慌，坐立難安，火氣越來越大，儘管他有言在先，我還是擔心他一見船上人，怒火會一觸即發。

接下來兩小時，尼德．蘭大發雷霆。加拿大人嘶吼斥罵，卻徒勞無功，鐵牆毫無回應，船內甚至沒發出半點聲響，一片死寂。船沒動，否則我肯定能察覺螺旋槳驅動船體前進的輕微震動，很可能已潛入海底深淵，離陸地非常遠了，死氣沉沉的氣氛著實詭異。

我不敢想會被丟關在這海底牢房多久，自從與船長見面後，我原本抱持的希望已逐漸破滅，那人溫和的眼神、仁慈的相貌、高貴的舉止，也不斷從記憶中消失，轉而認清這莫測高深的男子恐怕、也勢必，十分殘忍無情。我想此人不但缺乏人性、鐵石心腸，甚至同類也視其爲不共戴天的敵人，他對同類亦懷著深仇大恨！

所以這人存心想餓死我們，把我們關進狹小的牢房，讓我們因飢腸轆轆鋌而走險？這可怕的念頭在我腦中發酵，加上胡思亂想，我覺得自己快瘋了。顧問維持慣有的冷靜，尼德．蘭則持續咆哮。

此時，外頭傳來聲響，金屬地板響起腳步聲，門鎖轉動一陣，門開了，出現的是侍者。

我還沒來得及攔阻，加拿大人已撲向那個倒楣鬼，推倒他，扼住他的脖子，侍者被孔武有力的手掐到喘不過氣。

顧問試著將魚叉手從快窒息的受害者身上拉開，我也趕忙助他一臂之力，正當混亂之際，突然傳來這麼句法文，我呆愣原處，一時間不知如何反應：

「冷靜點，蘭師傅，你也是，教授先生，請聽我說！」

加拿大人已撲向那個倒楣鬼

第十章　水中人

說話的是船長。

尼德．蘭一聽猛然起身，被掐個半死的侍者在主人示意下踉蹌離去，理應被加拿大人惹惱的侍者，竟沒有半點生氣的樣子，可見這艘船的船長極具威信。顧問表情錯愕，我則是震驚，張口結舌，被動等待事情發展。

船長倚靠桌角，雙臂交盤，仔細打量我們，欲言又止是有何顧慮嗎？難道後悔說了法文？我們如是猜測。

過了一會兒，總算有人願意先打破沉默：

「諸位，」對方音調沉穩、穿透力十足：「本人會說法文、英文、德文及拉丁文，本可在初次碰面時與各位對話，不過我想先了解你們再思索對策。你們複述了四次自身經歷，內容毫無出入，也助我確認各位的身分。如今我確認，能與負責出國科學考察的巴黎博物館自然史教授皮耶．阿宏納、僕人顧問及加拿大籍、美利堅合眾國國家軍艦亞伯拉罕．林肯號上的魚叉手尼德．蘭碰面，完全是因緣際會。」

我欠身表示贊同，船長並未提問，也就無回答之必要，此人表達流利，不聞口音，用字遣詞簡潔精準，咬字清晰，獨缺同鄉的「親切感」。

他接著說：

「先生，你必定認爲我第二次來訪未免太遲，原因在知曉身分後，我得斟酌再三，才能決定如何對待各位，我遲疑良久，艱險的經歷送你們來到一位與世隔絕的仁兄面前，諸位已打亂我的生活……」

侍者在主人示意下踉蹌離去

「不是故意的。」我澄清。

「不是故意？」陌生人反問，音量略升：「亞伯拉罕．林肯號追著我各海域跑不是故意？你們登船同行不是故意？砲彈從我船殼彈開不是故意？尼德．蘭拿魚叉攻擊我也不是故意？」

我驚覺話中強忍怒意，然而，我可以給這些質問一個合理的答案，也做了說明。

「先生，」我表示：「尊駕想必不明白自己在美洲及歐洲掀起何等爭論，你的潛水裝置造成多次撞擊意外，在兩大洲引發騷動。你可以不知道人們爲求探明只有你深知箇中奧妙的神秘現象提出多少假設，但一定得知亞伯拉罕．林肯號以爲正追捕某種強大怪獸，才會不惜任何代價驅趕、追逼你至太平洋北海海域。」

船長脣角浮現淺笑，語氣放緩：

「阿宏納先生，」他回應：「你敢肯定軍艦不會像追怪物一樣追逐、砲擊潛水船？」

這問題倒令我尷尬，因爲法哈居艦長肯定不會遲疑，他認爲摧毀類似巨鯨的裝置同樣責無旁貸。

「所以你就明白，先生，」陌生人說：「我有權將各位當敵人看。」

我故意不回話，即使提出再好的理由，如果人家硬要推翻，又何苦在同一議題上打轉？

「我猶豫許久，」船長接著說：「我沒有義務招待你們，若得擺脫你們，更不可能有興致見面，大可將你們丟回先前避難的船頂平台，然後潛入海中，忘記你們的存在，這也是我的權利吧？」

「野獸或許有這種權利，」我回答：「文明人可沒有。」

「教授先生，」船長激動反駁：「我不是你所謂的文明人！爲了某種只有我個人才認同的道理，我已跟整個社會斷絕關係，因此用不著遵守社會規範，拜託以後別在我面前提這些東西。」

陌生人話說得斬釘截鐵，眼中燃起輕蔑憤恨的火光，看得出此人這輩子應有不尋常的經歷。他不僅置身人類律法之外，甚至讓自己百分之百獨立、自主，不受任何侵害！既然他連水面上的攻擊都能擊敗，誰還敢追進海底？什麼船有本事力抗他的潛艇？即使再厚的裝甲艦，又哪裡吃得消潛水船尖角的衝撞？沒有人能質疑他的做法，如果他相信神，也存有良知，那恐怕是他唯二依從的信念。

諸多想法在我腦中快速閃過，怪人不發一語，表情出神，彷彿靈魂出竅，我對他又怕又好奇，如同伊底帕斯凝視獅身人面獸時的心情。

沉默許久的船長終於再度出聲。

「所以我猶豫不決，」他說：「但我想我的利益不應違背與生俱來的同情心，對任何人都該心懷憐憫，既然命運將你們拋上船，就待著吧！你們可自由行動，不過相對地，想換取自由，各位得答應我唯一一個條件，口頭應允即可。」

「請說，先生，」我回答：「我想應是正常人能接受的條件吧？」

「沒錯，先生，聽好了，有時可能得因某些意外情事，不得不將各位關進艙房數小時或數日，看情形而定。我絕不願使用暴力，所以遇到這種狀況，或任何其他狀況，希望各位服從就對了。這麼做我才能負全責，保證大家全身而退，畢竟我不希望各位看到不該看的。能接受這條件嗎？」

這麼說船上必定有不尋常事，而且絕不能被仍遵從世俗律法的人看到！此事與我未來可能遭遇的驚異事件相比，恐怕非同小可。

「接受，」我答道：「不過，先生，容我請教一個問題，一個就好。」

「說吧，先生。」

「你方才表示我們可於貴船上自由行動？」

「完全自由。」

「請問你所謂的自由，定義為何？」

「就是可以四處走動探看、甚至研究觀察一切的自由，當然不包含少數特殊狀況，所以，各位與我的船員及我本人擁有相同的自由。」

顯然，我們是雞同鴨講。

「抱歉，先生，」我接著說：「這種自由，不過是允許囚犯在牢房內自由行動，我們要的不只這些。」

「但你們該知足了！」

「什麼？我們再也不能回國，再也見不到朋友、親人了嗎？」

「是的，先生。不過就是永遠不必戴上被陸地人當成自由的枷鎖，或許沒你們想像的難受！」

「哎呀！」尼德．蘭嚷道：「我可不保證不會趁機逃跑！」

「我不需要你的保證，蘭師傅。」船長冷淡以答。

「先生，」我忍不住生氣回應：「你仗勢欺人！太霸道了！」

「不，先生，這叫厚道！你們可是我手下敗將！我只要一句話，就能將各位扔回海底深淵，我卻收留各位！攻擊我的可是你們！你們不請自來，獲悉世上任何人都不該知道的祕密，我視其如命的秘密！然後以為我會送你們回再也不應認得我的陸地？不可能！留著你們，並非為了保全各位，而是保全我自己！」

船長這番話顯示其立場堅定，任何意見都無法改變。

「如此，先生，」我表示：「你只是讓我們在生或死之間做抉擇罷了？」

「就這麼簡單。」

「我的朋友們，」我直言：「剛才的問題到此為止，沒什麼好回答了，但我們不向船主做任何承諾。」

「完全不用，先生。」陌生人答道。

接著他又說，語氣和緩許多：

「現在，我有話對你說，容我說完，我了解你，阿宏納先生，若非你的同伴在，你對機緣將你我命運相繫一事或許不會有這麼多抱怨。你可在與我研究興趣相仿的藏書中，找到你出版的關於浩瀚深海的著作。我經常研讀，你已將能掌握的陸地科學發揮到極致，但仍非無所不知、無所不見。所以聽我說，教授先生，你絕不會虛度在我船上度過的時光，你將遊覽最奇幻的國度，可能一直處於大驚小怪的狀態，源源不絕的奇景，目不暇給，很難覺得無聊。我已造訪數回海底世界，下次漫遊時，或許是最後一次了，誰知道？我將重新瀏覽能做的海底研究，你就是我的研究夥伴，從那天起，你將置身新天地，你將遇見除了我及我的船員之外，沒人看過的事物，多虧我，我們生存的星球將為你展現最後的秘密。」

我不否認船長的話對我產生莫大影響，他抓住我的弱點，使我頓時忘記參觀那些奇珍異寶並不能換回失去的自由，甚至打算以後再解決這個大問題。於是我欣然回應：

「先生，儘管你與人類斷絕關係，但我相信你並未徹底拋棄人類情感，你收留我們這些遇難者的恩德，我們沒齒難忘。至於我本身非常清楚，如果科學帶來的趣味足以抵銷對自由的渴望，那麼認識你便是我所獲得的最大補償。」

我以為船長會上前握手表示達成協議，結果沒有，我真為他感到不好意思。

「最後一個問題。」神秘男子似乎準備離去，我連忙開口。

「請說，教授先生。」

「該如何稱呼你？」

「先生，」船長回答：「對你而言，我是尼莫[1]船長，你與同伴對我而言，是鸚鵡螺號的乘客，僅此而

---

1 尼莫（Nemo）：拉丁語的沒有人、無人之意。

已。」

尼莫船長喊人，走進一位侍者，船長用我聽不懂的外語下達命令，接著轉身對加拿大人及顧問說：

「艙房已備妥餐點，請隨此人前往。」

「恭敬不如從命！」魚叉手回答。

顧問和他終於走出這間被關超過三十小時的牢房。

「那麼現在，阿宏納先生，我們的午餐也好了，容我帶路。」

「聽你的，船長。」

我跟著尼莫船長，一出房門，即是電力照明的走廊，似乎是船上的過道，走約十多公尺，第二道門在眼前開啓。

我走進一間裝潢擺設樸實的餐廳，室內兩側擺放鑲嵌烏木雕飾的橡木餐具高櫃，餐櫃上方層架陳列許多光彩奪目、價值不斐的陶器、瓷器及玻璃器皿，而置於下方層架的餐盤因天花板撒落的光線閃閃發亮，天花板的細緻彩繪亦使光線更顯清透柔和。

餐廳中央已擺出一桌豐盛菜餚，尼莫船長指了我的座位。

「請坐，」他說：「儘管像餓死鬼般大吃大喝吧！」

午餐有數樣菜是海產，另幾道則不知名稱與出處，我承認很好吃，雖然口味特殊，倒也吃得慣。菜色多樣，看來皆富含磷質，推測應該全是海產。

尼莫船長望著我，我還沒開口，他已猜中我的心思，主動答覆我急於提出的疑問。

「大部分的菜你不認識，」他解釋：「但食材無毒、營養，你大可安心食用，我老早不碰陸地食物，身體也不見得差，我的船員跟我吃一樣的東西，個個身強體壯。」

「這些全是海產？」

「所以，」我問：「這些全是海產？」

「沒錯，教授先生，大海供應我一切所需。有時我撒網捕食，一拉上來漁網滿到差點斷裂，有時我則去人們到不了的區域獵捕，追逐那些住在海底森林的野味，我的牲口，像海神涅普頓[2]的老牧人放養的牲畜般，優游於浩瀚的海洋牧場。我擁有一大片自己開發的海洋田產，而萬物全是造物主親手播種的。」

我望著尼莫船長，略顯驚訝問道：

「先生，我完全理解你的魚網如何供應這滿桌美味鮮魚，卻不太懂你如何在海底森林追捕獵物，更想不通菜單上怎會有肉類？即使很小一塊。」

「喔，先生，」尼莫船長回我：「我絕不使用陸生獸肉。」

「這……可是……」我指了指還剩幾片肉的餐盤。

「你以為是雞豬羊肉，教授先生，不過是海龜肉罷了。這盤則是海豚肝，你大概當成豬肉燉飯了，我有位能幹的廚師，擅於保存海裡各類產物。每道菜都嚐嚐，這是海參罐頭，某個馬來人聲稱無敵的美味，那邊是奶油，以鯨魚奶及北海大墨角藻提煉的糖製成。最後，我得推薦你這味海葵果醬，口感不輸頂級水果熬製的果醬。」

我一一享用，嚐鮮心態遠大於品評美食，而尼莫船長光怪陸離的故事更聽得我心神嚮往：

「只是這片海洋，阿宏納先生，」他接著說：「這位奶水源源不絕的神奇奶媽不僅哺餵，還提供衣著。你這身衣料是用貝類的足絲織成，再以古早慣用的紫紅混染我從地中海海兔螺萃取的紫羅蘭色。你在艙房浴室發現的香水是將海生植物蒸餾加工而成，床鋪選用最柔軟的海藻葉做成，羽毛筆取自鯨魚鬚，墨汁則汲取

2 涅普頓：羅馬神話中的海神，希臘神話中的海神波塞頓相對應。

墨魚或槍烏賊分泌的汁液。今日大海供給我的，有朝一日，也終將回歸大海！」

「你熱愛大海，船長。」

「是！我愛！海洋就是一切！海洋佔地球十分之七的面積，其氣息純淨健康。當置身這片大漠，總能感受周遭生命的顫動，永遠不覺孤獨。說穿了，大海是運載玄妙、神奇生命的車子，是變動與情愛的代名詞，正如你們一位詩人所言，海洋生生不息。實際上，教授先生，海洋也屬自然界的一環，同樣具礦物、植物與動物三大領域，而動物項下較常見的有四個植蟲群、三個節肢動物綱、五個軟體動物綱、三個脊椎動物綱，末者包括哺乳類、爬蟲類及魚類，而魚類數量多如牛毛，在繁多的目項下，再納入一萬三千多個種項，其中僅十分之一屬淡水魚。海洋是自然界最大的儲藏庫，地球可說始於大海，誰知是否也終於大海！海洋寧靜平和，不歸任何暴君所有。海平面上，暴君還能濫權、爭鬥、掠奪，搬來陸地那套暴行，但海平面三十英尺以下，那些人的權力止步，影響消散，勢力終結！啊！先生，要活，就來海裡活！只有在海底才能自主，用不著認誰當主子，自由自在！」

眞情流露的尼莫船長突然住口，莫非驚覺自己太過起勁，超出平日的審愼，說太多了？一會兒後，他來回踱步，情緒激動，待心情平復，神色恢復慣有冷靜，才轉向我：

「現在，教授先生，」他說：「若你想參觀鸚鵡螺號，我願意帶路。」

第十一章　鸚鵡螺號

尼莫船長起身，我跟著他，一扇通往後方艙房的雙層門開啓，我走進一間與剛離開的餐廳大小相同的房間。

是圖書室。數個大型鑲銅紫檀木高櫃的層架上，放置大量裝訂規格統一的書籍，書櫃沿牆釘製，下方連接長形大沙發，軟墊採栗色皮質，弧線舒適完美。幾張輕巧的移動式斜面桌，可隨意推開或拉近，書可以放桌上，方便閱讀。書房中央有張大桌，上頭擺滿許多小冊子，夾雜幾份過期的報紙。四顆半嵌入天花板渦漩雕飾的霧面燈泡灑落滿室白光，光線充足柔和。精心布置的圖書室令人嘆爲觀止，我簡直不敢相信自己的眼睛。

「尼莫船長，」我對剛躺坐沙發的東家說：「這間圖書室比起洲陸地上多數宮廷毫不遜色，而圖書室竟能隨你潛入如此深海，想來實在驚奇。」

「哪裡去找更隱密、安靜的場所，教授先生？」尼莫船長答道：「你博物館的工作室能提供這樣完全放鬆的空間嗎？」

「別說不能了，先生，甚至寒酸許多，你應有六、七千本藏書……」

「一萬二千本，阿宏納先生，這些書是我與陸地僅存的連結，從鸚鵡螺號第一次潛入水底那天，我與世界再不相干。當日我買了最後幾本書冊、幾份報紙，從此我寧可認爲人類再無思想及論述。教授先生，這些書就歸你管，你可自由取用。」

謝過尼莫船長後，我走近書架，各種語言版本的科學、倫理、文學圖書應有盡有，唯獨不見政經相關作品，船上大概禁止這類書籍。奇怪的是，書本並未加以分類，不分語種全數混雜，證明鸚鵡螺號的船長應該隨手取書即能閱讀無礙。

我留意到這些作品中不乏古今大師經典之作，換句話說，是人類在歷史、詩歌、文學及科學方面最美的成果，從古希臘詩人荷馬至法國詩人維克多·雨果、雅典史學家色諾芬至法國史學家米薛雷、法國作家哈伯雷至女作家喬治·桑夫人，一應俱全。但圖書室中所費不貲的，顯然是科學類書籍，機械、彈道、水利、氣象、地理、地質等學科著作所佔空間不亞於自然史作品，想必是船長研究重心。架上有德國科學家洪保德全集、法國科學家阿哈果全集與法國哲學家傅科、法國化學家亨利·聖克萊爾·戴維勒、法國數學家夏斯萊、法國動物學家米勒·愛德華、法國生物學家卡特法許、英國物理學家廷達爾、法哈戴、法國化學家貝德洛、義大利天文學家賽奇修士、德國物理學家彼德曼、美國地理學家莫里船長、地質學家阿嘉西等著作，另有科學院論文集、各地理學會的簡報等等，我的兩本著作也位顯眼之處，或許便是尼莫船長待我特別友好的原因。我甚至從法國數學家喬瑟夫·貝特宏其中一本名爲《天文學創始人》的作品中，獲得某個確切日期，我知道此書於一八六五年間出版，由此推測鸚鵡螺號啓用之時應晚於此年，因此尼莫船長頂多從三年前才開始海底生活。我很希望發現更近期的著作幫助確認日期，不過將來有的是時間尋找，我可不願爲此耽擱鸚鵡螺號奇幻之旅。

「先生，」我對船長表示：「感謝你允許我使用圖書室，這裡盡是珍貴的科學藏書，本人必獲益良多。」

「這間不只是圖書室，」尼莫船長指出：「也是吸菸室。」

「吸菸室？」我驚呼：「船上可以抽菸？」

「當然。」

圖書室

「那麼，先生，我不得不認爲你仍與哈瓦那市保持聯繫。」

「完全沒有，」船長回答：「請抽這支雪茄，阿宏納先生，雖然非來自哈瓦那，但你若是行家，包君滿意。」

我接過雪茄，形狀像古巴生產的倫敦牌雪茄，但似乎是以金色菸葉捲製，我在銅架上擱放的一只小炭盆裡點菸，對一個兩天沒吸菸的癮君子而言，才吸兩口便覺通體舒暢。

「棒極了，」我說：「可裡面不是菸草。」

「的確不是，」船長應道：「此菸不是來自哈瓦那，也非產自東方，而是由一種富含尼古丁的海藻製成，同樣拜大海所賜，數量有限。你還懷念倫敦牌香菸嗎，先生？」

「船長，即日起該牌再不入眼。」

「你儘管抽吧！用不著討論這些菸的來歷，儘管不受任何公賣局檢核，我想品質也差不到哪兒去。」

「正好相反，這要更好。」

這時，尼莫船長打開圖書室對面的房門，帶我走入一處寬敞、燈火通明的廳室。

室內面積寬大，四方牆面採斜角設計，長十公尺，寬六公尺，高五公尺，淺雕阿拉伯紋飾的天花板透出明亮柔和的光源，宛如白晝，照亮這博物館所陳列的奇珍異寶。稱其爲博物館當眞不爲過，特別是經過一雙聰慧、願下重本的巧手網羅大自然與藝術界的寶藏，更展現不同於尋常畫坊的凌亂美感。

牆面懸掛圖案素雅的壁毯，搭配三十多幅裱框樣式一致的名畫，相得益彰，畫與畫之間以展示武器的盾型板相隔，現場好幾幅價值連城的畫作，大部分我在歐洲私人收藏館及畫展中曾欣賞過，亦不缺古代各派大師的傑作，包括義大利畫家拉斐爾的聖母像、李奧納多．達文西的聖女像、科荷喬的仙女圖、堤香的仕女圖、維侯內斯的朝拜圖、西班牙畫家穆西羅的聖母升天圖、德國畫家霍本的自畫像、西班牙畫家維拉斯葛的

四方牆面採斜角設計

修士圖、西貝哈的殉道圖、佛拉芒畫家魯本的聖主節圖、特尼爾的兩幅佛拉風景畫、荷蘭畫家傑哈荷·道、梅蘇、保羅·波特的三幅小型畫作、法國畫家傑西果及布魯宏的兩幀作品、荷蘭畫家貝休生與法國畫家維內的幾幅海景畫。現代繪畫則有德拉兮、英格荷、德康、妥庸、梅索尼耶、多比尼等法國畫家的創作，另有幾座仿照古代經典雕像，以大理石或青銅重製而成的縮小版雕塑，精巧細緻，置於這奇妙博物館各角落的座架上。鸚鵡螺號船長曾預言我會處於大驚小怪的狀態，我也開始這麼覺得。

「教授先生，」此刻怪人開口：「這廳室亂七八糟的，隨意招待還請見諒。」

「先生，」我回答：「我不會刻意打探你的身分，但應可當你是位藝術家吧？」

「最多算業餘的，先生，以前我就愛收藏人們創造的美麗藝品，而且求藝術品若渴，上山下海，樂此不疲，甚至收過某些價値不斐的寶物。對我而言，陸地生活已逝，這是洲陸留給我最後的紀念品。在我眼裡，你們所謂近代藝術家多半有二、三千年歷史，和古代藝術家沒兩樣，所以我全混在一起，凡名家大師何須區分年代。」

「那這些音樂家呢？」我指著包括德國韋伯、義大利荷西尼、奧地利莫札特、德國貝多芬、奧地利海頓、德國梅耶貝爾、法國埃侯德、德國華格納、法國奧貝、古諾及其他爲數眾多的名家樂譜，雜亂置於嵌入牆面的大型管風琴上。

「這些音樂家，」尼莫船長答道：「我認爲與希臘吟遊詩人奧菲是同代人，因爲在死人記憶中，任何年代都一樣，沒什麼差別，而我就是死人，教授先生，與你那些長眠六尺之下的朋友們相同！」

尼莫船長又不說話了，再度陷入沉思，我熱切地觀察，暗自分析他臉上古怪的神情，船長倚靠精美的馬賽克桌子邊角，看也不看我一眼，似乎忘了我的存在。

我不想打擾他的思緒，繼續觀看滿室珍品。

與藝術品相比，自然界的罕見物種也佔有重要地位，主要包括植物、貝殼類和其他海生類，應該都是尼莫船長個人的發現。廳室中央有座噴泉，採電光照明，噴出的泉水回流下方大型貝類製成的水盆裡，這顆貝殼屬無頭軟體動物中最巨型的那種，測量其鑲有細緻花飾的上緣圓周，大約六公尺長，比威尼斯共和國送給法王佛朗索一世的還大，巴黎聖蘇畢斯教堂曾取其中二個製成大型聖水池。

貝殼水盆的周圍，有排精緻銅框玻璃櫃，裡頭擺放一般自然學家難得一見的各種珍貴海生物種，分門別類，貼上標籤，身爲教授的我喜不自勝。

櫃中收藏珊瑚蟲與棘皮動物最奇特的標本，兩類皆屬植蟲動物門，前者包括笙珊瑚、扇形柳珊瑚、敘利亞軟海綿、印尼莫鹿加群島的海木賊、海筆、產自挪威海域討喜的逗點珊瑚、各式海月桂、海雞冠，我的老師米納·愛德華曾對石珊瑚系列做過清楚的分類，所以我認得其中可愛的海蛞蝓、波旁島的石珊瑚、安地列斯群島的「海神之車」及各式珊瑚，這些奇特的珊瑚骨最後將堆集成島，有一天再連結成陸地。而特徵爲外表多刺的棘皮動物類中，則包括海盤車、海星、五角海百合、毛海星、流盤星、海膽、海參等，此類標本十分齊全。

任何稍有神經的貝殼類專家來到另幾個陳列豐富軟體動物門標本的櫥窗前，必定爲之瘋狂。映入眼簾的，是一整套無價收藏，時間有限，無法細數，僅能略舉一二備忘，比如印度洋海域優雅的國王錘頭貝，其規則排列的白色斑點在紅棕色外殼映襯下活潑鮮明，另有鮮豔多刺的皇家海菊蛤，歐洲博物館少見此標本，估計至少值二萬法郎。其次是新荷蘭島[1]海域的錘頭貝，雖然普通卻不易捕獲，還有塞內加爾的番海扇，易

1 新荷蘭島：澳洲的舊名。澳洲大陸最早由荷蘭人於十七世紀發現並命名，本書中凡爾納舊、新名皆用，並不統一。

碎的白色雙殼，彷彿吹口氣就會像肥皂泡泡般消失。然後，各式邊緣有皺褶葉狀石灰質管的爪哇噴壺貝，以及在業餘收藏者中十分搶手的整套馬蹄螺標本，其中美洲海域撈獲的是黃綠色，紅棕色的則產自新荷蘭島附近海域，墨西哥海灣來的花紋呈瓦狀排列，南洋海域的呈放射狀。最後，也最罕見的，當屬紐西蘭的馬刺螺、賞心悅目的硫櫻蛤、珍貴的浪花介蟲及維納斯螺、印度特宏科巴海濱的海獅螺、外殼有珠光大理石紋的蝶螺、中國海的綠鸚鵡螺、鮮爲人知的葛諾督利種芋螺、在印度和非洲當成貨幣使用的各種瓷貝、東印度群島最珍貴的貝殼「海洋之光」，其餘尚有海螺、燕子螺、錐螺、海蝸牛、卵形貝、螺旋貝、榧螺、筆螺、冠螺、荔枝螺、蛾螺、豎琴螺、岩螺、嵌線螺、蟹守螺、長辛螺、風螺、蜘蛛螺、帽貝、硝子螺、龜螺，皆屬嬌貴精巧的螺貝類，科學家也爲其取上最迷人的名字。

此外，還有數個特製的分類小格，用來展示精美絕倫的串珠，電燈照射下更顯閃光熠熠，包括出自紅海江珧貝的玫瑰珠、取自彩虹鮑的綠珍珠，還有黃、藍、黑色等其他海域各種軟體動物及北海部分蚌類產出的新奇美珠。最後，幾件提取自稀有珠母的珍珠標本堪稱無價之寶，少數幾顆珍珠比鴿子蛋還大，價值超過法國旅行家達菲尼耶以三萬法郎賣給波斯國王的珍珠，也遠勝另一顆由阿曼馬斯卡特市首長擁有，我一直覺得世上無所匹敵的寶珠。

因此，說無法估計這些收藏品的價值並不爲過，尼莫船長勢必耗資百萬，才得蒐羅如此繁多的標本，正當納悶船長都從哪兒弄來這些錢滿足收藏慾時，他開口打斷我的思緒：

「你研究起我的貝殼來了，教授先生，也對，貝殼確實能引起自然學家的興趣，但對我來說，更饒富趣味，畢竟這些全是我親手撿集，地球上沒有一處海域逃過我的搜尋。」

「我懂，船長，我了解漫步寶庫的樂趣，你是靠自己創造財寶的人，歐洲尚無一家博物館有你這樣的海生物收藏，但假如我再讚美收藏品下去，恐怕輪到讚美這艘裝載寶物的潛水船時便辭窮了！我無意探你隱私，卻不得不承認鸚鵡螺號本身的驅動力、運轉的設備、強大的推進因子，皆令本人高度好奇。我發現展示廳牆上懸掛許多我不知用途的儀器，我可以知道嗎？」

「阿宏納先生，」尼莫船長回應：「我說過你在船上很自由，所以，鸚鵡螺號任何角落皆不限參觀，你盡可仔細觀察，我也樂於當個導遊。」

「眞不知如何感謝你，先生，但我不好濫用你的美意，只想問問那些物理儀器是做什麼用的？」

「教授先生，我房間也有同款儀器，等會兒參觀時我很樂意說明，但去之前，先瞧瞧爲你準備的艙房，你總得知道自己被安置在鸚鵡螺號上怎樣的地方。」

展示廳各牆角都有門，我跟著尼莫船長從其中一扇離開，又回到外頭的直廊，他領我往船頭方向前進，走入一間不僅是艙房，而是床鋪、衛浴設備、各種家具俱全的雅緻臥室。

我連連感謝船主。

「隔壁就是我房間，」他打開自己房門說：「正好面向我們剛才離開的展示廳。」

我走進船長臥室，室內陳設簡樸，像修士住的房間，一張鐵床、一張辦公桌、幾件盥洗用品，照明昏暗，不見舒適擺設，只有一些必需品。

尼莫船長指著椅子道：

「請坐。」

我坐下，他接著開口說出以下這段話。

第十二章　全靠電力

「先生，」尼莫船長指著懸掛於房間牆上的設備解釋：「這些是鸚鵡螺號航行時會用到的儀器，與展示廳的一樣，我隨時監控，透過儀器了解位於大海中的位置與確切方向。部分儀器你認得，像是測量鸚鵡螺號內部溫度的溫度計、衡量氣壓並預測天氣變化的氣壓計、標示大氣乾燥程度的溼度計、當瓶內化學混和物分解即預告暴風雨來臨的風暴瓶、指引方向的羅盤、經由太陽高度換算緯度的六分儀、計量經度的天文鐘，最後，鸚鵡螺號浮出水面時，我會拿這些日視及夜視望遠鏡觀測天際。」

「都是航海人員慣用的設備，」我回答：「我了解用途，倒是其他儀器，想必是因應鸚鵡螺號特殊需求所備，我看這個指針轉動的刻度盤，不是流體壓力計嗎？」

「正是流體壓力計，放入水中即可測得外部水壓，同時得知船體所在深度。」

「那這些新式探測器呢？」

「那叫水溫探測器，能顯示不同水層的溫度。」

「還有其他我猜不出用途的設備又是什麼？」

「這部分，教授先生，我得解釋一下，」尼莫船長表示：「請聽我說。」

他沉默半晌才開口：

「這裡有一種強大、順手、快速、簡便的物質，用途廣泛，主宰全船，包辦一切，提供光與熱，是船上機械設備的靈魂，這物質就是電。」

「電！」我驚呼。

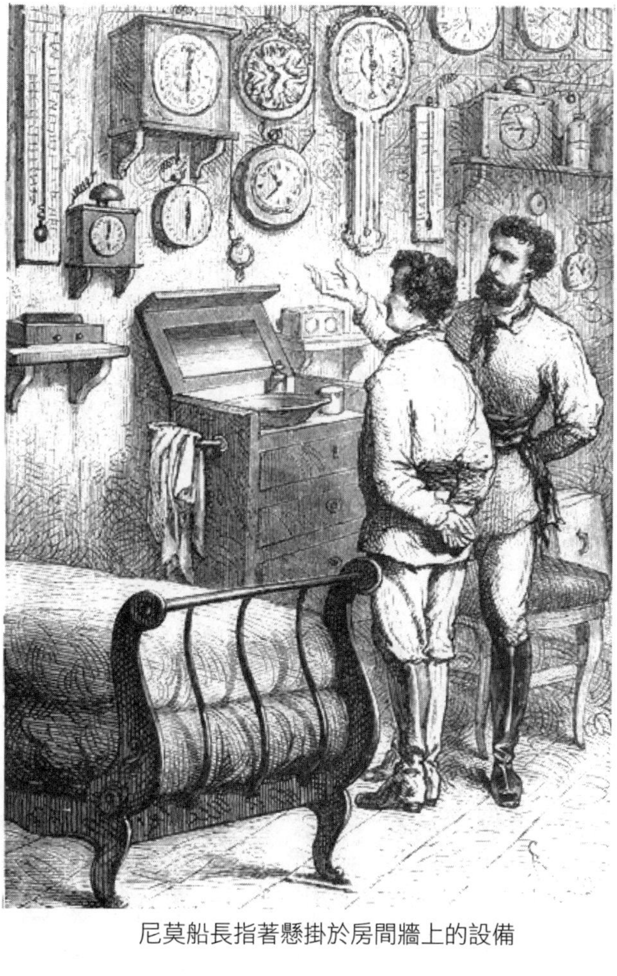

尼莫船長指著懸掛於房間牆上的設備

「是的，先生。」

「不過，船長，你這艘船移動速度之快，非電力可應付，到目前為止，電能仍有其侷限，僅可產生少許動力！」

「教授先生，」尼莫船長回應：「我的電不是一般的電，我能奉告的就這麼多。」

「我不會追根究柢，先生，單純為此效果感到訝異罷了。只問一個問題，若不妥，你不答無妨。你用來製造神奇物質的元素應該消耗很快，例如鋅，既然你與陸地斷絕往來，又如何補充？」

「這問題可解，」尼莫船長回答：「首先，我得說海底蘊藏鋅、鐵、銀、金等礦物，開採絕對可行，但我從未借助深海大陸的礦藏，只願從海水本身求取製造電力的方法。」

「海水本身？」

「是的，教授先生，我有的是辦法，我大可在不同深度埋設隱線構成電路，利用隱線接收的不同溫度取得電力，但我偏好採用更有效率的系統。」

「什麼系統？」

「你很清楚海水的成分，一千克海水中，百分之九十六點五是水，百分之二點七左右是氯化鈉，還有少量的氯化鎂、氯化鉀、溴化鎂、硫酸鎂、硫酸及碳酸鈣，由此可見氯化鈉在海水中含量可觀，我就是從海水中提取鈉來合成我需要的元素。」

「鈉？」

「對，先生。鈉與汞的合成物即可代替本生元素表中的鋅，汞用之不竭，只有鈉是消耗品，所幸海水能供應。我還可以告訴你，鈉電池當屬效能最強的電池，電力乃鋅電池的兩倍。」

「船長，我完全理解你就地取材的鈉有多好，沒錯，海水含有鈉，但仍需經過加工，簡言之，仍得提煉。你如何做到？當然靠你的電池提煉，可是如果我沒弄錯，電力設備消耗鈉的數量，恐怕遠超過提取的量，導致你爲產電而消耗的鈉，多過你的鈉產量！」

「所以，教授先生，我不用電池，只用煤炭的熱力。」

「陸地的煤炭？」我忍不住再次確認。

「是海底煤礦，隨你怎麼說。」

「你已經能開採海底煤礦了？」

「阿宏納先生，你會看到我動工的，麻煩有點耐心，反正你有的是時間，你只需記住：我全靠海洋，海洋製造電，電供應鸚鵡螺號熱能、光能、動能，一言以蔽之，電力賦予生命。」

「但不提供呼吸的空氣吧？」

「喔！我也能自製所需的空氣，不過沒必要，因爲我隨時能浮出海面。話說回來，即使電無法供應我可呼吸的空氣，至少能發動強力幫浦，將空氣儲存於特製儲存槽內，如此我還是能視需要潛入海底，想在深水層待多久都行。」

「船長，」我說：「我由衷欽佩，你顯然找到人類未來可望找到的東西，也就是電力擁有的眞正動能。」

「我不曉得他們能不能找到，」尼莫船長冷冷地回答：「無論如何，你已看到我主要將此珍貴物質應用於何處，電力照明具備陽光缺乏的均勻與持續性，現在，瞧瞧這靠電力運轉的掛鐘，堪比最準確的天文鐘，我比照義大利鐘錶制，將錶盤分爲二十四小時，畢竟我這兒不分黑夜、白晝，亦不見太陽、月亮，跟著我入海的只有人造光！你看，現在是上午十點。」

「分秒不差。」

「電力還有另一用途，懸掛我們眼前這個刻度盤，是用來標示鸚鵡螺號的船速，只要以電線連接刻度盤及測程螺旋儀，指針便能呈現潛水船的實際航速。瞧，現在我們正以十五海里的中速前進。」

「太了不起了，」我回應。「船長，我終於明白你選用此物質的原因，這東西完全可取代風、水及蒸汽。」

「還沒完，阿宏納先生，」尼莫船長起身：「勞駕你隨我參觀鸚鵡螺號的後半部。」

確實，我已走完潛水船的前半部，從船體中心至船頭之格局實際劃分如下：長五公尺的餐廳、長五公尺的圖書室，兩室以水密牆相隔，也就是所謂的防水隔板，再來是十公尺長的大展示廳，與五公尺長的船長臥房，同樣以水密牆隔開，然後是我的房間，長二點五公尺，最後至船頭這段，則為長七點五公尺的空氣儲存槽室，總長三十五公尺。水密牆皆裝設橡膠閥門，能密實關閉，萬一船體出現漏洞，可確保鸚鵡螺號的安全。

我隨著尼莫船長穿越船側通道，來到船身中央，那兒有兩道水密牆，中間有個類似井的開口，一架固定在牆上的鐵梯可直通井口頂端，我向船長詢問梯子的用處。

「梯子通往小艇。」他回答。

「什麼！你還有小艇？」我十分驚訝。

「當然，一艘高檔小艇，輕巧、不易沉，適用於閒逛和捕魚。」

「但屆時你若打算登艇，不就非得浮出水面？」

「那倒不必，小艇置於鸚鵡螺號船身上方一處為其量身訂做的凹洞裡，全艇鋪設水密甲板，以強力螺絲固定。這道梯子通向鸚鵡螺號船身上的『人孔』，與小艇側邊那個相通，穿過兩個人孔後即可進入小艇，然後有人會關上鸚鵡螺號的人孔，我則自己關上小艇的，開關皆透過壓力栓控制，待我鬆開錨栓，小艇便以驚人速度浮上海面。然後我才打開緊閉的甲板蓋，豎起桅杆，揚帆划槳，駕船四處晃晃。」

「那你如何返回大船？」

「不是我回去，阿宏納先生，是鸚鵡螺號過來。」

「等你命令？」

「等我命令，兩船有電線相連，發個電報即可。」

「眞的，」早已沉醉連番驚喜的我說：「再容易不過了！」

離開通往平台的樓梯井後，再往前，是間兩公尺長的艙房，顧問及尼德．蘭正在裡面狼呑虎嚥，盡情享用餐點。隨後開啓的是廚房大門，廚房長三公尺，位於大型食物儲藏室中央。

此處一切烹煮皆靠電力，比煤氣更有效率，火候也更好控制。爐灶底下的電線接上鉑棉，使熱度均勻、保持恆溫。電同時加熱蒸餾器，透過氣化，提供適合飲用的純淨飲水。廚房旁邊有間設備完善的浴室，水龍頭供應冷、熱水，可依需求使用。

廚房隔壁是船員工作室，長五公尺，不過房門緊閉，無法看到內部陳設，否則我或許能知操作鸚鵡螺號需要多少人員。

盡頭出現第四道水密牆，隔開工作室與機房。門開了，我進入尼莫船長安裝運轉機器的房間，他肯定是一流的工程師。

機房燈火通明，至少二十公尺長，內部理所當然分成二區，一區儲藏製造電力的元素，另一區擺放輸送動能給螺旋槳的機器。

一進機房，我有點被滿屋子的特殊氣味嚇到，尼莫船長看出我神色有異，便道：

「那是使用鈉時產生的氣體，算小問題，就是每天早上得徹底通風，濾淨船內空氣。」

我研究起鸚鵡螺號的機械設備

即便如此，我早已興致勃勃研究起鸚鵡螺號的機械設備。

「你看，」尼莫船長表示：「我採用本生[1]方法，而非倫可夫[2]的方式，後者效力不彰，本生的方式用量不多，但根據過往經驗，效力卻異常強大。產出的電傳送至船後方，藉由大型電磁鐵使槓桿及齒輪組成的特殊系統運轉，驅動螺旋槳主軸。螺旋槳直徑六公尺，渦輪直徑七點五公尺，每秒可達一百二十轉。」

「那船速最快可達多少？」

「每小時五十海里。」

這其中必有秘訣，當然我不是非弄清楚不可，只覺得電何以產生如此強大能量？看似無極限的能量怎麼來的？難道是某種新型線圈產生的高壓電？或經由某種不知名、可無限增強效力的槓桿系統傳輸？真令人匪夷所思。

「尼莫船長，」我說：「我看到結果了，但不打算追根究柢，我見過鸚鵡螺號在亞伯拉罕．林肯號前如何行駛，對其速度心裡有數，然而，光會走不夠，還得知道往哪兒走，得能往右、往左、往上、往下！你如何潛入深海？畢竟過程中得承受不斷增加的阻力，可能高達上百個大氣壓力。你又如何浮上海面？最後，又該如何將船維持在適合的深度？這些問題會不會太冒昧？」

「完全不會，教授先生，」船長遲疑了一下才回我：「既然你得永遠待在這艘潛水船上，請來大廳一趟，那才是真正的工作室，你可以從那兒了解關於鸚鵡螺號該知悉的一切！」

1 本生：指德國化學家羅伯特．威廉．本生，輻射元素銫和銣的發現者，本生燈以他命名。
2 倫可夫：指德國技師倫可夫，以發明感應線圈（變壓器）著名。

第十三章　若干數據

沒多久，我們已坐在客廳的長沙發上，嘴裡各叼著一根雪茄，船長在我眼前攤開繪製鸚鵡螺號平面、剖面及立體角度的詳圖，開始如此解釋：

「阿宏納先生，你搭乘的這艘船所有尺寸資訊，都在這張圖上。船體兩端呈圓錐狀，中間為長條圓柱體，形似雪茄，倫敦某些船隻曾採用相同構造。圓柱體從頭到尾正好七十公尺，橫樑處最寬，達八公尺。因此，本船未按照十比一的標準規格建造，與你們的高速輪船完全不同，但由於長度足夠，水線以下船體得充分延伸，排水容易，絲毫不會妨礙航行。

「有了長寬兩項尺寸，再簡單計算一下，即可得出鸚鵡螺號的面積與體積，面積為一千零一十一點四五平方公尺，體積為一千五百點二立方公尺，換句話說，船完全潛入水中時，其排水量為一千五百立方公尺，或換算重量為一千五百公噸。

「繪製這艘用於潛水的船艇平面圖時，我希望當船維持平衡不動時，吃水深度須佔船身十分之九，水面上僅餘十分之一，在此條件下，排水量也只達體積的十分之九，也就是一千三百五十六點四八立方公尺，換算成噸亦同。所以，造船時必須按前述尺寸建造，不得超過這個重量。

「鸚鵡螺號有雙層船殼，分內殼及外殼，兩者以眾多T型鐵相連，使船體穩固堅實，正因此細胞狀設計，船身結構猶如一整塊實心鋼鐵，無懈可擊，船殼也無斷裂可能，畢竟是靠結構緊密附著，而非端賴鉚釘旋鎖，由於構造整合均一，配合材料組裝確實無誤，才能助其對抗狂風巨浪。

「兩層船殼皆以鋼板製造，密度約為海水十分之七或八，第一層至少五公分厚，重三百九十四點九六公

在我眼前攤開繪製鸚鵡螺號詳圖

噸，第二層內殼，又稱龍骨，高五十公分，寬二十五公分，僅重六十二公噸，其他像機械設備、壓艙機、各種輔助裝置、設施裝潢、隔板、內橫樑等總重九百六十一點六二公噸，加上第一層三百九十四點九六公噸，合計共一千三百五十六點四八公噸，沒錯吧？」

「沒錯。」我答。

「所以，」船長又說：「以鸚鵡螺號的規格，當其浮出海面航行時，僅會露出十分之一的船體。然而，倘若我裝設數個總容量等同十分之一船體的儲水槽，也就是一百五十點七二公噸，待儲水槽裝滿水，則船的排水量或重量達一千五百零七公噸，即可完全潛入水中。原理就是如此，教授。儲水槽位於鸚鵡螺號下層側邊，打開閥門，引水入庫，滿水位後，原浮出水面的船體便開始下沉。」

「對，船長，但實際操作有難度，我能理解浮出水面這部分，不過下沉潛入水下時，你的潛水裝置難道不會面臨水壓造成由下往上推升的浮力？估計每三十英尺水柱產生一個大氣壓力，約等於每平方公分承受一公斤的壓力。」

「當然會，先生。」

「因此，除非將鸚鵡螺號灌滿水，否則實在不解船如何潛入大海。」

「教授先生，」尼莫船長回答：「靜力學和動力學不該混為一談，不然恐大錯特錯，到達深海區費不了多少功夫，因為物體皆有向下的特性，且待我說分明。」

「洗耳恭聽，船長。」

「當我決定增加鸚鵡螺號的重量以利下沉時，只需留意海水隨著水深壓縮的體積即可。」

「那倒是。」我回應。

「然而，也許水不是絕對無法壓縮，但至少很難壓縮，其實根據最新估算，每大氣壓力或每三十英尺水柱壓，其壓縮比例頂多爲千萬分之四百三十六，假如潛抵一千公尺深的水層，等同遭遇一千公尺水柱壓、一百個大氣壓力，我便得留意此深度應達到的壓縮量，也就是十萬分之四百三十六。因此我必須增加船重至一千五百一十三點七七公噸，而非一千五百零七點二公噸，所以不過增加六點五七公噸罷了。」

「這樣而已？」

「沒錯，阿宏納先生，而且這算法也不難驗證。何況我還有數個百噸容量的備用儲水槽，想下沉多深都沒問題，若想上升貼近水面，只需排水，若想讓鸚鵡螺號船體十分之一全浮出水面，則排空所有儲水槽即可。」

其說明輔以數字佐證，實在無從反駁。

「你的計算理論無庸置疑，船長，」我表示：「既然每天實際運作下來都行得通，那我再提出異議未免太不識相。但我總覺得執行起來應該有困難才對。」

「什麼困難，先生？」

「當潛入一千公尺深處，鸚鵡螺號的外殼即承受一百個大氣壓力，如果此時你打算排空備用儲水槽，減輕船體重量好上升至水面，那麼幫浦得先克服一百個大氣壓力，等於每平方公分一百公斤，這力量是……」

「光靠電力即可，」船長忙不迭答話：「我再強調，先生，供應這些機器的動力幾乎無限，鸚鵡螺號的幫浦力大無窮，你應當見識過上回朝亞伯拉罕．林肯號噴出的水柱，猛如激流。此外，爲了保護這些設備，只有潛入一千五百至兩千公尺的中等深度時，才會啓用備用儲水槽。再者，當我心血來潮想去距水面二或三里格深處時，亦會改用其他操作方式，雖然花較多時間，效果也不差。」

「例如什麼方式，船長？」我問。

「那勢必得透露如何駕駛鸚鵡螺號了。」

「我等不及想知道了。」

「想控制船靠右、靠左或轉向，簡單來說，也就是水平航行時，我利用一般的寬葉舵操作，其安裝於船尾，靠輪軸及滑輪轉動。但我也能駕駛鸚鵡螺號上下垂直移動，主要是在船兩側吃水線中央裝置可隨意變換方向的活動斜板，拉動船內強力把手即可運轉。當斜板與船身平行時，船爲水平航行，若傾斜，鸚鵡螺號則會依斜度在螺旋槳推動下前進，沿著我要求的角度下沉或上升。同時，假如我想盡快到達水面，只需操作螺旋槳，讓水壓推升船體垂直上行，鸚鵡螺號就會像灌滿氫氣的氣球，迅速升空。」

「了不起！船長，」我大聲叫好：「但深海茫茫，舵手如何按照你要求的路線前進？」

「舵手在玻璃罩艙裡工作，罩艙位於鸚鵡螺號船體上方突起處，裝有透鏡玻璃。」

「玻璃能承受這麼強大的壓力？」

「沒問題，水晶不耐撞，卻很耐壓。一八六四年，北方海域曾進行電光捕魚的實驗，當時人們就看過這種水晶板，厚度僅七公厘，可承受十六個大氣壓力，強熱光亦可穿透，但熱度分散不均。而我使用的玻璃，中心厚度至少二十一公分，也就是三十倍厚。」

「這我同意，尼莫船長，但終究得靠光線驅逐黑暗才具能見度，我納悶在漆黑大海中如何……」

「舵手玻璃罩艙後方，裝有強力電光反射鏡，照明範圍可達半海里。」

「哇！讚，實在太讚了！船長，我終於弄懂令學者絞盡腦汁，所謂獨角鯨的磷光現象了！那麼順便請教，造成轟動的鸚鵡螺號與斯科西亞號相撞事件是意外嗎？」

「純屬意外，先生。碰撞發生時我正於水面下兩公尺處航行，再說我看沒有造成太嚴重的後果。」

「是沒有，先生，那衝撞亞伯拉罕·林肯號又怎麼說？」

「教授先生，我對這艘驍勇美國海軍最精良的軍艦感到抱歉，不過人家發動攻擊，我不得不自衛！但也頂多讓軍艦失去傷害我的能力，它大可至最近的港口修復故障。」

「哎呀！船長，」我誠懇讚嘆道：「你的鸚鵡螺號眞是絕妙好船！」

「是的，教授先生，」尼莫船長眞情流露：「我把它當親骨肉一般珍愛！你們的船在危機四伏的大海中恐遭逢各種危險，如同荷蘭神學家詹森所言，一旦到了海上，最直覺的感受便是如臨深淵，然而無論在鸚鵡螺號艙內或船底，人們完全不必提心吊膽，雙層船殼如銅牆鐵壁，用不著害怕船體變形，無需顧慮風帆橫桿或縱桿受力過大彎曲，更沒有船帆被風吹走的問題。此外，少了鍋爐可免蒸氣爆炸之憂，船體設備皆爲鋼造非木製，亦無火災之慮，加上機械能源是電力，不用操心燃煤耗盡，而潛水船多半在深海獨來獨往，不必擔心發生碰撞事故，再者，因活動範圍在水面下數公尺，平靜無波，省得對抗暴風雨！以上，先生，都是這艘潛艇的優點！倘若工程師對船體結構比造船者有信心，造船者又比船長有信心，你就不難理解我爲何願意全心信賴鸚鵡螺號，因爲船長、造船者、工程師都是我！」

尼莫船長侃侃而談，目光如炬，眉飛色舞，簡直變了個人。的確，他對這艘船的愛，如同父親愛著兒子。

我忍不住又順口問了個或許很冒失的問題：

「所以你是工程師，尼莫船長？」

「沒錯，教授，」他回答：「在我還是陸地居民時，曾於倫敦、巴黎、紐約求學。」

「那你如何能秘密建造這艘驚人的鸚鵡螺號？」

「阿宏納先生，船體每項部件都是從世界各地寄至我提供的假地址。龍骨由法國喀赫索市鍛造、螺旋槳主軸來自倫敦佩西公司、船體鋼板由利物浦的雷亞德公司生產、螺旋槳則向英國格拉斯哥市的斯葛特公司訂購、儲存槽是巴黎卡西公司製作、機械設備產自普魯士的克魯伯公司、船首尖角的製造廠在瑞典穆塔拉市、精密儀器供應商則是找紐約哈特兄弟公司等等，而每家廠商都會收到不同署名的設計圖。」

「可是，」我又問：「即使部件齊備，總得組裝、配置吧？」

「教授，我事先於大洋中的某座荒島設立工廠，在那兒與工班，也就是我一手訓練的勇敢夥伴們，共同完成我們的鸚鵡螺號。待工程結束，便放火消滅痕跡，如果可以的話，我甚至打算炸毀那座島。」

「那麼，我相信建造成本非常龐大吧？」

「阿宏納先生，鋼材船艦每公噸要價一千一百二十五法朗，鸚鵡螺號容量為一千五百公噸，所以是一百六十八萬七千法郎，加上裝備費累計兩百萬法郎，若再算入藝術品及我個人收藏，總價達四、五百萬法郎。」

「最後一個問題，尼莫船長。」

「請說，教授先生。」

「你很富有囉？」

「財富無邊，先生，我可以面不改色付清法國百億國債！」

我望著眼前這位誇口的怪人，他是覺得我信任他，所以拿話誆騙？以後應該有機會弄明白的。

放火消滅那座島上的痕跡

第十四章　黑潮

地球被水覆蓋的部分估計有三億八千三百二十五萬五千八百平方公里，等於三萬八千多公頃，液態量達二十二點五億立方海里，若換作球體，其直徑為六十里格，重量為三百億億公噸。想知道這數字有多大，得先了解一百億億比十億等於十億比一單位，換句話說，一百億億可換算成多少十億，就等於十億可換算出多少單位。液態量差不多等於地球所有河川流注四萬年的累積水量。

在地質紀年，水時期緊接著火時期而來，地表最初汪洋一片，到了志留紀，山峰逐漸顯露，島嶼時而浮現，時而遭部分洪水淹沒，時而重新冒出頭，然後連成洲陸，最後才固定為地理上所稱的大陸，也就是我們今日看到的樣子。固體陸佔去液態水陸面積三千七百六十五點七萬平方海里，即一百二十九點一六億公頃。

依各洲陸地形可分隔出五大水域：北冰洋、南冰洋、印度洋、大西洋和太平洋。

太平洋南北介於兩極圈之前，東西則位於亞洲及美洲之間，經線範圍達一百四十五度，水流大、流速緩，潮汐穩定，雨量豐沛，是最風平浪靜的海域，亦為命運讓我在如此奇特處境下率先走訪的海洋。

「教授，」尼莫船長開口：「你願意的話，可一起記下確切方位，標定這趟旅程的起點，再十五分鐘就中午了，我準備浮上海面。」

船長按了三下電鈴，幫浦開始排空儲水槽的水，流體壓力計的指針隨著鸚鵡螺號上升，不時改變壓力指示，沒多久，指針停止擺動。

「我們到了。」船長說。

我走向通往平台的中央樓梯，攀上金屬階梯，蓋板已開，我來到鸚鵡螺號的船頂。

平台僅露出水面八十公分，鸚鵡螺號船頭及船尾採紡錘狀設計，恰如一支長長的雪茄。我注意到鋼板略呈瓦狀交錯，頗似大型陸生爬蟲類身上覆蓋的鱗片，怪不得儘管使用最好的望遠鏡，這艘船也老被誤認爲海生動物。

近平台中間處，有艘半嵌入船體的小艇，像微微隆起的瘤，平台前後各有一座普通高度的罩艙，艙壁帶有斜度，部分安裝厚玻璃透鏡，一座給駕駛鸚鵡螺號的舵手專用，另一座則裝有照明路線的強力探照燈。

海景綺麗，天色清朗，長形船身幾乎感覺不到大浪起伏，東風徐徐，吹皺洋面，天邊雲霧消散，視野極佳。

海面上什麼都沒有，不見礁石、島嶼，更不見亞伯拉罕．林肯號，僅止浩瀚無垠的蒼茫。

尼莫船長拿著六分儀測量太陽高度，應是爲了判定緯度位置，他花了幾分鐘等太陽與水面齊平，觀測時，全身肌肉靜止不動，宛如大理石像般穩穩握著儀器。

「中午了，」他說：「教授，此時出發可好？」

我朝這片日本近海黃澄澄的海洋望了最後一眼，接著走下船梯，來到客廳。

船長在客廳記下方位，精確計算經度，再核對先前每小時觀測的角度紀錄，然後對我說：

「阿宏納先生，我們位於西經一百三十七度十五分……」

「根據哪條子午線計算的？」我連忙問，希望從船長的答案得知他的國籍。

「先生，」他回應：「我有不同的天文鐘，分別依巴黎、格林威治、華盛頓的子午線校準，不過，爲向你表達敬意，我將以巴黎天文鐘爲準。」

這答覆無濟於事，我只能鞠躬稱謝，船長接著說：

尼莫船長拿著六分儀測量太陽高度

「根據巴黎子午線，船正位於西經三十七度十五分、北緯三十度七分，也就是距日本海岸約三百海里。我們就從今天十一月八日正午，展開海底探險之旅。」

「願上帝保佑我們！」我答。

「現在，教授先生，」船長又說：「我就不陪你做研究了，航行路線已設定深度五十公尺，朝東北東前進，這些是重點航線圖，供你追蹤參考，客廳請隨便用，容我失陪。」

尼莫船長告辭離去，留我一人陷入沉思，心神全繞著鸚鵡螺號船長轉，這怪人以不屬任何國家自豪，我是否永遠無法探知他的國籍？而他仇視人類的程度，恐轉換為可怕的報復行動，究竟哪兒來的深仇大恨？難道他是懷才不遇的學者，套句顧問的話，是「歷盡滄桑」的天才，像現代伽利略，甚或像美國人莫里這類研究工作毀於政治革命的科學家？我難以斷言，機緣將我拋上他的船，我的命掌握在他手上，他待客不算熱絡，但還算殷勤，只是每每同他握手，他從未回應，也不曾主動伸手求握。

我花了整整一小時苦思，試圖解開縈繞心頭的謎團，後來，我將目光停留在桌上攤開的大幅平面地圖，指尖按著剛才觀測的經緯交會點。

海洋與大陸一樣有江河分布，這些潮流非常特別，可依溫度、顏色辨識，其中最廣為人知的便是「暖流」，科學界認為地球上有五大主洋流：第一條在大西洋北部，第二條在大西洋南部，第三條在太平洋北部，第四條在太平洋南部，第五條在印度洋南部，甚至印度洋北部過去極可能存在第六條洋流，當時，裏海與鹹海還與亞洲各大湖連成一片汪洋。

而平面地圖上的交會點，正巧有道洋流經過，名為日本暖流，即所謂的黑潮，黑潮始於孟加拉海灣，受回歸線陽光直射水溫暖熱，再穿越麻六甲海峽，沿著亞洲海岸前進，環行北太平洋，直至阿留申群島，樟木樹幹及當地物產隨流運輸，純靛藍色的暖流與海洋水流涇渭分明，鸚鵡螺號將順著這道洋流前進，我盯著洋流路線看，至其隱沒浩瀚的太平洋，自己彷彿也被帶著走，此時尼德·蘭和顧問出現在客廳門口。

兩位勇敢的同伴被眼前琳瑯滿目的珍品嚇呆了。

「我們在哪兒？我們在哪兒？」加拿大人失聲大喊：「魁北克博物館嗎？」

「先生高興的話，」顧問開口：「亦可說在法國的索梅哈旅館。」

「朋友，」我示意他倆進來：「你們不在加拿大，也不在法國，確實在鸚鵡螺號上，海平面底下五十公尺處。」

「既然先生如此肯定，自然相信先生的話，」顧問應聲：「但坦白說，這客廳連我這佛拉芒人見了也不免驚奇。」

「儘管驚奇吧，朋友，記得瞧個仔細，因爲對你這位分類高手來說，此處要忙的可多了。」

用不著費勁鼓勵顧問，這好孩子早已彎腰盯著玻璃櫃，喃喃唸出自然學家的專業用語：腹足綱、蛾螺科、瓷屬、馬達加斯加貝螺種等。

這時，不太懂貝類的尼德·蘭問起我與尼莫船長交談的情況，包括我是否弄清此人來歷？他來自何方，又準備去哪兒？他會將我們帶往多深的海底？成千上萬的問題簡直回答不過來。

我把知道的全告訴他，或不如說，是把不知道的全問他，看看他那邊有沒有聽見或看到什麼。

「什麼也沒有！」加拿大人說：「甚至不見半個船員，難不成船員也得靠電力發動？」

「電力發動！」

「我覺得啦！只能這麼相信了，倒是你，阿宏納先生，」尼德·蘭別有居心地追問：「你也無法告訴我船上有多少人？十個、二十個、五十個、一百個？」

「沒辦法，蘭師傅，而且聽我的，此刻你最好捨棄奪取鸚鵡螺號或逃走的念頭，這艘船是現代工業的傑作，沒見過的話，我一定抱憾終身！許多人只要能看一眼這些奇珍異寶，即便走馬看花，也甘願遭逢我們的處境，因此，痲煩靜下心，好好觀察周邊發生的一切。」

「觀察！」魚叉手嚷著：「問題是除了這鋼板監獄，啥也看不到！咱們是摸黑前進、盲目航行……」

尼德．蘭吐出最後幾個字時，室內突然陷入黑暗，伸手不見五指，天花板光源說滅就滅，害我眼睛一陣疼，好比反過來，在漆黑中突然見著強光的感覺。

我們閉嘴不敢亂動，不知等著我們的是驚喜或意外。接著傳來某種滑動聲，聽起來像鸚鵡螺號兩側壁板在移動。

「這下眞的完蛋了！」尼德．蘭說。

「水螅目！」顧問喃喃自語。

忽然，光線從兩道長形開口湧入，照亮客廳四面，海水在電光照射下閃耀，我們與海水之間擋了兩片水晶板，起先，一想到這脆弱的壁板可能碎裂，我有些發顫，其實，在堅固銅架支撐下，耐壓程度幾近無限。

鸚鵡螺號周圍方圓海裡的水域一覽無遺，好美！筆墨難以形容！誰能描繪這穿射透明水層的光影之效及光線朝上下水層暈染時漸弱的柔和！

大家都知道海水具透光性，也知其清澈程度遠勝岩層湧出的泉水，懸浮於海面的礦物質及有機物，反而更提升海水透明度。某些海域，例如安地列斯群島附近，沙床距水面深達一百五十五公尺，依舊清晰可見，令人驚嘆。陽光最多只能照到三百公尺深處，不過鸚鵡螺號行經的水域，照亮波濤的是電光，因此，不只定點區域發亮，甚至形成流動的光痕。

如果我們接受德國科學家艾亨貝的假設，認爲海底存在磷光，那麼大自然鐵定爲海洋居民保留了最精彩的景致，眼前電光已變化萬千，不難想像磷光有多美。我透過客廳四面窗扇望向這片處女深淵，廳內的昏暗更襯出外頭明亮，我們隔著透亮的水晶板，彷彿隔著大型魚缸的玻璃觀看水族世界。

由於缺少座標辨識，有種鸚鵡螺號停住的錯覺，不過偶爾仍可見船首尖角在高速行駛下切畫出的水線。嘆爲觀止！我們排排站在玻璃窗前，直到顧問開口，才打破這目瞪口呆的靜默：

「你不是想觀察，尼德兄，這下可有得觀察了！」

「奇妙！奇妙！」加拿大人連聲讚嘆，忘了憤怒及脫逃計畫，完全抵擋不住美景吸引力：「這等景致，大老遠跑來欣賞也值得！」

「啊！」我跟著驚叫：「現在我明白那人的生活了！他爲自己打造一方天地，獨藏震撼全世界的奇觀！」

「但魚呢？」加拿大人東張西望：「我沒看到魚呀！」

「何妨，尼德兄，」顧問回答：「反正你也不認識。」

「我可是漁夫耶！」尼德·蘭抗議。

兩位朋友就魚的問題起了爭執，其實他們都知曉魚種，只是方法截然不同。

眾所皆知，魚歸屬脊索動物門第四綱，是最後一綱，精確定義爲「具雙重循環系統、冷血、靠鰓呼吸、生活於水中的脊椎動物。」其可分兩類，包括脊柱以硬骨構成的硬骨魚，及脊柱爲軟骨構成的軟骨魚。

加拿大人可能懂這區別，但顧問知道得更多，如今與尼德有了交情，更不能承認自己智識不及他，於是顧問說：

「尼德兄，你是魚類殺手，本領高超的漁夫，捕過無數這種有趣的動物，但我敢保證你不知怎麼分類。」

「當然知道，」魚叉手正經八百地回應：「分能吃和不能吃！」

彷彿隔著大型魚缸的玻璃觀看水族世界

「那是貪吃鬼的分法，」顧問答道：「麻煩告訴我你懂硬骨魚及軟骨魚的差別嗎？」

「大概懂，顧問。」

「那這兩類又如何細分？」

「這就不知道了。」加拿大人坦言。

「很好！尼德兄，邊聽邊記！硬骨魚可細分爲六目，首先是棘鰭目，上顎完整、活動自如，鰓呈梳狀，此目包括十五科，也就是說，已知魚類中有四分之三屬於此科，代表魚是普通鱸魚。」

「相當好吃。」尼德．蘭答腔。

「其次，」顧問接著道：「腹鰭目，鰭長在下腹及後胸，而非肩胛骨，這一目可分五科，絕大部分淡水魚都屬此目，代表魚有鯉魚、梭魚。」

「呸！」加拿大人語帶輕蔑：「淡水魚！」

「第三，」顧問說：「鰈形目，腹胸相連，緊接肩胛骨，又分四科，代表魚有高眼鰈、黃蓋鰈、大菱鮃、菱鮃、龍利魚等。」

「美味！美味！」魚叉手直呼，完全只從能否食用的角度考量。

「第四，」顧問自顧自地繼續：「無鰭目，體型長，無腹鰭，身上覆蓋厚皮，通常具黏性，底下只有一科，鰻魚、電鰻爲典型。」

「普通！普通！」尼德．蘭回應。

「第五，」顧問稱：「棘背魚目，上下顎完整靈活，鰓由許多細鬚組成，成對排列，形成弧狀魚鰓。此目僅有一科，代表魚爲海馬、龍馬魚。」

「難吃！難吃！」魚叉手批評。

「第六，最後，」顧問表示：「乃魨形目，顎骨固定於顎間中側，顎弓連接顱骨骨縫，固定不動，這一目沒有眞正的腹鰭，分爲兩科，代表魚是魨魚及翻車魚。」

「煮這款魚眞是侮辱了鍋子！」加拿大人叫嚷。

「你明白了嗎，尼德兄？」顧問學者詢問。

「完全不明白，顧問兄，」魚叉手回答：「但你那麼有興致就儘管說下去。」

「至於軟骨魚，」顧問不慌不忙地開口：「只分三目。」

「太好了。」尼德說。

「首先是圓口目，上下顎相接成環狀，可自由開合，鰓上分布許多孔洞，僅一科，代表魚是七鰓鰻。」

「應該很受歡迎。」尼德．蘭接話。

「再來是鰩總目，鰓構造類似圓口目，但只有下顎能活動，這一目在軟骨魚綱中最爲重要，包括兩科，代表魚種有鰩魚及角鯊。」

「什麼！」尼德驚叫：「鰩魚和角鯊是同一目！那麼，顧問兄，爲了鰩魚好，我建議你別把牠倆放在同個魚缸裡！」

「第三，」顧問照說：「鱘形目，鰓同尋常魚類，鰓蓋骨僅留一條縫開合，此目下分四屬，代表魚爲鱘魚。」

「啊！顧問兄，你把最好吃的留到最後，至少我這麼覺得，所以，講完了嗎？」

「是，勇敢的尼德，」顧問回答：「不過得聲明，即使懂這些，仍不算懂，因爲科又分屬、亞屬、種、變種……」

「好了，顧問兄，」魚叉手彎腰貼近窗板說：「瞧，來了一堆變種！」

「是啊！魚群，」顧問驚呼：「簡直像在魚缸前賞魚！」

「不像，」我回應：「魚缸畢竟是籠子，而這些魚群同天上的鳥兒般自由自在。」

「很好！顧問兄，你倒說說魚名，快說魚名！」尼德．蘭要求。

「這個，」顧問回答：「我辦不到，我主人才會。」

的確，這令人欽佩的小夥子是個分類狂，卻不是自然學家，我不確定他能否辨識金槍魚屬中的鮪魚，反觀加拿大人，他能毫不遲疑喊出所有魚類的名字。

「鱗魨。」我說。

「而且是中國鱗魨！」尼德．蘭補充。

「鱗魨屬，鱗魨科，魨形目。」顧問喃喃念著。

尼德和顧問若合體，肯定是最傑出的自然學家。

加拿大人沒弄錯，這群鱗魨，身形扁平、表皮粗糙、背脊的刺爲武器，優游鸚鵡螺號旁時，尾巴四排豎起的尖刺亦隨之晃動。再沒有比牠們外型更出色的生物了，上灰下白，金色斑點在黑色浪濤的漩渦中閃耀。幾隻鰩魚混在鱗魨群裡隨波浮游，好似飄揚風中的布幔，其中最讓我驚喜的，便是發現這隻中國鰩魚，上半身暗黃，腹部呈淡粉紅，眼睛後方有三根螯刺，品種稀有，拉塞貝德那時代甚至懷疑這類魚是否存在，他只在一本日本畫冊上看過圖片。

整支海底部隊足足花了兩小時護送鸚鵡螺號，嬉戲跳躍，比美鬥艷，爭先恐後，我從當中認出綠隆頭魚、具兩道黑紋的鬚鯛、圓尾白身搭配紫斑背紋的蝦虎魚及藍身銀首、色澤碧青、這片海域最賞心悅目的鯖魚類日本鯖魚、數種名實相符的亮鯛、魚鰭藍黃相間的鯛魚、襯以黑帶尾鰭的橫紋魚、束著六條優美腰帶的環紋魚、各類笛口魚或某些標本達一公尺長的長吻魚、日本蠑螈、刺海鱔及六英尺長、靈活小眼、大口利牙

魚群

的海蛇等。

我們一直處於高度震撼的狀態，讚嘆不歇，尼德喊出魚名，顧問忙著分類，我則醉心於魚群靈活體態與美麗身形，能如此直擊活生生、自在優游棲息地的動物還真是前所未有的體驗。

眼花撩亂下，實在無法逐一列舉游經眼前，可說集日本海及中國海之大成的各類魚種。這群奔游的魚比天上的鳥群還多，想必是受電光吸引，才聚集至發出光源的船邊。

突然，客廳恢復明亮，鋼板再度關閉，壯麗景致頓時消失，但我仍沉浸其中，久久無法自拔，直至注意到牆壁上懸掛的儀器，羅盤依舊指向北北東，流體壓力計標示五個大氣壓力，代表船位於五十公尺深處，電動計程儀顯示時速爲十五海里。

我等著尼莫船長，但他未現身，掛鐘指向五點。

尼德．蘭和顧問返回各自的艙房，我也回到房間，晚餐已備妥，有美味的玳瑁海龜湯，白肉是切片的羊魚，其魚肝另製一道佳餚，還有比鮭魚可口的帝王神仙魚肉排。

晚間，我看書、筆記、思考，而後睡意來襲，我躺上大葉藻床，在鸚鵡螺號疾馳黑潮之際，酣然沉睡。

第十五章　邀請函

翌日，十一月九日，我足足睡了十二個鐘頭才醒，顧問進房，依慣例問候「先生昨晚是否安睡」，接著開始工作，他朋友加拿大人這輩子沒睡過這般熟睡，顧問也不吵醒他。

我任由這勇敢的男孩喋喋不休，卻沒答腔半句，只一心想著打從昨日談話後就不曾露面的尼莫船長，希望今天能見到他。

我很快穿好貝足絲製的衣服，這款材質不只一次引起顧問興趣，我告訴他那是以某種光滑柔軟的纖維所製，纖維來自地中海沿岸盛產的江珧貝爲黏附岩石吐出的絲，從前人們看中其柔軟保暖的特性，拿來做成美麗的布料、襪子、手套。因此鸚鵡螺號的船員不需陸地生產的棉花、羊毛、蠶絲，亦可穿起物美價廉的衣服。

著裝完畢，我前往大廳，裡頭空無一人。

我開始鑽研玻璃櫃裡成堆的貝殼珍寶，並探究爲數眾多的植物標本庫，當中盡是罕見海洋植物，即使經過風乾處理，仍保有鮮亮色澤。我在這些珍貴的水生植物中發現環生藻、孔雀藻、葡萄葉蕨、岩藻、赤細藻、扇形蕨及貌似扁平菌蓋、長期歸於植蟲類的盤菌菇，最後則是一系列的海藻植物。

過了一整天，始終無緣見著尼莫船長，客廳壁板不再開啓，或許不願我們一下接收太多美景，最終變得無動於衷吧！

鸚鵡螺號持續朝東北東前進，時速十二海里，潛海深度介於五十至六十公尺。

隔天，十一月十日，同樣無人、冷清，未見任何船員，尼德和顧問陪我度過大半天，對船長莫名失去蹤影感到驚訝，這怪人病了嗎？或者想改變處置我們的方式？

總之，正如顧問所言，我們享有完全的自由、美味豐盛的餐飲，船主至今信守承諾，沒什麼好抱怨，況且，遇上這等奇事竟能因禍得福，更無權責怪對方。

這日，我開始撰寫這趟冒險日記，藉此精確詳述過程，在大葉海藻製成的紙張上書寫即是有趣的細節之一。

十一月十一日，一大早，鸚鵡螺號充滿新鮮空氣，我知道船回到洋面更換並儲備氧氣，於是走向中央樓梯，登上平台。

六點鐘，天色陰霾，海面灰暗，惟海象平靜，幾乎不見浪濤，尼莫船長會來嗎？原指望能相遇平台，卻只見關在玻璃箱的舵手。我坐在小艇船身突出的部分，暢快呼吸帶著鹹味的海洋氣息。

濃霧隨著光線漸亮緩緩消散，驕陽自東方天際升起，海面在陽光照射下閃耀，宛如火花星點，高空雲彩四散，色調鮮明，深淺有序，無數「貓舌[1]」預告整日有風。

而對連暴風雨都不怕的鸚鵡螺號來說，這點風算什麼！

我恣意欣賞這宜人日出，興高采烈，朝氣蓬勃，這時傳來某人攀上平台的聲音。

原以爲是尼莫船長，正準備打招呼，結果來者爲其副手，也就是首次與船長會面時見過的那位。他登上平台前進，似乎沒看到我，雙眼貼著高倍望遠鏡，全神貫注細查海面各處，檢查完畢，他靠近蓋板，說了顯然是術語的詞句，由於每天早上、同樣場景，總會重複聽到這句話，我得以記錄，內容如下：

「諾德宏 赫斯柏 洛禾尼 維荷。」

1 貓舌：邊緣呈鋸齒狀的輕薄小朵白雲。

海面在陽光照射下閃耀

至於什麼意思，則不得而知。
副手念完即步下船艙，我想鸚鵡螺號又將潛入海底航行，故返回蓋板處，穿過走廊，回到房間。
就這樣過了五天，情況無異，每日清早，我登上平台，聽同樣的人說同樣的句子，尼莫船長仍未現身。
原已不再指望見他，但十一月十六日，當我同尼德及顧問回我房間時，發現桌上有封寫給我的便箋。
我急忙拆開，筆跡乾淨清晰，帶點哥德體，類似德文字型。
便箋內容如下：

致　鸚鵡螺號上的阿宏納教授先生
一八六七年十一月十六日
尼莫船長邀請阿宏納教授先生參加明早於葛赫斯柏島森林舉行的狩獵活動，期望教授先生務必撥冗前來，亦歡迎教授朋友隨行。

鸚鵡螺號指揮官
尼莫船長
「打獵！」尼德大叫。
「在葛赫斯柏島森林！」顧問接話。
「所以那傢伙打算登陸？」尼德．蘭又說。

「上頭是這樣寫沒錯。」我重看一遍信。

「那好！當然接受邀請，」加拿大人直言：「只要能踏上陸地一次，咱們自有對策，況且，我也不介意吃幾頭新鮮野味。」

尼莫船長對陸地及島嶼顯然厭恨至極，卻又邀約上森林打獵，我不想探究其中矛盾，只欣然回應：

「先瞧瞧葛赫斯柏島是什麼地方。」

我查看平面圖，在北緯三十二度四十分、西經一百六十七度五十分處，找到一座一八〇一年由葛赫斯柏船長發現的島嶼，舊時西班牙地圖稱其爲侯卡·德·拉·貝拉達，即「銀岩」之意。這樣看來，我們與出發點已經大約相距一千八百海里，鸚鵡螺號已稍微轉向，朝東南方前進。

我指出這座位於太平洋北部的偏遠岩島給同伴看。

「倘若尼莫船長偶爾登陸，」我說：「找的至少絕對是杳無人煙之處。」

尼德·蘭搖搖頭未作聲，一會兒便隨顧問離去。不發一語、面無表情的侍者送上晚餐，吃完我倒頭就睡，但內心不無疑慮。

隔天，十一月十七日，睡醒時查覺鸚鵡螺號不動了，我迅速著裝，步入大廳。

尼莫船長已在裡面候著，一見我即起身致意，詢問是否方便隨行。

他對八日來不見蹤影之事隻字未提，我也不便多問，只說我與友人已準備同行。

「但，先生，」我補了一句：「容我問個問題。」

「請說，阿宏納先生，能回答的我一定回答。」

「好，船長，你既與陸地斷絕所有關係，何以又佔有葛赫斯柏島森林？」

「教授先生，」船長回應：「我這座森林無需太陽的光與熱，沒有獅子、大象、豹及其他四足動物出沒。這片森林只有我知道，也只爲我生長，而且並非位於陸地，而是海底森林。」

「海底森林！」我驚呼。

「是的，教授先生。」

「你會帶我去？」

「沒錯。」

「步行嗎？」

「對，腳還不會弄濕。」

「一邊打獵？」

「一邊打獵。」

「拿著獵槍？」

「拿著獵槍。」

我望著鸚鵡螺號的船長，一絲崇拜的表情也沒有。

「這人腦子一定壞掉了，」我心想：「大概已經病了八天，病情或許還延續，可惜！我寧願他怪裡怪氣的也別發瘋！」

我的心思在臉上表露無遺，但尼莫船長僅請我跟他走，只好聽天由命了。

我們來到餐廳，早餐已備妥。

「阿宏納先生，」船長開口：「麻煩盡情享用，我們邊吃邊聊，我允諾的是森林之旅，可沒保證能在森林找到餐館，你就假設很晚才能吃晚餐，現在多吃點吧！」

我飽餐了一頓，早餐有各種魚類及海參切片、上好的植蟲動物、以雙葉紫藻及同瓣藻製成的開胃海藻。

我飽餐了一頓

飲料是清水，我學尼莫船長加幾滴發酵酒，這酒是仿照勘察加島人的傳統，從一種著名的「掌形藻」中提煉而成。

尼莫船長先是悶頭吃飯，默不作聲，稍後才開口：

「教授先生，我提議去葛赫斯柏森林打獵，你以為我自打嘴巴，待我表明是座海底森林，你又覺得我瘋了，教授，評判一個人絕不該如此武斷。」

「但船長，你不覺得……」

「麻煩聽我說完，再決定是否罵我發瘋或矛盾。」

「好，我聽。」

「教授先生，你同我一樣明白，人只要備足可呼吸的空氣，即可於海底生活。像工人進行海底工程時，會穿著防水衣、頭戴金屬盔，藉由氣壓幫浦及氣流調節器獲得水面上的空氣。」

「你是指潛水設備。」我說。

「但實際上，如此一來行動便受限制，身上繫了一條輸送空氣的橡膠管，實則是與陸地相接的鎖鏈，若我們也這樣栓著鸚鵡螺號，根本走不遠。」

「那如何能行動自如？」

「就採用你兩位同鄉，胡嘉侯暨德內虎茲發明的設備[2]，但我依需求做了改良，按人體條件重新設計，使你自由探險之餘，器官一點也不會覺得不舒服。其中包括一只厚鋼製成的儲存瓶，可儲備最多五十個大氣壓力的空氣，如同軍用包，以背帶綁在背上。瓶子上半部形似盒子，靠風箱機留住裡面空氣，只在一定壓力

---

2 胡嘉侯與德內虎茲都是法國發明家，兩人一起發明了潛水服與呼吸管。

下才得釋出。目前慣用的德內虎茲設備是從空氣盒裝兩條橡膠管，連接密合操作者口鼻的喇叭罩，一條吸氣用，一條呼氣用，舌頭按呼吸需求分別頂擋管口。但海底承壓巨大，我不得不像潛水員那般，戴上接有兩條呼吸管的球型銅盔。」

「太完美了，尼莫船長，不過你攜帶的空氣應該消耗迅速，當空氣中氧含量只剩百分之十五，恐怕難以呼吸。」

「沒錯，但阿宏納先生，我跟你提過鸚鵡螺號的幫浦可以高壓儲存空氣，因此，該設備儲氣瓶的存量可供呼吸九或十小時。」

「無可挑剔，」我回應：「還有個問題，船長，深海底下你如何照路？」

「用倫可夫探照燈，阿宏納先生。因背上有儲氣瓶，所以探照燈掛腰間，內裝本生電池，只是捨重鉻酸鉀，採鈉發電。以感應線圈蒐集電池產生的電力，傳送至特製燈箱，燈箱裡有一根玻璃彎管，留存少量二氧化碳，開燈時，碳氣轉生光源，提供連續不斷的白光。我就靠這些設備呼吸、四處探看。」

「尼莫船長，你對我每項異議都提出強而有力的答覆，我不敢再質疑，雖然不得不認同胡嘉侯及倫可夫的設備，但對那把配槍，我仍持保留態度。」

「那可不是什麼火藥槍。」

「所以是氣槍？」

「沒錯，船上又沒有硝石、硫磺、煤炭，你要我怎麼做火藥？」

「此外，」我表示：「海水密度是空氣的八百五十五倍，想在水下射擊，得先克服這巨大的阻力。」

「這論點不成立。某款美國工程師富爾頓設計的槍，後經英國人菲利浦·科爾及伯利、法國人福希和義大利人隆迪等人改良，配備有特殊系統的關閉裝置，能在前述條件下射擊。但再說一次，我沒有火藥，是以鸚鵡螺號幫浦大量製造的高壓空氣替代。」

「即使高壓空氣想必也消耗迅速。」

「沒錯！但我不也帶了能依需求供應氧氣的胡嘉侯儲氣瓶？裝個特製龍頭即可。再說，阿宏納先生，稍後你將親眼看到，海底狩獵過程，並不會消耗大量空氣與子彈。」

「可是我覺得在這種光線昏暗、密度又遠勝大氣壓力的海裡，子彈應該打不遠，殺傷力很低吧？」

「先生，正好相反，這槍發發致命，凡遭擊中的動物，即使輕輕擦過，也必倒地身亡。」

「爲什麼？」

「因發射的並非尋常子彈，而是奧地利化學家列尼伯赫發明的小玻璃膠囊，船上有大量庫存。這種玻璃膠囊爲增加重量，設計成鋼殼鉛底，等同縮小版的萊頓瓶，內藏高壓電。稍微撞擊即能釋放電力，再強壯的動物亦一命嗚呼。而且，這膠囊子彈不比四號子彈大，一般獵槍可裝十發。」

「心服口服，」我說著，起身離桌：「我只管拿槍，然後，你去哪兒，我跟著就是了。」

尼莫船長領我往船尾方向走，途經尼德及顧問艙房時，我喚了兩位朋友，他們立刻跟上。

沒多久，抵達機房旁的小房間，我們得在裡面穿上漫遊海底的特製服。

第十六章　漫步海底平原

這小房間，確切來說，實則鸚鵡螺號的武器室兼更衣室，牆上掛著十二套潛水服，靜候漫遊海底者使用。

尼德．蘭見了這些潛水配備，擺出厭惡神色，不肯穿上。

「我說勇敢的尼德，」我表示：「葛赫斯柏島森林不過是海底森林罷了！」

「好啦！」眼看鮮肉美夢破滅的魚叉手難掩失望：「你呢？阿宏納先生，你也打算套上這身衣服？」

「非穿不可，尼德師傅。」

「隨便你，先生，」魚叉手聳聳肩：「我嘛！除非被逼，否則絕不往裡套。」

「不會有人逼你，尼德師傅。」尼莫船長說。

「顧問也一起去探險嗎？」尼德問。

「先生去哪兒我就去哪兒。」顧問回答。

船長叫喚一聲，兩名船員隨即前來協助我們穿上厚重的防水服，其橡膠材質、無縫線、一體成形的設計，得以承受巨大壓力，可說是一套柔軟又堅固的甲冑。衣褲相連，褲腳再接鞋底釘著重鉛的厚靴。上衣織滿銅片，如鐵甲護胸，保護胸口避免水壓衝擊，使肺功能運作自如，而袖口則接上完全不妨礙雙手動作的柔軟手套。

某些十八世紀發明、蒙受盛讚的粗胚服，例如軟木鐵甲、無袖背心、海衣、潛水箱等，與這幾套改良過的潛水服相比，簡直天差地遠。

尼莫船長、他一位如大力士海克力斯般力大無窮的夥伴、顧問和我火速穿妥潛水服，只差把頭套進金屬頭盔，但進行此動作前，我拜託船長讓我檢查配槍。

鸚鵡螺號的某位船員取來一把簡便獵槍，槍托以鋼板製成，內部空心，容量頗大，用以儲存壓縮空氣，靠板機操作閥門，使空氣進入金屬槍管。槍托鋼殼內側鑿出一處放彈匣的空間，裝有二十發電力子彈，利用彈簧自動送入槍膛，擊出一發後，另一發業已上膛待命。

「尼莫船長，」我開口：「這武器太棒了，操作又簡單，眞想立刻試試，不過，該如何去海底呢？」

「現在，教授先生，鸚鵡螺號已停在水下十公尺處，我們準備出發。」

「但怎麼出去？」

「你等著看吧！」

尼莫船長戴上球型頭盔，顧問與我照辦，加拿大人祝我們「打獵愉快」，語帶嘲諷，潛水服上端領口裝有銅螺絲，可旋緊金屬頭盔，頭盔上開了三個以厚玻璃防護的圓孔，轉個頭即可見四面八方的動靜。一戴上頭盔，背上的胡嘉侯呼吸器便開始運作，我個人是覺得呼吸很順暢。

我把倫可夫探照燈掛在腰帶上，手持獵槍，準備出發。然而，坦白說，穿上這身厚重的潛水服及鉛底鞋，等同被釘在甲板上，寸步難行。

這點似乎已預先納入考量，因爲有專人把我推進更衣室旁的小房間，其他人也跟著被推進來，我聽見身後閥門關閉的聲音，四周陷入漆黑。

過了幾分鐘，耳邊傳來尖銳的呼嘯聲，一陣寒氣從腳底竄升胸口，顯然有人從船內打開龍頭放水進來，湧入的海水隨即灌滿房間。這時，鸚鵡螺號側邊有道門開啓，射入一道微光，沒多久，我們已踏上海底。

此刻，該如何描述漫步海底的印象？這等奇妙體驗，實在難以言喻！縱使畫筆也難以描繪液體呈現的特

我準備出發

殊效果，遑論羽毛筆[1]呢？

尼莫船長走在前頭，其同伴跟在我們後方幾步遠處，顧問和我一副能透過金屬外殼交談般並肩同行，我不再感到衣鞋及儲氣瓶沉重，也不覺得頭盔厚重，只是頭在裡面搖來晃去，活像杏仁殼裡的杏仁。所有的物體放入水中後，失去的重量等於排出的水量，如今我深刻體悟這條阿基米德發現的定律[2]，我不再是動彈不得的物體，反而擁有相當的行動自由。

陽光照射範圍可達海面下三十英尺深處，穿透力令人驚嘆，光線輕易穿過水層，驅散黑暗，一百公尺內的物體清晰可辨，而一百公尺外的海底暈染青藍色澤，越遠顏色越深，最終隱沒於暗潮。我著實覺得周圍的水不過是另一種空氣，密度比陸地空氣大，透明度卻不相上下，抬頭即見平靜無波的海面。

我們走在細緻、平坦的沙地上，不見一般沙灘因海水沖刷留下的波紋，這塊眩目地毯可說是十足的反光鏡，能以驚人的力道將陽光反射回去，而這道強烈的反射光足以穿透任何液態分子。倘若我堅定的表示水深三十英尺處仍視如白晝，人家會信嗎？

我在明亮、佈滿細微貝殼粉末的沙地上走了一刻鐘，鸚鵡螺號的船身宛如長礁，漸漸看不清了，不過船燈未滅，光照清晰，等夜幕籠罩海水時，返回船上應屬易事。只在陸地上見過這類耀眼、大片白光的人，恐怕很難理解同樣光束在海底形成的效果，陸地的空氣因充滿塵埃，光照下顯得霧濛，但換作海水上下，電光傳遞過程無雜質干擾，能見度無與倫比。

我們不停前進，廣闊的海底平原彷彿漫無邊際，我用手撥開水簾，通過後水簾在身後閉合，腳印也迅速

1 現代鋼筆的前身，是過去歐洲主要書寫的工具。
2 即浮力原理。

被水壓抹平。

不久，我似乎瞥見什麼東西，但距離太遠很模糊，靠近後才認出是鋪滿各類美麗植蟲的岩石群，賞心悅目，瞧第一眼便受這特殊景緻震攝。

現在是早上十點，陽光照射波浪的角度較為傾斜，再經折射作用，光線如穿透稜鏡般散出，花朵、岩石、嫩芽、貝殼、珊瑚蟲一經映照，邊緣立刻泛起太陽光譜的七道色彩，成了綠、黃、橘、紫、靛、藍紛呈的萬花筒，總之，就像瘋狂畫家手上那塊全彩調色板！我恨不得告訴顧問這直衝腦門的強烈感受，與他同聲驚嘆！眞希望能像尼莫船長和同伴靠約定手勢傳達心思，因為沒有更好的辦法，我只得找自己講話，明知多說無益，恐還浪費空氣，仍在銅盔裡大呼小叫。

面對壯麗美景，顧問和我一般駐足欣賞，顯然，這認眞的小夥子見到眼前各類植蟲動物及軟體動物，只想著分類、再分類。珊瑚蟲與棘皮動物俯拾即是，包括多變的海木賊、離群索居的星狀珊瑚、從前被稱作「白珊瑚」的處女石珊瑚叢、菇狀的刺珊瑚菌、以肉盤吸附群聚如花圃的海葵，花圃旁則有全身環繞藍色觸手，宛如鑲了一圈領飾的藍鈕水母點綴，各種海星遍布沙地，疣海星花邊狀的觸手，好似水仙子親手繡製的細緻蕾絲，隨著我們走動引起的微波搖擺。沙地上鋪滿不計其數、耀眼奪目的軟體動物活標本，像是環紋扇貝、錘頭貝、活生生能跳躍的蝴蝶斧蛤、馬蹄螺、紅冠螺、天使翼風螺、海兔螺，及其他取之不盡的海洋生物，我實在不忍踩碎，卻不得不前進，行進間，僧帽水母群從我們頭頂游過，藍色觸手拖曳著身軀浮游，這些乳白色或淺粉色，身形呈傘狀，觸手像圍繞一圈青色流蘇花邊的水母，遮擋不少陽光，而紫紋水母則在昏暗中閃爍微微磷光替我們照路！

這四分之一海里的路程，奇觀美景舉目可見，但我無法停留太久，尼莫船長向我招手，我趕緊跟上。突然，地質變了，原本的沙質地轉為大片黏質層，美國人稱其「軟泥」，成分單純，由含有二氧化矽或石灰質的貝殼構成。接著行經海藻地，海水尙未沖去這些遠洋植物，以致生得茂密蓊鬱。這片密密麻麻的草坪輕柔順腳，足以媲美手工編織的軟呢地毯，而且不僅在我們腳底展現綠意，連頭頂區域也不放過，同樣青翠盎然。這道輕巧浮游水面的海生植物綠廊屬於種類繁多的海藻科，人們知曉的至少就有二千種。我瞧見墨角藻的長帶漂浮，或球狀或管狀，還有凹頂藻、葉子纖細的金魚藻、貌似仙人掌的掌狀紅藻。我發現綠色植物偏好貼近海面，紅色植物則占據中段水層，獨留黑色或棕色水生植物待在海洋深層，負責建造花園及花圃。

這些海藻眞是自然界的奇景、全球植物界的奇蹟。地球上最小及最大的植物皆出自此家族，因爲，人們曾於五平方毫米大小之處，算出容納了四萬株藻類微細幼苗，也曾採集一條超過五百公尺的墨角藻。

我們離開鸚鵡螺號大約一個半小時，快中午了，我發現陽光垂直照入，不再經過折射，奇幻色彩逐漸消逝，頭頂那片翠綠與天藍色澤淡去。大夥兒步伐一致，踏地傳出的腳步聲特別響亮。水中再細微的聲音都會快速傳送，聽慣陸地聲音的耳朵難免不適應。本來，對聲音而言，水是比空氣更好的傳導媒介，傳播速度比空氣快四倍。

這時，海底出現明顯斜坡，地勢轉低，光照色彩變得單調，我們已達一百公尺深處，承受十個大氣壓力，因身穿按照此水底條件特製的潛水衣，絲毫未覺壓力難受，只是手指關節有點僵硬，但不適感亦很快消失。穿著自己不熟悉的笨重裝備走兩小時理應疲憊，竟也完全不覺得累，反而因海水助力，行動異常靈活。

抵達三百英尺深處時，仍可見陽光，但很微弱，豔陽普照轉爲淡紅暮色，作爲白晝與黑夜的分野。不過路還看得清楚，無須動用倫可夫探照燈。

這時，尼莫船長止步，等我跟上後，指著不遠暗處某堆模糊的物體。

「是葛赫斯柏島森林。」我心想。果然，我沒想錯。

葛赫斯柏島森林

第十七章　海底森林

我們終於抵達森林外圍，這無疑是尼莫船長擁有的廣闊領地中最美的一塊，他把森林視爲己有，如同開天闢地時第一批人類自然取得擁有權，他也將森林所有權歸於自己。話說回來，又有誰能與他爭奪這些海底資產？哪來更大膽的拓荒者敢拿著斧頭開墾這片陰暗的灌木林？

這片森林滿是高大的喬木，穿越林木巨大的拱形枝幹時，我的目光立刻被排列獨特的枝葉吸引，我從未見過如此排列方式。

林地沒長甚麼草，樹叢的枝枒未朝外蔓生、不彎曲也非橫向生長，一律伸向海面，無論纖細如絲或寬如緞帶，無一不像鐵杆般筆直。墨角藻及藤類受其生長環境密度影響，皆呈直線垂直成長，靜止不動，即使撥開樹叢，一放手，即恢復原狀，根本是垂直王國。

我很快就見怪不怪，也習慣四周較爲昏暗的環境，林地遍佈尖石，很難不踩到，我覺得此處的海底植物十分齊全，甚至比兩極區或熱帶區豐富，那兩地的種類較少。倒是短短幾分鐘內，我竟不自覺地搞混類別，把植蟲動物當成水生植物，等於錯認動物爲植物。但誰能不弄錯？海底世界的動物和植物實在太相似了呀！

我發現這植物王國的所有植物都是尾端表面觸地，無根，所以支撐它們的物體是否堅固並不重要，沙土、貝殼、介殼或石子都可以，它們只需一個支點，無需養分。這些植物各自生長，生存之道源於維持及滋養它們的海洋，大部分長得不是葉子，而是奇形怪狀、多邊形的片狀物，顏色不出玫瑰紅、紫紅、青綠、黃綠、黃褐及棕色。此外，我再度看到孔雀藻，這回可不是鸚鵡螺號上那副乾燥標本，而是展開如扇，彷彿眞能招來微風的活體，另有赤細藻、嫩芽可食用的海帶與纖細彎曲、伸直可高達十五公尺的腔囊藻、莖部上寬下窄的盤菌菇及其他許多海藻植物，都不會開花。某位風趣的自然學家曾說：「海底千奇百怪，無奇不有，動物會開花，植物不開花。」

在這些如溫帶樹種般高大的各類灌木中間及底層較陰涼潮濕處，聚生不少開著鮮豔花朵的樹叢，應該就是荊棘，是植蟲動物的籬笆，荊棘上長滿曲紋腦珊瑚、觸角半透明的淺黃色狐尾藻、密如草叢的鈕扣珊瑚，為保留完整印象，得提一下如成群蜂鳥在樹枝間穿梭飛舞的蠅魚，還有刺顎尖殼的黃色雷必沙貢魚、飛魚、松子魚在我們腳邊跳躍，活像一群鷸鳥。

將近一點時，尼莫船長發出休息的信號，正合我意，大家在翅藻棚下躺下，細長的翅藻像箭一般直挺。休息片刻令人適意，就差來場愉快的談話，但沒辦法說話，也不可能回答，我只能頂著大銅盔靠近顧問的頭，這勇敢男孩眼底閃著欣喜，為表達滿意之情，他在盔甲裡擠眉弄眼，那表情眞是全世界最滑稽的。

走了四小時，我滿訝異自己並不太想吃東西，胃口何以如此，我也說不上來，倒是像所有潛水夫一樣，覺得非常想睡覺，我的雙眼在厚實的玻璃片後閉上，隨即陷入難以抵擋的昏睡，先前全因不停走動才止住睡意。尼莫船長和健壯同伴已然躺臥這片晶瑩水體，示範海底睡覺的方式。

究竟昏睡多久我也不知道，只是睡醒時太陽似乎正在西沉，尼莫船長已經起身，我開始伸展四肢，這時，某個意外之物讓我倏地站起。

一隻高一公尺的巨型海蜘蛛，在幾步遠處斜眼瞧著我，作勢撲來。雖然潛水衣很厚，能保護我不被咬傷，仍不免害怕，顧問和鸚鵡螺號那位船員此刻也醒了，尼莫船長指了這醜陋的甲殼動物給後者看，船員立刻開槍，只見怪物駭人的足肢因痛苦抽搐而蜷曲。

這次經驗不禁令人聯想這片幽暗海底，應該有其他更可怕的動物時常出沒，潛水衣恐怕無力護主，抵擋攻擊，我從未想過這問題，決定接下來得提高警覺。原本以為休息意味著旅程即將結束，但我錯了，尼莫船

可怕的巨型海蜘蛛

長並未返回鸚鵡螺號，而是繼續探險。

地勢持續走低，坡度越來越陡，我們也越往深處去，三點左右，我們抵達一處峽谷，兩旁崖壁峭立，水深一百五十公尺。多虧裝備精良，我們才能超越大自然設定人類漫遊海底的極限深度九十公尺。

雖說沒有儀器測量，我仍斷言有一百五十公尺，因為我知道無論多清澈的海水，凡超過此深度陽光便照不到了，而目前的位置，恰好變得漆黑，能見度不及十步遠。正當我摸索前進時，眼前突然冒出一道強烈白光。原來是尼莫船長打開電力照明設備，他的同伴亦然，顧問和我也照樣開啓，我轉動旋鈕，接通線圈與玻璃彎管，海底在四盞探照燈照射下，方圓二十五公尺內都明亮起來。

尼莫船長持續挺進黝黑的森林深處，灌木叢逐漸稀少，我注意到植物消失的速度比動物快，遭遠洋植物棄守的土地變得貧脊，而本就為數眾多的植蟲、節肢、軟體、魚類等動物依然四處皆是。

我邊走邊想，倫可夫探照燈的燈光必將引來某些幽暗水層的居民，但即使靠近，仍保持一定距離，至少是讓獵人傷腦筋的距離。有好幾次，我見尼莫船長停下腳步，舉槍瞄準，觀察一陣子後，又放下槍繼續前進。

最後大約四點左右，奇妙的海洋之旅終於該結束了。眼前矗立大塊壯觀的岩壁，層疊堆積的巨石、雄偉的花崗岩峭壁、黑不見底的巖穴，卻無路可供攀爬，這兒是葛赫斯柏島的盡頭，是陸地了。

船長突然止步，朝我們打了停下的手勢，我很想穿越這道牆，但非得留步，尼莫船長的領地到此為止，再過去便是他永不願涉足的陸地區，並無意越界。

大家開始往回走，仍由尼莫船長領頭，帶著小隊前進，步履依舊堅定。看來並非照原路回鸚鵡螺號，新路線陡峭，走來十分費力，卻能快速抵達海面。只是返回上層水域的速度也不能太快，以免驟然減壓導致人體機能嚴重失調，對潛水員造成致命的內傷。陽光很快又出現了，且有光線的範圍越來越大，太陽已落至海

船長打了停下的手勢

平面處，折射作用重新讓各種物體圍繞光環。

到了水深十公尺的地方，我們走在成群種類繁多的小魚之間，數量比天上的鳥群還多，也更靈活，但尚未見到值得開槍的獵物。

突然，我見船長快速將獵槍頂上肩，瞄準灌木叢裡某個移動的物體，子彈擊發後，只聽到一聲微弱的呻吟，獵物便倒落離我們幾步遠的地方。

是隻漂亮的海獺，又稱水獺，唯一生活於海洋的四足動物，這隻長一百五十公分，應該價值不斐，其背部毛皮呈棕栗色，腹部則是銀色，這漂亮的皮毛在俄國及中國市場可萬分搶手，就憑這細緻光澤，至少值兩千法郎。我很喜愛這特別的哺乳動物，圓頭、短耳、圓眼、像貓般的白鬍鬚、腳掌帶蹼有利爪，這珍貴的食肉動物在漁民捕獵下，數量變得非常稀少，牠們主要棲息地在太平洋北方海域，很可能快要滅絕了。

尼莫船長的同伴抓起海獺，扛上肩，大夥兒重新上路。

走了一小時，腳下出現一片細沙平原，平原起伏不定，常有僅距海平面兩公尺的地段，頭頂上即爲海面，故反射其上的倒影清晰可見，能看到同樣一群人擺出同樣的動作及姿勢，分毫不差，只差倒影是頭朝地、腳朝天罷了。

其他值得一提的倒影效果尚有快速成形又消散的厚雲，我知道所謂雲層，其實是海底厚薄長浪的反射，此外，破碎浪頭打落水面激起無數泡沫，好似雪白蓬鬆的綿羊，更有從我們頭頂快速飛過海面的大鳥影子。

於是我有機會見證史上最令獵人激動的完美射擊。一隻展翅翱翔的大鳥俯視海洋，朝我們飛近，在清楚的視線範圍內，尼莫船長的同伴等鳥兒離海面僅幾公尺時舉槍扣下板機，大鳥應聲墜落，掉到身手俐落的獵人身旁，他立刻捉住獵物。那是隻美麗的信天翁，海鳥中最討喜的品種。

行程並未因此插曲而中斷，接下來兩小時，一會兒沿著細沙平原前進，一會兒得穿越海草草原，相當難

一隻大鳥朝我們飛近

走。坦白說，我實在走不動了，這時在暗海中，我瞥見前方半海里處透出一道微光，是鸚鵡螺號的船燈。應該不用二十分鐘就能抵達，上了船便可盡情呼吸，我覺得儲氣瓶供應的氣體含氧量明顯不足。但沒料到竟遭遇延遲上船的意外。

當時我在尼莫船長後方約二十步遠處，突見他回頭走向我，有力的雙手使勁將我按倒在地，他的同伴也對顧問這麼做，起初我對這突如其來的攻擊感到莫名其妙，但發現船長也躺在旁邊靜止不動，便不再多慮。

我乖乖躺在地上，正好躲在一堆海草叢後面，抬頭一看，某些巨大物體發出磷光自眼前呼嘯而過。

我血管裡的血液簡直要凝結了！我認出威脅我們的是凶猛的角鯊類，來者是一對虎鯊，鯊魚中最可怕的一種，尾鰭特大，眼珠晦暗無神，鼻吻周圍的圓孔不停分泌磷光物質，血盆大口閃著磷光，鐵一般強壯的下顎足以把人整個咬碎！不知顧問是否忙著分門別類，我眼見銀白色的魚腹、尖牙利齒的大嘴，卻完全是受害者而非自然學家的心態，稱不上什麼科學觀點。

所幸這對貪饞的動物視力奇差，沒發現我們就游走了，僅淺褐色的魚鰭稍微觸及我們，我們奇蹟似地逃過一劫，其危險程度肯定比在陸地森林撞見老虎還嚴重。

半小時後，我們在電光引領下抵達鸚鵡螺號，外門依舊開著，待我們進入第一個房間，尼莫船長關閉外門，壓下一個按鈕，我聽到船內幫浦運轉的聲音，周圍水位逐漸降低，過一會兒，房內的水排空，內門才開啟，我們走進更衣室。

大家費力地脫下潛水衣，我精疲力竭、又餓又睏地回到自己房間，滿心讚嘆這趟驚人的海底之旅。

第十八章　太平洋底四千里格

翌日早晨，十一月十八日，昨日的疲勞已完全恢復，我登上平台，鸚鵡螺號的船副正重複每日必說的句子，我心想應與海況有關，又或許是「我們沒發現任何狀況」的意思。

確實，大海一望無際，連艘船也沒有，經過一夜，葛赫斯柏島的高地已不復見，大海吸收稜鏡折射出的各色光線，唯獨釋出藍光投射四方，海面披覆一層好看的靛藍，宛若織著寬大條紋圖案的綢緞隨波濤規律起伏。

欣賞海天美景之際，尼莫船長上來了，他似乎沒注意到我，逕自進行一連串的天象觀察，結束後，倚著船燈燈籠，目光停留洋面。

這時平台上又來了二十幾名鸚鵡螺號的船員，個個身強體壯、孔武有力，他們來拉回晚上置於船後的漁網。這些船員雖然都有歐洲人的特徵，但顯然分屬不同國家，我確定有愛爾蘭人、法國人和幾位斯拉夫人、一位希臘人或克里特島人。總之，這些人不但話少，而且只用根本猜不出來源的奇怪方言交談，我只得打消問個究竟的念頭。

漁網被拉上船，那是一種拖網，類似諾曼第沿海使用的款式，以浮桿和串緊下層網眼的鍊子撐開大網袋。船員以鐵製手套拉住網袋在海底拖行，所到之處全數一網打盡。今日在這段魚群豐富的區域捕獲許多特殊品種，有動作滑稽、堪稱丑角的鮟鱇魚、長有觸鬚的黑色康氏躄魚、帶有紅色細紋的波紋鱗魨，及遇敵能膨脹軀體、分泌劇毒汁液的新月魨、數條橄欖色七鰓鰻、銀色鱗片的鸊嘴魚，還有電力堪比電鰻、電鰩的帶魚、棕色橫紋的鱗弓背魚、淡青色的鱈魚及多種蝦虎魚等等。最後還有幾類體型較大的魚，如長約一公尺、頭部隆起的鯵魚、幾條五顏六色、銀藍相間的美麗鯖屬金槍魚及三條雖然游速極快仍躲不開拖網的鮮美鮪魚。

我估算這一網捕上來的魚應該超過千磅，成績很不錯，但不算特別好。其實漁網已拖放數小時，自然能捕獲各種水生動物，所以船上不缺優質食物，又以鸚鵡螺號的速度及電光的吸引力，食物必當源源不絕。

各類海產立刻從艙蓋口送往下方食物儲藏室，有些要趁新鮮食用，有些則先保存起來。

魚捕完，空氣也換新，我想鸚鵡螺號又要潛入海底漫遊了，正準備回房，尼莫船長卻轉過身，直接跳過寒暄說道：

「瞧這片海，教授，不就是眞實的生命？不也有憤怒及溫柔的一面？昨日和我們一樣入睡，度過平靜的夜晚，這會兒又醒了。」

這怪人不道早安，也不道晚安，聽到的還以爲他只是接續已起了頭的話題！

「你看，」他說：「大海在日光照拂下甦醒，又開始白天的生活！研究海體運作十分有趣，它有脈搏、有動脈、會抽筋，我覺得學者莫里說得有理，他發現海洋有一套如動物血液循環般的循環系統。」

顯然，尼莫船長沒要我回應的意思，若淨附和些「當然」、「一定」、「沒錯」亦無意義，他其實是與自己對話，每句話中間停頓許久，是種朗誦式的沉思方式。

「是的，」他開口：「海洋的確具備循環系統，造物主只需多摻點熱能、鹽分及微生物即可帶動循環。其中，熱能造成水層密度差異，形成順流及逆流，而北極區無法進行、赤道區特別活躍的蒸發作用，則使熱帶與極地的海水不停環流交替。此外，我發現眞正使海洋會呼吸的是那些由上而下及由下而上的水流，水分子在海面受熱後下沉海底，至零下二度時，密度來到最大，隨即冷卻，減輕重量，再浮上海面。你可在極地觀察到這種對流現象產生的結果，就能了解爲何只有水面會結凍，大自然立下此法則可謂深謀遠慮。」

尼莫船長說完，我不禁自忖：「極地！難道這大膽的傢伙想帶我們去那兒！」

但船長只靜靜凝視這片他全心長期研究的海洋，過一會兒才開口道：

「還有鹽分，」他說：「海水中含量極多，教授，倘若將溶解在海中的鹽分全數提煉，可堆出四百五十萬立方里格的鹽塊，如果將這些鹽鋪滿地球表面，鹽層厚度可達十公尺高。別以爲這種鹽含量是大自然隨便設計的，絕對不是，鹽分能使海水不易蒸發，同時阻止海風帶走過量水氣，否則水氣化成液態水，足以淹沒整個溫帶區，因此，鹽分大有用處，在地球整體運作中扮演調節角色！」

尼莫船長停頓半晌，起身在平台上走了幾步，又轉身朝我走來。

「至於纖毛蟲，」他說：「這種量達數億的微生物，一滴水即含百萬隻，八十萬隻總重量不過一毫克，卻佔舉足輕重的地位，牠們吸收海鹽，消化水中的固體物質，製造珊瑚和石珊瑚，是石灰質陸地的實際建造者！水滴中的礦物質被吸取後重量變輕，於是浮上海面，再因吸收蒸發作用後留下的鹽分變重，下沉入海，重新給微生物帶回可吸收的礦物質。如此一來，水流上下循環，流動不歇，生生不息！生命，在海洋各處孕育成長，力量比陸地蓬勃，且更加豐富無窮，人們口中致命的海洋，卻是無數動物，及我個人，生命的泉源！」

尼莫船長說得眉飛色舞，像變了個人，連我也感動莫名。

「所以，」尼莫船長接著說：「這兒擁有的生活才叫眞實！我打算建立水上城市、海底村鎮，這些屋宇房舍每日如鸚鵡螺號般，浮出海面換氣，若能如願，絕對是自由、獨立的城市！不過，誰知道會不會有暴君……」

尼莫船長用力揮揮手，硬是把話吞回去，然後，似乎爲了趕走這糟糕的念頭，索性直接轉移話題：

「阿宏納先生，」他問：「你可知海水有多深？」

「多少知道，船長，我讀過一些重要的調查報告。」

「能否一一說明報告內容，必要時，我好驗證對錯？」

「我只記得部分，」我回答：「沒記錯的話，北大西洋平均深度八千二百公尺，地中海為二千五百公尺，最完善的探測紀錄是在南大西洋，南緯三十五度附近，測得一萬二千公尺、一萬四千零九十一公尺及一萬五千一百四十九公尺不等。總之，假設將海底拉平，估計平均深度可達七公里左右。」

「好，教授先生，」尼莫船長回應：「希望之後我們能提供你更精確的數字。至於目前所在的太平洋海域平均深度，不妨告訴你只有四千公尺。」

語畢，尼莫船長步向甲板蓋，爬下船梯離去。我跟著進入船艙，來到客廳。螺旋槳立即發動，計程儀顯示航速為每小時二十海里。

幾日過去，幾星期也過去了，尼莫船長甚少來拜訪，偶爾才見上一面，倒是他的副手按時前來，在地圖上標記航行方位，是故我很清楚鸚鵡螺號的行進路線。

顧問和蘭師傅常來我這兒耗時間，顧問形容漫遊海底所見之奇觀美景給好友聽，加拿大人很後悔沒一道前往，真希望將來還有機會遊覽海底森林。

客廳壁板差不多每日都會開放幾小時，讓我們窺探海底世界的奧妙，真是百看不厭。

鸚鵡螺號大致朝東南方前進，潛水深度維持一百到一百五十公尺，但某日，不知怎地，船側斜板突然展開，船身打斜潛至二千公尺深的水層，溫度計顯示攝氏四點二五度，一旦達此深度，無論處於哪個緯度，溫度都相同。

十一月二十六日清晨三點，鸚鵡螺號自西經一百七十二度處越過北回歸線，二十七日，行經海域可望見三明治群島，一七七九年二月十四日，家喻戶曉的航海家庫克即在此遭到殺害。出發至今，我們已走了四千八百六十里格。這日早上，我登上平台，望見下風處二海里的夏威夷島，它是該群島七座島嶼中最大的一個，沿岸耕地縱橫，山脈連綿，與海平行，火山群林立，最高一座是位於海拔五千公尺以上的毛納基火山。附近海域物種繁多，其中，拖網打撈到孔雀尾珊瑚，此外型美觀的扁狀珊瑚蟲乃這帶海域的特產。

鸚鵡螺號持續朝東南方前進，十二月一日於西經一百四十二度處跨越赤道，接下來船速快，航程順利，同月四日，已望見馬吉斯群島，而距三海里遠處，即南緯八度五十七分、西經一百三十九度三十二分，可見努庫希瓦島的馬丁峽角，努庫希瓦島是法屬馬吉斯群島中的主要島嶼。因尼莫船長不喜接近陸地，遠望頂多知其山林茂盛蓊鬱，也見不得其他。拖網在這兒捕獲不少美麗的魚種，例如藍鰭金尾、肉質舉世無雙的鯕鰍、幾無鱗片覆體卻美味可口的鸚鯛、帶骨顎的石鯛、與金槍魚同等級的淺黃色長鰭金槍魚等，每種魚都配得進船上的料理間。

離開由法國國旗庇護的迷人島嶼，鸚鵡螺號從十二月四日到十一日間約莫走了二千海里，期間值得一提的，是碰上一大群魷魚，這種特殊的軟體動物，與墨魚非常相似，法國漁夫喚牠們作槍烏賊，屬頭足綱、雙鰓科，包括墨魚及船蛸。古代自然學家曾特別研究過這類動物，古希臘常至市集廣場高談闊論的演說家也時常拿牠們作比喻，若比古羅馬醫生加利安早出生一個世代的古希臘名醫阿典內所言爲眞，甚至是有錢市民餐桌上的珍饈。

鸚鵡螺號在十二月九日至十日晚間遇上這隊偏好夜行的軟體動物大軍，數來應有成千上萬隻，正依從鯡魚和沙丁魚的游動路線，從溫帶水域遷移至較暖和的水域。只見牠們擺動觸管，從厚玻璃窗前以驚人的速度倒退游過，追食其他魚類及軟體動物，吃小魚，或被大魚吃，胡亂揮舞頭部與生俱來的十隻腕足，如同亂髮，髮絲形狀活像充了氣的蛇。鸚鵡螺號速度雖快，卻也在這群動物間走了好幾個鐘頭，拖網斬獲無數，我認出其中九種被法國生物學家歐比尼歸屬於太平洋海域的品種。

成千上萬隻魷魚

這段航程，大海忙不迭展示奇觀美景，變換無窮，動輒翻新布景與表演內容來取悅我們的雙眼，我們不僅受邀參觀造物主在水世界的傑作，更是進一步知曉海洋令人敬畏的奧秘。

十二月十一日，我整天在客廳埋頭看書，尼德．蘭和顧問從半開的壁板觀察外頭光照清晰的海況。鸚鵡螺號停止前進，儲存槽已滿載，此處水深一千公尺，乃海洋生物罕至的區域，頂多偶爾出現幾條大魚罷了。我讀著法國教育家尚．馬塞寫的好書《胃的僕人》，正細細品味精妙道理之際，卻讓顧問出聲打斷。

「先生能否過來一下？」他聲音不太對勁。

「怎麼了，顧問？」

「先生請看。」

我起身湊上玻璃窗，向外望去。

在電光照射下，外頭十分明亮，只見一團巨大黑體，靜止懸浮於水中，我仔細觀察，試圖辨認是哪種巨鯨，腦海中突然閃過一個念頭。

「是船！」我驚呼。

「沒錯，」加拿大人附和：「一條沉船！」

尼德．蘭沒弄錯，眼前正是一艘沉船，斷裂的帆索仍掛在鐵鍊上，船身狀況還好，研判失事頂多發生在幾小時前，船桅離甲板三英尺高的地方斷成三截，說明這艘翻覆的船被迫犧牲桅杆，船體朝側邊傾斜，艙內完全進水，持續左傾。損毀的桅架在波濤間載浮載沉，看來慘不忍睹，但甲板上幾具繫著繩索臥倒的屍體更怵目驚心！我算了一下，有四個男人，其中一位站在船舵旁，還有個女人，手裡抱著孩子，自船尾甲板窗伸出半個身子。女人很年輕，由於鸚鵡螺號燈火明亮，得以看清女子尚未遭海水泡壞的容貌，她盡全力將孩子高舉過頭，可憐的小傢伙雙臂仍緊摟著母親脖子！四名船員的姿勢十分駭

眼前正是一艘沉船

人，我看他們身體因不自然的動作而扭曲，為掙脫把他們纏在船上的繩索做最後努力。唯獨那位舵手比較沉著，表情堅定嚴肅，花白的頭髮貼著前額，僵硬的手緊握舵輪，彷彿在這深海底下，仍駕駛著已遇難的三桅船前行！

多麼可怕的一幕！我們默不作聲，心跳厲害，親眼目睹船難現場，簡直像拍到最後一分鐘的影像！我看見幾隻雙眼冒火的大角鯊，被人肉吸引過來。

鸚鵡螺號轉向繞過沉船時，我曾見船尾牌子上的字：

桑德蘭港的佛羅利達號

第十九章　伐尼科侯島

眼前可怕景象不過是一連串海難事故的序幕，鸚鵡螺號接下來越走恐怕還有得看。自一駛進人們航行頻繁的海域，便不時可見遭海水腐蝕的遇難船隻，再往深水去，映入眼簾的尚有鏽蝕的大砲、砲彈、船錨、船鍊及其他數以千計的鐵器。

然而，鸚鵡螺號仍舊帶著我們單獨的行駛著，十二月十一日，我們望見法國航海家布根維勒稱為古「危險島群」的波莫度群島，全長五百里格，自東南東往西北西方向延伸，介於南緯十三度三十分至二十三度五十分、西經一百二十五度三十分及一百五十一度三十分之間，從杜西島到拉薩荷夫島[1]，總面積三百七十平方里格，由六十幾座島群組成，包括法國藩屬貢比耶群島。這些群島皆是珊瑚礁島，地勢因珊瑚蟲沉積，緩慢持續隆起，有一天始連結成島，新形成的小島之後將與鄰近群島相連，未來紐西蘭、新卡雷多尼島至馬吉斯群島可望集結成第五大洲。

某日我向尼莫船長談論陸地構成理論，他卻冷言以對：

「地球需要的不是新大陸，而是新人類！」

恰巧鸚鵡螺號正朝島群中最奇特的克雷蒙・多內荷島[2]前進，此島是一八二二年由米內夫號的貝勒船長所發現，我才得以研究這片海域形成島嶼的石珊瑚體系。

---

1 拉薩荷夫島：今稱為馬塔伊瓦環礁。

2 克雷蒙・多內荷島：今稱為雷奧環礁。

可別將石珊瑚與一般珊瑚混淆，前者是一種覆蓋硬化石灰質的組織，我的名師米勒．愛德華依其構造變化分成五類。珊瑚細胞內存在數十億的微生物，不停分泌組成珊瑚骨的物質，其中石灰質沉澱後，則形成岩石、礁石、小島、島嶼。此處剛好構成環繞礁湖或內湖的圓形環礁，缺口處可與海相通。較遠處則有形似新卡雷多尼島及波莫度列島海岸礁石的珊瑚礁堡。至於其他地方，例如留尼旺島和模里西斯島，則生成高聳陡峭的珊瑚岩壁，緊臨萬丈深淵。

沿著克雷蒙．多內荷島海底崖壁走了幾錨鏈，我對這群能完成如此大工程的小勞工們讚賞有加，這些峭壁尤其是千窩珊瑚、孔珊瑚、星珊瑚及腦珊瑚等石珊瑚的傑作。珊瑚蟲主要繁殖於波動較大的洋面，因此，是由高水層往下開始造礁工程，連同其分泌的碎屑物質逐漸沉積礁石之上，至少達爾文的理論是這麼解釋珊瑚礁成因。我認為相較石珊瑚以沉入海平面底下幾英尺的高山或火山頂為基底往上造礁的說法，達爾文的理論更合理。

我可以就近觀察這些奇特的峭壁，探測器顯示其垂直深度超過三百公尺，在船身電力光束的照射下，原就發亮的石灰質更顯璀璨。顧問問我堆積這樣巨大的珊瑚屏障得花多少時間，我回答多數學者認為一世紀可沉積八英寸，他聽了非常吃驚。

「所以，為了堆出眼前這些高聳崖壁，」他問：「需要……？」

「十九萬二千年，我的好顧問，這可將《聖經》所記載的『日』大大拉長了，另外像煤炭，是樹林被洪水淹沒後礦化的結果，轉變過程需時更久。補充一點，《聖經》裡的『日』指的是一段時期，並非真指一天的時間，因為按照《聖經》所述，太陽並非創世紀首日就存在[3]。」

3 參見《聖經．創世紀》的內容，神用六日創造天地，大光（即太陽）為第四日創造。

待鸚鵡螺號浮上洋面，我得以看清這座低窪林茂的克雷蒙·多內荷島發展全貌。島上的石珊瑚礁顯然因龍捲風及暴風沖刷轉化成沃土，大概是某天，暴風從鄰近陸地帶來一粒種子，掉落石灰岩層，混入魚類及海生植物分解後形成腐植土的殘屑，隨後又有椰子果實被大浪沖上這塊新海岸。種子落地生根，逐漸長大的樹木留住水氣，河流開始形成，植物漸生，某些微生物、幼蟲、昆蟲寄生島上經風吹倒的樹幹，烏龜來下蛋，鳥兒在小樹上築巢，動物繁衍生長，人類也受綠草及沃土吸引而來。島嶼就此生成，這便是微生物的大作。

傍晚時分，克雷蒙·多內荷島消失在遠方，鸚鵡螺號顯然改了航路，自西經一百三十五度觸及南迴歸線後，轉向西北西前進，重返熱帶區。無論夏日陽光多毒辣，完全熱不到我們，畢竟在水下三、四十公尺處，溫度總不超過十至十二度。

十二月十五日，迷人的社會群島及美麗的太平洋之后大溪地落在我們東方，早晨，隔著幾海里的下風處，我望見矗立島上的山峰，這片海域爲船上的餐桌添了許多美味鮮魚，有鯖魚、金槍魚、白金槍魚及多條爲海蛇變種的海鰻。

鸚鵡螺號已走了八千一百海里，而行經東加群島時，計程儀顯示增至九千七百二十海里，這兒是阿荷戈號、太子港號及波特蘭公爵號船員喪生之地，而航海家群島[4]則是法國船長拉·貝乎斯的朋友隆格勒船長遭殺害所在。接著映入眼簾的維提群島[5]，島上土著曾殺害團結號船員及可愛喬瑟芬號的南特人布侯船長。

維提群島範圍南北長一百海里、東西寬九十海里，位於南緯六至二度、西經一百七十四至一百七十九度，由眾多島嶼、小島、島礁組成，主島是維提島、瓦努阿島及坎達武島。

4 航海家群島：薩摩亞的舊名。
5 維提群島：斐濟群島的舊名。

荷蘭航海家塔斯曼於一六四三年發現該群島，同年，義大利物理學家多西塞利發明了氣壓計、法王路易十四登基，至於哪件事對人類最有助益，我想留待公評。之後，庫克船長於一七一四年、法國海軍上將丹特爾卡斯托於一七九三年接連造訪此島，直到一八二七年，法國探險家杜蒙．杜維勒才摸清島上錯綜複雜的地理形勢。鸚鵡螺號駛近威利亞海灣，首位解開拉．貝乎斯遇難謎團的英國船長狄倫曾在此經歷驚人的冒險。

這片海灣盛產肥美牡蠣，我們捕撈好幾次，端上桌後，照古羅馬哲學家塞內克的方法剝開食用，想吃多少都有。這類軟體動物屬於著名的牡蠣螺種，在科西嘉海域非常普遍。威利亞海灣的牡蠣數量恐非比尋常，若非受制種種破壞因素，海灣恐怕早堆滿牡蠣，畢竟一隻牡蠣就能產二百萬個卵。

這回，尼德．蘭師傅用不著因吃多了牡蠣而後悔，因爲牡蠣是唯一不會引起消化不良的美食。事實上，人體每日需攝取三百一十五克的氮素，至少得吃下十六打這類無頭軟體動物才夠。

十二月二十五日，鸚鵡螺號駛入新赫布里底群島[6]海域，一六〇六年，葡萄牙航海家基華斯發現此群島，一七六八年航海家布根維勒前往探險，至一七七三年，庫克船長才爲其命名。群島主要由九座大島組成，形成一條北北西往南南東延伸約一百二十里格的長帶，介於南緯十五到二度、西經一百六十四至一百六十八度之間。我們貼近歐胡島航行，正午時島嶼看過去像一團綠林，山峰聳立其中。

這天是聖誕節，尼德．蘭似乎很遺憾無法歡度佳節，對新教徒而言，聖誕節實則闔家團圓的日子，非慶祝不可。

我有八天沒見到尼莫船長了。二十七日早晨，他走進客廳，臉上還是那副好像只離開你五分鐘的表情，我正忙著研究地球平面圖，查找鸚鵡螺號的航行路線，船長走近，指著地圖某一點，吐出一個地名：

6 新赫布里底群島：萬那杜群島的舊名。

伐尼科侯島

「伐尼科侯島。」

這名字有種魔力，拉．貝乎斯的艦隊就是抵達叫這名字的小島後失蹤的。我驟然起身：

「鸚鵡螺號準備帶我們去伐尼科侯島？」

「是，教授。」船長回答。

「所以我可以造訪羅盤號及星盤號沉船的島嶼？」

「隨你高興，教授。」

「那什麼時候到伐尼科侯島？」

「已經到了，教授先生。」

我跟著尼莫船長登上平台，眼巴巴地掃視天際。

果眞東北方海面出現兩座大小不一的火山島，周圍全是珊瑚礁，環繞範圍達四十海里。眼前正是杜蒙．杜維勒自己喚作搜索島的伐尼科侯島，其位於南緯十六度四分、東經一百六十四度三十二分，正對伐奴島某座小港口。島上從海灘到山巓，整片的青綠蓊鬱，最頂峰卡波哥峰俯視全島，高度爲四百七十六妥斯。

鸚鵡螺號沿著一條狹窄水道穿過外圍岩石帶，駛進珊瑚礁內圍，這裡水深三十到四十英尋。紅樹綠蔭下有幾個土著，見我們靠近面露驚訝，他們該不會以爲這貼水前進的黑長物體是某種該提高警覺的巨鯨吧？

這時，尼莫船長問我對拉．貝乎斯海難事故了解多少。

「跟人家知道的一樣，船長。」我回答。

「那能告訴我大家知道什麼嗎？」他追問，語氣略帶嘲諷。

「這還不簡單。」

我告訴他杜蒙．杜維勒最後幾次已公開的探險行動，以下是簡短概述。

一七八五年，法王路易十六指派拉．貝乎斯及其副手隆格勒船長進行環球航行，他們乘羅盤號及星盤號兩艘輕巡航艦出發，從此音訊全無。

一七九一年，法國政府急欲得知兩艘艦艇的下落，又裝備兩艘大型運輸艦，分別命名爲搜索號和希望號，在布魯尼．丹特爾卡斯托上將指揮下，於九月二十八日離開布列斯特港。兩個月後，阿貝瑪勒號一名叫波溫的男子指證歷歷，說在新喬治亞島沿岸發現失事艦艇的殘骸，但丹特爾卡斯托不知道這個訊息，即便知曉，可信度也難測，所以他繼續往海軍島前進，因杭特船長的報告曾指出該島是拉．貝乎斯遇難的地點。

然而搜尋未果，希望號和搜索號都開到伐尼科侯島前了，竟未停留，總之，是趟不幸之旅，丹特爾卡斯托、兩名大副及多位船員甚至丟了性命。

後來終於有位熟悉太平洋的老航海家狄倫船長，找到遇難船員的確切蹤跡。一八二四年五月十五日，他駕著聖派翠克號經過新赫布里底群島其中一座小島提哥比亞時，有個印度水手划著獨木舟上前攀談，兜售一把上頭有刀刻文字的銀刀，並聲稱六年前他逗留伐尼科侯島期間，曾見過兩名歐洲人，他們的船好幾年前就在島礁上擱淺損毀了。

狄倫猜想應該就是宣告失蹤、舉世震驚的拉．貝乎斯船隊。他原打算去伐尼科侯島一探究竟，因爲據印度水手說，島上留有許多遇難船隻的殘骸，無奈受阻於風浪，並未成行。

返回加爾各答後，狄倫的發現引起亞洲航運公司及印度航運公司的興趣，撥派一艘也叫搜索號的船給他。一八二七年一月二十三日，狄倫在一名法國官員陪同下乘船出發。

搜索號行駛太平洋海域，沿途停泊多處，一八二七年七月七日才於伐尼科侯島前下錨，地點便是現在鸇螺號停靠的伐奴島小港。狄倫在此收集不少船隻殘骸、鐵器、船錨、滑輪繩套、石砲、編號十八的砲彈、天文儀器的殘片、船尾欄杆的碎塊及註記「巴贊製」字樣的銅鐘，這是一七八五年前後布列斯特兵工廠的出廠標記，尋獲至此，再無庸置疑。

狄倫在失事現場待到十月，物證蒐集完整後，才離開伐尼科侯島前往紐西蘭，一八二八年四月七日抵達加爾各答，隨後返抵法國，獲法王查理十世熱情款待。

但同時間，另一位法國探險家杜蒙・杜維勒，因爲對狄倫調查結果毫不知情，已先行往別處找尋失事地點，因爲他從某艘捕鯨船的航海紀錄獲悉，有些徽章及一枚聖路易十字勛章落入路易西亞德島和新卡雷多尼島的土著手中。

杜蒙・杜維勒船長指揮他也叫星盤號的船出海，直到狄倫離開伐尼科侯島兩個月後，星盤號停錨何巴市港，杜蒙船長才在當地得知狄倫的成果，另方面又聽聞從加爾各答出發的團結號上，有個叫詹姆士・賀伯斯的船副，曾靠岸某座位於南緯八度十八分、東經一百五十六度三十分的小島，目睹那一帶的土著使用鐵條及紅色織布。

杜蒙・杜維勒相當爲難，不知是否該相信這些不太可靠的報刊登出的新聞，最後，決定循狄倫的線索找下去。

一八二八年二月十日，星盤號抵達提科皮亞島，找來一名定居島上的逃兵擔任嚮導兼翻譯，取道前往伐尼科侯島，二月十二日終於望見該島，再沿著礁石群航行至十四日，直到二十日才駛進伐奴島的小港，在礁石群間下錨。

二十三日，數名軍官繞島搜查，撿回幾樣無關緊要的殘餘物品，當地土著口徑一致，或否認或迴避，就是不肯帶他們去失事地點。這等可疑行徑，令人相信土著曾虐待遇難船員，而他們確實也一副害怕杜蒙・杜維勒前來是爲拉・貝乎斯及其他落難兄弟報仇的模樣。

等到二十六日，土著收受禮物，了解無須擔心任何報復行動後，才帶船副賈基諾去失事現場。

該處水深約三或四英尋[7]，於巴古島礁及伐奴島礁間，現場可見船錨、火砲、鐵塊及鉛塊，表面已覆滿石灰質凝結物。星盤號的小艇及捕鯨船開進來後，船員費了九牛二虎之力，才將重達一千八百磅的錨、八磅重的生鐵砲、一大塊鉛塊及兩尊銅砲拖上岸。

杜蒙．杜維勒詢問土著得知，拉．貝乎斯在島礁附近損失兩艘船後，又造了一艘比較小的船離開，結果再度失蹤……在哪兒失蹤？沒人知道。

星盤號船長於是在紅樹叢底下立了衣冠塚，紀念這位名聞遐邇的航海家及其夥伴，簡單的方形底座金字塔就蓋在珊瑚泥地上，裡面沒放任何會引起土著覬覦的金屬品。

之後杜蒙．杜維勒準備離開，卻因島岸衛生環境差，船員紛染熱病，他自己也病得厲害，故延遲至三月十七日才拔錨啓航。

結果法國政府擔心杜蒙．杜維勒不知狄倫的發現，加派當時正停靠美洲西海岸的貝庸內斯巡航艦前往，由勒戈宏．德．托莫稜指揮，至星盤號離開後數月才停錨伐尼科侯島，沒找到新事物，倒是見土著對拉．貝乎斯的墳墓很是敬畏。

以上便是我告知尼莫船長的內容。

「所以，」他問：「外界仍不知遇難船員在伐尼科侯島上建造的第三條船消失何處？」

「不知道。」

尼莫船長沒接話，打了個手勢，要我隨他去客廳。鸚鵡螺號潛入水底數公尺，壁板已開啓。我快步走近玻璃窗，珊瑚質層上蓋滿了刺珊瑚菌、管珊瑚、海雞冠、狐尾藻，無數迷人的魚類穿梭其

7 一英尋約為一點八三公尺。

間，像魟魚、吉利非鯽、單鰭魚、笛鯛、金鱗魚，我認出一些無法打撈的殘骸，鐵馬蹬、船錨、大砲、砲彈、絞盤滑車、船頭柱，都是遇難船上的東西，如今卻讓魚兒、浮游生物這些移動花朵所掩蓋。

我凝視這些沉船殘骸，尼莫船長語重心長地說：

「一七八五年十二月七日，拉．貝乎斯船長率領羅盤號及星盤號出發，最初停泊植物灣，造訪友人群島[8]、新卡雷多尼島，再前往桑塔．克魯茲島，靠港哈貝群島的諾穆卡島，接著，船隊抵達伐尼科侯島，因不知島附近礁石遍布，走在前頭的羅盤號在南邊海岸觸礁，星盤號趕去救援，卻跟著落難。羅盤號幾乎立刻全毀，在下風處擱淺的星盤號則撐了幾天。當地土著對遇難船員相當客氣，船員暫居島上，利用兩艘大船剩餘的材料建造一艘較小的船。部分船員自願留在伐尼科侯島，其他體弱或生病的船員則隨拉．貝乎斯離開，船開至薩洛蒙群島，卻沉落在其主島西海岸的失望角與滿意角之間！」

「你怎麼知道？」我驚呼。

「這是我在最後失事地點找到的東西！」

尼莫船長給我看一只印有法國軍隊標記、裡外皆因鹽水鏽蝕的白鐵盒。他打開盒子，裡頭有捆泛黃紙張，字跡仍清晰可辨。

那是海軍大臣給拉．貝乎斯船長的訓令，邊緣還有路易十六的御批！

「啊！對船員而言，這是最漂亮的死法！」尼莫船長有感而發：「珊瑚之墓多麼寧靜安和，但願老天千萬別將我和夥伴葬在別處！」

---

8 友人群島：東加群島的舊名。

裡頭有捆泛黃紙張

第二十章　托赫斯海峽

從十二月二十七日到二十八日的晚上，鸚鵡螺號拋下伐尼科侯島，朝西南方疾駛，三天走了七百五十里格，自拉·貝乎斯群島行至巴布亞島的東南岬角。

一八六八年一月一日大清早，顧問上平台找我。

「先生，」這勇敢的小夥子開口：「可以祝先生新年順利嗎？」

「當然可以，顧問，像在巴黎的植物園工作室那樣，我接受你的祝福，然後回禮答謝。不過我想問這『新年順利』所指為何，以咱們現在的處境，是說結束軟禁的一年，抑或繼續奇幻旅程的一年？」

「老實說，」顧問坦言：「我無從答起，我們的確見識不少奇觀妙景，兩個月以來甚至沒空感到無聊，驚喜之後還有驚喜，若接下來仍是如此，還眞不知如何結束，我只覺得永遠找不到這種機會了。」

「確實永遠找不到，顧問。」

「況且，尼莫先生人如其名，不在也無所謂。」

「你說得沒錯，顧問。」

「所以，先生別見怪，我想新年順利即指可盡覽奇觀的一年。」

「盡覽奇觀？顧問，恐怕得花很長時間，尼德·蘭會怎麼想？」

「尼德·蘭的想法正好與我相反，」顧問回答：「他很實際，胃口又大，整天看魚吃魚哪裡夠，沒酒、沒麵包、沒肉的日子完全不適合他，他可是習慣吃牛排、喝半瓶白蘭地或杜子松酒也的道地撒克遜人！」

「這方面我個人倒不覺得難受，顧問，反而很適應船上的飲食條件。」

「我也是，」顧問附和：「我想留下，蘭師傅卻一直想逃走，所以新的一年如果我過得好，表示他過得不好，反之亦然，如此必有一人滿意。總之，我祝先生順心如意。」

「謝謝，顧問。倒是得麻煩先擱下新年賀禮的問題，容我暫時以好好握手取代，這是我僅有的。」

「先生，再沒有比這更慷慨了。」

語畢，這勇敢的男孩先行離去。

一月二日，自日本海出發至今，我們已航行一萬一千三百四十海里，等同五千二百五十里格，鸚鵡螺號的船首尖角前方，是危險的珊瑚海水域，鄰近澳洲東北海岸。我們的船與可怕的暗礁保持幾海里的距離前進，一七七〇年六月十日，庫克船長的船隊就差點在此沉沒。當時庫克船長乘坐的那艘船撞上礁岩，所幸撞落的珊瑚岩塊正好卡進船身裂縫，船才未沉。

我很想看看這長達三百六十里格的暗礁帶，洶湧海潮不停撲打群礁，強烈的撞擊力道使其碎成片片浪花，震耳欲聾，宛若隆隆雷聲。但此時鸚鵡螺號啓動船側斜板帶我們直往深處去，無法再觀看這片高聳的珊瑚岩壁，只能開心拖網又捕獲各式各樣的魚類，我認得有長鰭金槍魚，和鮪魚同種，都屬大型鯖魚，兩側呈淡藍色，身上有成年後逐漸消失的橫紋。魚群跟著我們游，爲咱們餐桌添了鮮美細嫩的肉類料理。另還抓到大量金頭鯛，身長半公寸，味似旗魚，以及會飛的魴魚，堪稱海底飛燕，磷光閃爍的身軀總在黑夜輪番劃過空中及水底。拖網裡還有許多軟體動物及植蟲動物，我發現有不同種的海雞冠、海膽、鎚頭貝、馬刺螺、海獅螺、蟹守螺、玻璃螺。植物的話則有美麗的浮游海藻類，包括海帶和巨藻，其身上的氣孔會分泌黏液，此外，我還尋得一種在博物館被歸爲自然界珍品的漂亮蜈蚣藻。

穿過珊瑚海後兩天，一月四日，我們望見巴布亞島海岸，尼莫船長只說打算從托赫斯海峽進入印度洋，其他並未多提。尼德樂觀地認爲這條路線能帶著他靠近歐洲海域。

托赫斯海峽向來被視爲危險地帶，除了暗礁遍布，還得提防時常出沒沿岸的土著。此海峽橫阻於又稱作紐幾內亞島的巴布亞島與新荷蘭島中間。

巴布亞島長四百里格，寬一百三十里格，面積約四萬平方里格，位於南緯零度十九分和十度二分、西經一百二十八度二十三分和一百四十六度十五分之間。正午，船副來測量太陽高度時，山巒起伏、頂峰參天的阿法克斯山群峰已在眼前。

這片土地是一五一一年葡萄牙人佛宏西斯可・塞哈諾所發現，而後造訪者絡繹不絕，如一五二六年葡萄牙航海家喬塞・德・莫內塞、一五二七年西班牙探險家葛里哈爾瓦、一五二八年西班牙將軍阿法・德・薩佛德哈、一五四五年吉戈・歐泰、一六一六年荷蘭人舒田、一七五三年尼古拉・斯維克，還有塔斯曼、唐皮耶、福梅勒、卡特黑、愛德華、布根維勒、庫克、佛荷斯、馬克・克魯埃，及一七九二年丹特爾卡斯托、一八二三年杜貝黑、一八二七年杜蒙・杜維勒。法國航海家德・赫恩濟先生曾言：「黑人佔據整個馬來西亞爲家。」我完全沒料到這回航行竟有機會直接面對可懼的安達曼土著。

鸚鵡螺號駛近世界最危險的海峽峽口，連最膽大包天的航海家也不敢貿然通過，僅有西班牙航海家路易・帕茲・德・托赫斯自梅拉內西群島南方海域回來時曾經穿越，一八四〇年杜蒙・杜維勒的巡航艦曾在此處擱淺，丟失性命、財產。如今面對險海戰無不勝的鸚鵡螺號，已準備親身領教珊瑚礁群的厲害。

托赫斯海峽寬度約達三十四里格，惟佈滿無數島嶼、小島、岩礁、岩石，以致船隻難行，因此，爲求順利闖越，尼莫船長做足萬全準備，鸚鵡螺號將貼緊水面中速前進，螺旋槳像鯨魚尾巴緩緩拍浪而行。

趁此機會，我同兩位友人待在經常空無一人的平台，眼前突出的舵手罩艙裡，若沒弄錯，尼莫船長應該在那兒親自指揮鸚鵡螺號。

我面前有幾份精細詳盡的托赫斯海峽地圖，由水道測量工程師文森東・杜穆稜及如今升任上將的古奉・

戴斯柏少將測量、編繪而成，這兩位曾是杜蒙．杜維勒最後一次環球航行時的參謀人員。這幾份與金恩船長所繪皆屬十分完備的地圖，清楚呈現這條複雜的狹窄水道。我聚精會神地研究起來。

鸚鵡螺號在波濤洶湧中前進，浪潮以二點五海里的速度，自東南朝西北奔流，衝撞突出水面的珊瑚礁石，碎浪處處。

「好一片惡海！」尼德．蘭道。

「的確險惡，」我答腔：「連鸚鵡螺號這等船艦也不好應付。」

「那天殺的船長想必對自己規劃的路線胸有成竹，」顧問接話：「因為我瞧見一大片的珊瑚礁岩，只要撞上，船身鐵定碎成千片！」

確實，海象十分危險，然而鸚鵡螺號像施魔法般，似乎僅滑行便穿越凶險暗礁，其盡量避開星盤號及勤勉號走過、害杜蒙．杜維勒喪命的路線，選擇偏北沿穆黑島而行，再轉西南方往坎貝隆水道靠近。原以為準備走該水道，卻又開回西北方，途經許多名不見經傳的大小島嶼，再駛往唐德島及摩菲海峽。

我正疑慮尼莫船長未免輕狂，竟打算走這條毀了杜蒙．杜維勒兩艘巡航艦的水道時，船二度轉向，直切西方，朝葛伯侯島前進。

下午三點了，海潮滿漲，鸚鵡螺號破浪直行，逐漸靠近此島，直至清楚望見沿岸長滿著名的露兜樹，我們與其保持兩海里的距離航行。

突然，一個衝撞讓我跌倒，原來鸚鵡螺號撞上暗礁，船停住不動，左舷微傾。

我站起來，見尼莫船長與船副已至平台檢查船身狀況，用我聽不懂的方言交談了幾句話。

目前情形是這樣，距船右舷兩海里處可見葛伯侯島，其海岸線由北往西呈弧形延伸，宛如一隻巨大的手臂。因為退潮，南方及東方海面露出幾塊珊瑚礁頂，我們的船在漲潮時擱淺，而擱淺處又剛好潮汐漲落不

鸚鵡螺號一個震動

大，不利鸚鵡螺號重新浮起。不過因船身結構堅固，船並無損壞，只是雖不致沉沒或解體，卻極可能永遠卡在暗礁上，那尼莫船長的潛水船可就完了。

我正胡思亂想時，船長維持一貫的氣定神閒走上前，未見焦躁或惱怒。

「出意外了？」我問。

「不，小事故。」他回答。

「但這小事故，」我反駁：「恐怕會逼得你返回逃離許久的陸地，重新當個陸地居民！」

尼莫船長看著我，一臉莫名其妙，最後比了一個否定的手勢，清楚讓我明白沒有任何力量能迫使他踏回陸地，接著開口：

「況且，阿宏納先生，鸚鵡螺號並未遭難，它仍可帶你置身奧秘深海，旅程才剛開始，我可不願這麼快就失去有你伴隨的榮幸。」

「可是，尼莫船長，」我當作沒聽見剛才那句挖苦：「鸚鵡螺號在漲潮時擱淺，太平洋的潮汐又起落不大，若無法減輕鸚鵡螺號的載重，我實在看不出該如何浮起脫困。」

「你說得沒錯，教授，太平洋的潮汐起落確實不大，」尼莫船長說：「但托赫斯海峽高低水位間仍具一點五公尺的落差，今天是一月四日，五天後即滿月日，現在只能求月亮幫我這個忙了，倘使這顆熱心的衛星拉不動海水大漲才叫我驚訝。」

語畢，尼莫船長隨船副爬下鸚鵡螺號船艙。船身依舊動彈不得，保持靜止，彷彿已經被珊瑚蟲砌上堅硬的石灰質般。

「這下可好！先生？」船長前腳剛走，尼德．蘭立刻來問。

「這下可好！尼德兄，咱們就靜待九號那天漲潮，看來月亮會好心助我們浮上水面。」

「就這樣？」

「就這樣。」

「所以船長不拋錨入海、不用機器拉鎖鏈，或嘗試各種方法來脫困？」

「只需靠漲潮就夠了。」顧問回答得很乾脆。

加拿大人望著顧問，隨後聳聳肩，一副內行水手的模樣。

「先生，」他表示：「你相信我，這塊鐵無論水上水下都不可能再航行，頂多只能秤斤賣一賣，所以我認為與尼莫船長不告而別的時候到了。」

「尼德兄，」我回應：「我倒不像你對英勇的鸚鵡螺號喪失信心，四天後就知道我們能否浮上太平洋的漲潮，此外，假如近在眼前的是英國或普羅旺斯海岸，那逃跑的提議還算可行，但在巴布亞島沿岸，那是另一回事，萬一鸚鵡螺號確定浮不起來，屆時再逃也不遲，我總覺得逃走非同小可。」

「難道連上岸探個路也不行？」尼德．蘭問：「這是一座島，島上有樹，樹底下有陸生動物，動物身上有排骨有肉，我很樂意咬上幾口。」

「這點，尼德兄有理，」顧問附議：「我同意他的想法，先生何不探詢閣下的朋友尼莫船長能否送我們上島，不過就想踏踏地球陸地的部分，免得連怎麼在上頭走路都忘了？」

「我可以問問，」我答道：「但他恐怕不會答應。」

「先生不妨試試，」顧問回應：「如此還測得船長究竟能對我們好到什麼程度。」

結果出乎意料，尼莫船長竟然應允我的請求，還非常樂意，鼓勵我們前往，甚至不要求我保證返回。倒是在紐幾內亞島逃亡實在太危險，我不會勸尼德．蘭嘗試，與其落入巴布亞島土著手裡，還不如在鸚鵡螺號當囚犯好些。

明早有艘小艇可供我們使用，我沒問尼莫船長是否同行，更覺得也不會派船員跟隨，所以得靠尼德．蘭一人駕駛小艇。另外，陸地離船最多不過兩海里遠，對加拿大人來說，駕小艇在暗礁間行駛像玩遊戲，對大船而言卻生死交關。

隔天，一月五日，小艇卸下甲板，移出凹槽，自平台滑上海面，兩個人就包辦完成，小艇上配有划槳，我們只要人上去即可。

八點鐘，我們帶著獵槍及斧頭離開鸚鵡螺號，大海風平浪靜，徐徐微風自陸地方向吹來，顧問和我持槳拼命划動，尼德負責掌舵穿越礁岩遍布的狹窄水道。小艇操縱起來順手，疾馳前進。

尼德．蘭喜不自勝，這個逃出監獄的囚犯，壓根兒沒想到還得再回鸚鵡螺號過海上生活。

「鮮肉！」他一再提：「咱們要去吃肉了，好吃的肉啊！貨眞價實的野味！可惜少了麵包！我不是嫌魚肉不好，但也不能每頓吃，來塊新鮮野味，放上燒紅的炭火烤食，變換口味眞愉快！」

「貪吃鬼！」顧問回嘴：「說得我口水直流！」

「但還是得弄清楚，」我表示：「森林裡的獵物多寡，以及是否有體型大到反過來追捕獵人的獵物。」

「好啊！阿宏納先生，」加拿大人同意，他的牙齒好像已磨得跟斧頭一樣尖利了：「但若島上除了老虎沒別的四足動物，那我只好吃老虎，而且要腰內肉。」

「尼德兄眞叫人提心吊膽。」顧問答道。

「管他是四隻腳沒羽毛的或兩隻腳有羽毛的，都等著挨我第一槍。」尼德．蘭誇口。

「很好！」我道：「蘭師傅又開始有勇無謀了！」

「別害怕，阿宏納先生，」加拿大人回應：「你只管划！不出二十五分鐘，立刻給你端上獨門料理。」

八點半，鸚鵡螺號的小艇順利穿過葛伯侯島周圍的珊瑚環礁，慢慢在沙岸邊停下。

第二十一章 登陸幾日

接觸陸地那一刻，我非常激動，尼德．蘭像宣示主權般踩踏土地數下，其實我們離開陸地不過兩個月，這期間成了尼莫船長口中「鸚鵡螺號的乘客」，實爲船長的囚犯。

才幾分鐘，我們已走了從岸邊算起，約一個射程的距離，土地幾乎全由石珊瑚沉積而成，某些乾涸的急流河床殘留花崗岩碎片，顯示此島地質構造原始。地平線藏身壯觀的森林幃幔後，高度約二百英尺的巨木林間，藤蔓相連纏繞，微風輕拂搖擺，眞是最天然的吊床。含羞草、榕屬植物、木麻黃、柚木、木芙蓉、露兜樹、棕櫚樹交錯叢生，在這翠綠頂棚庇護下，大樹根周圍長起許多蘭科、豆科及蕨類植物。

但加拿大人無視巴布亞島生長的美麗植物，他丟開漂亮的東西，忙著尋找有用之物，沒多久發現椰子樹，二話不說打下幾顆椰子劈開，三人心滿意足地喝椰汁、啃果肉，可見我們眞是吃膩鸚鵡螺號的食物了。

「太好吃了！」尼德．蘭誇讚。

「人間美味！」顧問附和。

「我想，」加拿大人說：「你那位尼莫不會反對我們帶椰子上船吧？」

「應該不會，」我回答：「但他一定不吃！」

「眞可惜！」顧問說。

「那不是更好！」尼德．蘭回嘴：「正好多留幾顆下來。」

「聽我一句，蘭師傅，」我對準備摧毀另一棵椰子樹的魚叉手說：「椰子是好東西，但裝滿小艇前，先弄清島上是否出產其他更有用的東西較爲明智。鸚鵡螺號的配膳室想必很歡迎蔬菜食材。」

地平線藏身壯觀的森林幃幔後

「先生說的對，」顧問認同：「我建議將小艇分三區擺放食物，一區放水果，一區放蔬菜，第三區放野味，雖然連影子也沒見著。」

「顧問，別灰心得太早！」加拿大人回答。

「咱們繼續走吧！」我說：「眼睛睜大點，島上看似無人，卻可能躲著對獵物來者不拒、不像我們會挑過的人種！」

「嘿！嘿！」尼德．蘭意有所指地擺動下顎。

「好樣的！尼德。」顧問嚷道。

「我眞是打從心底，」加拿大人應聲：「開始體會人肉多誘人了！」

「尼德！尼德！瞧你說的！」顧問抗議：「原來你吃人肉！所以跟你一塊兒再也不安全，虧我還跟你住同個艙房！該不會哪天醒來已被吞下半個身子？」

「顧問兄，我是很喜歡你，卻不到沒事把你吃掉的程度。」

「我不相信，」顧問回應：「快去打獵！非得抓隻什麼把這食人族餵飽，否則不知哪個早上醒來，先生再找不到忠僕服侍，怕只剩幾塊肉末了。」

我們一路聊著走進昏暗的森林，置身樹叢林蔭，四處逛了二小時。

中途碰巧如願以償找到可食用的野菜，其中一種還是熱帶區最具效益的植物，補足船上缺乏的珍貴食材。

其實就是麵包樹，葛伯侯島上非常多，而且我特別注意到島上長的是變種的無子麵包樹，馬來語叫「西馬」。

這種樹與其他樹木差別在樹幹筆直，高達四十英尺，樹冠頂呈優雅圓弧，葉片屬多瓣闊葉，自然學家一見即知是幸運成功移植馬斯卡赫涅群島的麵包樹，學名「波羅蜜」。

茂密青綠的枝葉間垂落碩大球狀果實，約一公寸寬，外觀粗糙，呈六角形，是大自然賜予不產麥子之地的實用植物，無須特別種植照護，一年能長八個月的果子。

尼德．蘭熟知這種果實，出海航行無數次的他早嘗過滋味，知道如何處理可食用的部分，因此他一見果實立刻食指大動，忍不住想吃。

「先生，」他對我說：「若不讓我吃一點麵包樹果泥，我怕嘴饞死了！」

「吃吧！尼德兄，盡情享用，咱們登島就是要體驗，放手去做吧！」

「花不了太久時間。」加拿大人回答。

他利用透鏡聚光，點燃枯枝生火，劈啪作響地煞是好聽，同時，顧問和我負責挑出最好的波蘿蜜果實，有些還不夠熟，粗厚表皮尚覆蓋著白色果肉，纖維質很少，但多數已黃熟、富含膠質，只等人摘了。

這些果實不帶果仁，顧問捧了十二個給尼德．蘭，後者將果實切成厚片，放在炭火上烤，邊忙邊絮叨：

「瞧瞧，先生，這麵包多香。」

「特別是我們很久沒吃麵包了。」顧問說。

「這不只是麵包，」加拿大人聲明：「還是一種美味甜點，你沒吃過嗎，先生？」

「沒有，尼德。」

「那好！準備品嘗美味佳餚吧！你要是沒吃第二個，我就不叫魚叉手之王！」

幾分鐘後，果實迎火烤的那面已焦透，內餡是白色果泥，好似鬆軟的麵包心，口感像朝鮮薊。

我承認，這麵包非常可口，我吃得津津有味。

「可惜，」我說：「果泥無法保鮮，我看用不著帶上船儲存了。」

「正好相反，先生！」尼德·蘭嚷道：「那是自然學家的說法，但我可是照麵包師傅的辦法做，顧問，再去摘些果實，回程時帶走。」

「你打算如何處理？」我問加拿大人。

「將果肉製成果泥發酵，可長久保存不腐壞，想吃的時候，只需在船上廚房烘烤即可，雖然有些酸味，仍會覺得好吃。」

「那麼，尼德師傅，我看有麵包，就不缺其他了吧……」

「缺，教授先生，」顧問接話：「還缺水果，至少採些蔬菜！」

「那我們找水果、蔬菜去。」

摘完麵包樹果實，我們便動身備齊「陸上」大餐。

不負我們一路尋找，近中午時，已採了大量香蕉，是熱帶區長年盛產的美味水果，馬來人稱其爲「比桑」，免烹煮，可生食。連同香蕉，我們尚採了味道強烈的波蘿蜜果、好吃的芒果及大得不像話的鳳梨。爲了採這些水果耗費大半時間，但值回票價，沒什麼好可惜的。

顧問一直觀察尼德，魚叉手走在前頭，徒步森林時，不時信手採拾美味果子，收穫頗豐。

「總算不缺什麼了吧，尼德兄？」顧問詢問。

「哼！」加拿大人應聲。

「還有什麼好抱怨的？」

「都是植物哪能完成套餐，」尼德數落起來：「這些叫餐後料理，算甜點，湯呢？烤肉呢？」

「看來，」我說：「尼德承諾我們的排骨似乎出大紕漏了。」

「先生，」尼德表示：「狩獵不僅還沒結束，甚至尚未開始。稍安勿躁！咱們總會見著長了羽毛或皮毛的動物，萬一這裡沒有，別處肯定有……」

「萬一今天沒有，明天肯定有，」顧問補上一句：「我們不能走太遠，我建議該回小艇了。」

「什麼，要回去了！」尼德大叫。

「我們得在入夜前回去。」我說。

「現在到底幾點了？」加拿大人問。

「至少下午二點。」顧問回答。

「陸上時光過得眞快！」尼德．蘭驚呼，依依不捨地嘆口氣。

「走吧。」顧問答道。

我們穿過森林往回走，途中再採光所有棕櫚芽，這必須上樹頂才摘得，如此我們收穫更充足了，此外我還認出馬來人稱為「阿布魯」的小四季豆及上等樹薯。

抵達小艇時，每個人肩頭都沉甸甸的，只尼德．蘭猶嫌補給品不足，他運氣不錯，上小艇前讓他發現幾棵樹，高二十五到三十英尺，屬棕櫚種，和麵包樹一樣珍貴，在馬來西亞被視為用途最廣泛的植物。

該植物叫西米樹，無須栽種，自然生長，像桑樹一般靠自身嫩枝及種子繁殖。

尼德．蘭知道怎麼處理這種樹，他舉起斧頭，猛力揮砍，沒多久，兩、三棵西米樹應聲倒地，葉片上的白色粉末，顯示樹已成熟。

這會兒我倒是以自然學家而非貪吃鬼的眼光觀察他的動作。他先從每棵樹幹上剝下一條一英寸厚的樹皮，樹皮上覆蓋纖維網，纖維細長交錯，纏繞成許多以某種膠狀細粉相黏的小結，這種細粉就是西米，可食用，是梅拉內西群島居民的主食。

尼德．蘭目前只是像劈柴那樣，將樹幹斬成小塊，留待稍後提取細粉，方法是拿一塊布先篩過，濾掉纖

尼德·蘭舉起斧頭

維，然後放在太陽底下晾乾，再放進模具凝固。

傍晚五點，我們終於滿載而歸駛離島岸，半小時後，即停靠鸚鵡螺號旁，我們上船時沒人出現，這巨型鋼製圓柱體活像遭棄置。補給品搬上船後，我下梯回房，晚餐已備妥，吃完飯，我倒頭就睡。

翌日，一月六日，船上無新發展，船內悄無聲息，感受不到半點人氣，小艇靜置船邊，仍在我們昨日停靠之處。我們決定再去葛伯侯島一趟，尼德．蘭希望打獵方面能比昨天走運，也想去森林別處瞧瞧。

太陽升起時，我們已乘艇上路。小艇受不斷襲打島岸的浪濤推進，不一會兒即達小島。

下了小艇後，我們想最好依加拿大人的直覺前進，我和顧問跟著尼德．蘭，但他腿長，常把我們遠遠拋在後頭。

尼德．蘭走上西邊坡地，涉過幾道急流淺灘，來到一處蒼翠森林圍繞的高原，幾隻翠鳥徘徊水邊，卻不靠近，謹慎的態度證明禽鳥對吾等兩足動物知之甚詳，推測即使島上無人居住，至少常有人類出沒。

穿過廣大草原，我們來到一座小樹林旁，林中飛鳥成群，鳴叫歌唱，顯得生氣蓬勃。

「就是些鳥兒罷了。」顧問說。

「但也有可吃的！」魚叉手回答。

「哪有，尼德兄，」顧問反駁：「我只看到幾隻尋常鸚鵡。」

「顧問兄，」尼德一臉嚴肅：「對沒其他食物可選的人來說，鸚鵡等同山雞。」

「我補一句，」我說：「這鳥好好烹調的話，很值得動刀叉。」

確實，繁茂枝葉下，大群鸚鵡穿梭枝枒，只差等人好好教牠們學說人話。此時，五顏六色的長尾鸚鵡成群鳴叫，鳳頭鸚鵡一本正經，彷彿正思考什麼哲學問題，另有振翅作響的犀鳥、擁有細緻天藍色羽毛的巴布亞鸚鵡及各種迷人禽鳥，而亮紅色的吸蜜鸚鵡飛舞群鳥間時，宛如一塊隨風飄動的薄紗，惟多數不適合食用。

倒是此處特產一種鳥，棲息地僅限阿滬島及巴布亞島內，雖然尚未現身，但命運爲我保留親睹其丰采的機會，稍後就會看到了。

穿過一片略爲稀疏的矮林後，我們發現一處被灌木叢擋住的平原，樹叢裡飛出數隻美麗鳥兒，因身上長羽毛排列特殊，必得逆風飛翔，其高翱低飛，在空中劃出優美弧線，斑爛奪目之姿，令人目眩神迷，我一眼就辨認出是什麼鳥。

「極樂鳥！」我驚嘆。

「雀形目，克利斯托模類[1]。」

「雉科？」尼德．蘭問。

「我想不是，蘭師傅，不過，我認爲憑你的身手，必能逮一隻這熱帶區最美的生物來！」

「教授先生，雖然我耍魚叉比操槍在行，但我願意試試。」

馬來人販賣非常多極樂鳥給中國人，爲求捕獲，無所不用其極，有時在極樂鳥喜居的高樹頂上設圈套，或拿黏性極強的膠讓其動彈不得，甚至在鳥兒習慣飲用的泉水中下毒，現下我們只有槍，難以依樣畫葫蘆，只能趁極樂鳥飛起時射擊，命中機率渺茫，確實也浪費了一些彈藥。

上午近十一點，我們走完島中心第一面山原，仍什麼也沒獵殺到，飢腸轆轆，獵人們總自信外出狩獵必有斬獲，眞是錯了。幸運的是，顧問開個兩槍，午餐竟有了著落，連他自己也很意外。中彈的是白鴿及斑尾林鴿，顧問手腳俐落，拔毛、串枝、吊掛，放在已升起旺火的枯枝前燒烤。料理這兩隻鮮美野味時，尼德則

1 克利斯托模類：此為作者自創詞彙。本書大部分科學詞彙皆與實際一致，但也有少數作者自創的詞彙。

忙著備妥麵包果。然後，白鴿、斑尾林鴿被連皮帶骨吃個精光，大家讚不絕口，野鴿常食肉豆蔻，至肉裡透出香料味，成就一道美味佳餚。

「簡直像拿松露養大的胖雛雞。」顧問讚道。

「現在，尼德，還少什麼嗎？」我問加拿大人。

「還差四隻腳的，阿宏納先生。」尼德·蘭回應：「鴿子不過是開胃菜，塞牙縫的零嘴罷了！必得宰頭有排骨的動物，否則無法滿足！」

「我也要捉到極樂鳥才滿意，尼德。」

「那就繼續打獵吧，」顧問回答：「但得回頭往大海方向走，既然已爬過幾處主要山坡，我想還是回森林好。」

這是好主意，說走就走。步行一小時後，我們來到一片純西米樹林，幾條無毒的蛇竄過腳邊，我們一靠近，極樂鳥即閃躲，正當我對成功捕獲不抱任何希望時，走在前頭的顧問突然彎腰，發出勝利的歡呼，捧著一隻珍貴的極樂鳥走回我身邊。

「哇！做得好！顧問。」我讚揚。

「先生過獎了。」顧問謙稱。

「可不是，好傢伙。太天才了，不但活捉，還赤手空拳。」

「先生若仔細瞧瞧，就知道沒什麼了不起。」

「怎麼說，顧問？」

「因為這鳥醉成鵪鶉樣了。」

「醉？」

「是的，先生，被肉豆蔻灌醉了，牠在那棵肉豆蔻樹底狼吞虎嚥，被我活逮。你看，尼德兄，貪吃的下場多可怕。」

「鬼扯！」加拿大人不干示弱：「兩個月來我只喝了點杜松子酒，不必拿這點攻擊我！」

我仔細檢查這隻異常的鳥，顧問沒弄錯，極樂鳥被醉人的汁液灌醉，全身無力，飛不動，連走路都難，但用不著擔心，一會兒酒自然就退了。

巴布亞島及鄰近島嶼共八種鳥類，屬極樂鳥最美，又以這種正祖母綠毛色的極樂鳥最為稀有，其身長三公寸，頭比較小，眼睛也不大，就長在嘴邊。身上色彩相互輝映，搭配巧妙，黃色尖喙，棕色腳爪，末端呈淺褐色的紫紅羽翼，頭與後頸是淡淡的黃色，咽喉處呈祖母綠，腹胸爲棕栗色。尾巴聳起兩束毛茸茸的角狀羽毛，尾翼輕巧細長，雅致悅目，當地人替這集完美於一身的奇鳥取了個詩情畫意的名字叫「太陽鳥」。

我由衷希望能將極樂鳥中的極品帶回巴黎，贈與植物園，因爲園內並無活生生的極樂鳥。

「這鳥眞的很罕見嗎？」加拿大人問道，聽來就是從未自藝術觀點評價過獵物的獵人口吻。

「非常少見，勇敢的夥伴，活體尤其難得，即便死了仍是重要的貿易商品，所以有土著會想辦法造贗品，就像我們做假珍珠、假鑽石一樣。」

「什麼！」顧問喊道：「有人做假極樂鳥？」

「是的，顧問。」

「先生知道當地人的手法？」

「當然。每到颳起東風的季節，極樂鳥尾巴周圍的美麗羽毛開始脫落，自然學家稱其爲副翼毛。僞造禽鳥者蒐集這些羽毛，熟練地黏在預先拔好毛的可憐長尾鸚鵡身上，然後於接合處染色，替整隻鳥上漆，再將此當地特有工業產物寄給博物館及歐洲收藏家。」

極樂鳥中的極品

「好樣的！」尼德・蘭說：「雖然身體不是本尊，至少羽毛是，反正又不是拿來吃，我看沒什麼大礙！」

雖說我希望達成擁有極樂鳥的願望，但加拿大獵人的還沒有，幸好，二點鐘左右，尼德・蘭獵得一頭土著稱爲「巴哩・烏冬」的漂亮野豬。這豬來得正好，給我們送上貨眞價實的四足動物，受到熱烈歡迎，尼德・蘭對自己這一槍得意洋洋，被電力彈擊中的野豬立刻僵倒斃命。

加拿大人先割下六塊排骨肉準備晚上烤著吃，再剝皮、清除內臟。隨後繼續打獵，這回尼德與顧問屢創佳績，狩獵過程值得紀錄。

總之，這對朋友拍打灌木叢，趕出一群袋鼠，牠們憑著彈力超群的雙腿跳離逃跑，只是再快仍不敵電力槍，奔馳中照樣被攔截擊斃。

「啊！教授，」尼德・蘭扯開嗓門，這獵人殺紅了眼：「超棒的野味，燉煮特別好吃！這在鸚鵡螺號可是了不得的食物！兩隻！三隻！有五隻倒地了！想想咱們有那麼多肉好吃，船上那些蠢蛋卻連肉渣也沒有！」

加拿大人欣喜若狂，我相信若沒有分心講話，他已經殺光整群袋鼠了！他獵了十二頭迷人的有袋類才罷手。顧問告訴我們，袋鼠屬於無胎盤哺乳類的第一目。

這種動物體型嬌小，是「兔袋鼠」的一種，習慣藏身樹洞，移動速度飛快，雖然不算肥厚，至少肉質有一定水準。

我們非常滿意捕獵成果，尼德心花怒放，提議明天再來這迷人的小島，他打算將可吃的四足動物一網打盡。打著如意算盤，卻沒料到即將發生意外。

晚上六點，我們回到沙灘，小艇仍停在原處，鸚鵡螺號像一座長礁，在離岸兩海里遠處的波濤間載浮載

尼德殺光整群袋鼠

沉。

事不宜遲，尼德·蘭立刻著手晚餐大事，手藝精湛，令人佩服。將「巴哩·烏冬」排肉放上炭火炙烤，沒多久空氣中便香味四溢！……

而我發現自己成了尼德同道中人，竟也出神望著鮮嫩烤豬起來！但願人們能原諒我，就像我原諒蘭師傅般，就是同理心嘛！

晚餐實在太好吃了，原本的菜單已很出色，再添兩隻斑尾林鴿加菜，更是完美。西米漿、麵包果、幾顆芒果、半打鳳梨、自椰子果榨取的汁液，大夥兒開懷享用，我甚至覺得兩位好朋友已經樂到有點神智不清了。

「今晚別回鸚鵡螺號好嗎？」顧問提議。

「不如永遠都別回了吧！」尼德·蘭附和。

這時一塊石頭落在我們腳邊，硬生生打斷魚叉手的話。

第二十二章　尼莫船長的電攻

我們朝樹林望去，並未站起，我準備送食物入口的手停下動作，尼德．蘭則是剛塞進一口食物。

「普通石頭不會從天上掉下來，」顧問分析：「如果會就該稱爲隕石。」

又飛來第二顆石頭，而且經人精心磨圓，打落顧問手裡美味的斑尾林鴿腿，這下更坐實了他的分析。

我們三人全站起身，扛著獵槍，準備回擊。

「是猴子嗎？」尼德．蘭高聲問。

「差不多，」顧問回話：「是野人。」

「回小艇！」我邊說邊朝岸邊走。

眞的該撤退了，因爲矮樹林邊冒出二十幾個手持弓箭及彈弓的土著，矮樹林遮住右方地平線，離我們約百步遠。

而小艇則停在離我們二十公尺遠的地方。

野人並未追趕，卻步步進逼，張牙舞爪，石頭、利箭如雨點般落下。

尼德．蘭不想放棄補給品，顧不得危險迫在眉睫，仍一手抱起野豬、一手拖著袋鼠，火速收拾食物。

兩分鐘後，我們跑上沙灘，用最短的時間把補給品及彈藥搬回小艇、推艇入海、架好船槳。划不到二錨鏈距離，已聚集百來個野人，大呼小叫、比手畫腳，衝進海裡，追到水深及腰處才罷休。我留心野人是否引起鸚鵡螺號注意，派幾個人上平台查看，結果沒有，這台躺得好好的巨大機器，依舊不見半個人影。

二十分鐘後，我們登上鸚鵡螺號，蓋板開著，繫妥小艇後，三人進入船艙。

我走進客廳，裡面傳出樂聲，是尼莫船長，他正俯首管風琴，沉浸於醉人音符。
「船長！」我喚。
他沒聽到。
「船長！」我輕觸他。
他顫了一下，轉過頭：
「啊！是你，教授？」他問：「怎麼！打獵還好嗎？植物採集順利吧？」
「是，船長，」我回答：「但很倒楣，引來一群兩足動物，就在附近，令人坐立難安。」
「什麼兩足動物？」
「野人。」
「野人！」尼莫船長嘲諷道：「教授先生，你踏上地球某塊陸地，發現野人，然後大驚小怪？哪裡沒野人？再說，所謂的野人一定比其他人壞嗎？」
「可是，船長……」
「在我看來，先生，我上哪兒都碰到野人。」
「好吧！」我答道：「你若不想在鸚鵡螺號上撞見野人，最好想點辦法。」
「放心，教授先生，沒什麼好緊張的。」
「但土著爲數眾多。」
「你估計有多少人？」
「至少上百。」
「阿宏納先生，」他應道，手指重新放回管風琴琴鍵上：「即便巴布亞島全島土著湧上沙灘，鸚鵡螺號也根本不怕他們攻擊！」

船長的指尖在樂器鍵盤上滑動，我注意到他只彈黑鍵，旋律因此帶有蘇格蘭色彩。他很快忘了我的存在，沉醉冥想，我也就不再掃他興致。

再回到平台時，夜幕已降，因爲低緯度的關係，太陽下山速度極快，沒有黃昏，葛伯侯島看來模糊，但沙灘上火光熠熠，表明土著不肯離開。

我獨自在平台待了好幾小時，有時想到土著，不過受船長鎮定無畏的態度影響，已不覺害怕，有時顧著欣賞熱帶區的綺麗夜景，甚至把土人忘得一乾二淨。我的記憶隨著黃道星宿飛往法國，再過數小時，這些星辰將照亮法蘭西，天頂眾星拱月，月色清亮，引我想起這顆忠實善意的衛星後天將會繞回目前位置，掀動浪潮，將鸚鵡螺號拉出珊瑚礁床。夜半時分，漆黑的海面及島岸樹林悄無聲息，我返回自己的艙房，安穩入睡。

一夜無事，巴布亞人可能光見海灣停著龐然怪物便嚇壞怯步，否則蓋板一直沒關，可說替他們開了入侵鸚鵡螺號的方便之門。

清晨六點，一月八日了，我登上平台，黯淡夜色逐漸清朗，晨霧消散，島嶼現蹤，先是沙灘露臉，接著是山峰。

土著還沒散，人數比昨日更多，大概有五、六百人了。其中幾個趁退潮前進，爬上珊瑚礁頂，距鸚鵡螺號不到二錨鏈遠，身形樣貌清楚可見。他們是道地的巴布亞人，魁梧強壯，輪廓鮮明，前額寬闊高隆，鼻子雖大不扁平，牙齒潔白，同努比亞人一樣黝黑發亮的膚色，使羊毛般蓬捲的紅髮更顯搶眼。刻意割開拉長的耳垂，佩掛骨頭做成的串珠。大部分野人赤身裸體，但我發現其中幾個女人自腰間到膝蓋圍著正宗的草編襯裙，繫上籐編腰帶。另外幾個帶頭的，脖子上掛著新月形飾物及紅白兩色玻璃珠串成的項鍊。幾乎人人配帶

土著在鸚鵡螺號附近徘迴

弓箭、盾牌，肩背網子一類的東西，裡頭塞滿圓石，裝上彈弓即可輕易發射。

當中一個帶頭的很靠近鸚鵡螺號，仔細觀察船體。他披著香蕉葉編成的披巾，邊緣呈鋸齒狀，色澤鮮豔，應該是高階級的「馬多」。

土著站得很近，擊斃他易如反掌，但我認爲最好等他實際攻擊了再還手，歐洲人對上野人，被動反擊較主動攻擊爲宜。

退潮期間，土著在鸚鵡螺號附近徘迴，卻不喧鬧，只是經常重複「阿瑟」一字，從手勢可知，他們邀我上岸，但我想還是拒絕的好。

於是這日小艇未駛離大船，無法補充食物讓蘭師傅大失所望，手藝靈巧的他，只好利用時間加工從葛伯侯島帶回的野味及西米粉。至於那些野人，早上十一點左右開始，漲潮逐漸淹沒珊瑚礁頂，他們便回岸上去了。然而沙灘人數大幅增加，可能來自附近小島或巴布亞本島，唯獨不見任何土著的獨木舟。

因無事可做，我尋思不如在這片清澈明媚的水域撈點東西，水底大量的貝殼、植蟲動物及遠洋植物清晰可見，再者，若依尼莫船長保證，明日大潮時，鸚鵡螺號將順勢浮起，那今天可是鸚鵡螺號最後停留這一帶的日子。

於是我叫顧問幫我拿個輕便的撈網，差不多類似捕撈牡蠣那種。

「野人怎麼了？」顧問問我：「先生別見怪，我倒覺得他們不太壞！」

「但他們是食人族，孩子。」

「食人族也可以正直啊，」顧問回答：「貪吃與正直，兩者並不衝突。」

「好吧！顧問，就當他們是正直的食人族，正直地呑下俘虜。但再怎麼正直，我也不想被呑，我得自行警戒，因爲鸚鵡螺號的船長似乎毫無防備。現在，幹活吧！」

費力捕撈兩小時，卻沒網到任何稀罕的東西，撈網裡盡是米達斯鮑魚、豎琴螺、尖碑螺，特別撈到今日到目前所見最美的錘頭貝，另有海參、珍珠牡蠣及十二隻小烏龜，全送至船上的配膳室保鮮。

然而無意間，我得到一件珍寶，應該算非常罕見的自然突變。顧問剛下網，撈起時，網內裝滿各種尋常貝殼，突然，他見我快速伸手入網抓出一顆貝殼，發出貝殼學家才有的驚呼，恐怕也是人類能發出最尖聲的喊叫。

「啊！先生怎麼啦？」顧問大吃一驚：「先生被咬了嗎？」

「不，孩子，但我甘願為我找到的犧牲手指！」

「找到什麼？」

「這貝殼。」我指著戰利品說。

「不過是個斑岩斧蛤，斧蛤屬、櫛鰓目、腹足綱、軟體動物門……」

「沒錯，顧問，但一般斧蛤都是由右向左繞生，這隻卻是由左向右！」

「怎麼可能！」顧問驚叫。

「真的，孩子，是左旋貝！」

「左旋貝！」顧問跟著說，心怦怦跳著。

「你看牠的螺紋。」

「啊！先生請相信我，」顧問捧著這顆珍貴的貝殼，雙手不住顫抖：「我從沒這樣激動過。」

的確令人興奮啊！畢竟，大家都明白，正如自然學家發現的，自然界主要以右旋為法則，星球與繞行的衛星都是從右往左運行及自轉；人類習慣使用右手，少用左手，因此工具、機械、樓梯、門鎖、鐘錶發條等也發展成由右向左配置。於是，大自然通常循此法則創造貝殼旋繞方式，絕大部分是右旋，很少例外，偶爾出現左旋貝，收藏家甚至不惜花重金收買。

顧問和我目不轉睛盯著寶物，我才決定帶回博物館豐富館藏，不巧有個土著突然投來石頭，正好打碎顧問手中的珍品。

我惋惜大叫！顧問一把抓起槍，瞄準十公尺遠處丟擲石子的野人，我想攔阻，但子彈已發射，擊碎土著手臂配掛的護身手鐲。

「顧問，」我高喊：「顧問！」

「怎麼！先生沒看到這吃人肉的傢伙開始進攻了嗎？」

「貝殼哪值得上人命！」我說。

「啊！混帳東西！」顧問怒吼：「我寧願他打碎的是我肩膀。」

顧問說的是實話，但我不宜附議，且我們竟沒察覺情勢丕變，沒多久，鸚鵡螺號旁已包圍二十幾艘獨木舟。這些獨木舟是挖空樹幹製成，狹長細窄，便於航行，兩側綁著竹桿漂浮水面，以維持平衡。駕駛獨木舟的土著半裸身體，技術嫻熟，見他們逼近不由得擔心起來。

顯然這些巴布亞人曾與歐洲人往來，認得歐洲人的船隻，但初見海灣停泊這樣長形的鋼鐵圓柱體，沒有船桅、沒有煙囪，他們會怎麼想？一定認爲不是好東西，所以剛開始敬而遠之，久了見其動也不動，膽子才漸漸大起來，意圖一探究竟，這正是我們得阻止的，只是我們沒有能發出大聲響的武器，嚇阻土著效果有限，他們只怕巨聲作響的機器。閃電缺了轟隆雷聲就不太嚇人了，儘管眞正具殺傷力的是電光，而非雷響。

這時，獨木舟愈來愈靠近鸚鵡螺號，利箭蜂擁射向船身。

「該死！現在是下冰雹嗎？」顧問說：「恐怕是帶毒的冰雹！」

「得通知尼莫船長。」我鑽回船艙。

顧問一把抓起槍瞄準

客廳沒人，我只得冒昧敲敲船長艙房門。

裡面應了一聲「請進」，我走進房內，發現尼莫船長正埋首計算，寫滿X及其他代數符號。

「吵到你了？」我客氣寒暄。

「沒錯，阿宏納先生，」船長回答：「不過你來找我，想必有重大原因吧？」

「非常重大，我們被土著的獨木舟包圍了，再幾分鐘，數百名野人就要攻上來了。」

「啊！」尼莫船長平靜地問：「他們駕獨木舟來的？」

「是的，先生。」

「那好！先生，關上蓋板即可。」

「沒錯，我就是來告訴你……」

「再簡單不過了。」尼莫船長回應。

他按下電鈕，向值班室船員下令。

「完成，先生，」過了一會兒他說：「小艇歸位、蓋板關閉，我想你用不著擔心船壁被那群仁兄挖穿吧？畢竟你先前搭的那艘大型驅逐艦的砲彈都打不破了。」

「是不擔心，船長，但還有個危險。」

「什麼，先生？」

「明早同時間，鸚鵡螺號爲了換氣，仍得打開蓋板……」

「同意，先生，我們的船是採鯨魚呼吸法沒錯。」

「那屆時萬一巴布亞人占據平台，我不知你如何阻止他們入侵。」

「所以，先生，你推測他們會上船？」

「我敢肯定。」

「既然如此，先生，就讓他們上船吧。我找不出驅趕他們的理由，其實這些巴布亞人怪可憐的，我不希望因造訪葛伯侯島害任何可憐人喪命！」

語畢，我準備離開，尼莫船長請我留步，坐在他旁邊，關切我們陸地之行、狩獵的情況，看樣子他無法理解加拿大人對肉的渴望與需求。後來又聊了不同話題，尼莫船長雖然不太流露內心情感，卻變得親切許多。

閒聊中，我們談到鸚鵡螺號的處境，因為擱淺的海峽正是杜蒙．杜維勒迷路之處，便順勢談起此人。

「這位杜維勒，」船長說：「是貴國最偉大的船員，亦是最有智慧的航海家！可謂法國的庫克船長，但這位智者，運氣不好，他勇敢對抗過南極浮冰、大洋洲的珊瑚礁、太平洋的食人族，最後卻不幸死於火車意外！這麼堅毅的男子在生命最後幾分鐘若來得及思考，你能想像他臨終時會怎麼想？」

說到此，尼莫船長顯得激動，我也受他情緒感染。

接著他拿起地圖，同我重溫這位法國航海家的功績，包括環球航行、兩次南極探險並發現阿德利及路易．菲利普兩處陸地，最後完成大洋洲主要群島的水道測量、繪製。

「貴國杜維勒做的是水面上的測量，」尼莫船長表示：「我則專攻海底，更容易，也更全面。星盤號及勒勉號永遠躲不掉波濤搖晃，不比鸚鵡螺號可在平穩的艙室進行測量，況且實際定居大海！」

「不過，船長，」我說：「杜蒙．杜維勒的巡航艦及鸚鵡螺號仍有相似之處。」

「哪裡，先生？」

「鸚鵡螺號也擱淺了。」

「鸚鵡螺號沒有擱淺，先生，」尼莫船長冷回：「鸚鵡螺號只是在海床上歇息，杜維勒為拖巡航艦上岸，費盡千辛萬苦，使出渾身解數，我完全不需要。星盤號及勤勉號差點葬身海底，我的鸚鵡螺號安然無恙。明天就是先前預告的日子，正式我說好的時刻，大潮將從容托起船身，鸚鵡螺號將繼續越洋航行。」

「船長，」我說：「我並不懷疑……」

「明天，」尼莫船長站起來重申：「明天下午兩點四十分，鸚鵡螺號將浮起、毫髮無傷離開托赫斯海峽。」

扼要聲明後，尼莫船長微微欠身，示意我可以離開，我返回房間。

顧問在裡面，想知道我與船長談話的結果。

「孩子，」我回答：「當我露出他的鸚鵡螺號恐怕會受到巴布亞土著威脅的表情時，被他大大酸了一頓。所以我只能告訴你：相信他，安心睡。」

「先生沒事要我做了？」

「沒有了，朋友。尼德．蘭在做什麼？」

「先生請見諒，」顧問回話：「尼德兄正忙著做袋鼠肉餅，想必十分美味。」

顧問出去後，我獨自睡下，卻輾轉難眠，聽著爬上平台的野人踩跳頓足，吼叫聲震耳欲聾。一夜就這麼過了，船員依舊毫無反應，全然不擔心食人族的存在，就像裝甲堡壘內的士兵絲毫不在意堡壘外爬行的螞蟻一樣。

清晨六點，我已起床，蓋板尚未開啓，自然也還沒更換船內空氣，惟隨時裝滿空氣的儲存槽即刻發揮功能，釋出幾立方公尺的氧氣，補足鸚鵡螺號缺氧的空氣。

我待在艙房工作到中午，始終沒見到尼莫船長，船上似乎也未做任何啓程的準備。

我又等了一會兒，才前往客廳。座鐘指著兩點半，十分鐘後，海潮將漲至最高，如果尼莫船長非信口開河，鸚鵡螺號可立即擺脫礁石，否則，想離開珊瑚礁床，恐怕得再過好些個月。

然而，船身提早震動起來，我聽見卡在珊瑚礁底粗糙石灰質層的船底傳來吱嘎聲。

兩點三十五分，尼莫船長現身客廳。

「我們要走了。」他宣布。

「啊！」我嚇一跳。

「我已下令打開蓋板。」

「那巴布亞人呢？」

「巴布亞人？」尼莫船長輕輕聳了聳肩反問。

「他們不會闖進鸚鵡螺號嗎？」

「怎麼闖？」

「從打開的蓋板啊！」

「阿宏納先生，」尼莫船長平靜表示：「沒有人能從蓋板進鸚鵡螺號，即使蓋板是開的。」

我望著尼莫船長。

「無法理解？」他問我。

「完全無法。」

「好！來吧！眼見為憑。」

我來到中央樓梯，尼德·蘭和顧問也在那裡，驚訝地看著幾個船員打開蓋板，外頭怒吼及可怕叫囂震天價響。

蓋板朝外放倒，立刻湧上二十幾副駭人面孔，但率先抓住樓梯扶手的土人，卻被一種隱形的力量往後拋，他厲聲哀號，東竄西跳，落荒而逃。

其他十個學他抓扶手的，也遭到相同命運。

顧問看呆了，急性子的尼德．蘭則衝向樓梯，只是當他雙手一握住扶手，換他後退倒地。

「天殺的！」他嚷著：「我被雷劈了！」

這下我明白了。這不單是扶手，還是能接通船上電力、直達平台的金屬導電體。誰碰了必得領教強力電擊的滋味，萬一尼莫船長把整艘船的電流送進導體，那電擊可就致命了！確切說來，他在敵人及自己之間拉起一張誰都別想毫髮無傷入侵的電網。

巴布亞人驚慌失措，倉皇撤退，嚇得魂飛魄散。尼德．蘭發狂似地破口大罵，我們忍住笑，好言安慰倒楣的魚叉手，一邊替他揉揉臂膀。

此時，鸚鵡螺號在最後一波潮水推動下順利浮起，脫離珊瑚礁床，時間正好是尼莫船長預定的四十分，螺旋槳緩慢沉穩地拍打海水，船速逐漸加快，駛上海面，甩開托赫斯海峽危機四伏的水道，全身而退。

其他十個也遭到相同命運

第二十三章　強迫入睡

隔天，一月十日，鸚鵡螺號重新潛水航行，船速明顯增快，我估計時速至少三十五海里，螺旋槳運轉快到我跟不上，無法計算轉動圈數。

一想到這神奇電力，除了提供鸚鵡螺號動力、熱能、照明，還能保護其不受外來攻擊，使它成爲一艘聖船，欲褻瀆觸碰者，無一不遭受電擊教訓，我對這艘船的欽佩之情便無以復加，更連帶佩服創造此船的工程師。

我們持續朝西前進，一月十一日，繞過東經一百三十五度、北緯十度，位於卡朋達里灣終端的威塞角。礁石仍很多，但較爲零散，且地圖上皆有明確標記。鸚鵡螺號輕易避開左側金錢岩礁及右側維多利亞暗礁，兩者同處東經一百三十度、北緯十度，我們正依此緯度直行。

一月十三日，抵達帝摩海，於東經一百二十二度望見與海同名的帝摩島。此島面積一千六百二十五平方里格，由印尼王公統治。他們自稱是鱷魚的子孫，也就是人類所能追溯到最古老的生命起源。這些鱗甲祖先在島嶼河流裡大量繁殖，特別受到尊奉。當地人愛護厚待鱷魚，侍奉供養，獻上年輕女子爲食，外來人膽敢冒犯這些神聖的蜥蜴絕對吃不完兜著走。

但鸚鵡螺號全未與這醜陋的動物打交道，帝摩島只在中午船副記錄方位時出現一下，我也只看到群島中的小島侯迪島，島上女人的美貌在馬來市場上遠近馳名。

鸚鵡螺號由此轉向，偏往西南方緯度，船首指向印度洋。尼莫船長又臨時想帶我們去哪兒？回亞洲岩岸？或靠近歐洲沙岸？一個極力避開人煙之地的人，不太可能做出上述決定！難道會往南走？繞過好望角及合恩角，通往南極？最後，是否重返鸚鵡螺號航行起來輕鬆自如的太平洋？以後就知道了。

我們接著航過用最後努力對抗著液體的固體，即卡提耶、伊貝尼亞、塞恩卡巴東與斯葛特等礁島[1]，一月十四日，我們徹底遠離陸地，鸚鵡螺號特地放慢速度，隨意航行，有時潛入海中，有時浮出水面。

這段航程中，尼莫船長對不同水層的溫度變化做了具參考價值的探測。通常，這些資料須利用相當複雜的儀器測量，得出的報告尚且存疑，無論透過玻璃管經常因水壓破裂的溫度計，或一種將金屬通電，再依電力強弱判斷的儀器測量，取得的結果都難以驗證。反觀尼莫船長是親身入海，直接把溫度計投入各水層探測，即時且準確回報所測度數。

因此，鸚鵡螺號一邊注滿儲水槽，一邊使斜板適度傾斜，令鸚鵡螺號陸續潛至四千、五千、七千、九千及一萬公尺深處。最終探測結果顯示，無論任何緯度，凡超過一千公尺深處的海水，溫度永遠維持四度半。

我興致勃勃觀察每次探測，尼莫船長更是投注全副心力，我常自忖他何必做這些探勘，是爲了對人類有所貢獻嗎？不太可能，因爲，或許有一天，他與所有成果將一同葬生某個不知名海域！除非他準備將探測結果交給我，那就表示這趟奇特旅程終有結束之日，只是目前我還不見歸期。

無論如何，尼莫船長將蒐集到的各項數據，彙整出全球主要海洋海水密度報告，照樣給了我一份，如此不藏私，幫我增長了至今科學無解的智識。

就在一月十五日早上，尼莫船長同我散步平台，他問我是否知道海洋不同水層的密度，我給了否定的答案，並解釋這部分科學尚缺精確的觀測資料。

「觀測我做了，」他說：「而且保證精準。」

---

1 這些礁島的陸地都會隨著漲潮而被海水淹沒，退潮時才能看到其地表景觀。

「很好，」我回應：「不過鸚鵡螺號是另一個世界，船上科學家探得的奧秘很難傳及陸地。」

「你說得對，教授先生，」他沉默半晌後開口：「的確是另一個世界，不與陸地互通有無，就像陪地球繞行太陽的其他行星，從來也沒人知曉土星或木星學者的研究成果。不過，既然你我有緣相逢，我可以告訴你觀測結果。」

「願聞其詳，船長。」

「教授先生，你知道海水密度比淡水大，但密度並非到處一致，假設淡水密度為一，我發現大西洋密度是一點零二八、太平洋是一點零二六、地中海是一點零三……」

「啊！」我心想：「他還冒險到地中海啊？」

「愛奧尼亞海是一點零一八，亞得里亞海則是一點零二九。」

顯然，鸚鵡螺號並未避開歐洲航運繁忙的水域，因此或許很快會帶我們去較文明的大陸，尼德·蘭若知道了想必喜出望外。

接下來好幾天，我們整日忙於各種試驗，包括不同深度海水的含鹽量、帶電程度、顏色變化、透光度等，無論做何種測試，尼莫船長總是得心應手，待我也和顏悅色。而後數日，他再度不見蹤影，又放我一人過海上生活。

一月十六日，鸚鵡螺號停在距水面僅幾公尺深處，像睡著般停止運轉所有電力設備，螺旋槳動也不動，任船隨波浮沉，我猜船員正進行內部整修，畢竟機器經強力運轉，檢修理所當然。

也因此，我和二位朋友見識了奇特的一幕。鸚鵡螺號關閉船燈，打開客廳壁板，只見外頭暗浪洶湧，天空烏雲密布，風雨欲來，連光線輕易可達的上方水層亦昏黑黯淡。

在這種條件下觀察海象，體型再大的魚看上去也是一團黑影，這時鸚鵡螺號四周突然大放光明，一開始我以為開了船燈，是電光照亮海水，結果不是，倉促觀察後才明白錯誤所在。

原來，鸚鵡螺號剛好漂浮進磷光層，漆黑頓時轉為明亮，此乃無數發光微生物聚集形成，當牠們滑過金屬船身，反射下更增強亮度。我發覺明亮水層間的閃光，宛如火爐裡熔化流動的鉛，或燒至白熱的金屬塊，原應一掃而空的陰暗，卻因閃光亮度過強，相較之下，某些明亮處反倒成了陰暗處。不！這與我們習慣的靜止光不同，其具有特殊的力量及律動！這光給人的感覺，是活的。

的確，這片光來自大量的遠洋纖毛蟲及粟粒夜光蟲群聚，半透明的膠狀球體，可見絲狀觸鬚，每三十立方公分的水中，數量可達二萬五千隻，在水母、海盤車、海月水母、棗海筍的獨特光芒及其他磷光植蟲動物幫襯下，亮度更是加倍，這些植蟲動物體內多半浸滿海洋分解出的有機油脂，甚或魚類分泌的黏液。

鸚鵡螺號在光波中漂浮數小時，只見大型海生動物如蠑螈般靈活嬉戲，實在嘆為觀止。在光照昏暗處，我看到幾隻優雅敏捷的鼠海豚，是海中不知疲累的小丑，還有三公尺長的平鰭旗魚，聰明的暴風雨先知，利劍般的大嘴偶爾會碰撞客廳玻璃窗板。後來也出現比較小的魚，各式鱗魨、跳鰺、突角鼻魚及其他上百種魚類，在明亮背景間游出一道道紋彩。

眼前景致光彩奪目，使人心醉神迷，是否因某種氣層條件強化上述現象？又或者因海上發生暴風雨？不過，位於幾公尺深處的鸚鵡螺號並未感受到狂風怒雨，在平靜無波的海底從容搖擺。

我們繼續隨波浮游，沿途總有奇觀異景惹人著迷。顧問忙著觀察及分類他的植蟲動物、節肢動物、軟體動物及魚類。日子過得很快，我也不再數饅頭度日。尼德一如往常，為平淡的海上生活尋思變化。我們活像蝸牛，逐漸適應各自的殼，而且我保證輕易就能變成不折不扣的蝸牛。

所以，現在我們過著愜意自在的日子，再不去回憶存在陸地上的另一種生活方式，偏偏發生一起事件，提醒我們目前的處境有多詭異。

一月十八日，鸚鵡螺號來到東經一百零五度、南緯十五度處，風雨欲來，波濤洶湧，天邊吹起強勁東風，氣壓計指針已下降數日，預告大自然將興起一場惡鬥。

我在船副每天測量時刻角度的時候登上平台，照例等著那每日必講的句子，結果這日他竟改說另一句同樣聽不懂的話，才講完，尼莫船長就出現了，拿著望遠鏡望向天邊。

船長站著不動好幾分鐘，鏡頭始終不離目標範圍的某個點，隨後他放下望遠鏡，與船副交換十來句話，船副看來激動莫名，難以自持，尼莫船長較沉得住氣，依舊維持冷靜。另外，他似乎提出某些異議，船副答話則斬釘截鐵，我從他們的語氣及手勢變化，頂多看懂這些。

我自己也仔細留意他們觀察的方位，並無特別發現，只見海天交融，地平線格外清晰。

尼莫船長大約沒看到我，略過我走向平台另一端，其步伐篤定，卻不若平常規律，偶爾停下腳步，雙臂交叉胸前，觀察大海。他能在這片浩瀚中找到什麼？此刻鸚鵡螺號離最近的海岸可有幾百海里遠了！

船副再次舉起望遠鏡，死盯著地平線，走來走去直跺腳，躁動不安的模樣與他主子成強烈對比。

另一方面，這個必需釐清的謎團應該很快就眞相大白，因尼莫船長已下令增強推進力，加速轉動螺旋槳。

這時，船副又要船長注意某處。他停下腳步，將望遠鏡轉向船副指的方位，觀察良久，我備感納悶，於是去客廳取來一副自己平常使用的精密望遠鏡，再將望遠鏡架在平台前端突起的船燈燈罩上，打算總覽海面與天際。

但眼睛還沒貼近鏡片，手上的望遠鏡就被硬生生搶走。

我轉過身，站在我面前的是尼莫船長，卻讓人認不得。他變了個樣，眉頭緊蹙，壓上冒著沉沉慍火的雙眼，牙齒半露，挺身握拳，因聳起肩頭，腦袋顯得內縮，整個人充滿強烈恨意，他動也不動，望遠鏡從他手上滑落，滾到腳邊。

是我無心引發他的怒火嗎？難道這難以捉摸的男子認爲我撞見鸚鵡螺號客人不該知道的秘密？不對！他恨的對象不是我，因爲他根本沒看我，眼光始終停留天際那神秘一隅。

終於，尼莫船長控制住自己，猙獰的面目恢復慣常的冷靜，他向船副講了幾句我聽不懂的話，然後轉向我。

「阿宏納先生，」他語氣急切：「我要求你遵守我們達成的某項承諾。」

「哪一項，船長？」

「必要時，可將你及同伴關起來，直到我認爲可以讓你們自由爲止。」

「當家的是你，」我盯著他回答：「不過可以問個問題嗎？」

「不行，先生。」

這話是叫我別討價還價，只管服從，因爲不接受任何抗拒。

我來到尼德．蘭及顧問的艙房告知船長的決定，諸位可想見加拿大人聽聞後做何反應，但也沒空解釋，四名船員已等在房門口，帶我們前往當初登上鸚鵡螺號度過第一晚的小房間。

尼德．蘭想抗議，船員只在他進入後一把關上門當作回答。

「先生能告訴我怎麼回事嗎？」

我向同伴解釋來龍去脈，聽完他們同感驚訝，卻也一頭霧水。

我陷入沉思，尼莫船長怪異的臉色在我腦海揮之不去，此刻，我尚無法好好串聯互爲因果的兩件事，滿腦子亂七八糟的假設，一直理不出頭緒，這時尼德．蘭開口，將我拉出千頭萬緒：

「瞧！中餐準備好了。」

他的眼光始終停留天際

果眞，餐點已上桌，顯然尼莫船長加快鸚鵡螺號航速的同時，亦命人備妥午餐。

「先生容我提醒一句？」顧問問我。

「好的，孩子。」我應道。

「是！請先生吃點東西，畢竟我們不知道將發生何事，步步爲營爲妥。」

「有道理，顧問。」

「糟糕的是，」尼德．蘭說：「只給我們吃船上的海味。」

「尼德兄，」顧問回應：「萬一連午餐也不給，你還有可說嘴的嗎？」

一句話徹底終結魚叉手的牢騷。

大家入座吃飯，席間甚少交談，我吃很少，主張步步爲營的顧問則「勉強」吃完，尼德．蘭雖不滿意，卻一口也沒少吃。餐後，便各自找個角落倚靠休息。

此時，小房間照明的燈泡熄滅，我們置身伸手不見五指的黑暗，尼德．蘭很快就睡著了，令我吃驚的是顧問竟也不省人事，我才疑惑他怎會如此想睡，未料自己腦袋也陷入昏沉，儘管努力睜開雙眼，仍不由自主閉上，而且開始產生幻覺，全身十分難受，顯然剛才吃下的食物被加了安眠藥！所以爲了不讓我們知曉尼莫船長的計畫，關進牢房並不夠，還得睡上一覺才行！

外頭傳來蓋板關閉的聲音，海浪引起的輕微搖晃也停住了，鸚鵡螺號離開水面了嗎？是否又潛入靜止的水層？

我極力抵擋睡意，卻力不從心，呼吸變得微弱，要命的冰冷凍僵沉重四肢，無法動彈如同癱瘓，眼皮像鉛罩蓋上雙眼，再打不開，整個人完全被藥物造成的睡意、排山倒海襲來的幻覺所控制，接著眼前一黑，徹底失去意識。

我徹底失去意識

第二十四章　珊瑚王國

第二天，一覺醒來，神清氣爽，最驚訝的是，我竟然在自己房裡，兩位朋友勢必和我一樣不知不覺被送回艙房，至於整晚發生什麼事，我不知道，他們應該也不知道，想揭開秘密，只能等看看以後有無機會了。

我想離開房間，心想自己是重獲自由，抑或換個地方囚禁？結果百分之百自由，我打開房門，穿過通道，爬上中央樓梯，昨日關閉的蓋板已開，我登上平台。

尼德．蘭和顧問已在平台等我，兩人問起來都一無所知，睡太沉，什麼也不記得，對於自己回房一事非常訝異。

鸚鵡螺號看來一如往常，安靜神秘，浮上水面緩速前進，彷彿什麼事也沒發生。

尼德．蘭掃視大海，目光銳利，海面上空蕩蕩，加拿大人遠眺天際，舉目無物，沒有船隻，不見陸地，西風呼嘯，捲起陣陣長浪，船也明顯搖晃起來。

換完氣的鸚鵡螺號潛入海底，航行深度平均十五公尺，利於隨時迅速回到海面。一月十九日整天都這麼駕駛，反覆數次，異於往常。這時，船副登上平台，對著船內說每日必講之句。

尼莫船長並未現身，整船的人我只見到那面無表情的侍者，照舊俐落備餐，不發一語。

兩點左右，我人在客廳，埋首整理筆記。船長開門進來，我向他打招呼，他略作回應，動作小到難以察覺，而且一句話也沒說。我繼續工作，暗自期待他或許願意解釋前晚事件，但他毫無表示，我定神瞧他，他面露疲態，雙眼發紅，睡眠無助舒緩，且神情哀戚，是發自內心的憂傷，他走來走去，時站時坐，一會兒隨手拿本書，又立刻放下，查看測量儀器卻未照常記錄，似乎一刻不能安穩。

最後，他走到我身邊問：

「你是醫生嗎，阿宏納先生？」

我沒料到有此一問，盯著他半晌沒回應。

「你是醫生嗎？」他又問了一次：「我知道你有幾位同事曾習醫，葛哈提歐雷、莫根．東同及其他幾位。」

「對，」我說：「我是住院實習醫師，進博物館工作前曾行醫數年。」

「很好，先生。」

這答案顯然讓尼莫船長很滿意，但不懂他提此事用意何在，我靜候下一個問題，打算視情況作答。

「阿宏納先生，」船長開口：「你願意爲我的人治療嗎？」

「船上有病人？」

「是的。」

「我立刻隨你去看。」

「請跟我來。」

我承認自己心怦怦跳，不知怎的，總覺得船員患病與昨晚事件有關，箇中秘密及病人同樣使人掛心。

尼莫船長帶我往鸚鵡螺號後方走，進入船員值班室旁的一間艙房。

房內床上躺著一名四十來歲的男子，面容堅毅，典型的盎格魯撒克遜人。

我彎腰探視，他不光是病人，還是傷患，頭上纏繞的紗布血跡斑斑，底下墊了兩個枕頭。我拆開紗布，傷者瞪著大眼注視我，任我檢查，未喊一聲痛。

傷勢慘重。顱骨遭鈍器擊碎，腦髓外露，大腦受損嚴重，大量流出的鮮血已凝結成紫紅色血塊，連帶併

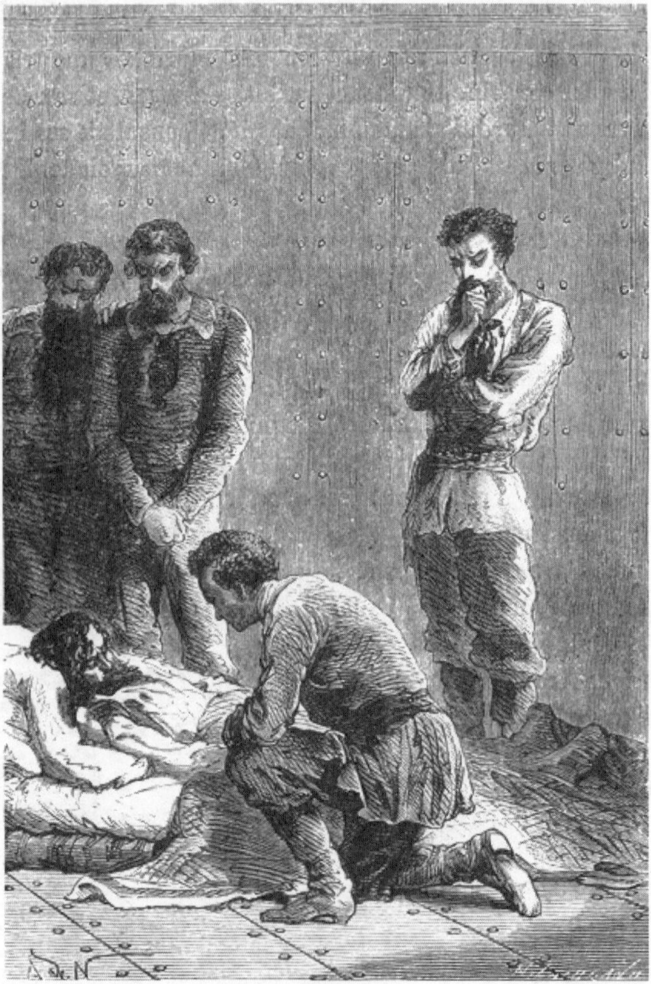

我彎腰探視

發腦水腫及腦震盪。病人呼吸緩慢，臉部肌肉痙攣，腦部各處都發炎，導致知覺與運動神經癱瘓。

我為傷者診脈，脈搏斷斷續續，肢體末端已冰冷，看來回天乏術，死亡將臨。我替這可憐人清理傷口，重新包好紗布，轉身望著尼莫船長。

「這傷哪來的？」我問。

「那不重要！」船長支吾其辭：「鸚鵡螺號被撞，船桿斷裂，砸到此人。你看狀況如何？」

我欲言又止，不知如何啟齒。

「直說無妨，」船長表示：「他聽不懂法語。」

我又看了傷者一眼才回答：

「他剩不到兩小時可活。」

「沒辦法救了嗎？」

「沒辦法。」

尼莫船長握緊拳頭，流下幾滴眼淚，我以為那雙眼睛從不哭泣。

我待了一陣子，持續觀察垂死者的狀況，他的生命正一點一滴流逝，電光照亮臨終之床，使他更顯蒼白。此人看來足智多謀，前額過早出現的皺紋是由不幸，甚或苦難經年累月鑿刻而來，好想從他雙唇吐露的遺言窺探一點生平秘辛！

「你可以走了，阿宏納先生。」尼莫船長開口。

我讓尼莫船長留在垂死者房間，獨自返回艙房，剛才的場面太令人震驚，我整日心神不寧，總有不祥的預感，夜裡睡不安穩，時常自夢中驚醒，遠處彷彿傳來悲嘆，又像唱著輓歌，莫非正以我不懂的語言為死者低聲祝禱？

第二天早上，我登上平台，尼莫船長已在那兒了，一見我便走上前：

「教授，」他說：「今日去海底散步如何？」

「和我同伴一起？」我問。

「若他們願意，也可以。」

「恭敬不如從命，船長。」

「那去穿潛水衣吧！」

至於那傷者是死是活，他並未多提。我回頭找尼德．蘭及顧問，告知他們尼莫船長的提議，顧問一口答應，加拿大人這次倒非常樂意同行。

時為早上八點，到八點半，大家已穿妥潛水衣，戴上照明及呼吸設備，準備再次漫步海底。出口兩道門依序開啟，我們在尼莫船長及隨行的十二位船員陪同下，踏上鸚鵡螺號停駐的堅硬地層，離海面十公尺深。

行經一段緩坡後，地面開始崎嶇不平，深度約十五英尋，與第一次漫步走的太平洋海域地貌截然不同，此處沒有細沙、海底平原、海洋森林，我一眼就看出尼莫船長今日招待觀光的奇幻之地，就是珊瑚王國。

研究發現，植蟲動物門及海雞冠綱底下的柳珊瑚目，包括柳珊瑚、海木賊及珊瑚等三群，珊瑚位列最末，因屬性特別，曾先後被歸入礦物、植物及動物，古時認作藥材，現代視為珠寶，直至一六九四年，馬賽人貝索內才明確將其納入動物類。

所謂珊瑚，乃眾多微生物於易碎石質的珊瑚骨聚生形成之珊瑚群體。珊瑚蟲以特殊的出芽方式繁殖，既為獨立個體，又群聚共生，堪稱自然界的社會主義。我讀過近期關於這類奇特植蟲動物的研究報告，自然學家明確觀察到珊瑚蟲會逐漸礦化，最終形成珊瑚樹。對我來說，能直接造訪大自然在海底種植的石化森林，真是再有趣不過了。

眾人開啓倫可夫探照燈，沿著生成中的珊瑚帶前進，在時間幫忙下，總有一天將圍滿這段印度洋海域。沿途珊瑚樹叢生，灌木交錯，枝幹長滿星狀小花，閃爍點點白光。只是生長方向與陸生植物相反，這些依附海底岩石的枝幹，都是由上往下長。

燈光穿梭繽紛枝葉，瑰麗萬千，彷彿可見珊瑚蟲覆膜圓管狀的身軀隨波顫動。我試圖採集纖細觸鬚爲飾的新鮮花冠，有些剛盛開，有些才發芽，卻遇魚群輕身游過，快速擺動的魚鰭如鳥兒翅膀般拂掠而去。但換我伸手挨近這些活力十足的花朵，這些生氣勃勃的含羞草時，花叢立刻全面警戒，白色花冠縮回紅色骨鞘，花朵瞬間消失，珊瑚叢變成一塊渾圓石丘。

因緣際會，令我有幸見到這類珍貴的植蟲動物品種，這種珊瑚與地中海、法國、義大利、巴巴利等各海岸採捕到的珊瑚同樣值錢，因色澤鮮艷，市面上更爲其中極品取了「血之花」和「血之沫」等詩意美名，每公斤可賣到五百法郎，這一帶水層著實蘊藏無數採珊瑚人的財富。此等珍品常與別種珊瑚樹混生，最後緊密糾結成團，又稱「馬西歐塔」，我在上頭發現玫瑰珊瑚種，嘆爲觀止。

走沒多久，珊瑚樹叢越發密集，枝幹越益高大，茂密的矮石林、巧奪天工的長谷在我們跟前展開，尼莫船長帶我們通過一道坡度平緩的幽暗長廊，下達一百公尺深處。玻璃彎管的光芒照亮天然石拱凹凸不平的表面及掛燈狀的穹隅，不時激盪出奇幻效果，閃耀點點火光。我在珊瑚叢間發現別種還算特殊的珊瑚蟲，如勛章珊瑚、骨節分支的彩虹珊瑚，另幾簇珊瑚藻，有紅有綠，其實是石灰鹽硬質海藻，自然學家經過長期爭論，才明確將其列入植物類，不過正如有位思想家說的：「或許關鍵在於，生命悄悄從沉寂的石頭中發生，且不會切斷自己與初生原點的關聯。」[1]

1 這句話是法國十九世紀歷史學家儒勒・米什萊在《大海》一書中說的。

步行兩小時後，我們終於來到約三百公尺深處，此乃珊瑚可生存成長的極限深度，眼前不再有單獨生長的珊瑚叢，亦無低矮樹林，取而代之的是廣闊的森林、高直的礦化植物、巨大的石化林木，優雅的羽枝藻及海底藤蔓交錯繞生林間，奇光異彩映射四方。高聳枝葉隱沒暗潮，我們在下方通行無阻，腳邊遍布的笙珊瑚、腦珊瑚、星珊瑚、刺珊瑚菌、石竹珊瑚，聯袂織出一張灑滿璀璨寶石的花毯。

多麼難以言喻的美景！啊！無法即時與旁人分享心情實在可惜！為何偏偏得罩上金屬玻璃面具？為何偏偏不能彼此交談？為何我們不能像水中游魚那般活動，或至少像兩棲類隨心所欲縱橫水陸，久待也沒問題！

尼莫船長突然駐足不前，我和同伴於是停下腳步，轉頭見船員在船長身旁圍成半圓，定神一瞧才發現其中四名船員合力扛著某樣長形物體。

我們正站在一片空地中央，海底森林的高大林木圍繞四周，探照燈照射各處，光線朦朧，地面倒影長長拖著，空地邊緣籠罩黑暗，唯獨珊瑚尖端保留幾許光點。

尼德．蘭及顧問在我旁邊，三人凝神視之，我內心閃過一絲念頭，覺得自己恐將親見奇特的一幕。細看地面，有幾處略微隆起，上頭可見沉積石灰質覆蓋及人為堆列的痕跡。

空地中間一座數塊大石堆疊而成的基座上，豎著一副珊瑚十字架，其延伸兩側的長臂彷彿是由石化的血所製。

尼莫船長比了個手勢，一名船員上前，取下腰間的十字鎬，在離十字架幾英尺遠處開始挖坑。

我完全明白了！空地是墓地，坑洞是墓穴，長形物體是昨夜死者的身體！尼莫船長及其他人是來將同伴葬在這與世隔絕的公共墓地！

不！我情緒從未如此沸騰！腦袋從未接收過如此震撼的訊息！我實在不願親眼目睹這一切！

墓穴挖得很慢，魚群因棲身之處受侵擾，四散逃離。我聽見鐵鎬敲打石灰質地的聲音，偶爾還因碰到遺落水底的火石迸發火星。坑洞逐漸拉長變寬，不久，深度足以容納遺體。

抬著大體的船員走上前，將裹覆白色足絲織布的遺體放入水墓。尼莫船長雙臂交叉胸前，其他死著生前親愛的朋友皆跪地祈禱，我和兩位同伴神情肅穆，鞠躬致意。

剛才挖出的碎石重新填回墓穴，地面些微隆起。

埋好後，尼莫船長及船員起身來到墳前，再次屈膝伸手，做最後的道別……

然後，送葬隊伍照原路回鸚鵡螺號，同樣行經森林樹拱、矮林叢，沿著珊瑚叢，一直往上走。

終於看到船上燈光，我們順著光線抵達鸚鵡螺號，登船時剛好一點鐘。

換好衣服，我又登上平台，在船燈邊坐下，千頭萬緒，心煩意亂。

尼莫船長也來了，我起身問道：

「所以如我所料，那人昨夜過世了？」

「是的，阿宏納先生。」尼莫船長回答。

「那麼如今，他與其他過世船員一同安葬珊瑚墓地？」

「沒錯，世人會忘了他們，我們不會！我們掘墳，珊瑚蟲負責永遠封存死去的夥伴！」

船長猛地以顫抖的雙手掩面，卻仍止不住嗚咽，平復情緒後才說：

「那兒是我們寧靜的墓地，就在波濤底下幾百英尺深處！」

「船長，你死去的朋友葬在該地，至少不受鯊魚侵擾，得以安靜長眠！」

「是，先生，」尼莫船長正色道：「不受鯊魚，及人類侵擾！」

死者生前的朋友皆跪地祈禱

第二部

第一章　印度洋

現在開始第二階段的海底之旅，第一階段在令人動容的珊瑚墓場面畫下句點，留給我深刻印象。如此看來，尼莫船長打算在浩瀚大海度過終生，甚至在與世隔絕的海底深淵備妥安葬之處，那兒不會有海獸闖進打擾鸚鵡螺號船主及生死與共的朋友長眠！如同船長強調：「沒人侵擾，永遠！」

他對人類社會依舊滿懷不信任與敵意，誓不兩立！

至於顧問那套假設已不足說服我，那好孩子打從心底認為鸚鵡螺號船長只是某位懷才不遇的學者，才以冷漠回敬世態炎涼，還覺得船長是天才，卻難遇知音，對陸地心灰意冷，只得與世隔絕，另尋秘境大展長才。但依我看，這只解釋了尼莫船長其中一面性格。

事實上，我們被關進牢房下藥入睡那晚發生的神秘事件、當我準備瞭望地平線，船長卻刻意搶下望遠鏡、遭鸚鵡螺號船桿莫名擊中垂死的傷者，我不得不將這一切聯想在一起。不，尼莫船長並非單純離群索居！設計這艘巨大潛艇除了揮灑天賦，恐怕是用來進行我無從知悉的可怕報復行動。

情勢尚不明朗，黑暗中僅見些許微光，目前我能做的只有記錄，也就是及時記下所見所聞。

此外，尼莫船長可沒把我們綁在身上，他很清楚我們逃不出鸚鵡螺號，我們甚至稱不上囚犯，亦不受任何約束，雖被俘，卻受客人般禮遇的假犯人。尼德．蘭有時仍未放棄重獲自由的希望，只要給他一次機會必定奮力一搏，我也不例外，卻難免愧對大方允准我們一窺鸚鵡螺號奧秘的船長！所以，究竟該討厭此人還是喜歡？他是受害者抑或劊子手？坦白說，我滿希望在永遠逃開他前，完成這趟海底環洋之旅，畢竟前半段旅程美不勝收，我想完整觀察全世界海底積藏的奇珍異寶，見識人類尚無緣目睹之物，我求知若渴，付出生命也無妨。問我至今有何新發現？沒有，或說幾乎沒有，畢竟我們在太平洋底也不過走了六千里格！

不過，我很清楚鸚鵡螺號正駛近人煙之地，萬一眞有道別的機會，我卻爲了自己熱中探尋未知之事犧牲同伴自由，豈非殘忍？我應該和他們同進退，甚或帶他們逃，但眞有機會嗎？身爲被剝奪自由的人，我希望有，可是做爲學者、做爲尋寶者，又怕成眞。

這日是一八六八年一月二十一日，正午時分，船副照常測量太陽高度，我登上平台點起雪茄，看他工作。我見這人八成不懂法文，因爲我幾次高聲發表意見，他總是無動於衷，不吭半句，若是聽懂，應會不自覺露出聽懂的表情。

船副拿著六分儀觀測時，鸚鵡螺號的船員來擦拭船燈，這壯漢在我們第一次海底漫遊，曾陪同前往葛赫斯柏島。我順便研究了船燈，其裝設燈塔用的環形透鏡，使照明度大增，由平的那面發散光線，再以能充分發揮照明效力的方式安裝電燈泡。光線在眞空狀態下產生，確保光線的穩定度及強度，亦可節省負責接電產生弧光的石墨棒用量，節省用量對尼莫船長很重要，因爲換新不容易，不過在眞空環境下，耗損微乎其微。

待鸚鵡螺號準備潛海繼續航程，我便下來到客廳，蓋板重新關上，直往西行。

我們在印度洋上破浪而行，這片浩瀚汪洋面積達五點五億公頃，因過於清澈，低頭看海總令人發暈。鸚鵡螺號通常維持一至二百公尺深處航行，數日皆然，換作其他不若我酷愛大海之人，必定覺得度日如年，枯燥乏味，而我每日上平台散步，海上空氣使人神采奕奕，或從客廳玻璃窗觀賞豐富景致、閱讀圖書室的書籍、記錄所見所聞，這些事佔去我所有時間，根本沒空厭倦及無聊。

健康狀況也很令人滿意，對船上飲食適應良好，我個人無所謂菜色變化，倒是尼德·蘭不甘將就，絞盡腦汁變出新口味。再者，海底溫度恆一，甚至不必擔心得到感冒，此外，船上存放相當數量的樹珊瑚，屬石珊瑚目，普羅旺斯地區稱作海茴香，將其珊瑚蟲肉熬煮成漿，即成治咳良方。

接連幾日，見著大量水鳥、蹼足類、小海鷗或大海鷗，我們眼明手快捕殺了幾隻，經過特別處理，便是可口的水禽野味。有些大型飛鳥遠離陸地飛行，飛累了便暫停浪間休息，我見其中有美麗的信天翁，鳴啼刺耳似驢叫，屬長翼科。全蹼科的代表鳥種，是快如閃電的軍艦鳥，常以迅雷不及掩耳之姿掠食水面游魚，以及數量繁多，別名麥稈尾的鸏鳥。而我看到的鸏鳥，毛色微紅，鴿般大小，透著玫瑰光澤的白色羽毛襯得黑色雙翼更形出色。

鸚鵡螺號的拖網捕獲好幾種玳瑁屬海龜，背部隆起，鱗甲極爲珍貴。這種爬行動物善於潛水，只要關上鼻腔外孔的肉瓣即可長時間停留水中，我們撈上來時，還有幾隻躲在甲殼睡覺，甲殼可保護其不受海生動物傷害。龜肉通常不怎麼好吃，但龜卵倒是上等佳餚。

至於魚類，每回開啟壁板觀賞魚兒水中生活的祕密時，總有驚喜，我已見過幾種從沒見過的品種。

我想提的主要是生長於紅海、印度海域及赤道美洲海域，十分特殊的箱魨。這種魚像烏龜、犰狳、海膽、甲殼類一樣有甲殼保護，且非白堊質或石質，實際上就是骨頭，分三稜脊或四稜脊。三稜脊有一種身長半公寸，肉質營養鮮美的棕尾黃鰭，很推薦引進淡水養殖，不少海水魚適應淡水能力其實很強。四稜脊箱魨也值得一提，其背部隆起四個大結節，身體下方布滿白色斑點，可像鳥類般馴養。三稜脊箱豚頭上帶刺，是硬骨殼的延伸，因叫聲特殊，綽號「海豬」。還有一種背部突起圓錐狀肉峰的單峰箱魨，肉質粗硬難嚼。

而參照顧問大師每日筆記，尚可列舉某些這帶海域特有的魨屬魚，如紅背白胸、以三條細直紋爲特色的南方魨及長七英寸、顏色鮮豔的電魚。而歸入其他屬的品種則有外形如黑棕色蛋、具白色條紋的無尾橢型

信天翁、軍艦鳥、鸏鳥

魨，及全身帶刺、可鼓成刺球的河豚，說是海底豪豬也不爲過；另有各大海洋可見的海馬和鼻吻長、胸鰭可開展成翅的飛馬魚，即便無法高飛，至少能躍出海面；此外是尾鰭布滿環狀鱗片的抹刀匙吻鱘與長達二十五公分、美味可口、色調賞心悅目的長顎鸛嘴魚；還有青灰色、頭型凹凸的幼龍魚及爲數眾多的跳鰕魚，特徵爲黑條紋、長胸鰭，能以驚人速度於水面滑行；另外是順流而游時背鰭豎起如帆的帆旗魚，還有讓大自然盡情塗抹黃、天藍、銀、金等色的華麗鉤頭魚、魚翅如絲的毛翅魚、總是沾滿汙泥、游動時窸窣作響的杜父魚、肝臟被認爲有毒的舫魚、雙眼像戴著活動眼罩的隆頭鯛，最後是射水魚，可謂海上鶲鳥，長管狀的魚嘴，是法國夏斯柏及美國雷明頓等製槍家族無法想像的獵槍，只需發射簡單水滴即可擊斃昆蟲。

拉塞貝德分類的八十九種魚屬中，硬骨魚第二亞綱的特色是具鰓蓋骨與鰓膜，我發現到的是頭上長刺、單背鰭的鮋魚，至於有無鱗甲，則需看所屬亞屬，像第二亞屬裡就有一類，擁有三、四公寸長的二趾，黃條紋，頭形奇特，而第一亞屬中則有俗稱「海蟾蜍」的怪魚，偌大的頭上不是窟窿凹陷，便是隆起肉瘤，全身布滿尖刺、疙瘩及長短不一的醜陋怪角，身軀及尾鰭覆蓋老繭，利刺能造成重傷，著實討厭又可怕。

從一月二十一至二十三日，鸚鵡螺號每二十四小時走二百五十里格，共走了五百四十海里，即時速二十二海里。旅程中之所以能欣賞各式各樣的魚類，主因是魚兒受電光吸引，隨船而游，惟多數跟不上船速，不久便落後，但仍有些魚能跟著在鸚鵡螺號附近水域游一陣子。

二十四日上午，航行至南緯十二度五分，東經九十四度三十三分，基林島出現眼前，此島由上升的石珊瑚地層形成，種滿筆直挺拔的椰子樹，達爾文先生及費茲．羅船長都曾造訪。鸚鵡螺號沿著這座荒島島岸不遠處前進，拖網捕獲各種不同品種的珊瑚蟲與棘皮動物，及一些屬軟體動物門的特殊介殼。尼莫船長的珍藏裡又可增添些許珍貴的燕子螺種，我替他加進針狀星珊瑚，是一種時常寄生貝殼的珊瑚骨。

不久，基林島於地平線消失，船取道西北，朝印度半島岬角前進。

「終於到開化之地，」這日尼德．蘭向我說：「比那個野人比狍鹿還多的巴布亞島好過百倍！印度這地方，教授先生，有馬路、鐵路、英國城、法國城、印度城，走不到五英里路必可遇上同胞。嗯！對尼莫船長不告而別的時機，這不就來了？」

「不，尼德，不，」我語氣堅定：「就像你們水手常說的，順其自然吧！鸚鵡螺號正往人煙稠密的陸地靠近，接著可能帶我們返回歐洲，一旦抵達歐洲海域，咱們再從長計議不遲。況且，我認為尼莫船長不會像新幾內亞森林那次，再讓我們上馬拉巴島或科羅曼德爾島沿岸狩獵。」

「什麼！先生，就不能跳過經他允准這關嗎？」

我沒回答，也不想爭論，其實，我心底想的是，既然被丟上鸚鵡螺號，我可得竭盡所能把握這千載難逢的機會。

自基林島起，航速轉維持慢速，路線更無定數，沒事就潛入極深海域，數度拉動船內把手，將斜板傾至吃水線位置，如此可達二、三公里深處，但印度洋海域深不可測，即使勘查範圍可深達一萬三千海里的探測器也無從探底。而溫度計顯示低水層的溫度永遠是四度，唯獨高水層近淺灘處的水溫總比海中央為低。

一月二十五日，海面上空蕩蕩的，鸚鵡螺號浮上水面整日，強力螺旋槳拍擊浪濤，水花濺得老高，這樣子誰能不把它當成巨鯨？這天我有四分之三的時間都待在平台，望著大海，天邊無物，除了下午四點時，一艘長型輪船與我們反方向朝西駛去，輪船桅杆在視線所及範圍出現好一會兒，反觀對方不可能發現幾乎與水面齊平的鸚鵡螺號。我想這艘輪船應屬半島東方船運公司，專門走錫蘭島至雪梨航線，必經喬治國王岬角及墨爾本。

下午五點，熱帶區晝夜轉換快速，黃昏稍縱即逝，而暮色降臨前，顧問和我同為一道奇景驚艷不已。

我們碰上了迷人的動物，按古人說法，那可是招好運的。亞里斯多德、阿典內、普林尼、歐比庸皆曾研究其習性，借盡希臘及義大利學者的詩作歌頌，並爲其取名「鸚鵡螺」及「珍珠螺」，但近代科學未接受這些名稱，如今此軟體動物較廣爲人知的名字是「船蛸」。

問顧問這勇敢的男孩就知道，軟體動物門分爲五綱，第一綱是頭足綱，有些無殼，有些帶殼，再以鰓的數量分爲雙鰓及四鰓兩科，雙鰓科包括船蛸、魷魚、墨魚等三屬，而四鰓科僅鸚鵡螺一屬。聽完這分類法若還有哪個冥頑不靈的傢伙混淆二鰓目帶氣孔的船蛸及觸突目帶觸鬚的鸚鵡螺，當眞不可原諒。

這會兒海面游來的正是一群船蛸，估算應有幾百隻，是印度洋海域特有的瘤狀船蛸。

這群優雅的軟體動物吸水後，藉由可靈活轉向的漏斗口噴出，以倒退方式前進，八副腕足中較細長的六副於海面划游，另二副則舒展如圓掌，如輕帆迎風。螺旋波紋外殼清晰可辨，居維葉曾以精緻小艇比擬，事實上也沒錯，其載送的動物可離殼而活，並非連殼而生。

「船蛸可自由離開殼，」我對顧問說：「卻從未離開。」

「尼莫船長便是如此，」顧問回話甚是中肯：「所以他這船叫『船蛸號』更爲貼切。」

鸚鵡螺號與這群軟體動物同行約一小時，後來不知什麼可怕的事嚇著牠們，所有風帆像聽口令似的倏地內縮，收攏腕足，藏起身軀，重心受外殼翻轉改變，浮游波浪的小艇全數消失無蹤。頃刻之變，再找不出行動比牠們更整齊劃一的艦隊了。

黑夜亦在此刻驟然降臨，微風拖著細浪，沿鸚鵡螺號船側緩緩前行。

隔天，一月二十六日，我們於東經八十二度橫跨赤道，回到北半球。

這日一大群角鯊緊跟著我們，這類可怕動物充斥附近海域，危機四伏，包括棕背白腹、武器是十一排利牙的長吻角鯊、脖子上有塊眼珠般的白圈大黑點而得名的眼球角鯊、鼻吻圓形且布滿灰斑的伊莎貝拉角鯊。這些力大無窮的動物經常衝撞客廳玻璃窗，來勢洶洶，令人心慌。尼德·蘭按耐不住，直想衝上水面拿魚叉

船蛸

對付這群怪獸，特別是一再挑釁、口中利齒排列如馬賽克般的星鯊及長五公尺的大虎鯊。然而鸚鵡螺號不久後加速，輕而易舉將這群鯊類中速度最快的品種甩在後頭。

一月二十七日，我們在廣闊的孟加拉灣口撞見多次駭人景象！水面上漂來數具屍體，這些來自印度各城且該國唯一收屍者禿鷹尚未啃光的死人，自恆河流往大海，海中可不缺幫禿鷹幹完喪葬工作的角鯊。

當晚將近七點，鸚鵡螺號半沉入牛奶海，一望無際的海洋像被乳化似的，是月光營造的效果嗎？不，新月才剛開始兩天，月亮仍隱沒地平線下，被陽光遮擋，天空雖有星光照亮，對比白色海水仍顯漆黑。

顧問不敢相信自己的眼睛，問我形成此獨特現象的原因，所幸我還答得出來。

「這叫牛奶海，」我說：「安汶島沿岸及附近海域經常可見如此純白汪洋。」

「但是，」顧問問道：「先生能否告知成因，畢竟以我認知，海水終究不能變成牛奶吧！」

「當然，孩子，這嚇人一跳的純白不過是無數細微纖毛蟲聚集所致，其微小、會發光、凝膠狀、無色，細如髮絲，長度不超過五分之一毫米，這些小東西彼此相連，能綿延好幾里格。」

「好幾里格！」顧問驚呼。

「是的，孩子，別去算纖毛蟲的數量，數不清的！因爲如果沒記錯，曾有幾位航海家在牛奶海上航行超過四十海里遠。」

不知顧問是否聽勸，瞧他陷入沉思，大約正試算四十平方海里能包含多少五分之一毫米。我繼續觀賞奇景，鸚鵡螺號船首尖角不停劃開乳白波浪，數小時無聲無息地滑過這片肥皀水，彷彿走在海灣順逆流交會時偶爾激起的漩渦之上。

凌晨左右，大海忽然恢復本色，唯獨我們身後大片天際，受海浪白光映照，彷彿朦朧北極光浸染蒼穹，許久不散。

水面上漂來數具屍體

第二章　尼莫船長的新提議

二月二十八日，鸚鵡螺號中午時浮出水面，位處北緯九度四分，西邊八海里處有塊陸地，先見峰巒層疊，高約二英尺，山勢起伏跌宕。測定該島方位後，我回到客廳，對照地圖，指出其位，發現眼前正是垂墜印度半島下方的珍珠：錫蘭[1]。

我去圖書室查找這座世上最富饒之島的相關書籍，正好尋得一本《錫蘭與僧伽羅人》，作者是希荷．H．C閣下。返回客廳後，先記下錫蘭島的座標，自古以來該島名稱多變，坐落北緯五度五十五分和九度四十九分、東經七十九度四十二分和八十二度四分之間，島長二百七十五英里，最寬處一百五十英里，周長九百英里，面積二萬四千四百四十八平方英里，也就是比愛爾蘭島小一點。

這時，尼莫船長和船副走進來。

船長瞥了一眼地圖，轉身開口：

「錫蘭島，」他說：「舉世聞名的珍珠產地，阿宏納先生，有無興致參觀珍珠田？」

「樂意至極，船長。」

「好，小事一樁，但頂多瞧瞧珍珠田，見不著採珠工人，因爲每年固定的採收期還沒開始。無妨，我這就下令轉向馬納灣，晚上就到了。」

船長交代船副幾句，船副隨即出去辦了。不久，鸚鵡螺號潛入水中，流體壓力計顯示船身來到三十英尺

1 錫蘭：斯里蘭卡的舊稱，

深。

於是我又盯著眼前地圖搜尋馬納灣，發現其位於北緯九度，近錫蘭島西北邊海岸，由馬納小島的島緣延伸而成，欲抵達灣口，得北上經過整個錫蘭島西海岸才成。

「教授先生，」尼莫船長接著提到：「孟加拉灣、印度洋、中國海及日本海、美國南方海域的巴拿馬灣、加利福尼亞灣都能採集珍珠，唯獨錫蘭島採收的質量最佳。我們可能來早了點，採珠工人只有三月才蜂擁前來馬拉灣，這三十天裡，三百艘船投入有利可圖的海洋淘寶事業。每艘船載有十名划槳手和十名採收工，採收工分成兩組，雙腳夾住一端繫在船上的重石，輪流潛入十二公尺深的水底。」

「所以，」我問：「一直利用這麼原始的方法採收？」

「一直都是，」尼莫船長回我：「即使一八〇二年簽訂的亞眠和約已將這些珍珠田讓給世上最工業化的民族英國人。」

「我倒覺得你的潛水裝備在採珠業上大有用處。」

「沒錯，因為那些可憐的採珠工人無法在水裡待太久，英國人貝西伐撰寫的錫蘭遊記中，提過一名卡菲爾人在水底待了五分鐘，中途不曾浮上水面，但我認為可信度不高。我知道某些潛水夫可停留水下五十七秒，厲害的可達八十七秒，但畢竟是少數，而且回到船上以後，這些苦命人的鼻耳往往血水流溢。我想採珠工人平均忍受時間應為三十秒，期間內得盡速將含珠牡蠣塞進小網，能採多少算多少，然而，採珠工人通常壽命不長，他們視力衰退、眼患潰瘍、渾身是傷，更經常有人潛水時腦溢血。」

「對，」我說：「這行業太苦，存在只為了滿足某些人的私慾。不過，船長，你倒說說一條船整日下來能採多少牡蠣？」

「四到五萬左右。甚至聽說一八一四年英國政府因公家需求，雇潛水夫採收，二十天內採了七千六百萬顆。」

「至少，」我問：「採珠工人可得足夠的工資吧？」

「很難，教授先生，在巴拿馬，一周工資才一元，大部分是每採一顆含珠牡蠣得一蘇[2]，但他們採來的有多少不含珍珠啊！」

「這些可憐人幫老闆賺飽荷包，自己卻只得一蘇！太過分了！」

「那麼，教授，」尼莫船長又說：「你和友人將一同參觀馬納洲，若巧遇提早前來的採珠工人，咱們就順便看他怎麼工作。」

「就這麼辦，船長。」

「對了，阿宏納先生，你不怕鯊魚吧？」

「鯊魚？」我叫道。

這問題實在明知故問。

「怎麼？」尼莫船長追問。

「坦白說，船長，我還不習慣跟這種魚打交道。」

「我們倒是很習慣，」尼莫船長回答：「過些日子你也會習慣。再說我們有武器，途中或許能獵頭角鯊回來，想必很有意思，那麼，明天見，教授先生，明天一早見了。」

尼莫船長說得一派輕鬆，隨即離開客廳。

若有人邀約去瑞士山區獵熊，你會說：「太棒了！明天要去獵熊。」若約去亞特拉斯平原獵獅或印度叢

---

2 蘇：祕魯的舊貨幣。

林獵虎，大約也是回：「啊！哇！咱們可要去獵老虎或獅子啦！」但倘若被邀去鯊魚地盤獵鯊，答應前恐怕得深思熟慮。

我抹抹冒出幾滴冷汗的額頭。

「這得琢磨琢磨，」我自言自語：「去海底森林獵水獺，比方葛赫斯柏島那次，倒沒問題。但去幾乎肯定碰上角鯊的海底追鯊就另當別論了！我很清楚某些國家，特別是安達曼群島的黑人，見了鯊魚立刻一手拿匕首，一手拎繩圈奮勇攻擊，不過我更清楚迎戰巨獸的黑人多數無法生還！何況我不是黑人，即使是，我相信面對此情況，略為遲疑也算正常吧！」

一想到鯊魚那巨大下顎，成排的尖牙利齒，能輕易將人咬成兩半，腰頓時隱隱作痛起來，實在無法理解船長竟能若無其事提出這種糟糕邀約！當我們是去樹林獵捕傷不了人的狐狸嗎？

「好！」我盤算：「顧問鐵定不願參加，正好以此回絕船長，不便同行。」

至於尼德．蘭，坦白說，我也不確定他能否放聰明點，這人好勇鬥狠，再大的危險也躍躍欲試。

我拿起希荷的書繼續讀，卻只是無意識地翻閱，字裡行間看到的全是鯊魚的血盆大口。

這時，顧問和加拿大人一同進來，神情從容快活，殊不知大事當前。

「天啊，先生，」尼德．蘭說：「你那位尼莫船長，鬼迷心竅的，剛對我們提了一個動人的提議。」

「呃！」我應道：「你們知道……」

「先生見諒，」顧問回應：「鸚鵡螺號船長邀我們明日，與先生一道，參觀錫蘭壯麗的珍珠田，他用詞得體，十足的紳士風範。」

「他沒多說別的？」

「沒有，先生，」加拿大人接話：「只說跟你提過這趟小散步。」

「所以，」我問：「沒解釋任何細節……」

「完全沒有，自然學家先生，那你會跟我們去對吧？」

「我……應該吧！瞧你興致勃勃的，蘭師傅。」

「對！新鮮，這太新鮮了。」

「可能有危險！」我用暗示的口吻說道。

「危險？」尼德．蘭回我：「不過逛逛牡蠣灘罷了！」

顯然尼莫船長認為用不著讓我同伴腦袋多生這鯊魚的心思，我望著他們，憂心忡忡，好似他們已被咬斷手腳，我該事先告知嗎？當然，無庸置疑，但實在不知如何開口。

「先生，」顧問表示：「先生願意告訴我們採珠的細節嗎？」

「是關於採珠本身，」我問：「或採珠造成的意外……」

「採珠本身，」加拿大人回話：「入場前先弄懂總是好的。」

「好吧！請坐，朋友，我就將剛從英國人希荷書裡看來的內容告訴兩位。」

尼德和顧問在長沙發坐下，加拿大人率先發問：

「先生，珍珠是什麼？」

「勇敢的尼德，」我答道：「在詩人眼裡，珍珠是大海的眼淚；對東方人而言，是凝固的露珠；就女士們來說，是橢圓形、具玻璃光澤、珍珠質原料，可佩掛手指、項頸或耳垂的飾品；至於化學家看到的，是磷酸鈣、碳酸鈣加少許膠質的混合物，最後，自然學家認為單純是某些雙殼類專門製造珍珠質的器官，因潰瘍產生的分泌物。」

「軟體動物門，」顧問說：「無頭綱、甲殼目。」

「沒錯，博學的顧問，但甲殼類中，彩虹鮑、大菱鮃、大硨磲、江珧貝等都能分泌珍珠質，當這種藍色、淺藍、紫色或白色的物質覆蓋雙殼內層，於是生成珍珠。」

「包括貽貝嗎？」

「是！蘇格蘭、威爾斯、愛爾蘭、薩克森、波希米亞、法國等地某些水域裡的貽貝也可以。」

「好！以後可得特別留意。」加拿大人說。

「不過，」我接話：「能分泌最佳珍珠的軟體動物是珍珠牡蠣，又稱珠母貝，是珍貴的珍珠母貝。珍珠不過是凝固成球形的珍珠質，可能附著於牡蠣殼或嵌入動物身體皺褶處，附著殼上的會黏住固定，嵌入肉裡的則會滑動，無論如何，珍珠必有一小顆硬體爲核，可能是未受精的卵，也可能是沙粒，然後珍珠質會圍著硬核，花費數年時間不斷依同心圓方向包覆薄層。」

「同一顆牡蠣能找到多顆珍珠嗎？」

「可以，孩子。有些珍珠母貝簡直像珠寶盒，甚至還有人提過，我是不太相信，某顆牡蠣裡裝了不下一百五十個角鯊。」

「一百五十個角鯊！」尼德・蘭喊道。

「我說角鯊嗎？」我大吃一驚：「我是說一百五十個珍珠啦！關角鯊什麼事。」

「那當然，」顧問說：「現在先生能告訴我們取珠的方法嗎？」

「取珠有好幾種方法，通常，若珍珠黏附殼上，採珠工人可以鑷子取下，但大部分時候是在岸邊鋪草蓆，將珍珠母貝平擺在草蓆上，在露天下自然死亡，十天後，待貝肉完全腐爛，即可將其浸入蓄滿海水的大池，再逐一剝開洗淨，開始兩道篩選程序。首先是依市面分級方式，將珍珠質依純白、混白、混黑之名分類裝箱，每箱重一百二十五到一百五十公斤，接著切開牡蠣閉殼肌，經過煮沸、撿篩，再小的珍珠也能全取出來。」

「珍珠價值因大小而異嗎？」顧問詢問。

「不光是大小，」我回答：「還看形狀、質度，即顏色；另論珠光，也就是使人目眩神迷的亮度及彩度。最漂亮的珍珠稱爲處女珍珠或完美珍珠，獨立生長於軟體動物內膜組織，未黏附殼上，白色，通常不透光，偶有白瓷的透明感，往往成球形或梨形，球形的做成手環，梨形的便做耳墜，由於最爲珍稀，故按粒計價。其他附著牡蠣殼及形狀不規則的珍珠，則秤重賣。最末，被歸入劣等的小珍珠，俗稱種珠，依大小出售，尤其常縫製於裝飾教堂的織繡上。」

「這工作得依大小區分珍珠，想來費時又費工。」

「不會，朋友，他們利用不同孔洞數量的濾網或篩具來揀選，共十一種。能留在二十到八十孔濾網裡的珍珠爲首等，一百至八百孔篩具留下的屬二等，最後，九百至一千孔濾網篩出的都算種珠。」

「眞聰明，」顧問讚道：「看來珍珠分級、歸類都自動化了。那麼先生能否告知開採珍珠牡蠣灘獲利多寡？」

「據希荷書裡所稱，」我應道：「錫蘭的珍珠田每年收租三百萬角鯊。」

「法郎！」顧問糾正。

「對，法郎啦！三百萬法郎，」我連忙改口：「但我相信珍珠田收益今非昔比，美洲的珍珠田亦然，在查理五世統治下尙有四百萬法郎，現在卻只剩三分之二。整體而言，估計開採珍珠的總收益約莫九百萬法郎。」

「不過，」顧問又問：「難道舉不出幾顆要價不斐的有名珍珠？」

「有，孩子。據傳凱撒大帝送給情婦瑟薇莉亞一顆換算法郎爲十二萬的珍珠。」

「我也聽說古代某位婦人飲用以珍珠釀製的醋。」加拿大人道。

「埃及豔后克麗奧佩脫拉。」顧問答腔。

「應該很難喝。」尼德．蘭補上一句。

「是很糟，尼德兄，」顧問表示：「但一小杯醋值一百五十萬法郎，價值連城。」

「可惜娶不到這位女士。」加拿大人揮舞手臂，神情沮喪。

「尼德．蘭娶克麗奧佩脫拉！」顧問失聲大叫。

「但我本該結完婚的，顧問，」加拿大人正色道：「沒結成又不是我的錯，我連珍珠項鍊都買好了，準備送給未婚妻凱特．坦德，結果她嫁給別人。對啦！項鍊只花我一塊半美金，但教授請相信我，那串珍珠大到不可能穿過二十孔的濾網。」

「我的好尼德，」我笑答：「那是人造珠，只是在普通的玻璃珠內側塗上珠光物質。」

「呃！珠光物質，」加拿大人說：「那也不便宜吧！」

「一文不值！不過是歐白魚鱗片上的銀白物質，蒐集後泡入阿摩尼亞液保存，毫無價值。」

「也許凱特．坦德便是因此才嫁別人。」蘭師傅答得坦然。

「算了，」我說：「還是繼續聊昂貴的珍珠吧！我想沒有任何君主擁有的珍珠能勝過尼莫船長所藏。」

「就是這顆。」顧問指著玻璃櫃裡一件美麗珠寶。

「正確，若沒估錯，應該值二百萬……」

「法郎！」顧問立刻接話。

「對，」我說：「二百萬法郎，而且，船長必定是順手撿起，得來全不費工夫。」

「啊！」尼德．蘭嚷著：「誰說明天散步時，我們不會遇上同樣的好事！」

「得了吧！」顧問不以爲然。

「爲什麼不可能？」

「人在鸚鵡螺號上，得數百萬又有何用？」

「在船上，是沒輒，」尼德·蘭說：「但其他地方……」

「喔！其他地方！」顧問搖搖頭。

「其實，」我開口：「蘭師傅說得對，如果我們帶著一顆百萬珍珠回歐洲或美洲，至少大大提高咱們冒險故事的眞實性，以及，『價値』性。」

「這我相信。」顧問同意。

「不過，」顧問總愛往有教育意義的方向發問：「採珠危險嗎？」

「不，」我急忙否認：「尤其事先做好防範措施就更沒問題了。」

「這差事哪會冒甚麼險？」尼德·蘭說：「頂多喝幾口海水罷了！」

「說得是，尼德。對了，」我試著學尼莫船長無所謂的口氣：「你怕鯊魚嗎，勇敢的尼德？」

「本人，」加拿大人回話：「可是職業魚叉手！這是我老本行，才不把牠們放眼裡！」

「我指的不是用輪鉤將捕獲的鯊魚吊上甲板，再就地拿斧頭剁斷尾巴、開膛剖腹、掏出心臟扔回大海！」

「所以，難道是指……？」

「對，正是。」

「在水裡？」

「就在水裡。」

「天啊！那得準備把好魚叉！你知道，先生，鯊魚這種動物天生設計不良，咬人得先翻身，肚子朝上，這時候……」

尼德．蘭說「咬」這字時的語氣，令人背脊發涼。

「好，那你呢，顧問，你對角鯊有何想法？」

「我，」顧問表示：「我就對先生實話實說了。」

「非常好。」我心想。

「若先生遇上鯊魚，」顧問說：「我看不出他的忠僕哪有不一起面對的道理！」

第三章　價值千萬的珍珠

黑夜來臨，我上床就寢，卻睡不好，夢裡盡是角鯊，我還發現辭源學中，鯊魚這個詞源於「安魂曲」一詞，當眞說合理也合理，說不合理也不合理。

次日，凌晨四點，我被尼莫船長特地派來伺候的侍者喚醒，即刻起身更衣，前往客廳。

尼莫船長已在廳中等候。

「阿宏納先生，」他說：「準備好出發了嗎？」

「好了。」

「請跟我來。」

「我的朋友呢，船長？」

「他們都知道，正等著我們。」

「不用穿潛水衣嗎？」

「還不用，我沒讓鸚鵡螺號太靠近海岸，所以離馬納島海灘尙遠，但我會派小艇載我們到下水地點，可少走一大段路，潛水裝備也一起載去，待準備海底探險時再穿上即可。」

我跟著尼莫船長到通往平台的中央樓梯，登上平台，尼德和顧問已到，正爲即將啓程的「歡樂遊」手舞足蹈。小艇仍繫在船上，五名鸚鵡螺號的船員已持槳在艇內候著。

夜色依舊昏暗，雲層遮天，星光稀微，我望向海岸，只見一道模糊的海岸線，擋住西南往西北延伸的地平線約四分之三長。鸚鵡螺號夜間沿著錫蘭島西海岸上行，來到海灣西邊，或更確切說，是由馬納島陸地延伸而成的海灣西邊。深水底下，是整片的珍珠母貝灘，取之不盡的珍珠田綿延二十海里。

尼莫船長、顧問、尼德．蘭和我坐在小艇後方，艇長掌舵，其餘四人拿槳，船索解開，我們便離船出發。

小艇向南行駛，划槳手不急不徐，我發覺他們每次划槳，槳片吃水極深，且每十秒划一下，是海軍常用的模式。小艇順勢滑行，水珠如熔鉛飛濺，擊上暗潮，劈啪聲不斷。海面襲來一陣小浪，小艇輕微搖晃，幾道浪頭落在小艇前方，汨汨作響。

大家都很安靜，尼莫船長在想什麼？或許想著小艇是否距目標陸地太近，加拿大人正好相反，他總覺得離太遠，至於顧問，大概只顧著看新鮮。

五點半左右，天際晨曦乍現，照亮海岸上方，海岸東邊十分平坦，越往南則稍微隆起。我們離陸地還有五海里遠，沿岸水霧繚繞，橫越島嶼和我們之間的海面空無一物，沒有船，也沒有潛水夫。採珠工人聚首之地冷清寂寥，不過尼莫船長先前就講，我們太早來這一帶海域，至少早了一個月。

六點鐘，天色突然全亮，熱帶晝夜交替特別快，不見黎明及黃昏。陽光穿透東方天邊的雲堆，耀眼朝陽頃刻升起。

陸地清晰可見，林木稀疏，隨處而生。

小艇繼續朝馬納島前進，島的南方面積較大，尼莫船長自座椅起身，看了一下海面。

他一示意，小艇立刻下錨，但錨鏈下滑不太順利，因爲水深不及一公尺，是珍珠母貝灘最高的地方。下錨後的小艇借助往外海退去的潮水浮力，迅速調轉方向。

「我們到了，阿宏納先生，」尼莫船長這時說：「眼前這片狹長海灣，一個月後將聚集許多採珠商的船隻，然後雇來的潛水夫會下水拼命挖寶。這處海灣的地形恰好適合採珠，不但避開強風，風浪也從來不大，

我們坐在小艇後方

環境十分利於潛水夫工作。現在穿上潛水裝，我們準備散步了。」

我盯著詭譎波浪，默不吭聲，在小艇船員協助下，我穿起沉重的潛海衣著，尼莫船長和我兩位朋友亦然，此番遊覽應該不會有鸚鵡螺號的船員隨行。

大家很快被橡膠裝從脖子到腳緊緊包覆，氧氣裝備也繫妥背上，卻獨缺倫可夫探照燈。套上銅盔前，我就這點提出詢問。

「我們用不到探照燈，」船長回答：「因爲不會去太深的地方，陽光足以照亮去路，何況，帶電力探照燈進這一帶水域不太妥當，怕強光意外引來附近某些危險動物。」

尼莫船長說這些話之時，我刻意轉頭看顧問及尼德．蘭，結果兩位朋友的腦袋都裝進金屬頭盔裡了，聽不見也無法回答。

我又向尼莫船長提出最後一個問題：

「那我們的武器，」我問：「獵槍呢？」

「獵槍？做什麼用？你們山胞會拿匕首對付熊嗎？鋼刀難道不比鉛彈可靠？，這裡有把刀，堅固耐用，掛上腰帶出發吧！」

我見兩位朋友也同樣佩刀，尼德．蘭甚至揮動一把大魚叉，那是離開鸚鵡螺號前，他特意帶上小艇的。於是，我隨船長讓人戴起沉重銅盔，儲氣瓶立即開始供氧。

沒多久功夫，小艇船員將我們一個一個送離小艇，下水處水深一公尺半，腳下是平坦沙地，尼莫船長打個手勢，我們跟隨其後，順著緩坡下行，逐漸沒入水中。

一進海底，千頭萬緒頓時拋出九霄雲外，我變得出奇冷靜，行動自如令我信心大增，而奇觀美景更牽走我全副心思。

尼德・蘭揮動一把大魚叉

太陽照進充足光線，微小物體也一覽無遺。走了十分鐘後，我們來到五公尺深處，地勢還算平坦。我們腳邊游動一群奇特魚類，黃鱔屬，全身只剩尾鰭，躁動起來如群聚沼澤的鸊鳥般。我認出酷似蛇的爪哇鰻，長八公寸，肚腹灰白，容易與身體兩側無金線的鰻魚混淆。另亦發現色彩鮮艷、背鰭狀似鐮刀的刺蓋魚，歸類於身形呈扁橢圓狀的鯧屬，為食用魚，曬乾後醃製，即是名為「卡哈瓦德」的美味名菜。還有一些特蘭奎巴魚，為單鰭八角魚屬，身上覆蓋八角縱向鱗甲。

隨著太陽逐漸升高，水底也越發明亮，地勢慢慢改變，細沙地後接著圓石堤道，上頭覆蓋一層軟體動物與植蟲動物。這兩門品種中，我注意到有殼形細薄不規則的雲母蛤，是紅海及印度洋特有的一種牡蠣；還有圓殼橘色滿月蛤、錐形螺旋貝、幾顆提供鸚鵡螺號美麗染料的波斯荔枝螺，以及角岩螺，長十五公分，豎立水底，彷彿隨時準備攫人的雙手，再來是渾身是刺的角蠑螺、舌形貝及供應印度斯坦市場食用貝的鴨嘴蛤；另有泛著微光的紫紋水母，最後是可愛的扇狀石珊瑚，形狀雅致，是附近海域樹突最多的珊瑚樹。

在茂盛植物間隙及水草綠廊底下，歪歪斜斜地游著一大群節肢動物，比較特別的像甲殼呈鈍三角形的鋸齒蛙蟹、這帶海域特有的椰子蟹、及面目猙獰、望而生厭的帕泰諾佩蟹。這奇醜無比的動物我見識數次，是達爾文先生曾觀察過的大型蟹，大自然賦予牠吃椰子的本能及力量，牠會爬上岸邊的椰子樹打下椰子，讓椰子落地裂開，再以有力的螯剝開。清澈水波下可見此蟹行動敏捷無比，還有經常造訪馬拉巴島海岸的海龜，無拘無束，在浮動的岩石間緩慢移動。

七點左右，我們終於步上珍珠母貝灘，成千上萬的珍珠牡蠣在此繁衍生長，這些珍貴的軟體動物附著岩石，牠們被棕色足絲牢牢綁縛上岩塊，避免鬆動，從這點來看，牡蠣倒不如貽貝了，至少大自然並未剝奪貽貝移動的能力。

珠母貝，乃珍珠之母，兩片殼外觀對稱，形狀渾圓，殼壁厚，表面凹凸不平。部分貝殼為片狀、帶紋路，暗綠色條紋自殼頂呈輻射狀發散，這種是幼牡蠣。另有些表面粗黑，至少十歲以上的成牡蠣，寬度達十五公分。

尼莫船長指給我看這一大堆珍珠母貝，我明白這片礦藏必然取之不盡，因爲大自然創生力之強，足以應付人類擅長破壞的本性。尼德・蘭便是本性難移，已忙著在隨身攜帶的網子裡裝滿美麗的軟體動物。

但我們不能停下腳步，得跟緊尼莫船長，他帶我們走的小路似乎只有他認得，地勢明顯升高，偶爾舉起胳膊還超出水面，然後，沙灘層又突然變低，我們不時得繞過方尖狀細長高大的岩石，岩石凹凸陰暗處，大型甲殼動物高舉等同武器的強壯步足，目不轉睛盯著我們，還有不斷伸長觸角與觸鬚的千足蟲、紅蟲、阿赫希管蟲及環節類蟲從我們腳邊爬過。

這時，前方地面出現一個大岩洞，周圍怪石嶙峋，上頭鋪滿高直光滑的海底植物。起初，我覺得岩洞深邃漆黑，陽光似乎逐漸減弱至消失，朦朧的透明感不過是殘留水裡的餘光罷了。

尼莫船長走入洞中，我們跟了進去，我的眼睛不久便適應昏暗，注意到一些歪七扭八的拱底石，受天然石柱支撐，圓拱底座寬大，坐落花崗岩基石，類似托斯卡尼建築的沉重廊柱。咱們莫測高深的嚮導爲何領我們來這海底地窖？等一下就知道了。

走了一段陡峭斜坡後，踏上一處類似井底的圓型地面，尼莫船長停下腳步，向大家指出某個我尚未留意到的物體。

是巨型硨磲，一種特大號牡蠣，作爲聖水盤，可裝入滿池聖水，盤口寬度達二公尺，所以比鸚鵡螺號客廳擺設的那隻大得多。

我靠近這非比尋常的軟體動物，牠以足絲黏附花崗岩桌，在寧靜的水底岩洞獨自生長。我估計這顆硨磲

我靠近這非比尋常的軟體動物

重達三百公斤，而且像這種牡蠣，光肉就十五公斤重，得像巨人卡岡都亞[1]的胃才能一次吞下幾打。

尼莫船長顯然早知雙殼動物的存在，並非第一次造訪，我猜他帶我們來，不過是讓我們瞧瞧自然奇景，但我錯了，尼莫船長是專程來了解硨磲現況的。

這隻軟體動物雙殼微張，尼莫船長走上前，拿匕首撐住雙殼以防閉攏，然後徒手掀開構成軟體動物的外套膜、邊緣呈流蘇狀的薄膜層。

我從葉狀皺褶間瞥見一顆椰子大小、未黏附殼上的珍珠，渾圓如球、晶瑩剔透、珠光動人，堪稱無價之寶。出於好奇，我伸手欲取，想摸摸看、掂掂重量，卻被尼莫船長作勢阻止，他迅速抽出匕首，雙殼立即閉上。

我終於明白尼莫船長的意圖，他將珍珠藏於硨磲外套膜下，令其慢慢長大，年復一年，這軟體動物將不停分泌裹覆珍珠的物質，一層層覆蓋上去。只有尼莫船長知道大自然最甜美的果實正在岩洞裡熟成，換句話說，是由他獨自培育，來日好送進他的珍奇博物館，甚或決心仿照中國人及印度人的做法，於軟體動物的皺褶內放置玻璃或金屬塊，待其逐漸包覆珍珠質，形成珍珠。無論如何，相較於我知道的珍珠及船長收藏的各式明珠，估計這顆至少價值一千萬法郎。這是天然的華麗珍品，並非只是貴重的珠寶，我不覺得有哪雙耳朵戴得了這顆珍珠。

看完了碩大硨磲，尼莫船長離開岩洞，大家重新往上至珍珠母貝灘，回到尚未遭採珠工人攪亂的清澈水域。

我們各走各的，四處閒晃，想停就停、想走就走，我不再杞人憂天，擔心危險。淺灘與海面的距離顯然

1 卡岡都亞：法國作家拉伯雷小說《巨人傳》中的巨人名。

越來越近，不久，只剩一公尺深，我的頭已冒出水面。顧問走近我，大頭盔靠上我的，擠擠眼睛表達和善問候。不過高地僅數妥斯長，我們很快又浸入我們的「生活領域」，我想如今應有權這麼說了。

十分鐘後，尼莫船長突然止步，我以爲他只是停一下便繼續走，結果不是，他打個手勢，命令大家挨著他蜷縮躲入一處大窟窿底，手指著水中某個黑點，我聚精會神盯著。

離我五公尺遠處，出現一個沉入海底的黑影，腦海再度閃過害怕鯊魚的念頭，但我又錯了，這回相遇的並非什麼海底怪物。

是人，活人，一名印度黑人，可憐的採珠工人，採收期還沒到便先來採珠，他的小艇底部就在他頭上方幾英尺處，他來回潛水及上浮，腳夾著一顆磨成圓錐狀的石頭，另一端綁在船上，藉此加快他沉降水底的速度，這就是他全部裝備。一抵達約五公尺深的海底，他立刻跪地隨意抓取珍珠母貝塞滿袋子，然後，浮出水面，倒空袋子，拉起石頭，再次下潛，每次停留水底不超過三十秒。

潛水夫沒看見我們，岩石陰影擋住他的視線，何況，這可憐的印度人哪想得到水底下竟有人類窺視他動作，不錯過任何採珠細節呢？

他就這麼上下數次，因爲珍珠母貝的足絲牢牢黏附淺灘，他得使勁拔開，故每回潛水僅得十來枚，而冒死採來的牡蠣，又有多少是不含珠的！

我仔細觀察他一舉一動，發覺其動作規律，而半小時內，亦無發生任何危險，我倒也融入這有趣的採珠景緻，突然，正跪地採珠的印度人神態驚恐，只見他一躍而起，奮力游上水面。

我明白他恐懼的原因了。倒楣的潛水夫頭頂出現一個巨大黑影，是一條大鯊魚，目光如炬，張著大口斜衝過來！

我震懾噤聲，呆若木雞。

這貪饞的動物用力甩鰭，撲向印度人，印度人往旁邊一閃，避開血盆大口，卻躲不掉尾巴攻擊，魚尾朝胸口一掃，將他打落水面。

印度人落地不過幾秒，鯊魚已回頭，背脊朝下，準備將其咬成兩半，此時蹲在我身邊的尼莫船長猛然起身，拿著匕首衝向猛獸，打算親身肉搏。

正要咬下可憐採珠人的角鯊一見新敵來犯，隨即翻身回正，快速游向船長。

尼莫船長當時的英姿至今歷歷在目，他躬起身，冷靜恭候巨鯊，等角鯊衝上前，船長敏捷地往側邊一跳，躲開衝撞，順勢將匕首刺進魚腹。但勝負未決，惡鬥才剛開始。

鯊魚看來怒氣衝天，傷口流出大量鮮血，海水被染成紅色，眼前混濁不清，什麼也看不見。

直到水稍微清澈，我才看到勇敢的船長緊扣鯊魚一片魚鰭，近身攻擊猛獸，拿匕首對著敵人的肚子連刺數刀，卻一直無法刺中要害，也就是心臟。氣急敗壞的角鯊死命掙扎，海水因而洶湧翻騰，激起陣陣漩渦，逼得我差點跌倒。

我很想跑去助船長一臂之力，卻受恐懼所制，無法動彈。

驚慌失措的我眼睜睜瞧著搏鬥情勢急轉直下，船長跌落，被那龐然大物壓倒在地，鯊魚使勁撐開活像工業用大剪刀的上下顎，船長命在旦夕，轉念間，尼德·蘭已抓起魚叉奔向鯊魚，送上致命一刺。

浪濤間湧現一團鮮血，怒不可遏的角鯊瘋狂翻滾，引發波瀾震盪，尼德·蘭正中紅心，猛獸被刺中心臟，拖著一口氣做垂死前的掙扎，嚴重抽搐造成的反作用力，還讓顧問跌了一跤。

顧問拉起船長，船長毫髮無傷，立刻趕到印度人身邊，切斷他身上綁石頭的繩索，抱住他，腳猛力一蹬，朝水面游去。

我們三人緊跟在後，不過轉眼間，大家竟奇蹟般死裡逃生，爬上採珠工人的小艇。

惡鬥才剛開始

尼莫船長一心想救活這可憐人，我不知能否成功，但願一切順利，畢竟這可憐的傢伙溺水時間並不長，鯊尾一擊恐怕才會致命。

幸好，在顧問及船長用力按摩下，溺水者逐漸恢復知覺，他睜開雙眼，卻見四顆大銅頭俯視自己，怕是更加震驚懼怕！

特別當尼莫船長自衣服口袋取出一小袋珍珠放在他手上時，又做何感想？這位錫蘭島卑微的印度人雙手顫抖，接下水中人的慷慨恩惠，眼中的惶恐指出他不懂哪來的何方神聖，不僅賞賜財寶又救他性命。

我們依船長示意返回珍珠母貝灘，沿著原路往回走一個半小時後，即見鸚鵡螺號小艇縛在海底的船錨。眾人一上小艇，就各自在船員協助下，脫除沉重的銅盔。

尼莫船長一開口便感謝加拿大人。

「謝謝，蘭師傅。」他說。

「這是報答，船長，」尼德．蘭謙稱：「我理應回報。」

船長唇間泛起一抹淺笑，不再多言。

「回鸚鵡螺號吧。」他說。

小艇乘風破浪，幾分鐘後，我們看到水面上漂著那條鯊魚的屍體。

從魚鰭末端的黑色，我認出這是印度洋最爲凶猛的黑鰭鯊，實爲鯊魚一類。身長超過二十五英尺，大嘴便占了三分之一長，這頭是成鯊，可見其上顎有六排牙齒，以等腰三角形排列。

顧問以科學角度觀察，我敢保證他正分門別類，想必是軟骨魚綱、固定鰓軟骨目、橫口科、角鯊屬。

我還注視這僵硬屍身時，小艇四周突然出現十來隻飢餓的黑鰭魚，但目標不是我們，而是撲向魚屍，爭食肉塊。

八點半，我們登上鸚鵡螺號。

回到船裡，我思索今日探訪馬納灘遭逢的意外，不得不提兩件事，一是尼莫船長英勇無比，另外，他乃避世海底一族，竟願捨己救「人類」，無論他嘴上怎麼說，這怪人尚未完全心死。

當我向他提起這點，他略爲感慨道：

「教授先生，那印度人生於一個備受壓迫的國家，只要我一息尚存，便永遠與這種國家站在一起。」

第四章　紅海

一月二十九日，鸚鵡螺號啓程，錫蘭島逐漸沒入地平線，船速每小時二十海里，在馬爾地夫及拉克帝夫群島間錯綜複雜的航道中滑行，甚至沿著基東島前進，此島是珊瑚礁島，一四九九年由葡萄牙探險家伐斯科．德．伽馬發現，屬拉克帝夫群島的十九個主島之一，位於北緯十度至十四度三十分之間、東經六十九度至五十度七十二分之間。

自日本海出發以來，我們已走了一萬六千二百二十海里，即七千五百里格。

翌日，一月三十日，鸚鵡螺號浮出海面時，已不見任何陸地，其朝北北西方向，駛往阿拉伯及印度半島之間的阿曼海，是波斯灣的出海口。

該處分明是個死胡同，沒有出口，尼莫船長究竟要帶我們去哪裡？加拿大人很不高興，因爲那日他問我目的地，我卻說不出所以然。

「蘭師傅，去哪兒是隨船長高興。」

「隨他高興的話就跑不了多遠，」加拿大人回應：「波斯灣只有一個出口，我們若進去，很快得按原路出來。」

「那回頭不就好了，蘭師傅，過了波斯灣，鸚鵡螺號接著便走紅海，巴布．埃爾．曼德海峽一定有通道可過。」

「用不著我多說你也知道，先生，」尼德．蘭反駁：「紅海不比波斯灣暢通到哪去，因爲蘇伊士地峽尚未鑿通，即使通了，像我們這種怪船，恐怕也不適合在運河閘門間闖蕩。所以，走紅海無法送我們回歐洲。」

「所以，我沒說要回歐洲。」

「那你的意思是？」

「我猜經過阿拉伯與埃及這段特殊海域後，鸚鵡螺號便會下行重返印度洋，或許穿越莫三比克海峽，或許走馬斯卡赫涅群島海域以達好望角。」

「到了好望角之後呢？」加拿大人打破砂鍋問到底。

「呃，然後就進入我們還很陌生的大西洋。怎麼！尼德兄，你厭倦海底之旅了？看膩變幻莫測的海底奇觀嗎？我倒覺得結束這趟少有人體驗過的旅程十分可惜。」

「但你可知，阿宏納先生，」加拿大人應道：「我們被關在鸚鵡螺號上快三個月了？」

「不，尼德，我不知道，也不想知道，我不算日子，也不計時間。」

「那結局會怎樣？」

「等時機成熟，結局就到了，我們做不了主，多說無益，好尼德，如果你告訴我：『逃跑的機會來了』，那就值得討論討論，但現況並非如此，不瞞你說，我認爲尼莫船長從未打算去歐洲海域探險。」

從這段簡短的對話可見，我儼然化身船長，成了鸚鵡螺號迷。

尼德．蘭不再多說，自言自語道：「說得倒好聽，但依我看，被關著就不可能快樂。」

又過了四天，二月三日，鸚鵡螺號抵達阿曼海，或快或慢、或深或淺，徘徊遊蕩，似乎還未決定路線，卻也一直沒跨越北回歸線。

離開阿曼海時，我們一度望見阿曼國最重要的城市馬斯卡特，異國風情令人神往，該城四周黑岩圍繞，襯出白色屋宇及城堡，清眞寺的圓頂映入眼簾，塔尖設計典雅，穹頂清新脫俗，露臺綠意盎然。僅止於驚鴻一瞥，鸚鵡螺號便潛入深水。

隨後沿著馬哈省及哈德哈蒙省附近的阿拉伯海岸航行，與海岸相距約六海里，沿線山巒起伏，依稀可見幾座古代遺跡。二月五日，我們終於來到亞丁灣，此灣酷似漏斗，將印度洋的水流順著巴布．埃爾．曼德海峽這道細頸，灌入紅海。

二月六日，鸚鵡螺號浮上水面望見亞丁港，此港建造於地峽的峽角之上，地峽與陸地相連，形勢類似險惡難行的直布羅陀，一八三九年被英國佔領，進而修建防禦工程。我瞥見亞丁市的八角清眞寺，親睹這座阿拉伯歷史學家埃德西斯口中，曾經富裕繁華的沿海集散大城風采。

原以爲尼莫船長一到此處就得折返，但我錯了，他沒有回頭的意思，著實令人吃驚。

第二天，二月七日，我們駛進巴布．埃爾．曼德海峽，這名字在阿拉伯語是「淚之門」的意思，海峽二十海里寬，僅長五十二公里，鸚鵡螺號若全速前進，一小時工夫即可穿越，儘管眼下空無一物，甚至未見不列顚政府用來加強亞丁港防衛的貝亨島，但這狹窄水道，有太多英國或法國走蘇伊士運河往孟買、加爾各答、墨爾本、波旁或模里西斯航線的輪船穿梭其間，鸚鵡螺號必須謹愼潛航，以免被逼上水面。

中午，我們總算進入紅海。

紅海，聖經傳說中的名湖，雨水不足、大川不入，湖水持續大量蒸發，每年水位至少下降一英尺半！這個像湖泊一般封閉的特殊海灣，有一天可能會完全乾涸，其不如鄰居裏海或瀝青海[1]，因蒸發與流入的水量總是相等，水位永遠不會下降。

紅海總長二千六百公里，平均寬度二百四十公里，是托勒密王朝及羅馬帝國時期的商業要道，蘇伊士鐵

1 瀝青海：死海的舊名。

路原已重振部分商機，待蘇伊士地峽鑿通，更全面恢復昔日重要地位。

我根本不打算釐清尼莫船長爲何突然決定帶我們來這海灣，卻十二萬分支持鸚鵡螺號勇闖紅海。鸚鵡螺號採中速行駛，時而貼近水面，時而閃避船隻潛入水中，令我得以從水面及水底好好探查這奇異之海。

二月八日清晨，摩卡城現蹤，此城現今已荒廢，些許砲聲即能震倒城牆，只剩幾株翠綠海棗樹零星成蔭。過去摩卡城乃一級重鎮，擁有六座公共市集、二十六座清眞寺，城牆綿延三公里，蓋了十四座護城堡壘。

接著，鸚鵡螺號靠近非洲沿岸，這一帶海水較深，水質晶瑩清澈，客廳壁板已開，可見外頭壯觀鮮豔的珊瑚叢，偌大的礁岩切面披上海藻及墨角藻交織的華麗綠皮草，景致之美，難以言喻，更別提礁石層及連接利比亞海岸的火山小島多麼景色萬千！而最美的珊瑚樹林立鸚鵡螺號即將駛近的東海岸，也就是戴哈瑪海岸，不僅水下植蟲動物錦簇，連水面上十尋高處亦可見交錯叢生，美不勝收，唯獨恣意長出海面的色澤，不比水底下受活水浸潤的鮮豔。

我就這麼在客廳窗前，不知度過多少小時，在船燈照耀下，欣賞海生動物與植物新品種不知幾凡！傘狀刺珊瑚、板岩色海葵，特別還有深海紫苑海葵、等待潘神吹奏的笛形笙珊瑚及此海域特產、生長於石珊瑚穴、底部呈短螺旋狀的貝類，還有數以千計我不曾觀察過的珊瑚骨標本，也就是所謂的海綿。

海綿綱是珊瑚蟲類第一綱，乃奇形怪狀、實用性強之物。如同部分自然學家之見，海綿絕非植物，而是動物最後一目、比珊瑚更末的珊瑚骨，動物特性十足，不應採納古人視其爲半動物半植物的說法。但我得說自然學家就海綿組織型態並無共識，一類屬珊瑚骨，另一類，米勒·愛德華先生主張屬單一獨生的個體。

海綿綱卜約含三百種，多數海洋可見，甚至某些江河也有，依水域類型命名。不過海綿仍偏好地中海、希臘群島、敘利亞海岸及紅海，在這些流域繁殖生長的海綿細緻光滑，價值可達一百五十法郎，例如敘利亞

礁岩披上海藻及墨角藻交織的華麗外衣

的金黃海綿、巴巴利的硬海綿等。在蘇伊士地峽阻隔下，我們難以穿越前往地中海東岸，研究當地植蟲動物無望，所以有紅海水域可觀察就該知足了。

當鸚鵡螺號於平均深度八、九英尺的水層緩緩掠過非洲東岸的美麗礁岩時，我特地叫來顧問。

這裡生長著各種形狀的海綿，有帶根的、長葉的、球狀或掌形的。漁民為其取名如花籃、花萼、紡錘、鹿角、獅腳、孔雀尾、海神手套，各個名副其實，比學者取得詩情畫意多了。海綿的纖維組織，附有一層半液態膠質，會不斷釋出微量水分滋養各細胞層，再收縮排出體外。珊瑚蟲死後這層膠質便會消失、腐爛，揮發阿摩尼亞氣體，只剩角質或膠質纖維，橙紅色調，可做成家用海綿，依不同彈性、滲透度及耐泡性，各有用途。

珊瑚骨附生於岩石、軟體動物殼，甚或水生植物的莖上，無孔不入、花枝招展，或挺直而立，或倒掛金鐘，貌似珊瑚的贅生物。我告訴顧問採擷海綿有網撈或手採兩種方式。後者較優，須找潛水夫採收，因較不損傷珊瑚骨纖維，得保有高價。

海綿旁繁殖許多其他的植蟲動物，主要有某類體態優雅的水母，軟體動物代表則為形形色色的槍烏賊，歐比尼認為槍烏賊是紅海的特產；爬行動物有虎尾草烏龜，乃海龜一類，可端上桌，是一道養生可口的佳餚。

而不計其數的魚類同樣引人注目。鸚鵡螺號的拖網時常捕上船的有鰩魚，其中一類燕魟，身形橢圓、磚紅色，身上布滿大小不一的藍色斑點，從那對鋸齒尖刺即可辨認；銀背鰩、尾巴有斑點的黃貂魚及身披二公尺長的大斗篷、隨波擺盪的魟魚，另有與角鯊同屬軟骨魚的無齒蝠魟、自背峰頂延伸一英尺半彎刺的單峰箱魨，及蛇海鰻，刺海鰭的一種，銀尾藍背，胸部呈褐色鑲灰邊；身上有金色細紋及法國國旗三色點綴的鯧屬縱帶眞鯧、長四公寸的頂鰤魚，及身上有七道黑亮橫紋、魚鰭藍黃交錯、鱗片金銀互見的鰺魚；還有鋸蓋

採擷海綿

魚、黃色頭的紅鬚鯛、鸚嘴魚、隆頭魚、鱗魨、蝦虎魚等，尚有千百種我們一路越洋都見過的尋常魚類。

二月九日，鸚鵡螺號浮上紅海最寬處，西岸是蘇埃金港，東岸爲貢弗達港，直徑一百九十海里。

這日中午測完方位後，尼莫船長登上平台，我也在那兒，我打定主意非問出接下來的航行計畫，否則不放他回船內。他一見我便走來，好意遞上雪茄，對我說：

「好啦！教授，喜歡紅海嗎？海底許多奇觀異景、魚群、植蟲動物、海綿花圃、珊瑚森林，觀察得還盡興吧？你看到那些沿岸建造的城鎭了嗎？」

「是，尼莫船長，」我回答：「鸚鵡螺號非常適合做這類研究。啊！眞是一艘聰明船！」

「不錯，先生，聰明、果敢、堅不可摧！無畏紅海的暴風、洶湧浪濤及危險暗礁。」

「的確，」我附和：「紅海是公認的險惡，沒記錯的話，這海自古便聲名狼藉。」

「確實聲名狼藉，阿宏納先生，希臘及拉丁歷史學家從沒說過它好話，像斯特拉朋說紅海在地中海颳起季風及雨季時節特別難行；以戈勒朱海灣之名描述紅海的阿拉伯人埃德西斯也說，無數船隻傾覆紅海灘頭，沒人敢在夜間冒險航行，他認爲此海暴風肆虐、惡島遍布，無論水下水上皆『百害而無一利』。其實，這與古希臘學者阿利安、阿嘉達西德及阿特米朵的觀點如出一轍。」

「很明顯，」我道：「因爲這些歷史學家沒搭過鸚鵡螺號航行。」

「也對，」船長笑答：「就這件事，現代人未必比古人先進多少，仍舊花了好幾世紀才發明蒸汽機械動力！誰知道，或許百年後會出現第二艘鸚鵡螺號！進步是很慢的，阿宏納先生。」

「眞的，」我回答：「你這船的設計超越當代一世紀，甚或數世紀，如此奧秘終將與發明者一同殞落，實在可惜！」

尼莫船長未答話，沉默數分鐘後才開口：

「我們剛才聊到，」他說：「古代歷史學家對航行紅海危險性的看法？」

「沒錯，」我應道：「但他們的擔憂是否言過其實？」

「是也不是，阿宏納先生，」尼莫船長一副瞭若指掌，彷彿在聊「他的紅海」般回答：「現代船隻配備精良、結構堅固、靠蒸汽動力驅動，航行紅海已不具危險，但對古代船隻卻是危機四伏。想想那些勇闖紅海的先驅，乘著木板拼接而成的小船，僅以棕梠繩綑綁、搗碎樹脂黏合，再塗上白斑角鯊魚油，然後又沒有測定方向的設備，只能憑感覺在不熟悉的水流中前進，如此情況，也難怪失事頻傳。而到了我們這時代，往來蘇伊士與南方海域間的輪船無須擔憂海灣怒濤，即便逆著季風航行也不怕。船長及乘客出發前不必再求神靈庇佑，回來時也免去附近神廟獻奉花圈金帶還願了。」

「同意，」我說：「我覺得船員的感恩之情都讓蒸汽吹散了。倒是船長，你對這海似乎特別有研究，能否告知紅海一名的由來？」

「這問題的答案眾說紛紜，阿宏納先生，想聽聽十四世紀某位編年史家的見解嗎？」

「當然。」

「這人異想天開，聲稱是以色列人穿越後才得此名，當時摩西念了這麼一段話，潮水應聲合攏，法老軍隊因而葬身海底：

神蹟彰顯，

海水成紅。

至此正名，

堪謂紅海。」

「這種詩人的說法，尼莫船長，」我說：「無法打發我，我想請教你個人的意見。」

「我是認爲，阿宏納先生，紅海這個稱呼應譯自希伯來文『以東[2]』一詞，而古人之所以這麼取名，則因爲海水顏色特殊。」

「但目前只見清澈水波，沒什麼特殊顏色。」

「沒錯，不過只要再往海灣裡去，奇特景象立現，我記得曾見多荷灣赤紅一片，宛如血湖。」

「這顏色，你認爲是某種微生物海藻造成的？」

「對，是一種名爲束毛藻的微小藻類，細芽會分泌紫紅色的黏性物質，每平方毫米可容納四萬個，或許我們到多荷後，你可一睹爲快。」

「所以，尼莫船長，你不是第一回駕鸚鵡螺號來紅海？」

「不是，先生。」

「那麼，你方才提及以色列人穿越紅海與埃及人遇難的故事，請問你潛入紅海時，是否發現關於此重大歷史事件的遺跡？」

「沒有，教授，但理由充分。」

「什麼理由？」

「摩西率領子民越海之處如今泥沙淤積嚴重，駱駝走過去，只泡濕得了大腿，但你知道我這鸚鵡螺號，沒有足夠的水無法航行。」

「那地方……？」我問。

「那地方在蘇伊士上面一點的港灣，從前是個深海口，當時紅海的範圍尚及這些鹹水湖，不論這條通道

2 以東：希伯來文Edom音譯，意思為紅色。

是否顯現神蹟，至少以色列人曾取道前往應許之地，法老軍隊也確實被水淹沒，所以，我想今日若挖掘該處沙土，應可發現大量古埃及兵器與用具。」

「那倒是，」我回答：「只盼考古學家盡早開挖，否則蘇伊士運河鑿通後，沿線勢必蓋起新城，話說運河對鸚鵡螺號這種船實在無用！」

「沒錯，但對全世界很有用，」尼莫船長說：「古人早知在紅海及地中海間建立通道有利商貿，只是沒想到直通，而是開鑿一道以尼羅河爲中繼站的運河。如果傳說可信，則連結尼羅河及紅海的運河很可能在法老王塞索斯提統治時期開挖。確定的是，西元前六百一十五年，法老王尼科進行一項運河工程，引尼羅河水穿過與阿拉伯半島相望的埃及平原，上溯運河需四天時間，寬度可供兩艘三層排槳戰船會船無礙。之後波斯國王大流士，也就是依斯塔斯伯之子繼續開鑿，可能到托勒密二世時才完工。斯特拉朋的時代已見運河通航，運河起點在布巴斯特城附近，而起點到紅海這段坡度太淺，導致一年中只有幾個月能航行，直至安東尼王朝，運河都還具商業用途，後經廢棄、淤積，再由哈利發奧馬下令重建，最終，於西元前七百六十一或七百六十二年，遭哈利發曼蘇爾塡平，目的是阻止糧草送達反抗他的穆罕默德．賓．阿達拉手上。貴國將軍拿破崙遠征埃及時，便曾於蘇伊士沙漠發現這些工程遺跡，且返回哈嘉霍特前幾小時，突受潮水襲擊，差點命喪海底，出事地點就在三千三百年前摩西曾紮營之處。」

「那麼，船長，連接兩海，使加地斯到印度間的路程縮短九千公里的工程，古人不敢做，法國外交官雷賽布[3]先生卻著手進行，非洲就快就會被改造成一座大島。」

「是的，阿宏納先生，你有權替同胞感到驕傲，相較許多偉大船長，此人爲國爭光，功績有過之而無不

3 雷賽布：法國外交官，著名的蘇伊士運河即由他主持開鑿。

及！初期困難重重、每多掣肘，終因堅定不懈的性格大功告成，想來也感嘆，這足以讓統治者流芳百世的曠世之作，本該爲國際合作的大工程，他只憑自一己之力取得成功，所以，這份榮耀，雷賽布先生受之無愧！」

「是啊！該向這位偉大公民致敬。」我回答，爲尼莫船長的慷慨激昂感到驚訝。

「很可惜，」他接著說：「無法帶你穿越蘇伊士運河，但後天我們抵達地中海時，可瞧見賽德港的長堤。」

「地中海！」我驚呼。

「是的，教授先生，你覺得很驚訝？」

「我是驚訝怎麼後天就到了。」

「是嗎？」

「對，船長，雖然自登上貴船以來，我已習慣見怪不怪，卻仍感訝異！」

「那究竟爲何驚訝？」

「爲可怕的船速。假如鸚鵡螺號後天就要到地中海，勢必得加足馬力環行非洲，繞過好望角。」

「誰說要環行非洲，教授先生？誰說要繞過好望角？」

「可是，除非鸚鵡螺號走陸路或從地峽上開過去……」

「或從地峽下方，阿宏納先生。」

「地峽下方？」

「沒錯。」尼莫船長心平氣和地回答：「人類如今在這塊舌形土地上做的，大自然早就在底下做了。」

「什麼！底下有通道？」

「對，一條我稱爲『阿拉伯隧道』的地下通道，在蘇伊士城下方，直通貝魯斯海灣。」

「所以地峽是流沙構成的？」

「到某個深度是，但也不過五十公尺，以下便是堅硬岩層。」

「所以這條通道是你碰巧發現的？」我越聽越吃驚。

「巧合加推理，教授，甚至是推理多於巧合。」

「船長，我聽歸聽，卻無法相信自己耳朵聽到的。」

「啊！先生！充耳不聞，自古皆然。不僅有通道，我還用過了數次，否則今日也不會冒險走這無路可通的紅海。」

「不知能否請教你是如何發現通道的？」

「先生，」船長回答：「這艘船對永不離開的人是不會有秘密的。」

我不理會其弦外之音，只等尼莫船長說下去。

「教授，」他向我說明：「是自然學家一項簡單推理，引我尋得唯我一人知情的地道。我注意到紅海及地中海有些魚種完全相同，如蛇海鰻、縱帶眞鯧、魟魚、低音魚、雙斑伴麗魚、飛魚等。確認這個事實後，我自忖是否兩河間有相通之處，若有，因水位高低差，地底水流勢必從紅海流向地中海。於是我在蘇伊士附近捕捉大量魚類，在魚尾套上銅環後放回海中。幾個月後，我在敘利亞沿岸捕到幾條被我裝上銅環識別的魚，證實兩海的確相通。我駕著鸚鵡螺號尋找，終於發現通道，教授先生，你不久後也將穿越我這條阿拉伯隧道。」

第五章　阿拉伯隧道

是日，我把與尼莫船長部分對話內容告知顧問及尼德．蘭，他倆登時興致勃勃，聽聞兩天後即可抵達地中海，顧問拍手叫好，尼德．蘭卻雙肩一聳。

「海底隧道！」他嚷著：「兩海相通？從沒聽過這種事！」

「尼德兄，」顧問回嘴：「你聽過鸚鵡螺號嗎？沒有吧！不也存在。所以，少聳肩了，別因自己沒聽過就劈頭否定。」

「等著瞧！」尼德．蘭搖頭反駁：「我可是巴不得能相信船長、相信有這通道，再盼老天讓我們順利到達地中海。」

當晚，鸚鵡螺號浮上海面，座標是北緯二十一度三十分，駛近阿哈伯海岸，我望見吉達城，是埃及、敘利亞、土耳其和印度之間的重要商城。全城建築一覽無遺，堤岸邊停滿船隻，某些船考量吃水深度，還得下錨才能停泊。日暮低垂，落日餘暉照耀城市屋宇，純白牆垣格外搶眼。城外，幾間木板、蘆竹建造的小屋，住的都是貝度因人。

不久，吉達城沒入黑暗，鸚鵡螺號自磷光輕閃的海面潛下水底。

次日，二月十日，迎面開來好幾艘船，故鸚鵡螺號潛水而行，至中午為測定方位浮至吃水線時，海面已無船隻。

尼德與顧問陪我坐在平台，東海岸水霧暈染，朦朧一片。

大家靠著小艇側邊聊天，尼德．蘭突然伸手指向海上某處問我：

木板、蘆竹建造的小屋

「那裡有東西，你瞧見了嗎，教授？」
「沒有，尼德，」我應聲：「但你也知道，我沒你的視力。」
「再留神看看，」尼德說：「那裡，右舷前方，和船燈差不多高處！你沒看到有物體在移動？」
「的確，」仔細觀察後，我回答：「水面上有個黑色長形的東西。」
「難道是另一艘鸚鵡螺號？」顧問說。
「不是，」加拿大人答道：「要麼就我弄錯，要麼就是某種海洋生物。」
「紅海有鬚鯨嗎？」顧問問。
「有，孩子，」我答：「偶爾會看到。」
「絕非鬚鯨，」尼德·蘭目不轉睛盯住那物體：「我跟鬚鯨是老相識了，不可能錯認。」
「靜觀其變吧，」顧問說：「鸚鵡螺號正朝那方向去，很快能見分曉。」
其實，黑色物體離我們僅一海里，樣子很像擱在海裡的大礁石，究竟為何物？我還說不上來。
「啊！動了！潛下去了！」尼德·蘭叫道：「眞是見鬼！會是什麼動物？它沒有鬚鯨或抹香鯨的分岔魚尾，魚鰭又長得好像肢體遭截斷後的樣子。」
「這麼說……」我琢磨著。
「哇！」加拿大人大喊：「翻過來了，還挺著乳房！」
「人魚，」顧問直呼：「先生請恕我這麼說，是貨眞價實的人魚。」
人魚一名倒給了我方向，但我認得這種歸於海洋生物某一目的動物，神話故事將其視為半女人半魚的美人魚。
「不，」我對顧問說：「不是人魚，而是一種奇特的生物，紅海僅存數頭的儒艮。」

「你瞧見了嗎？」

「海牛目、魚形組、胎盤哺乳亞綱、哺乳綱、脊索動物門。」顧問對答如流。

經顧問如此說明，就免了多作解釋。

尼德．蘭仍緊盯著不放，目光垂涎，手上似乎已備妥魚叉，一副只待時機成熟，立刻跳海進攻的模樣。

「喔！先生，」他情緒激動，聲調發顫：「我還沒殺過這『玩意』。」

魚叉手一語道盡心思。

此時，尼莫船長現身平台，一瞧見儒艮便懂了加拿大人思緒，直言：

「蘭師傅，倘若手邊正好有魚叉，一定手癢的吧？」

「你說對了，先生。」

「將來哪日你再回去當漁夫，應該不會不開心會在捕獲的鯨魚名單多加這筆吧？」

「鐵定不會。」

「好！那放手一搏吧！」

「多謝，先生。」尼德．蘭回答，眼睛發亮。

「不過，」船長又說：「爲了你好，拜託千萬別失手。」

「攻擊儒艮很危險嗎？」我逕問，不理在旁聳肩的加拿大人。

「是，難免。」船長回答：「這種動物進攻時會翻身，造成船隻傾覆，但對眼明手快的蘭師傅而言，這點危險沒什麼好怕，我提醒他別失手，只因儒艮是公認的，如野味般可口，我知道蘭師傅不討厭來幾塊上好肥肉。」

「啊！」加拿大人大喜：「原來這東西還是珍貴佳餚？」

「沒錯，蘭師傅，上好鮮肉，備受青睞，在馬來西亞，只留給王公貴族們享用。因此人們濫殺追捕這珍奇動物，連同類海牛也不放過，以致於越發稀少了。」

「那麼，船長先生，」顧問一臉嚴肅：「萬一這是世上最後一頭儒艮，就學術考量，不該善加保護嗎？」

「或許吧，」加拿大人回應：「但就料理考量，還是獵捕爲宜。」

「出手吧，尼德·蘭。」尼莫船長答道。

這時上來七名船員，維持一貫地沉默、面無表情，其中一人帶著魚叉及類似捕鯨人用的繩索，他們鬆開小艇，自凹槽拉出，推入大海，划槳手有六人，各就各位，剩一人爲艇長，負責掌舵，尼德、顧問和我坐在小艇後側位置。

「你不來嗎，船長？」我問。

「不，先生，但祝各位打獵順利。」

小艇駛離大船，六槳齊划，快速朝離鸚鵡螺號兩海里遠的儒艮靠近。

到了距這頭鯨類幾錨鏈處，小艇放慢速度，船槳無聲無息，輕輕撥動平靜的海水。尼德·蘭手持魚叉站上船頭，捕鯨用的魚叉通常綁著極長的繩索，當受傷的動物帶著魚叉逃竄時才能快速放繩，眼前這繩索長度不過十幾英尋，另一端纏在一只小桶上，屆時看桶子漂浮方向，即可追蹤水下的儒艮行動。

我起身端詳加拿大人的對手。這頭儒艮，又稱哈里寇，很像海牛，長形身軀拖著長尾，側鰭眞有指節，與海牛不同之處在於上顎兩顆長長的利牙武器，分長兩側，左右防衛。

尼德·蘭準備攻擊的儒艮體型龐大，長度至少超過七公尺，牠浮在水面一動也不動，似乎睡著了，如此獵捕起來容易許多。

小艇悄悄挨近儒艮，到距離三英尋左右，槳全數掛上槳栓，我半蹲著，尼德·蘭身子稍微前傾，熟練地舉起魚叉。

突然一聲嘶鳴傳來，儒艮不見了。用力擲出的魚叉大概打落水中了。

「天殺的！」加拿大人怒喝：「沒刺中！」

「不，」我說：「牠受傷了，這兒有血跡，只是你的武器沒刺進牠身體。」

「我的魚叉！我的魚叉！」尼德．蘭大呼小叫。

船員又開始划槳，艇長操作小艇往浮桶去，收回魚叉，開始追捕獵物。

儒艮不時得浮出海面換氣，傷口無礙其行動，游速依然飛快，小艇在臂膀精壯的船員划槳下，急起直追，數度追至僅距幾英尋，但每回加拿大人準備出擊，儒艮總冷不妨潛水逃開，根本打不到。

可想見本就性急的尼德．蘭有多火大，竟拿英語中最惡毒的話詛咒這倒楣的動物，而我，不過有點生氣儒艮屢次識破我們的詭計罷了。

我們花了一小時，緊追不捨，我正想著恐怕很難捕獲，結果這東西竟起了不該有、等著後悔莫及的報復念頭，轉頭準備攻擊小艇。

這舉動可逃不過加拿大人法眼。

「小心！」他出聲提醒。

艇長用奇怪的語言說了幾句，想必是交代其他人提高警覺。

儒艮在離小艇二十英尺遠處停下，突然張開長在鼻吻處而非背頂的大鼻孔深吸一口氣，接著奮力朝我們撲來。

小艇躲避不及，艇身半傾，灌進一、二噸海水，得趕緊排水，幸好艇長反應快，避開正面受力，僅側面遭撞，所以並未翻覆。尼德．蘭緊扣船頭，魚叉對著巨獸一陣亂刺，儒艮咬住小艇邊緣，像獅子對付狍鹿般

儒艮奮力朝我們撲來

將小艇舉離水面，大家東倒西歪，推擠交疊，若非加拿大人不斷進攻，直至刺中海獸心臟，這次冒險還真不知如何收場。

我聽見牙齒咬住鋼板的吱嘎聲，之後儒艮同魚叉一起失去蹤影，沒多久小桶浮上水面，緊跟著儒艮屍體仰面浮出。小艇趕去，綁上拖繩，拉回鸚鵡螺號。

這頭儒艮重達五千公斤，得靠起重滑輪才能懸吊上船，再當著加拿大人面前宰殺，他堅持從頭看到尾，不願錯漏任何細節。這日晚餐，侍者送上幾片船上廚師精心烹調的儒艮肉，味道很不錯，縱使不如成牛好吃，但絕對勝過牛犢肉。

隔天，二月十一日，鸚鵡螺號的配膳室再添鮮美野味。一群海燕飛落鸚鵡螺號，是埃及特有的鷗嘴燕鷗種，黑嘴灰頭，頭帶斑紋，眼繞白點，背脊、雙翼及尾巴呈淡灰，腹頸為白，爪為紅。另捉到十幾隻尼羅河鴨子，相當好吃的野禽，脖子及頭頂是白色，帶有黑色斑點。

鸚鵡螺號速度不快，好似隨興溜躂，我發現越接近蘇伊士河，紅海鹹味越減。

傍晚五點左右，我們望見北邊位於阿拉伯古城貝特黑末端的哈斯．穆罕默德角，正好介於蘇伊士灣及阿卡巴灣之間。

鸚鵡螺號駛入通往蘇伊士灣的朱巴海峽，一座可俯視兩海灣間的哈斯．穆罕默德角的高山映入眼簾，此為何烈山，又稱西奈山，山頂正是摩西與上帝會面的地方，在人們想像中，乃終年閃電環繞之處。

六點鐘，鸚鵡螺號時而浮出，時而潛水，經過座落海灣內的多荷城，該區海水色澤泛紅，如尼莫船長先前所稱。夜色降臨，靜謐間偶傳鵜鶘及夜鳥啼鳴，亦聞浪襲岩石之聲，或遠處輪船槳片拍擊水面的轟隆聲響。

八點至九點間，鸚鵡螺號一直在水下幾公尺深處航行，照我計算，我們應該離蘇伊士非常近了，從客廳壁板望出，只見船體電光照得岩層底部通明，海峽似乎越走越窄。

九點一刻，船再度浮出海面，我登上平台，因迫不及待想穿越尼莫船長口中的隧道，鎮日坐立難安，才打算來呼吸點夜間清涼氣息。

不久，黑暗中，我望見一海里遠處有白光閃動，霧色下略顯黯淡。

「浮標燈。」身旁傳來人聲。

我轉身看到船長。

「那是蘇伊士河的信號燈，」他解釋：「我們快到隧道口了。」

「應該不好潛入吧？」

「是，先生。所以我通常坐鎮舵手艙指揮，現在，麻煩回船內，阿宏納先生，鸚鵡螺號準備下潛，等通過阿拉伯隧道才會再回海面。」

我隨尼莫船長離開平台，蓋板關閉，儲水槽充滿，船身潛進十多公尺深。

原本準備回房，尼莫船長卻將我攔下：

「教授，」他問：「願意跟我去舵手艙嗎？」

「求之不得。」我答道。

「那就來吧！這趟航程兼具地底及海底風光，如此，你便可一覽無遺了。」

尼莫船長領我走中央樓梯，至樓層中間停下，開啓一扇門，沿著上方走廊，抵達前面提過，位於平台前端的舵手艙。

舵手艙每面約六英尺寬，與密西西比或哈德遜河上的輪船舵手艙雷同，直立舵輪立於中央，舵鏈連接至鸚鵡螺號後方，牽動齒輪運轉，四面艙壁皆嵌裝透鏡玻璃窗，使舵手可觀察四方八方的狀況。

舵手艙很暗，但我很快就適應黑暗，只見舵手是一名壯漢，手扶輪緣掌舵。在舵手艙後方平台尾端的船燈，映照海水分外明亮。

「現在，」尼莫船長說：「來找通道吧！」

舵手艙與機房連接數條電線，使船長能同時指示鸚鵡螺號方向及行動，只需按下金屬按鈕，螺旋槳可立即減速。

此時，我靜靜望著船身沿著一道陡峭高牆前進，底下是整片堅實沙岸，我們與牆面距離約幾公尺，如此走了一小時，期間尼莫船長隨時留意艙內懸掛的羅盤，注意盤面上兩個同心圓指盤的動靜，只要稍作手勢，舵手即刻改變鸚鵡螺號行駛方向。

我倚靠左側窗邊，盡覽美麗珊瑚堆積而成的建築基底，及探出岩穴的植蟲動物、海藻及揮舞大螯的甲殼動物。

十點一刻，尼莫船長親自掌舵，眼前是一道寬長漆黑的深廊，鸚鵡螺號勇闖隧道，船側傳來少有的窸窣聲，那是紅海水流經隧道斜坡朝地中海奔流的聲音。鸚鵡螺號使勁讓螺旋槳反向旋轉力抗波濤，惟因順著湍流，依舊飛快如箭。

船身電光在高速行駛下，於狹窄通道兩側高牆刷出耀眼條紋、筆直線條、火光痕跡，我捂著胸口，心怦怦直跳。

十點三十五分，尼莫船長鬆開舵輪，轉過身。

「地中海。」他說。

不到二十分鐘，鸚鵡螺號已順流穿越蘇伊士地峽。

尼莫船長親自掌舵

第六章　希臘群島

第二天，二月十二日，一早，鸚鵡螺號浮出水面，我登上平台，南方海面三海里遠處出現貝魯斯城的模糊輪廓，急流已將我們自一處海域送至另一處。不過該隧道順流而下容易，逆流而上可就難如登天。

七點左右，尼德和顧問也來了，這對哥倆好一夜好眠，渾然未覺鸚鵡螺號的壯舉。

「好了，自然學家先生，」加拿大人略帶嘲諷地問：「地中海呢？」

「我們正浮在上面，尼德兄。」

「呦！」顧問說：「難道是昨夜？」

「是，昨夜，幾分鐘就穿過無法穿越的地峽。」

「我才不信。」加拿大人回答。

「那你可錯了，蘭師傅，」我說：「南方那道弧形低海岸就是埃及海岸。」

「去哄別人吧，先生。」加拿大人仍聽不進去。

「既然先生那麼肯定，」顧問勸他：「就該相信先生。」

「而且，尼德，尼莫船長親自駕駛鸚鵡螺號穿越窄道時，我就在他身邊，在舵手艙裡，親睹那了不起的隧道。」

「聽到了吧，尼德？」顧問問。

「尼德，你眼力奇佳，」我說：「大可瞧瞧延伸入海的賽德港[1]長堤。」

加拿大人定神一看。

「不錯，」他坦言：「你說的對，教授，你那船長是號人物，我們真到地中海了。好，那請用別人聽不到的方式來聊聊咱們的小事。」

我很清楚加拿大人想聊什麼，反正，既然他有意，談談也好，我們三人到船燈附近坐下，那裡較不會被浪花濺濕。

「現在，尼德，洗耳恭聽，」我表示：「有何高見？」

「我要說得很簡單，」加拿大人應道：「我們到歐洲了，趁尼莫船長心血來潮帶我們去南北極海域或大洋洲前，我要求離開鸚鵡螺號。」

我承認每回與加拿大人討論此事總覺得爲難，我完全不願妨礙朋友重獲自由，卻也不想離開尼莫船長，多虧他及他的船，讓我的海底研究日益完備，得身歷其境修改我那些海底著書，這般探索海洋奇觀的機會還找得到嗎？不，肯定不！所以完成環球考察之前，我不可能動念離開鸚鵡螺號。

「尼德兄，」我回答：「你老實說，是厭倦船上生活了嗎？你覺得被命運丟進尼莫船長手中很倒楣嗎？」

加拿大人沒說話，過了半晌才雙臂盤胸回應：

「坦白說，」他表示：「我不後悔參與這趟海洋之旅，能完成再好不過，就是爲了完成，才覺得該結束了，這是我的想法。」

---

1 塞德港：埃及東北部地中海沿岸靠近蘇伊士運河的港口城市

「會結束的，尼德。」

「何處？何時？」

「何處？我不知道，何時？也沒個準，不如這麼說，等海洋沒東西教我們時，自然就結束了。這世上的一切有始必有終。」

「我與教授想法一樣，」顧問幫腔：「極有可能跑遍全球海洋後，尼莫船長便放我們三人飛了。」

「飛！」加拿大人驚叫：「你的飛是指？」

「咱們不說假話，蘭師傅，」我接話：「雖說用不著擔心尼莫船長，但我未必贊同顧問的意見，畢竟我們知道鸚鵡螺號的秘密，很難指望船長會為了還我們自由，眼睜睜任憑我們帶著秘密跑遍全世界。」

「既然如此還能指望什麼？」

「指望情勢能為我們所用、也得利用時才出手，也許六個月後也有今日這樣的機會。」

「唉喲！」尼德．蘭叫道：「敢問六個月後咱們身處何方，自然學家先生？」

「也許在這兒，也許在中國。你清楚鸚鵡螺號移動神速，穿越海洋如燕子飛越天際、如特快車穿梭陸地，更不怕走船務繁忙的海域，誰說不會再去法國、英國或美國海岸？到了那些地方不就同現在一般有逃跑良機？」

「阿宏納先生，」加拿大人回應：「你論點開頭便錯了，你老提未來『我們會去那兒、我們會在這兒！』可我看中的是當下『我們已在這兒』，所以機不可失。」

尼德．蘭拿邏輯壓我，我節節敗退，快失守了，實在舉不出更有利的論點。

「先生，」尼德又說：「假設，雖然不可能，尼莫船長今天就還你自由，你接受嗎？」

「我不知道。」我坦言。

「萬一他再告知機會只限今天，以後沒有了，你接受嗎？」

我沒應聲。

「顧問兄怎麼想？」尼德．蘭問

「顧問兄，」這好孩子心平氣和地回答：「顧問兄無話可說，他對該問題不感興趣，他跟老闆、尼德兄一樣是單身漢，家鄉無父母妻小等候，他爲先生做事，心思、言語皆與先生同調，非常遺憾，不能算他一票，現場只有兩位人士，一邊是先生，另一邊是尼德．蘭。換句話說，顧問兄只管聽，及做好評分的準備。」

見顧問以身分爲由極力撇清，我忍俊不禁，至少加拿大人應該高興他沒反對自己。

「那麼，先生，」尼德．蘭說：「既然顧問不參加，我們倆就自己討論吧，我講了，你也聽了，你怎麼說？」

攤牌勢在必行，我也受夠了推託敷衍。

「尼德兄，」我開口：「我的答案是，你大可反駁我，我的論點對上你的也站不住腳，亦無需指望尼莫船長大發慈悲，他若還存有一絲謹愼，就不可能放我們自由，反之，一有逃離鸚鵡螺號的機會，我們也得謹愼。」

「對，阿宏納先生，言之有理。」

「唯獨，」我說：「得留意一點，就一點，時機必須成熟，逃跑計畫得一舉成功，萬一敗北，就再無機會，尼莫船長也不會原諒我們。」

「你說的都對，」加拿大人回答：「但無論預備兩年或兩日後逃跑，該留意的都一樣，所以，重點仍在於，若現在出現良機，就該立刻把握。」

「同意，那麼你告訴我，尼德，如何才叫良機？」

「所謂良機是指，當鸚鵡螺號抵達歐洲海岸不遠處且月黑風高的夜晚。」

「你打算游泳逃走？」

「對，只要我們離岸邊夠近，船又浮出水面的話，萬一離太遠又潛水航行就行不通。」

「行不通怎麼辦？」

「行不通，我就奪走小艇，我知道如何駕駛，我們可以爬進去，鬆開螺栓，小艇即浮上水面，舵手人在船頭，根本不會察覺我們逃走。」

「好，尼德，那就伺機而動，但別忘了一旦失敗全盤皆墨。」

「銘記在心，先生。」

「現在，尼德，願意聽聽我對你計畫的想法嗎？」

「樂意至極，阿宏納先生。」

「好，我覺得，不是我希望，是我覺得，不會有這樣的好機會。」

「怎麼說？」

「因爲我們始終沒放棄重獲自由的心願，尼莫船長不可能視而不見，勢必提防，尤其當行駛至視線範圍可及的歐洲沿岸海域時。」

「我同意先生的意見。」顧問說。

「等著瞧吧！」尼德·蘭搖搖頭，神情堅定。

「那麼，尼德·蘭，」我接著說：「討論到此爲止，往後莫提此事，待時機成熟那日，你發個聲我們就跟著走，全交給你了。」

談話是結束了，但後遺症恐怕很嚴重，應該說似乎如我所料，事實令加拿大人大失所望。當來到航運繁忙的海域時，只覺得鸚鵡螺號多數時候選擇外海潛航，即使浮出水面，也僅露出舵手艙，而一潛水深度又特別深，因爲在希臘群島與小亞細亞群島間，即便至兩千公尺深處也不見海底。尼莫船長是在提防我們，抑或是純粹想避開無數各國往來地中海的船隻？不得而知。

於是我只能由尼莫船長指著地球平面圖上一點時所念拉丁詩人維吉爾的詩句，來認識斯波哈德群島中的卡帕多斯島：

涅普頓掌管的卡帕多斯島住著他的先知
蔚藍色的波帝斯……[2]

該處實則涅普頓的老牧羊人波侯岱的故居，如今名爲斯卡龐多島，介於羅德島及克里特中間，從客廳玻璃窗望出去，只能瞧見該島的花崗岩基底。

次日，二月十四日，我決定花幾小時研究群島的魚類，但不知什麼緣故，壁板一直緊閉。測定鸚鵡螺號的方位時，我注意到是朝貢狄島，也就是現今的克里特島前進。當初搭乘亞伯拉罕·林肯號時，該島剛爆發大規模暴動反抗土耳其專制統治，之後，我便無從知悉起義結果，與陸地斷絕往來的尼莫船長不可能給我答案。

是以當晚我獨自與他待在客廳時並未探詢此事，況且，他看來心事重重，不太想講話，然後又突然下令

2 出自於古羅馬詩人維吉爾的《農事詩》

開啓客廳兩道壁板，連番自兩道窗仔細查看海況，他想做什麼？我猜不透，索性把握時間研究游過眼前的魚兒。

魚群間，我注意到亞里斯多德提過的沙蝦虎魚，俗名爲「海花鰍」，常見於尼羅河三角洲附近的鹹水海域；磷光半閃的大西洋鯛從旁游過，鯛魚的一種，被埃及人列爲神聖動物之一，每當其光臨河域，即宣告五穀豐登，人們總會舉行宗教儀式迎接慶祝；另可見身長三公寸的鰊魚，硬骨魚，鱗片透明，青灰色帶紅斑，食用大量海生植物，因而肉質鮮美，是古羅馬時代饕客間的搶手貨，其內臟搭配海鱔魚白、孔雀腦及紅鸛舌，便成一道讓羅馬皇帝維特里烏斯念念不忘的料理名菜。

另一種吸引我目光、頓生思古幽情的海洋居民，是貼著鯊魚肚子同游的印頭魚，據古人所述，這小魚若黏附船底龍骨上，可使船無法前進，亞克興角之役中，安東尼的戰艦就是被一條印頭魚拖累，奧古斯都才得輕易取勝，國家命運竟受牠如此牽動！此外，亦見屬笛鯛目的可愛花鱸，希臘人視爲聖魚，被認爲具有神力，能將海怪趕離經常活動的水域，而且魚如其名，光彩逼人，色調豐富，從淺玫瑰紅到深寶石紅，各類紅色一應具全，背鰭微顫即閃動亮影光澤。海中美景看得我目不轉睛，直到突然冒出不速之客。

水裡出現一名男子，腰間掛著皮囊，是個潛水夫，而且並非命喪大海的屍體，是用力游泳的活人，有時消失游上水面呼吸，再立刻潛回水中。

我轉向尼莫船長，聲音激動：

「有人！落水的人！」我大叫：「不管如何得救起來！」

尼莫船長未答腔，僅走近玻璃窗。

男人湊上前，臉貼著壁板，與我們四目交接。

令人震驚的是，尼莫船長竟跟對方打招呼，潛水夫揮手致意，隨即游向海面，未再現身。

我大叫：「有人！落水的人！」

「別擔心，」船長對我說：「他叫尼古拉，來自馬塔潘角，綽號金魚，在西克拉德群島赫赫有名，是個膽大包天的潛水夫！水是他身體的一部分，他在水裡的時間遠多於陸地，能從這座島游到那座島，一路游至克里特島也沒問題。」

「你認識此人，船長？」

「為什麼不，阿宏納先生？」

說罷，尼莫船長走向客廳左側壁板旁的櫥櫃，只見櫥櫃邊有一個鐵皮箱，箱蓋上的銅片刻著鸚鵡螺號專用的字母N及銘言「流動中的移動」。

這時，船長無視我的存在，逕自打開櫥櫃，原來是藏有大量金屬塊的保險箱。是金條！如此數量龐大的貴重金屬打哪兒來的？船長自何處取得黃金，又打算如何利用？

我靜靜瞧著，尼莫船長將金條一塊塊放入箱子，排好裝滿，目測超過一千公斤，等同將近五百萬法郎。

確實封箱後，尼莫船長在箱蓋寫上地址，用的應該是現代希臘文。

見一切妥當，尼莫船長才按下線路與船員值班室相通的按鈕，一會兒來了四個人，費力將箱子推出客廳，不久便傳來他們以滑輪將箱子吊上鐵梯的聲音。

此刻，尼莫船長轉身問我：

「你說什麼，教授？」他問。

「我沒說話，船長。」

「那麼，先生，容我道聲晚安。」

語畢，尼莫船長即離開客廳。

可想而知我有多疑惑，回到房間，睡也睡不著，一心想釐清潛水夫與滿箱黃金的關聯。沒多久，我感到

尼莫船長打開櫥櫃

船身顛簸搖晃，鸚鵡螺號正離開深水層浮向水面。

接著平台傳來腳步聲，我知道有人解開小艇推進海裡，小艇撞了一下鸚鵡螺號船側，隨即無聲無息。

兩小時後，又傳來同樣的聲響，腳步聲照樣來來回回。小艇被吊上船，停回凹槽，鸚鵡螺號再度潛入波濤。

所以，百萬黃金已送往指定地點，是陸地上哪裡呢？尼莫船長聯繫的對象又是誰？

翌日，我告知顧問及加拿大人昨晚令我百思不得其解之事，兩位朋友聽完比我還驚訝。

「他從哪兒弄來的百萬黃金？」尼德．蘭問。

這題，無解。用過午餐，我來到客廳埋首工作，寫筆記寫到傍晚五點，突然覺得好熱，大概是自己的問題，只得脫下足絲外套，眞奇怪，我們並非在低緯度區，何況鸚鵡螺號正潛水航行，溫度理應不會升高，我見流體壓力計標示水深六十英尺，大氣層的熱力不可能達此深度。

我繼續做事，溫度卻不斷上升，令人難耐。

「難不成船失火了？」我自問。

正想離開客廳，尼莫船長剛好進來，走近溫度計查看，轉身向我：

「四十二度。」他說。

「我看到了，船長，」我回答：「溫度再升高下去，大家會受不了的。」

「喔！教授，除非我們打算提高溫度，否則溫度不會續升。」

「所以你也能任意降溫？」

「不能，但我可以遠離熱源。」

「這麼說熱力是外來的？」

「沒錯，咱們正在沸水中行駛。」

「怎麼可能？」我嚷道。

「請看。」

壁板開了，只見鸚鵡螺號周圍海水一片白，一股含硫水蒸氣在水中翻騰，如鍋爐燒水般，我手貼著玻璃窗，但熱氣逼得我趕緊縮手。

「我們在哪兒？」我問。

「聖托里尼島附近，教授先生，」船長回應：「精確來說，是位於內亞．卡梅尼島與芭雷亞．卡梅尼島間的水道，我想讓你欣賞海底火山爆發的奇觀。」

「我還以爲，」我表示：「這些島嶼的新生過程已結束了。」

「火山帶的變動不會停止，」尼莫船長回答：「地球此處底下總有火焰蠢蠢欲動，根據卡西歐多荷及普林尼之論述，西元十九年，在現今這些島嶼生成之處曾有座名爲特亞女神的新島，後沉入海中，西元六十九年浮出後再次沉沒，自此海底地層活動暫停。直至當代一八六六年二月三日，硫磺蒸氣間浮現一座新島，人們稱爲喬治島，原僅靠近內亞．卡梅尼島，同月六日已連接爲一。七天後，二月十三日，阿佛艾薩島生成，與內亞．卡梅尼島間形成十公尺寬的水道，這些自然現象發生時我剛好在附近海域，得以全程觀察。阿佛艾薩島呈圓形，直徑三百英尺，高三十英尺，主要由黑色玻質熔岩混雜些許長石質碎片組成。最後，三月十日，內亞．卡梅尼島旁又冒出一座較小的島嶼，名爲黑卡島，沒多久，三座島嶼彼此相連成同一座島。」

「那我們目前所在的水道是？」

「就是這處，」尼莫船長指著一份群島地圖解釋：「你看我已經把新島都加註上去了。」

「水道會不會哪天被填平？」

「可能，阿宏納先生，因爲，自一八六六年以來，芭雷亞．卡梅尼島的聖．尼古拉港對面已出現過八座熔岩小島，顯然內亞及芭雷亞島合而爲一指日可待。若說太平洋海域是靠纖毛蟲造陸，那麼這裡便是靠火山噴發。你瞧，先生，海底造島作業即將完工。」

我又來到玻璃窗前，鸚鵡螺號停止前進。熱氣越發令人難受，海水顏色因鐵鹽成分由白轉紅，儘管客廳是密閉空間，仍可聞到嗆人的硫磺味，烈焰火光，刺眼奪目，幾已掩蓋船身電光。

我滿身大汗，喘不過氣，快被煮熟了，是的，就是被烹煮的感覺！

「這水如此滾燙，我們不能再待了。」我對船長說。

「確實，再待可不是開玩笑的。」尼莫平靜以答。

船長一聲令下，鸚鵡螺號掉頭遠離這座硬闖勢必無法全身而退的火爐，一刻鐘後，我們已至水面呼吸。

我想到尼德若選擇這帶海域執行逃脫計畫，我們斷難活著離開火海。

第二天，二月十六日，我們駛離這片位於羅德島及亞歷山大港間，深達三千公尺的海域。鸚鵡螺號沿著塞赫戈島海面，繞過馬塔潘角，揮別希臘群島。

第七章　地中海四十八小時

地中海，蔚藍之海，希伯來人稱「大洋」、希臘人謂「海」、羅馬人喚「我們的海」，沿岸遍植柑橘、蘆薈、仙人掌和海松，香桃木香氣撲鼻，群山峻嶺環繞，空氣純淨清新，但地心之火動作頻頻，著實成了海神涅普頓及冥王普路托[1]爭奪世界帝國的戰場。法國史學家米薛雷曾言，地中海氣候變化之多，乃世間數一數二，無論在岸上或水裡，人類總是一再碰上考驗。

景色美歸美，但對這片面積達二百萬平方公里的海域，我也只能匆匆一瞥，亦不得而知尼莫船長本人對地中海的見聞，因爲這位神秘人士在此段速度極快的航程中，一次也沒露臉。我估計鸚鵡螺號得在海底走六百里格，耗時四十八小時，才能完全穿越地中海，所以二月十六日早上自希臘沿海出發，至十八日太陽升起時，我們已通過直布羅陀海峽。

我心裡很清楚，尼莫船長不喜歡被陸地包圍的地中海，急欲逃開，這裡的浪花、微風即使不令他重拾遺憾，起碼也百感交集，海洋賦予他的自在獨行，到了此處蕩然無存，受非洲及歐洲海岸包夾的鸚鵡螺號必感鬱結。

因此，行船時速快達二十五海里，即十二里格或四公里，不用說，尼德·蘭莫可奈何，只得放棄逃跑計畫，在每秒十二至十三公尺的速度下，根本無法駕走小艇，若硬挑此刻離開鸚鵡螺號，等於自同速行駛的火車跳下，未免魯莽。此外，船身也只選夜間浮上海面換新空氣，其餘時間全靠羅盤定位及計程儀測速。

---

1 普路托：羅馬神話裡的冥王。

所以，我見地中海海底風光如特快車旅客所見景致，一晃而過，遠處天際清晰，近景卻如浮光掠影，稍縱即逝。但顧問和我仍親睹幾種地中海魚類，因爲牠們擁有強而有力的魚鰭，能跟著鸚鵡螺號游一陣子。我們在客廳玻璃窗前觀察，我可依筆記內容簡單描述這片海域的魚類知識。

地中海魚類多樣，有些瞧得眞切，有些僅看個大概，更別提因船速過快，不及入眼的品種，所以請容我即興分類，好跟上快速的觀察節奏。

受陣陣電光照耀通明的水流間，可見幾隻身長一公尺、幾乎可適應各種氣候的七鰓鰻蛇行而游，以及尖吻魚，鰩魚的一種，寬五英尺，白腹，背部灰白有斑，順流游動時宛如一塊大披肩。尚有其他種類的鰩魚，但游速太快無法確認是否爲希臘人口中的鷹魚，當今漁夫則喚老鼠魚、蟾蜍魚及蝙蝠魚。而身長十二英尺、最讓潛水大忌憚的翅鯊群正競速前進；還有八英尺長、嗅覺靈敏的海狐狸，集體行動時如一大片淡藍影子在移動。另如旗魚，鯛魚的一種，部分長達十三公寸，身著金藍寬紋裝，在深色魚鰭襯托下更爲出色，其中金眉鑲眼的品種專門獻與維納斯。旗魚乃珍貴魚種，能適應淡水、鹹水、河川、湖泊、海洋等各類水況、氣候及溫度，祖先可追溯至地質時期，至今仍保有原始的美貌。還有漂亮的鱘魚，長九至十公尺，行動迅速，強壯的魚尾不時觸碰玻璃窗壁板，露出佈滿棕色小點的淡藍背脊，雖神似角鯊，氣力卻沒那麼大，各海域可見，春天時喜溯大河而上，依伏勒加河、多瑙河、波河、萊茵河、羅亞爾河、歐德河等流域逆勢上游，以鯡魚、鯖魚、鮭魚、鱈魚爲食，雖屬軟骨魚綱，但美味可口，生吃、曬乾、抹鹽醃製皆可，古代人還將鱘魚端上羅馬將軍盧庫魯斯的餐桌以慶戰功。然而地中海諸多魚類中，因鸚鵡螺號恰好貼近海面行駛得以透徹觀察的，實爲硬骨魚第六十三屬的鯖鮪魚，藍黑背脊、銀色腹鱗，背部金光微閃，以愛隨船走聞名，爲的是在熱帶豔陽下尋找涼爽陰影，至今習性未改，如昔日陪伴拉．貝乎斯艦隊般，亦隨著鸚鵡螺號前進，一走便長達數小時，整路競速比快。我無法將日光移開這些魚，牠們天生適合賽跑，頭小、表皮光滑、紡錘體形，有些

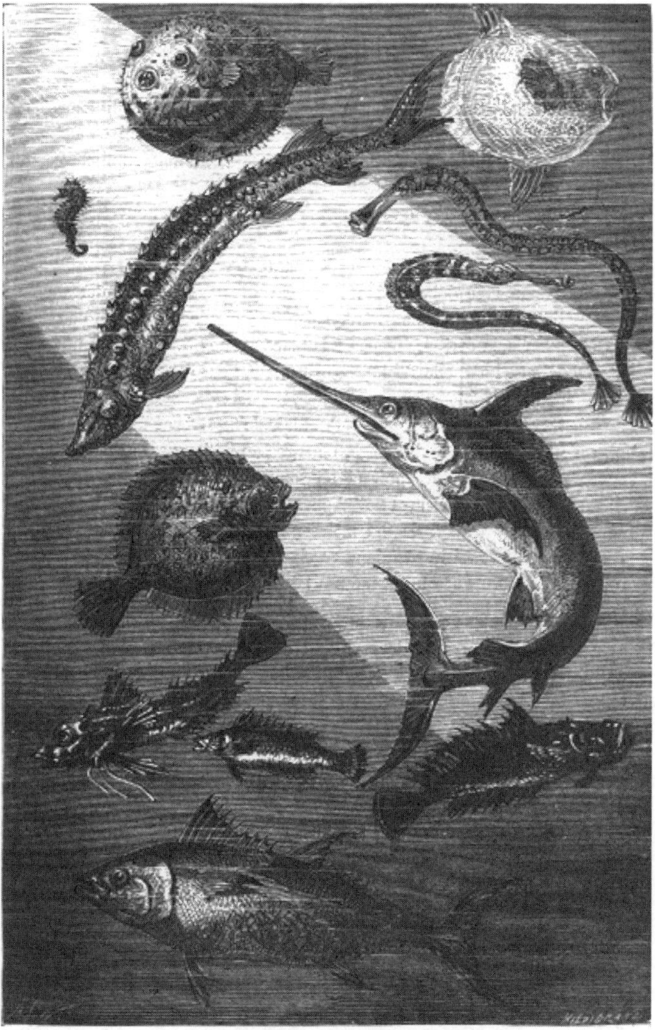

受陣陣電光照耀通明的水流間

身長超過三公尺，胸鰭強健、尾鰭分叉。游動時如某些鳥群成三角隊型，速度相仿，以致古人認爲牠們熟知幾何學與兵法。無奈仍逃不過普羅旺斯人的追捕，其與普羅朋迪特[2]沿岸及義大利的居民一樣把此魚當寶，於是這類珍貴動物因疏忽誤闖馬賽人的金槍魚網而喪命的，實在不計其數。

接著列舉顧問或我匆匆一瞥的的地中海魚，純粹爲了備忘。白色橫帶電鰻，游動時如蒸氣難以捉摸；鱔鰻，身形如蛇，長約三、四公尺，綠藍黃三色相襯；無鬚鱈，長三英尺，魚肝鮮美；如細藻漂浮的蚓鰕虎魚；魴魚，詩人稱爲琴魚，船員稱爲口哨魚，吻部長了兩塊三角鋸齒狀薄片，活像老荷馬的樂器；燕魴魚，因游速快如飛鳥而得名；金鱗石斑魚，紅頭，背鰭有細絲；西鯡，身上有黑、灰、棕、藍、黃、綠色的斑點，靠銀鈴般的叫聲互通信息；大菱鮃，雍容華貴，海中之雉，菱形身軀、淡黃色鰭，身體上半部有棕色小點，左側通常帶有棕黃大理石紋；最後是成群討喜的火鬚鯛，堪稱海中的極樂鳥，羅馬人願花一萬銀幣買一條，然後丟上桌任其死亡，只爲親睹魚身從活時朱紅至死時慘白的顏色變化，著實殘忍。

其他如米哈雷魚、鱗魨、魨魚、海馬、珠寶魚、管口魚、鳚魚、羊魚、隆頭魚、胡瓜魚、飛魚、鯷魚、鯛魚、尖口鯛、長嘴硬鱗魚，及鰈魚目的代表魚，像黃蓋鰈、比目魚、高眼鰈、龍利魚、菱鮃等，都是大西洋及地中海一帶常見的魚種，只怪鸚鵡螺號以令人發暈的高速通過這段富足海域，害我無緣得見。

至於海生哺乳類，行經亞得里亞海海口時，我似乎見到兩、三頭抹香鯨，具抹香鯨屬特有的單背鰭；另有幾頭海豚，圓頭鯨屬，乃地中海特有品種，頭前方有淺色細紋；以及十來隻海豹，白腹黑毛，有僧侶之稱，身長三公尺，頗有道明會修士的氣質。

顧問這邊則依稀望見一隻烏龜，六英尺寬，背部有三道縱向突起的脊骨，我很遺憾無法親見該爬行動

2 普羅朋迪特：馬摩拉海的舊名，是亞洲小亞細亞半島與歐洲巴爾幹半島之間的內海。

地中海動物

物，因為據顧問描述，我認為應是相當稀有的棱皮龜，而我只見到幾頭長甲殼蠵龜。

至於植蟲動物，我倒有幸欣賞可愛的橘山珊瑚幾分鐘，其掛在左側壁板窗外，是一條纖細綿長的纖維，貌似樹枝，不斷分叉，枝末如細緻花邊，即便是紡織女阿哈克妮的對手們也編織不出，可惜無法撈取這美妙的品種。但若非鸚鵡螺號於十六日晚間因故刻意放慢航速，恐怕也難見其他地中海植蟲動物。事情是這樣的。

當時我們正行經西西里及突尼西亞海岸之間，加彭半島及墨西拿海峽間的水道原就狹窄，海底地勢又陡然上升，形成所謂的海脊，脊峰處水深僅十七公尺，兩側水深則達一百七十公尺，所以鸚鵡螺號得小心行駛，避免撞上這海底屏障。

我在地中海地圖上指出這道長礁位置給顧問看。

「但這看起來，先生請見諒，」顧問表示：「簡直是一道連接歐洲及非洲的地峽。」

「對，好孩子，」我應道：「它完全堵住利比亞海峽[3]，依史密斯的探勘證實，博戈角[4]及夫希納角[5]間從前是間隔著陸地連成一片的。」

「我相信如此。」顧問說。

「補充一點，」我道：「直布羅陀與休達中間也有一道類似的屏障，在地質時期完全封住地中海。」

「哇！」顧問叫道：「說不定哪日火山爆發，兩座屏障就被推出海面了！」

---

3 利比亞海峽：凡爾納的利比亞指的是非洲最北的地區。

4 博戈角：西西里島最西邊的海角。

5 夫希納角：北非突尼西亞北方的海角。

「不太可能，顧問。」

「請先生容我說完，若此現象成眞，雷賽布先生恐要大發雷霆，他爲開鑿地峽可吃足苦頭！」

「我同意，但仍得重申，顧問，這現象不會發生。地底力量的強度持續減少，創世之初，火山眾多，卻也接連熄滅，地熱轉弱，地球內層溫度每一世紀皆明顯下降，如此頗不利地球，因地熱是地球的生命。」

「不是還有太陽……」

「太陽不夠，顧問，太陽能讓屍體恢復體溫嗎？」

「我想不行。」

「所以，朋友，地球總有一天會變成冰冷屍體，變得不適合居住，甚至如失去重要熱力已久的月球般無法住人。」

「是多少世紀後的事？」顧問問。

「幾十萬年後吧，好孩子。」

「那麼，」顧問回答：「我們還來得及完成旅遊，只要尼德·蘭別瞎攪和就行！」

於是顧問放心地繼續研究鸚鵡螺號以中速小心經過的淺灘。

這片火山岩地層植物豐富，花草盎然，有海綿、海參，及透明、帶淺紅卷鬚並散發淡淡磷光的球櫛水母；海仙人掌，俗稱海黃瓜，渾身散發七彩色澤；會游動的毛海星，寬一公尺，一身紫紅染紅了海水；明艷亮麗的樹狀蔓蛇尾、長莖海扇、各式大量可食用的海膽；綠海葵，其灰色柱體、棕色口盤外纏繞著如髮絲般的橄欖綠觸手。

顧問特別用心觀察軟體動物及節肢動物，儘管臚列明細有點無聊，但我不能對不起這好孩子，漏述其個人的觀察成果。

軟體動物門中，他列有大量梳型扇貝、成堆相疊的驢蹄海菊蛤、三角斧蛤、黃鰭透明殼的三齒玻璃螺、橘色側鰓海蛞蝓、帶有墨綠虛線或斑點的海鰾蛸、俗稱海兔的海兔螺、海鹿螺、肉泡螺、地中海特有的傘螺、外殼能分泌稀有珍珠質的鮑魚、朝聖扇貝、據傳朗格多克[6]地區的人愛吃勝過牡蠣的不等蛤、馬賽人視爲珍寶的綴錦蛤、白潤的雙層簾蛤、幾枚北美海岸盛產且紐約銷量極大的美洲簾蛤、五顏六色的骨螺扇貝、喜埋入洞居的竹蟶，其辛辣口感深得我心；殼有凸紋且殼頂隆起的條紋簾心蛤、帶腥紅色結節的刺法螺、兩端彎曲貌似貢多拉小船的龍骨螺、帶冠費侯樂螺、螺旋殼人形螺、彷彿披著條紋頭巾的白點灰海兔、狀似小蛞蝓的埃歐立得螺、仰面爬行的海蝴蝶螺、耳螺及橢圓殼勿忘草耳螺、淺褐色梯螺、海螺、紫螺、瓜葉菊螺、石螺、片螺、海蝸牛、潘朵拉螺等。

至於節肢動物，顧問的筆記明確分爲六綱，其中三綱爲海生動物，包括甲殼綱、蔓足綱及環節綱。甲殼綱再細分九目，第一目包括十足目，該目動物通常頭胸相連，顎口由幾對肢足組成，另有四、五或六對胸足或步足。顧問遵照我們的老師米勒·愛德華之法，將十足目分成短尾、長尾、異尾三類，名稱雖有點粗俗，倒清楚明確。顧問記下的短尾類有以額前兩根分叉巨刺爲武器的阿瑪迪亞蟹、不懂爲何被希臘人視爲智慧象徵的尖頭蟹蠍，還有大約是誤入淺灘的馬塞納蜘蛛蟹及蜘蛛蟹蠍，因爲兩者多半生活於深海底，另如扇蟹、毛刺蟹、菱蟹、顧問特別註記易消化的粒箱蟹，以及無齒蒙面蟹、堅殼蟹、波紋蟹、絨螯蟹等。長尾類又分五科，包括硬殼科、掘足科、螯蝦科、長臂蝦科、沙蟹科，他記載了普通的龍蝦，還標明母龍蝦肉備受青睞；及又稱海蟬的蝦蛄、河蝦與各種食用蝦蟹，卻沒再爲螯蝦科分類，因龍蝦是地中海唯一的螯蝦科動物。最後，異尾類中，他見到一些佔據空殼蔽體的尋常寄生蟹，如前額帶刺的人面蟹、寄居蟹、瓷蟹等。

6 朗格多克：法國南部地區。

顧問分類至此，時間不夠他完整研究甲殼綱，包括口足亞綱、端足亞綱、同足亞綱、等足亞綱、三葉蟲綱、鰓足亞綱、介形亞綱、切甲亞綱。爲了完成其海生節肢動物的研究，理應再記下包含水蚤與魚蝨的蔓足綱，及他已分好管棲目及背鰓目的環節綱。只是鸚鵡螺號穿過利比亞海峽淺灘後，又恢復常速潛入深水層，因而再見不到軟體動物、節肢動物及植蟲動物，只視幾條大魚如黑影般游過。

二月十六日至十七日夜間，我們駛進地中海第二處盆地，最深處達三千公尺，鸚鵡螺號在螺旋槳推進下，利用活動斜板滑行，直潛入下方深水層。

此區雖無自然奇景，大海卻讓我見識更驚心動魄的場面。我們正經過地中海好發船難之處，從阿爾及利亞至普羅旺斯這一代海岸，不知多少船隻遇難、多少輪船失蹤！與太平洋的浩瀚相比，地中海只算個湖泊，卻是喜怒無常之湖，變幻莫測，今日可能待風帆和藹溫柔，任其徜徉碧海藍天，明日竟狂風大作，短浪翻騰，卯足全力猛擊船隻至支離破碎。

因此，當快速行經這段深水層時，只見海底船隻殘骸橫陳，有些已長滿珊瑚，有些剛蒙上鐵鏽，船錨、砲管、砲彈、鐵件、螺旋槳葉、機械殘塊、碎裂汽缸、破損鍋爐、直立或傾倒漂浮的船殼。

這些遇難船隻有些是相撞，有些則是碰上花崗岩礁石，我見幾艘船筆直沉沒，船桅直挺挺的，纜索讓海水浸得僵硬，彷彿只是在寬闊的外海下錨，還等著準時啓航。當鸚鵡螺號行經其間，電光籠罩下的船隻好似正揮動船旗示意並發送船身編號！不，這災難現場只剩一片死寂！

隨著鸚鵡螺號越靠近直布羅陀海峽，我發現地中海海底堆積的遇難沉船越多，非洲及歐洲海岸距離頗近，在如此狹窄之處，時常發生相撞事故，只見無數鐵製船底散落，船身殘骸奇形怪狀，或倒或立，宛如巨獸。其中一艘船，船側破裂，煙囪彎曲，機輪只剩骨架，還繫著鐵鍊的船舵與船尾柱分了家，後方儀表板已遭海鹽腐蝕，慘不忍睹！多少人命喪船難！又多少罹難者受浪吞噬！是否有船員倖存得以還原可怕災禍的經

無數船隻殘骸散落

過？抑或仍由浪濤守著這不幸的秘密？不知爲何我突然聯想這艘沉船或許是亞特拉斯號，該船人員財物失蹤二十幾年，至今杳無音訊！啊！有何悲慘歷史慘得過地中海海底情景？成堆枯骨中，遺落丟失多少財寶，又有多少遇難者喪生！

但鸚鵡螺號卻無動於衷，全力轉動螺旋槳快速穿越這堆殘骸。二月十八日，清晨三點左右，已達直布羅陀海峽入口。

該地有兩股水流，一是長久爲人所知，引海水入地中海盆地的上層水流，另一是現今才有論述指出的下層逆向水流。的確，地中海的總水量因大西洋及部分河流不停注入，加上蒸發又不足以抵銷進水，水位理應每年上升，但實際情況並不相符，因此人們自然相信下層水流的存在，經由直布羅陀海峽，將地中海多出的水倒流回大西洋盆地。

事實亦然，鸚鵡螺號正利用這股逆流快速穿越狹道，行進間還曾片刻瞥見壯麗的海克力斯神廟遺跡，據普林尼及拉丁詩人阿維努斯所稱，神廟是連同所在小島一同沉入海中的。幾分鐘後，我們已浮上大西洋面。

海克力斯神廟

第八章　維哥灣

大西洋！浩瀚無邊，面積達二千五百萬平方海里，長九千海里，平均寬度二千七百海里，古代可能除了迦太基人，幾乎無人知悉這片重要海洋。迦太基人實為古荷蘭人，曾為商務貿易，於歐洲及非洲的西部海岸往來航行！大西洋兩側海岸皆蜿蜒曲折，擁抱幅員廣闊的水域，匯集許多世界數一數二的大川，例如聖羅倫河、密西西比河、亞馬遜河、貝拉達河、奧荷諾克河、尼日河、塞內加爾河、易北河、羅亞爾河、萊茵河，有文明城市之河，也不乏蠻荒區域之水！滄海秀麗，各國船隻川流不息，旗幟蔽海，盡頭是航海者莫不畏懼的兩大險惡海角，合恩角及風暴角[1]！

鸚鵡螺號船首尖角破浪而行，三個半月來，已走了將近一萬里格，比繞地球一圈還遠，現在要去哪兒？未來等著我們的又是什麼？

鸚鵡螺號離開直布羅陀海峽後，駛上大西洋，開始浮上水面，我們又可如往常上平台散步。

尼德．蘭和顧問立刻陪我登上平台，十二海里外依稀可見西班牙半島西南端的聖文森角。海上颳起強勁南風，大浪席捲，波濤洶湧，鸚鵡螺號顛簸得很厲害，海浪不停打上平台，不可能繼續待著，所以大吸幾口新鮮空氣後，我們連忙下到船內。

我回到房間，顧問也是，只有加拿大人滿臉愁容跟著我。我們穿越地中海的速度太快，他根本無法執行計畫，故難掩失望之情。

1 風暴角：好望角的舊名。

關上房門，他坐下，默默地看著我。

「尼德兄，」我開口：「我懂你的心情，但你用不著自責，以鸚鵡螺號這種開法，想下船簡直是瘋了！」

尼德．蘭未答腔，他雙唇緊閉，眉頭深鎖，說明心中執念未消。

「再等看看，」我說：「還不到絕望之時，我們正開往葡萄牙海岸，不遠就是法國、英國，逃脫機會俯拾即是。啊！假如鸚鵡螺號離開直布羅陀海峽後往南走，或帶我們朝沒有陸地的區域前進，我才會跟著擔心。但我們現在知道尼莫船長並不迴避文明國家附近海域，我相信幾天後，你就能在比較安全的情況下採取行動。」

尼德．蘭盯著我許久，終於願意張開嘴巴：

「就是今晚。」他說。

我倏地起身，坦白說，這決定有點出乎意料，我想回話，卻擠不出半個字。

「我們說好等待良機，」尼德．蘭接著說：「良機，我逮到了。今晚，我們離西班牙海岸只有幾海里，月黑風高，你答應的，阿宏納先生，我相信你說到做到。」

由於我始終不作聲，加拿大人起身趨前：

「今晚，九點，」他說：「我已通知顧問，那時間尼莫船長會關在房裡，可能也睡了。機師及船員都不可能發現我們，顧問和我先去中央樓梯，至於你，阿宏納先生，就留在離我們兩步遠的圖書室等我信號。小艇有船槳、桅杆及風帆，甚至我已事先藏了點存糧進去，還弄來一副英國扳手好鬆開鸚鵡螺號固定小艇的螺絲。一切就緒，今晚見。」

「海況很糟。」我說。

「我知道，」加拿大人回答：「但必須冒險，爲了自由很値得。而且，小艇很堅固，吹個幾海里風不成問題。誰知明日咱們是否又在百里格外的海面？但願萬事順利，十點至十一點間，我們可能已在某處上岸，也可能一命嗚呼。所以，願神保佑，今晚見了。」

語畢，加拿大人走出房間，剩我一人徬徨無措，我原本想當機會來臨，還有時間考慮及討論，但這位固執的朋友不容我如此，我還能說什麼？尼德·蘭有一百條理由這麼做，機會近在眼前，自然要把握，我豈可言而無信，又怎擔得起爲一己之私連累同伴的責任？誰敢說明日尼莫船長不會帶我們去遠離陸地的大海？

這時，一陣響亮的鳴聲傳來，我知道儲水槽開始注水，鸚鵡螺號潛入大西洋底。

我留在房間，刻意避開船長，以免讓他看出我的心慌。我整日心神不寧，既渴望重獲自由，又捨不得中斷海底研究，離開美妙的鸚鵡螺號！難道眞要這麼離開這片我暱稱「我的大西洋」的海域，來不及觀察深水層，也無法如印度洋及太平洋般揭開海底奧秘！小說才讀完第一卷就得罷手，美夢正酣也將被打斷！我簡直度時如年，一會兒巴望與友人平安登陸，一會兒又失心瘋，希望隨便來個突發事件阻止尼德·蘭計畫成眞。

我兩度回客廳查看羅盤，想了解鸚鵡螺號究竟是接近或遠離海岸航行，但兩者皆非，鸚鵡螺號始終未離葡萄牙海域，一路沿著大西洋海岸朝北前進。

如此得做好逃離準備了，我的行李不重，筆記以外沒別的了。

至於尼莫船長，對我們逃跑不知作何感想，會給他帶來多少困擾？或者造成多少傷害？若逃跑計畫露餡或失敗，他會採取什麼行動？我對他自然毫無怨言，再沒有更眞誠的待客之道了，只是離開也不能罵我忘恩負義，畢竟彼此之間並無建立任何承諾，他打算靠環境的力量而非約定留住我們，又堅定表示會關我們在船上一輩子，我們想逃也屬人之常情。

自一覽聖托里尼島後，就沒與船長碰面，離開前還有機會再見一面嗎？我想見又不敢見，隔壁就是船長房間，我留神聽著是否有腳步聲，無聲無息，房裡應該沒人。

我不由得忖度或許怪人不在船上，自從鸚鵡螺號派出小艇執行神秘任務那晚後，我對此人看法略變，無論尼莫船長嘴上怎麼說，我認爲他似乎與陸地保有某種關聯，他真的從未離開鸚鵡螺號？我經常整整數星期不見他，這段期間他在做什麼？原以爲他是憤世嫉俗，不願見人，難道是前往遠處完成某個我至今無所知悉的秘密行動？

千頭萬緒縈繞糾纏，人在異地特別容易胡思亂想、鑽牛角尖，我快忍無可忍，等待似乎永無止境，心急下更覺時間走得太慢。

我照常在房裡用了晚餐，卻憂心如焚，食不下嚥，七點時我下了餐桌，默數再一百二十分鐘便要與尼德·蘭會合，不禁心浮氣躁，脈搏猛跳，坐立難安。我走來走去，希望動一動能平息煩亂思緒。我倒不擔心冒險逃脫失敗而喪命，但一想到若離開鸚鵡螺號前遭識破計畫，一想到被帶到盛怒的，甚或更糟，是因我背棄而傷心的尼莫船長面前，內心反而忐忑。

我想再見客廳最後一眼，於是穿過長廊，來到這間博物館，我在此處度過許多愉快且獲益良多的時光，再重溫所有財富珍寶，有如遭流放終生、永不回來之人度過最後一夜的心情。多少日子以來，我傾身房內自然界的寶藏或藝術傑作，如今卻要永遠拋下。本想從客廳玻璃窗透視大西洋，無奈蓋板緊閉，鋼板阻隔了我與這片尚未弄懂的海洋。

我走近客廳其中一道斜角牆面，有扇門正對船長房間，令人訝異的是，門竟然半敞，我下意識地退後，怕萬一尼莫船長在房裡會看到我，但聽無動靜，我趨前窺視房間無人，才推開房門，向內走了幾步，房中依舊如僧侶之居，整潔樸素。

此刻，牆上幾幅第一次參觀時沒留意的銅版畫引起我注目，那是肖像畫，主角盡是歷史上爲人類偉大理想奉獻終身的偉人，包括高喊「波蘭終結」才倒下的英雄柯斯丘什科、可謂現代雷歐尼達斯的希臘將領波薩里斯、愛爾蘭守護者歐康內勒、美利堅合眾國創始者華盛頓、義大利愛國志士馬寧、死於擁護奴隸制者槍彈下的林肯，最後是主張解放黑奴而受絞刑的烈士約翰．布朗，維克多．雨果就素描過其慘烈情景。

這些英雄豪傑的氣節是否與尼莫船長的心性相呼應？究竟能否從成堆肖像中解讀其生平秘辛？他是保護受迫人民及解放奴隸之人嗎？亦或本世紀近期政治或社會運動的人物之一？難道是悲壯慘烈的美國內戰英雄？

掛鐘突然響了八下，鐘錘敲出的第一聲鈴響將我拉回現實，我膽戰心驚，彷彿有隻無形之眼能看穿我內心深處的秘密，我趕緊離開船長房間。

回到客廳後，我盯著羅盤，航向始終朝北，計程儀顯示中速，流體壓力計顯示深度約六十英尺。各項條件皆利於加拿大人的計畫。

我回房穿上保暖衣物，海靴、水獺皮帽、襯裡爲海豹皮的足絲外套，備妥後只剩等待。整船悄然無聲，唯獨螺旋槳的震動攪亂沉寂。我豎耳傾聽，突然，傳來一聲叫喊，難不成尼德．蘭的逃跑計畫被發現了？我擔心得要命，怎麼也冷靜不下來。

再幾分鐘就九點了，我把耳朵貼近船長房門，安靜無聲，於是我走出房間前往客廳，裡頭半開著燈，卻空無一人。

我再推開與圖書室相通的門，同樣光線昏暗，也沒人。我待在面對中央樓梯井的門邊，等著尼德．蘭的信號。

這時，螺旋槳轉速明顯減弱，接著完全停止，鸚鵡螺號怎麼不走了？暫停對尼德．蘭的計畫是利是弊，一時間也很難說。

這下擾亂寂靜的，只剩我的心跳聲。

突然，我感到一陣輕微碰撞，心裡明白鸚鵡螺號在大西洋海底停下了，如此更加深我的不安，加拿大人一直沒發出信號，我想去勸他暫緩計畫，因爲總覺得現在這種航行法不太尋常。

這時，客廳門開了，走進來的是尼莫船長，他見了我也不寒暄，直說：

「啊!教授，」他語氣親切：「我正找你，你了解西班牙歷史嗎？」

一個人若像我這般心慌意亂、六神無主，即使再精通自己國家歷史，恐怕也說不出什麼東西。

「怎麼？」尼莫船長又問：「有聽見我問的嗎？了解西班牙歷史嗎？」

「知之甚微。」我回答。

「很多學者都不知道，」船長說：「那麼請坐，」他指示：「讓我來講講該國一段特別的歷史。」

船長半臥長椅，幽暗中，我被動地在他身旁坐下。

「教授，」他開口：「聽我說，就某方面而言，這段歷史對你也有幫助，能解答你大概無力解決的問題。」

「洗耳恭聽，船長。」我應道，不懂對方意欲爲何，我尋思是否與逃跑計畫有關。

「教授先生，」尼莫船長說：「容我得從一七〇二年談起，你對這年份必定不陌生，你們那位以爲揮揮手就能讓庇里牛斯山縮回地底的國王路易十四，安排孫子安茹公爵統治西班牙，這位王子，稱號菲利浦五世，治理能力普通，偏遇上強大的外侮。

「其實在前一年，荷蘭、奧地利及英國王室已於海牙簽訂同盟條約，目的是摘掉菲利浦五世的西班牙皇冠，改戴在某位早被三國封爲查理三世的大公頭上。

「西班牙理應對抗該聯盟，但該國幾乎沒有陸、海軍，惟只要載滿美洲黃金白銀的帆船能入港，倒是不缺錢。然而，約莫一七〇二年底，西班牙正等待一支珍寶船隊回國，當時因同盟國海軍也在大西洋巡邏，法國特派夏多．荷農上將指揮由二十三艘軍船組成的艦隊護送。

「船隊本該駛往加地斯港，但上將獲悉英國艦隊正巡航那一帶海域，決定於法國港口靠岸。

「船隊裡的西班牙籍船長群起反對，他們仍希望前往西班牙港口，若不能去加地斯港，去西班牙西北部海岸的維哥灣也行，該處尚未遭封鎖。

「夏多．荷農上將屈從這項決議，護送帆船入維哥灣。

「不巧此海灣屬開放式地形，防守無門，所以得趕在同盟國艦隊抵達前迅速卸下帆船的貨物，若非突然發生可悲的利益紛爭，卸貨時間其實很充裕。」

「說到這裡還跟得上吧？」尼莫船長問我。

「沒問題。」我回答，卻仍不知替我上歷史課的目的。

「那我繼續，事情是這樣的，加地斯商人享有接收所有來自西印度群島貨物的特權，若在維哥港卸下帆船上的金條，等於侵害他們的權益，於是他們向馬德里告狀，獲得軟弱的菲利浦五世下令船隊不得卸貨，封存貨物，暫停維哥灣，直到敵軍艦隊遠離。

「結果，當西班牙下此決策時，一七〇二年十月二十二日，英國軍隊抵達維哥灣，夏多．荷農上將雖處劣勢，仍奮勇作戰，眼看船隊的財寶即將落入敵人手中，只好燒毀並鑿沉帆船，大量寶物隨之沉沒海底。」

尼莫船長停下，坦白說，我還看不出這段歷史對我有何幫助。

「所以呢？」我問。

「所以，阿宏納先生，」尼莫船長回話：「我們正在維哥灣，箇中奧秘只待你自行參透。」

船長起身請我隨行，我定神照辦。客廳很暗，但透明玻璃窗外的海水閃閃發光，我朝外頭看去。

上將燒毀鑿沉了他的帆船

鸚鵡螺號四周半海里範圍內的海水彷彿泡在電光中，海底沙土乾淨潔白，幾名身著潛水服的船員忙著在焦黑的殘骸間，清理半腐壞的木桶及破裂的箱子。箱子和木桶倒出許多金條與銀條，銀幣、珠寶傾瀉而下，鋪滿沙地。船員扛著貴重的戰利品回鸚鵡螺號，卸下包袱後，再回頭打撈取之不竭的錢財黃金。

我懂了。這裡是一七〇二年十月二十二日那場戰役的現場，亦是替西班牙政府運載財寶的帆船隊沉沒之處，尼莫船長則來此盡情將數百萬財寶裝上鸚鵡螺號。美洲將自己的貴重金屬奉獻給他，就只給他，他直接繼承這批奪自印加人及西班牙將領費南・科泰手下敗將的財寶，還是唯一的繼承人。

「你可知，教授先生，」他笑問：「海底藏了這麼多財物？」

「我知道有人估算懸浮海中的白銀約有兩百萬噸。」我答道。

「或許是，但提煉海中白銀的費用大於利潤，反觀此處，只需撿別人丟掉的即可，不僅維哥灣如此，其他數以千計的海難發生處亦然，地點我全標上海底地圖了。你現在可知我是億萬富翁了吧？」

「知道了，船長。但恕我直言，就維哥灣尋寶一事，你的打撈工程不過比競爭對手快一步。」

「什麼競爭對手？」

「某家西班牙政府授權尋找這批沉船的公司。多數股東爲龐大利益所誘，因爲據估落海財寶總值五億。」

「五億！」尼莫船長稱：「本來還在，現在沒了。」

「的確，」我說：「若能好意通知這些股東不失爲善舉，卻也不知人家領不領情。通常最讓賭徒懊悔的，並非金錢的損失，而是滿腔期待破滅。我同情的不是股東，是成千上萬的苦難人民，盼能妥善分配這些財寶，惠澤困苦之人，但如今是沒他們份了！」

惋惜之語一出，我才發覺恐怕得罪尼莫船長。

打撈取之不竭的錢財黃金

「沒份！」他反應激烈：「所以你認爲，先生，財寶被我收走等於無用？你覺得我辛苦打撈財寶是爲了我自己？誰告訴你我不會好好利用？你以爲我不知道世上有無數受苦之人、受迫害的民族、等待救濟的可憐人、想報仇的受害者？難道你不理解？」

尼莫船長說到後來便打住，或許後悔說了太多。但如我所料，無論逼他潛入海底尋求獨立自主的動機爲何，他仍保有人性，他的心仍爲人類的苦難抽痛，且慈悲爲懷，對受奴役的種族及需要幫助者總慨然伸出援手。

我終於明白，當鸚鵡螺號航行至起義的克里特島[2]海域時，尼莫船長將百萬金子送給誰了！

2 起義的克里特島：指一八二一年到一八二九年，克里特島人參與了希臘獨立戰爭（當時希臘屬於鄂圖曼土耳其帝國所有），為了懲罰克里特島人，鄂圖曼土耳其帝國在克里特島進行了強力鎮壓與屠殺。

第九章　消失的大陸

第二天早上，二月十九日，我看著加拿大人走進房間，我正等他，他滿臉沮喪。

「怎麼，先生？」他對我說。

「怎麼，尼德，昨天很不湊巧。」

「對！該死的尼莫船長正好在我們準備逃走的時候停船。」

「沒錯，尼德，他去他的銀行辦點事。」

「他的銀行！」

「或者說他的銀行金庫，我所謂的銀行是指海洋，他把錢財存放於此，比放國庫還安全。」

於是我告訴加拿大人昨晚的突發事件，私心盼望能讓他回心轉意，不離開船長，結果講半天，尼德卻只對無法親自走訪維哥灣一役的戰場深感惋惜。

「總之，」他說：「事情還沒完！不過丟空一回魚叉罷了！下次一定成功，或許就是今晚……」

「鸚鵡螺號航向為何？」我問。

「不知道。」尼德回話。

「好吧！等中午再瞧瞧方位。」

加拿大人去找顧問，我換好衣服，來到客廳，羅盤方向令人存疑，鸚鵡螺號朝南南西走，表示正背對歐洲航行。

我沒耐心等地圖標上方位，所以十一點半左右，儲水槽排空，船浮出洋面，我立刻跑上平台，尼德·蘭已在那兒了。

放眼望去全無陸地，只剩茫茫大海，天邊幾艘帆船，必定準備去聖羅克角[1]等待順風，再繞過好望角。天色陰暗，就要起風了。

尼德怒氣沖沖，恨不得看穿被雲霧遮掩的天際，希望濃霧後方出現他心心念念的陸地。

中午，太陽短暫露臉，船副利用放晴時測量太陽高度。不久，風浪大了起來，我們回到船內，蓋板又關上了。

一小時後再去查地圖，上頭已標示鸚鵡螺號所在方位，是西經十六度十七分、南緯三十三度二十二分，距最近的海岸達一百五十里格，別妄想逃走了，我如實告知加拿大人，可想見他有多火大。

我個人並不特別氣惱，反倒覺得如釋重負，能再安然進行日常工作。

當晚約十一點，尼莫船長意外造訪，關切詢問我昨晚熬夜是否累著了，我說不會。

「那麼，阿宏納先生，我提議來趟奇幻之旅。」

「請說，船長。」

「你只在白天及陽光普照時參觀過海底，願意瞧瞧黑夜下的海底嗎？」

「非常願意。」

「先說這趟行程很累人，得長途跋涉、翻山越嶺，路況不太好。」

「聽你這麼形容，船長，更增添我的好奇心，我準備同行了。」

「來吧，教授，咱們穿潛水服去。」

---

1 聖羅克角：巴西東北大西洋岸的岬角。常被視作南美洲最東點，但真正最東點是其南南東方的布朗庫角。

到了更衣室，發現這回旅遊我兩個朋友及船員皆無隨行，尼莫船長甚至沒提帶上尼德及顧問。過了一會兒，我倆穿戴完全，有人把裝滿空氣的儲氣瓶掛在我們背上，卻沒準備電燈，爲此，我問了尼莫船長。

「我們用不到電燈。」他回答。

我以爲自己聽錯，卻來不及重問，因爲船長已戴上金屬頭盔，我只好跟著戴起，有人放了一根鐵杖在我手裡，接著進行尋常程序，幾分鐘後，我們已踏上三百公尺深的大西洋海底。

時間將近午夜，海水漆黑一片，只見尼莫船長指著遠處一道紅光，在距鸚鵡螺號大約二海里處閃爍。這是什麼光？靠什麼物質發亮？怎麼能在水中發光？又爲何發光？我答不出來。總之，有這東西幫我們照路，雖然十分模糊，但我很快適應這種特殊的昏暗，也了解依此情形，倫可夫探照燈確實派不上用場。

尼莫船長與我並肩朝閃光處走去，平坦的地勢逐漸升高，因爲腳經常陷入混雜海藻及扁石的泥濘裡，即使藉鐵杖使力邁開大步，前進速度仍慢。

走著走著，頭頂傳來一陣劈啪聲，偶爾還放大音量，連續作響。我不久便弄懂原來是大雨落上海面的聲響，我直覺想到自己會被淋濕！在水中被水淋濕！這滑稽念頭令我啞然失笑。說到底，穿著厚重潛水衣根本感覺不到水，好似身處陸地氣層，差別只在水中氣層密度稍高。

走了半小時，地面礫石遍布，水母、小甲殼類、海筆等發出微弱磷光，我瞥見許多裹覆無數植蟲動物及海藻群的石塊，這片黏滑的海藻地毯常讓我腳滑，若非鐵杖幫忙，恐摔跤多次。我回頭見始終在視線範圍內的鸚鵡螺號船燈，隨著距離漸遠，光線逐漸黯淡。

剛才提及的成堆石頭，依某種無從解釋的規則排列海底，另可見巨大的長溝一路延伸，隱沒遠方暗處，長度難以估量。還有其他令人莫名其妙的特殊現象，我覺得沉重鉛靴似乎踩碎一層骨頭，發出生硬的碎裂聲。腳下這片廣闊平原究竟是什麼？本想問船長，但他那套能與隨行海底的船員溝通的手勢，我是一竅不通。

指引我們的淡紅光芒持續增強，映照天際生輝，水底能產生光源著實令人匪夷所思，難道是一種放電現象？我面對的是陸上學者尚未知悉的自然現象嗎？甚或，我突發奇想，此乃人為燈火，由人類點燃的？有無可能在這深海底下，遇見尼莫船長的夥伴、友人，同樣以奇特的方式生活，而尼莫船長便是專程造訪？會不會讓我碰上一塊流放者的居所，因受不了陸地上的苦難於是尋覓深海底，建立獨立自主的生活？這些瘋狂禁忌的想法縈繞我心，如此情緒下，又為眼前連番美景激動莫名，即便眞見著一座尼莫船長夢想的海底城市，也用不著大驚小怪了。

前方道路越來越亮，約八百英尺高的山巓泛出白色微光，眼前所見不過是清澈海水的反射，這道謎樣之光的光源其實在山的另一面。

尼莫船長於大西洋底阡陌縱橫的石陣間篤定前行，十分熟悉暗道路況，想必常來，所以不會迷路。跟著他走，大可放一百個心，他就像海中精靈，當他走在我前頭，微光背景下的魁梧身影令人仰慕。

凌晨一點，我們抵達山邊緩坡，但想爬上去得先冒險穿過矮林叢生的崎嶇小徑。

沒錯！正是一堆經海水作用礦化的枯樹叢，樹葉不生，樹液乾涸，巨大松木林立其間，宛如長了根的煤礦，直立於陷落的地層，枝葉則像仔細裁切過的黑色剪紙，清楚印上較高處水層。可想像成哈茨山的山坡林地，只差是座沉沒海底的森林。小徑遍布海藻及墨角藻，大群甲殼動物鑽動其中，我攀爬岩石，跨過橫躺的樹幹，扯斷搖曳樹間的海藤，驚動優游樹叢間的魚群。我左顧右盼，絲毫不覺得累，前方嚮導亦未顯疲態。

實在太美了！難以言喻！這片水底森林、岩群下半部晦暗陰森，上半部紅艷繽紛，經海水折射更顯明媚，如此樣貌何以描繪？我們攀上岩石，大片岩塊隨即剝落，傳來如雪崩般的轟隆聲響，此處左右兩側雖是

礦化的枯樹叢

深不見底的漆黑長道，但眼前卻是一大片林間空地，似乎經人工整治，我心想該不會突然冒出個海底居民吧。

尼莫船長繼續朝上走，爲了不落後太遠，我急起直追，這些狹窄小徑緊鄰溝壑，踏錯一步險象環生，所幸鐵杖幫了大忙，助我步伐穩健，不覺暈眩。有時得跳過深不可測的裂口，若走的是陸地冰河，我一定怯步；一會兒又得冒險越過橫跨深淵的搖晃樹幹。但我不太看腳下，只顧著欣賞該區的粗獷美景，此處眾多底部呈不規則切割狀的巨石斜立，彷彿正力抗平衡法則，巨石底部稍高處，多株林木宛如受高壓推擠般，成沖天之姿生長，彼此互爲支撐；還有巨石貌似天然塔樓，岩面砌如護城牆，高大陡峭，傾斜角度之大，遇上陸地的萬有引力法則恐難成型。

我倒是親身體驗行走水陸的差別，因爲海水密度大，即使衣著厚重、頭戴銅盔、腳穿鉛靴爬行崎嶇險峻的斜坡，仍可輕鬆穿越，靈活程度堪比庇里牛斯山山羊或岩羚。

話說這回海底漫遊，連我自己也分不清虛實！我像一名史官，記載著看似無稽，卻千眞萬確、不容置疑的事實，這絕非做夢，而是親眼所見、親身經歷！

離開鸚鵡螺號兩小時後，我們走完森林帶，頭頂一百英尺處山峰聳立，背面山坡光暉輻散，這一面只見陰影。石化灌木蜿蜒遍生，所到之處魚群如高枝上受驚的鳥兒一哄而散。巨岩上被蝕穿許多人身無法鑽行的凹坑、深黝難測的岩洞及石穴，其深處響起龐然大物移動的聲音，有時赫見巨大觸鬚阻擋前路或聽聞幽暗洞穴傳來駭人螯鉗收夾之聲，皆令人血液倒流！黑暗中千萬亮點閃爍，那是躲藏巢穴的大型甲殼動物之眼，大龍蝦趾高氣昂，如持戰戟之士兵，移動時步足發出如廢鐵碰撞的清脆聲響；大螃蟹則似砲台上的砲管瞄準緊盯；嚇人的章魚腕足交纏，如蛇群般靈活舞動。

這個我無所知悉的非常世界究竟何樣？那些藏身岩穴宛如擁有雙層甲殼的節肢動物隸屬哪一目？大自然

大龍蝦與大螃蟹

又從何得知其如植物般的生存秘密？又牠們如此於深海底層生活多少世紀了？

但我不能停下腳步，尼莫船長早知這些可怕動物，所以全不在意，我們到達的第一片高原，還有驚喜等著我。高原上矗立許多壯觀遺跡，顯然出自人手，而非造物主所建。從大片石堆間依稀可辨模糊的城堡及廟宇輪廓，如今長滿花枝招展的植蟲動物，這層厚重的植物大衣並非常春藤，而是海藻與墨角藻。

所以這塊因地殼變動陷落的地層原先是什麼？又是誰將岩塊石頭堆疊成史前時代的支石墓狀？我身處何方？不按牌理出牌的尼莫船長帶我到哪兒了？

我想問清楚又無法，只好攔下他，我抓住他臂膀，他卻搖搖頭，指著最遠處的山峰，似乎在說：

「走！再走！一直走就對了！」

我鼓起最後一絲勇氣跟隨，幾分鐘後，登上高出岩石堆十幾公尺的尖峰。

我們剛攀爬的山側目視不過高出平原七、八百英尺，但背面山頭卻高出兩倍，傲視這一帶大西洋海底。瞭望遠方，受強光照耀的大片水域盡收眼底，原來，這是一座火山。山峰下五十英尺處，大火山口噴發汩汩岩漿，石塊碎岩勢如雨下，熔岩瀑布火光四散，飛濺入海，儼然巨大火炬坐鎮，照亮底下平原直達盡頭。

雖說這海底下的火山口不停噴發熔岩，卻不見火焰，火需要空氣中的氧氣，水裡自然無法燃燒，不過岩漿本身溫度仍高，可造成白熱效果，海水遇上熔岩頃刻蒸發，流動快速的岩漿混合各種氣體一路衝下山腳，猶如維蘇威火山熔漿直奔濱海的托雷德爾格雷科城。

眼下赫見一座廢棄荒蕪、僅存斷垣殘壁的破敗城池，儘管屋頂坍塌、廟宇傾倒、門拱碎裂、牆柱倒地，仍展現其不折不扣的托斯卡尼建築風格；稍遠處有寬闊渠道的遺跡，這頭隆起的則是一座衛城，如同漂浮的帕德嫩神廟；另一邊是碼頭，海水已枯涸，往昔大約是某座庇護商船及三排槳戰艦的古海港；更遠處是成排崩毀的高牆、荒廢的大路，尼莫船長重現我眼前的，是整座埋藏深海的龐貝城！

我在哪兒？到底在哪兒？我非知道不可，我想說話，想扯掉頭上礙事的銅盔。

尼莫船長靠近我，作勢阻止，再撿起一只白堊石，走向某塊黑玄武岩，寫下這個字：

亞特蘭提斯

我恍然大悟！亞特蘭提斯，希臘史學家泰奧彭波斯口中的古城美羅皮斯，至柏拉圖才稱亞特蘭提斯，俄利根、波菲利、楊布里科斯、東維爾、馬特・布亨、洪保德等學者否定其存在，認爲這消失的陸地純屬神話傳說；而波希多尼育斯、普林尼、阿眠馬塞稜、德圖利恩、恩格爾、薛黑、圖尼弗、布馮、達弗薩克等人則肯定其存在。如今這塊陸地近在眼前，受難證據確鑿，無可反駁！顯然該沉沒區域在歐洲、亞洲、敘利亞之外，位於海克力斯之柱的另一方，上頭居住強悍的亞特蘭提斯人，即古希臘初期幾場戰爭的對手。

將這些英雄時代的崇高事蹟寫進著作的歷史學家，正是柏拉圖，其對話錄中的《提邁奧斯》與《克里特阿斯》，可說是受詩人兼法學家梭倫啓發而寫成。

某日，梭倫正與薩伊斯城的智叟聊天，此城已有八百年歷史，神廟聖牆上鐫刻的年表可證。其中一位老者講起另一座歷史較薩伊斯城悠久逾千年的古城故事，那是雅典最早的城邦，歷時九百世紀，曾遭亞特蘭提斯人侵略，毀去部分城池。他說，亞特蘭提斯人佔領一處遼闊大陸，面積超過非洲及亞洲的總和，涵蓋範圍從北緯十二度至四十度，勢力直達埃及，原打算進一步擴及希臘，卻因希臘人頑強抵抗，不得不撤退。幾世紀過去，災難突然降臨，洪水地震齊發，才一天一夜的功夫，亞特蘭提斯消失無蹤，唯獨幾座較高的山峰如馬德黑、亞速、卡納里、綠角群島等依然露出海面。

尼莫船長寫出的地名觸動我心，不由得回顧起歷史，所以在命運特殊安排下，我踏上這塊大陸的某座山

亞特蘭提斯

頭，親觸十萬年前地質時代的遺跡，行走人類始祖走過的地方，沉重靴底踩碎的，是神話時代的動物骸骨，周圍已礦化的樹木，當年可爲動物遮蔭不少！

啊！爲何不給我多點時間！我多想爬下陡峭山坡，走完這片想必連結非洲及美洲的遼闊大陸，造訪大洪水前的諸多大城。眼下，或許正躺臥驍勇善戰的馬基墨城及虔誠恭順的厄斯貝斯城，巨人族曾在此生活好幾世紀，其力大無窮，足以堆疊石塊，抵禦海水侵襲，至今無損。或許哪一天再度火山爆發，這些沉沒的廢墟又能浮出水面！有人指出大西洋這一帶海底火山眾多，好些船隻行經這段海底翻騰的水域時感受到不尋常的震動，有船聽見陣陣悶響，說明深海火山活動劇烈，也有船接到噴出海面的火山灰。此處延伸至赤道一帶的地心作用依舊頻繁，誰敢說在遙遠的未來，隨著火山噴發及熔岩層層堆積，這些噴火的山峰不會冒出大西洋面呢！

當我沉思遐想，設法牢記壯麗景致的全部細節時，尼莫船長倚靠長滿青苔的石柱凝神靜思，如一尊石像般直立不動。難道在想消失的先人，想向他們請教人類命運的祕密？這不願過現代生活的怪人，該不會來此處重溫歷史記憶，期盼重返古代生活？多希望能得知他的想法，進而交流、成爲知音！

我們在此處停留整整一小時，靜觀熔岩火光照耀的廣大平原，偶爾岩漿噴發強度驚人，地球內部劇烈作用導致山體表面快速顫動，低沉聲響經水波清楚傳送，回音排山倒海而來。

這時，月色穿透海水，在這片沉沒陸地投落幾許白光，亮度雖弱，卻生出妙不可言的景觀。船長起身，看了廣闊平原最後一眼，然後示意我跟隨。

我們迅速下山，再次穿越石化林，一眼可見鸚鵡螺號星光般的船燈，尼莫船長往燈的方向走，我們在第一道晨光照亮海面時回到船內。

第十章　海底礦藏

翌日，二月二十日，我醒得很晚，累了整夜，我一直睡到十一點才起床。起來後趕緊更衣，趕往客廳了解鸚鵡螺號的航向，儀器指出持續往南，時速二十海里，深度一百公尺。

顧問來了，我告訴他昨夜之旅，壁板剛好也開著，尚可瞥見這塊沉沒陸地一隅。

是的，鸚鵡螺號正於亞特蘭提斯平原上方僅十公尺處，如陸地上氣球乘風飛越平原般滑行，客廳說來更像特快車的車廂，最初幾幕閃過眼前的畫面是奇形怪狀的岩石、從植物圈蔓生至動物圈的樹林，在水波中展現不動如山的剪影；還有大片沉落海底的石塊，上頭覆蓋釉草及海葵地毯，及垂直細長的水生植物叢生；接著是形貌扭曲怪異的熔岩塊，證明地心爆發有多猛烈。

外頭奇景在燈光照耀下生輝，我講述亞特蘭提斯人的歷史給顧問聽，法國天文學家貝利就是完全靠想像，催生多少相關的迷人篇章。我提及這些英勇人民的戰爭、討論人們不能再懷疑亞特蘭提斯的存在，但顧問心不在焉，隨便聽之，我很快找出他對這歷史議題興趣缺缺的原因。

原來，無數魚類佔據他的目光，當魚群經過，顧問立刻跳進分類的深淵，抽身現實世界。既然如此，我也只能與他一起進行魚類學研究。

不過，大西洋的魚類與先前觀察過的並無顯著差異，主要爲體型龐大的鰩魚，身長五公尺，強壯的肌肉使其能躍出海面；不同品種的角鯊，其中有藍鯊，十五英尺長，三角狀尖牙，藍透的身軀在海中如同隱形；棕色燈籠鯊及稜柱狀、鯊皮生有結瘤的帆鰭尖背角鯊、與地中海鱘魚類似的鱘魚；喇叭海龍，身長一英尺半、黃棕色、細小灰鰭、無舌齒，如柔軟海蛇靈活滑溜。

硬骨魚中，顧問記下的有黑馬林魚，長三公尺，武器乃刺劍般的上顎；色彩鮮艷的龍騰魚，亞里斯多德時代以海龍魚著稱，脊背有刺，捕捉時非常危險；接著是棕色背脊飾以藍色細紋、金色鑲邊的鯕鰍、美麗的旗魚；還有月魚，狀如唱盤、反射藍光，陽光照耀下，如銀斑點點；最後是劍旗魚，長八公尺，成群結隊，淡黃色魚鰭貌似鐮刀，或如長達六英尺的長劍，天性勇猛，食草不食肉，雌魚稍有動靜，雄魚立刻跟隨，堪稱模範丈夫。

觀察品種五花八門的海洋動物同時，我不忘留心亞特蘭提斯平原，偶爾地勢突變，鸚鵡螺號只得放慢速度，如鯨魚般敏捷、迂迴穿梭丘陵間的窄道。倘若迷宮過於錯綜複雜，它便像飛艇一樣上浮，飛越障礙後才重返至距海底幾公尺高處快速行駛。這段航行，令人讚嘆著迷，彷彿熱氣球凌空漫遊，差別在鸚鵡螺號得被動由舵手操作。

下午四點左右，大都混雜厚淤泥及石化枝幹的地貌逐漸改變，石塊增多，隨處可見礫岩、玄武凝灰岩、好些火山熔岩及含硫黑曜岩，預料即將離開長原，進入山區，果然，鸚鵡螺號再往前開不久，只見一堵高牆遮住南方水平線，似乎一併擋住所有去路。牆頂顯然超出海面，可能是大陸，至少是座島嶼，也許是卡納里群島或綠角群島之一。或許因特殊考量，船尚未測定方位，所以我不知所處位置，總之，依我看，這片牆意味已達亞特蘭提斯的終點，雖然我們也才走了一小部分。

黑夜並不妨礙我觀察，我獨自留在大廳，顧問已回房。鸚鵡螺號行進緩慢，盤旋混沌海底之上，時而貼近，好像準備降落，時而恣意飛升至水面，因而讓我透過晶瑩剔透的海水，瞄見幾顆璀璨明星，尤其是獵戶星座尾端拖著的五、六顆黃道星宿。

我待在玻璃窗前許久，欣賞海天美景，直到壁板關閉。此刻，鸚鵡螺號已達高牆腳下，不知接下來會如何行駛。我返回房間，鸚鵡螺號不動了，我打定主意睡幾個小時就要醒來。

但第二天我去客廳時，已經八點了，我看了流體壓力計，得知鸚鵡螺號已浮出海面，平台上還傳出腳步聲，卻沒有任何船身因浪搖晃的感覺。

我爬上樓梯，蓋板已開，但不是我以爲的大白天，舉目所見一片漆黑。這是哪兒？難道我弄錯了？還在晚上？不對！外頭沒有半顆星星，就算深夜也不會這麼暗。

正想破頭時，傳來人聲：

「是你嗎，教授？」

「啊！尼莫船長，」我回答：「我們在哪兒？」

「在地底下，教授。」

「地底下！」我驚呼：「鸚鵡螺號還浮著嗎？」

「一直浮著。」

「我不懂……？」

「稍待片刻，船燈快開了，包準讓你弄個明白。」

我走上平台靜候，四周黑到我完全看不見尼莫船長，然而望著正上方天頂時，似乎捕捉到一絲彷彿自某個圓洞流洩下的朦朧微光。這時，船燈大亮，微光頓時遭強光驅散。

突如其來的光束令人眼花，我閉眼片刻才睜開，鸚鵡螺號靜止不動，靠近一處看似堤防的陡坡浮著。目前停泊的海域，實則一座圓谷內的湖泊，四周高牆圍繞，直徑兩海里、周長六海里，流體壓力計顯示湖泊水位與牆外水位一致，所以湖海必有相通之處。高牆底部傾斜，環繞成拱形，如漏斗倒置，高度達五或六百公尺，頂部有一圓孔，也就是剛才所見微光流洩之處，顯然是外頭的日光。

我等不及花工夫研究巨洞的內部結構，也沒費心思索是天然或人爲，直接找上尼莫船長。

鸚鵡螺號靠近一處看似堤防的陡坡浮著

「我們在哪兒？」我說。

「某座死火山中心，」尼莫船長答覆：「這座火山因地震，海水灌入內部。你睡覺的時候，教授，鸚鵡螺號從水下十公尺處一條天然通道駛進這瀉湖。這兒是鸚鵡螺號的註冊港，安全、方便、隱密，得以躲過任何方位吹來的風！你可以幫我找找看，有哪座大陸或島嶼沿岸的停錨處能如此阻擋暴風，成為安全避風港？」

「的確，」我應道：「這裡很安全，尼莫船長，誰追得進火山中心？但我見頂端不就有個開口？」

「是，火山口，從前充滿熔岩、蒸氣和火焰，如今成為通氣孔，送進新鮮空氣供我們呼吸。」

「這座火山什麼來歷？」

「此處海域島嶼星羅棋布，不過是其中一座，對其他船隻而言是暗礁，於我們卻是巨大岩洞，偶然被我發現，頗為受用。」

「人不能從火山口下來嗎？」

「不能，我也上不去，火山內側下方可走，但超過一百英尺高處，山壁懸垂，陡坡寸步難行。」

「船長，我瞧大自然隨時隨地供你差遣，這湖保你高枕無憂，沒有其他人進得來，只是避風港何用？鸚鵡螺號又用不著港口。」

「沒錯，教授先生，但它靠電力發動，製造電力需要原料，製造原料需要鈉，鈉又得靠煤炭生成，煤炭則取自煤礦，煤礦正在此處。海水淹沒一整片地質時代即遭沙土覆蓋的森林，至今已礦化成煤，是我取之不盡的的寶庫。」

「船長，你的人到這兒不成了礦工？」

「正是，這些礦藏和新堡[1]礦脈一樣延伸入海，我的人穿潛水衣，帶上十字鎬和鐵鍬即可開挖，根本不必仰賴陸地礦藏，當我燒煤產鈉時，濃煙飄出火山口，看起來就像活火山。」

「所以看得到你夥伴挖礦嗎？」

「不，至少這回沒辦法，因爲我急著繼續環遊海底，只打算將我原先儲藏的鈉取出裝船，僅需一天，就能繼續旅程。你若想逛岩洞遊瀉湖，不妨利用這一天的時間，阿宏納先生。」

我謝過船長，便去找我兩位還沒出房門的友伴，我邀他們同行，卻不告訴所在何方。

他們登上平台，顧問依舊處變不驚，睡著時在水底，睡醒時在山底，在他眼裡自然得很，尼德．蘭只顧著找尋岩洞是否有出口。

吃完早餐，十點左右，我們下船爬上陸坡。

「我們又在陸地上了。」顧問說。

「我不會稱這地方陸地，」加拿大人反駁：「何況，我們也不在地上，是地下。」

山壁腳下與湖水間是一整片沙灘，最寬處達五百英尺，想繞湖一圈，走沙灘比較輕鬆，反觀高大的山壁底堆滿火山岩及巨大浮石，場面壯觀，卻崎嶇難行，這些崩裂的岩石因地火作用，附著一層光滑的琺瑯質，在船燈電光照耀下閃閃發亮。沿岸腳步行經之處，揚起陣陣雲母粉塵，如火山雲般飛舞。

離沙灘越遠，地勢明顯升高，不久我們抵達綿長蜿蜒的斜坡，雖說坡地是緩緩上升，仍須謹慎前行，因礫岩遍布，無水泥黏固，這些由長石及石英晶體形成的玻璃質粗面岩走起來十分滑腳。

這個巨大洞穴處處展現火山屬性，我邊指邊解說。

1 新堡：位於澳洲東岸的城市。

「你們能想像，」我問：「這漏斗充滿沸騰的熔岩，滾燙岩漿高漲至山口，如鍋爐裡的熔鐵滿出鍋壁的樣子嗎？」

「完全可以想像。」顧問回答：「但先生能否告知這位偉大的鑄鐵匠停止工作的原因，鍋爐又如何換裝一池靜謐湖水入內？」

「顧問，很可能因爲洋面下發生重大變化，形成鸚鵡螺號得以穿越的開口，然後大西洋海水灌入火山內部，水火激烈交戰，爭鬥結果由海神涅普頓獲勝。從此經過好些世紀，遭淹沒的火山逐漸變成寧靜的岩洞。」

「很好，」尼德．蘭答腔：「我接受這個解釋，卻遺憾就我們的利益而言，教授先生方才提及的開口沒開在海平面以上。」

「可是，尼德兄，」顧問接話：「若開口不在海底，鸚鵡螺號可進不來！」

「補充一下，蘭師傅，連海水也進不了，火山仍爲火山，所以你的遺憾是多餘的。」

我們繼續朝上走，斜坡越發陡峭狹窄，偶爾遇上深坑截路，得跨越而過，或遇巨大懸石，只得繞路。有時跪地滑行，有時匍匐前進，所幸有敏捷的顧問及強壯的加拿大人相助，克服所有障礙。

到了約三十公尺高處，地質出現變化，卻仍不好走，礫岩及粗面岩後出現黑玄武岩，這頭的岩層布滿氣孔，那頭的則是規律的稜柱狀，排列成群，猶如支撐這巨大拱門之拱底石的廊柱，形成經典壯麗的天然建築。其次，玄武岩間一道冷卻的熔岩長流蜿蜒曲折，留下許多瀝青紋痕，到處都覆蓋硫磺層。這時，上端火山口投進一道更亮的自然晝光，籠罩這些永遠湮沒於死火山內的噴發物質。

然而，來到高度二百五十英尺左右時，遇上無法通過的天險，不可能繼續直行，由於內側山壁突起，想往上只得繞圈而行，從這一帶起，植物國開始與礦物國爭地，山壁窟窿冒出幾株小灌木，甚至大樹。我認得會流出腐蝕性汁液的大戟樹，還有名不符實的向日草，因爲它們長在照不到陽光的地方，花串垂頭喪氣，顏色及香味退了大半；四處尚可見害羞的菊花，長在憂鬱且病懨懨的長葉蘆薈腳邊。而我竟在熔岩流中，發現一些小巧的紫羅蘭，還帶著清香，坦白說聞了眞開心，香味是花朵的靈魂，海裡那些水生花卉雖然壯麗，卻沒有靈魂！

我們來到一株結實的龍血樹下，其粗壯有力的樹根硬是穿過岩石扎根。尼德·蘭突然大喊：

「啊！先生，有蜂窩！」

「蜂窩！」我揮揮手，作勢不可能。

「眞的！是蜂窩，」加拿大人再次表示：「還有蜜蜂繞著嗡嗡飛。」

我走近一看，不得不承認事實，原來龍血樹樹幹上有個窟窿，聚集了成千上萬這種靈敏昆蟲，在卡納里群島十分常見，所產蜂蜜備受珍視。

想當然爾，加拿大人又打算儲備蜂蜜，我若反對似乎不近人情。加拿大人取火石點燃一堆含硫磺的枯葉，著手煙燻蜜蜂，待蜂鳴聲漸歇，才剖開蜂巢，裡面有好幾磅的香甜蜂蜜，尼德·蘭在背囊裡裝滿蜂蜜。

「待我將蜂蜜加進波蘿蜜麵團，」他說：「就能請你們吃美味蛋糕了。」

「太棒了！」顧問回應：「那可是調味過的麵包呀！」

「調味麵包暫且擱一邊吧，」我說：「繼續有趣的行程才要緊。」

我們沿著小徑前進，有幾處彎道剛好可盡覽湖泊全貌，船燈照亮整座湖面，平靜無痕，不見一絲波紋，鸚鵡螺號依舊不動如山，船員在平台及陸坡上忙碌，明亮背景清楚勾勒眾人工作的身影。

這時，我們繞過前幾排支撐火山頂的岩石最高處，才發現蜜蜂不是這座火山內部動物國的唯一代表，昏暗中，猛禽四處翱翔盤旋，或飛離岩峰上的巢穴，有白腹雀鷹及叫聲刺耳的紅隼，斜坡上還有肥美的鴇鳥邁開長腿奔跑。可以想像加拿人見到這可口的獵物，多麼心癢垂涎，懊惱沒帶獵槍出門。他試著以石頭代替鉛彈，失投數次後，終於擊傷一隻漂亮的鴿鳥，說他冒著數十次的生命危險捕捉獵物可一點也不爲過，卻總算將鴿鳥塞進背囊，與蜂蜜蛋糕放一起了。

我們該下行往湖岸走了，因爲岩石頂過不去，上方張開的火山口猶如偌大的井口，從這裡可清楚望見天空，西風吹亂浮雲，帶著破碎雲霧飄落山巔，火山高出海平面頂多八百英尺，證明雲層停留位置並不高。

加拿大人獵鳥凱旋而歸後半小時，我們回到內側湖岸，此處鋪滿整片海馬齒草，這種小傘型科植物又稱鹽角草、虎耳草及海茴香，泡泡糖水就很好吃，顧問順手採了幾束。至於動物，包括各類甲殼動物，不計其數，龍蝦、黃道蟹、瘦蝦、糠蝦、盲蛛、石蟹及大量貝殼、瓷貝、岩螺與帽貝。

這地方還有個壯觀的岩洞，我和同伴開心躺在洞裡細沙地上，岩壁布滿雲母粉屑，經昔日火焰烘烤潤色，顯得繽紛閃耀。尼德．蘭摸摸洞壁試探厚度，我忍不住發笑，於是又聊起他不曾忘懷的逃跑計畫，我不願多談，卻可以給點希望，告訴他尼莫船長南下僅爲了補充鈉儲備，所以，但願能重返歐洲或美洲沿岸，加拿大人便可重啓未遂的逃跑計畫，勝算也較大。

我們在這迷人的岩洞躺了一小時，起先天南地北閒聊，後來也乏了，加上睡意襲來，我瞧不出抵抗睡魔的理由，索性好好睡上一覺，還夢到我變成結構簡單、生活單調的軟體動物，沒辦法，夢境不能選，岩洞似乎成了我的兩片貝殼……

突然，我被顧問的聲音驚醒。

「危險！危險！」這好孩子大叫。

「出什麼事？」我挺起上半身問道。

「水淹上來了！」

冒著生命危險

我隨即起身，海水以急流之姿灌入我們的藏身地，而我們既然不是軟體動物，自然得離開這。幾分鐘後，我們安全爬上洞頂。

「這是怎麼回事？」顧問不解：「又是什麼沒見過的現象？」

「不！朋友，」我回答：「那是潮汐，差點嚇壞我們的不過是潮汐，英國作家華特．斯葛特書中的主人翁也遇過同樣的事[2]！因為洞穴外海水上升，基於自然界的平衡法則，湖水水位也得一致，我們算洗了半個澡才出來，回鸚鵡螺號換衣服吧。」

三刻鐘後，我們結束環湖散步，返回船上，船員也裝妥鈉儲備，鸚鵡螺號隨時可以啟航。

但尼莫船長並未下令，難道想等天黑才秘密地走海底通道離開？或許吧。

無論如何，次日，鸚鵡螺號已離開註冊港，遠離陸地，航行於數公尺深的大西洋海底。

---

2 指華特・斯葛特筆下的小說《雷德高斯勒》中的情節。

海水以急流之姿灌入

第十一章　馬尾藻海

鸚鵡螺號航向不變，所以，返回歐洲海域的希望暫且落空，尼莫船長維持南行，他想帶我們去哪兒？我不敢揣測。

這天，鸚鵡螺號行經大西洋一處獨特海域。大西洋存在一股眾所皆知的大暖流，即著名的「灣流」，始自佛羅里達海峽，通往斯匹茲堡島，卻在注入墨西哥灣前，約北緯四十四度左右，一分為二，主流朝愛爾蘭及挪威海岸前進，支流則南奔至阿索荷島附近，然後抵達非洲海岸，畫下一圈長橢圓，再回安地列斯群島。其實該支流更像一條項鍊，大西洋這一帶冷冽、沉靜、停滯、受暖水環繞的冷水區，人稱馬尾藻海，堪稱大西洋中的湖泊，大洋流至少得花三年才得繞行一周。

馬尾藻海，確切來說，正好覆蓋整個沉沒的亞特蘭提斯，部分作家甚至認為海面上遍布的水草是從這塊古大陸草原脫落而來，不過，這些水草、海藻與墨角藻更可能來自歐洲及美洲海岸，被灣流帶來此處，成為哥倫布推測有新大陸存在的原因之一，這位大膽的探險家航行至馬尾藻海時，受水草所阻，前進困難，船員驚慌失措，耗費三星期才穿越。

目前鸚鵡螺號造訪的正是上述區域，一片道地的草原，一張由海藻、馬尾藻、囊褐藻緊密編織的地毯，厚實綿密，船頭不費點勁兒斷難割開一條通道。所以，尼莫船長也不願讓螺旋槳在這堆水草間運轉，直接潛入水下幾公尺處航行。

馬尾藻一詞源自西班牙文的「薩拉加索」，乃海草之意，是這片廣闊藻灘的主角，又稱浮游草或漿果體。根據撰寫《地球物質地理》一書的學者莫里之見，這些水生植物匯聚大西洋這段平靜海域的原因如下：

「我認爲，」他說：「可從一項大家都會的實驗得到解釋。假設將軟木塞碎片或其他能浮起的物體碎片放進一盆水裡，然後製造圓周運動，可見散開的碎片聚集於水面中心，也就是波動最小的一點。此現象告訴我們，水盆即大西洋，灣流即圓周運動，而馬尾藻海，則是浮體聚集的中心點。」

我贊同莫里的意見，開始在此船隻罕至的特殊海域研究該現象。我們上方有來自四面八方的漂流物，與褐色水草相擠堆積，包括從安地斯山或洛磯山脈沖刷下的樹幹，順著亞馬遜河或密西西比河一路漂流而來，還有無數沉船殘骸、龍骨或船底板碎片、破損的船殼，因堆滿貝殼和茗荷，沉甸甸地再難浮出水面。而有朝一日，時間將證實莫里另一項見解，即這些物質如此堆積數世紀後，將受海水作用礦化，變成取之不盡的煤礦。大自然預先備妥珍貴儲存，以應人們耗盡陸地礦藏時所用。

我留意到這片亂七八糟的水草及墨角藻叢裡有迷人玫瑰色的星狀海雞冠、拖著長髮般觸鬚的海葵，及綠、紅、藍色的水母，尤其有居維葉描述過的大根足水母，是紫色花飾鑲邊的淺藍色傘體。

二月二十二日在馬尾藻海行駛整日，喜吃海草及甲殼動物的魚類可在此覓得豐富食物。第二天，大西洋已恢復尋常樣貌。

之後，二月二十三日至三月十一日共十九天期間，鸚鵡螺號持續航行大西洋，每日常速一百里格。尼莫船長顯然打算完成環遊海底計畫，我一點也不懷疑他繞過合恩角後，會再駛回太平洋的澳洲海域。

所以尼德·蘭擔心有理，茫茫大海，不見一座島嶼，休想離船一步，更無法對抗尼莫船長的意志，服從是唯一的路，我們也不該老是等著動武或用計，我寧願思考如何以說服的方式達成目的。旅程結束後，尼莫船長該不會即使我們發誓絕不洩漏其存在，仍不還我們自由吧？那可是以名譽擔保的誓言。不過這問題很棘手，得好好與船長協商。然而，我能成功爭取自由嗎？當初他不是親口嚴正告知，爲保住他存在的秘密，得永遠將我們囚禁在鸚鵡螺號上？這四個月來，我沒提出異議，該不會讓他以爲我默默接受現況？但舊事重提會不會讓他起疑，導致將來時機成熟，可執行逃跑計畫時，反遭他阻撓？我思前想後，反覆考量所有因素，還找了顧問討論，他也不比我篤定到哪裡去。總之，我雖非輕言氣餒之人，卻也明白與親友重逢的機會逐日減少，特別在這尼莫船長挺進大西洋南方的時刻！

在剛才提及的十九天旅程裡，並無任何突發事件，船長忙著工作，難得見上一面，倒時常在圖書室發現他翻看一半的書，主要是自然歷史類，還有我的海底相關著作，頁邊寫滿批註，偶爾對其中理論及分類法提出異議。船長很少找我討論，頂多以此方式導正我的研究。有時能聽見他彈奏管風琴，琴音惆悵，情緒豐厚，而這樣的樂聲，只在夜晚時分，在神祕莫測的漆黑中，在鸚鵡螺號沉睡蒼茫大海時才得聽聞。

這段旅程皆走海面，大海彷彿被遺棄了，全程只見若干載貨前往好望角的帆船。某日，還遇捕鯨船派出數艘小艇，把我們當成奇貨可居的巨鯨追蹤。尼莫船長不願浪費那些勇士的時間及力氣，命船潛入水中，停止這場追逐。這事倒引起尼德．蘭濃厚興趣，說加拿大人八成對漁夫沒能用魚叉刺死咱們這條鋼鯨大為扼腕，想必沒錯。

這段期間顧問與我觀察到的魚群和其他緯度研究過的差異不大，主要是幾款可怕的軟骨魚屬品種，可分三個亞屬，至少三十二種，有條紋鯊，長五公尺，塌扁的頭比身體還大，圓形尾鰭，背部有七條縱向黑色寬紋；其次是貝龍鯊，淺灰色，具七道鰓孔，單背鰭，大約位於身體中央。

另外還游過幾條白斑角鯊，相傳嗜吃成性，諸位大可不信漁民所言，但聽聽無妨。據說有人在這種動物體內發現水牛頭及整隻牛犢，另一條肚裡則有兩隻鮪魚及一名穿制服的船員，又一條裝著帶軍刀的士兵，最後一條連騎士帶馬一起吞下。上述云云，坦白說，無憑無據，只是鸚鵡螺號的拖網始終捕不到這動物，無從證實其驚人胃口。

優雅俏皮的海豚亦整整陪了我們數日，其五或六頭成群，如原野上的狼群追捕獵食，而且，某位哥本哈

有時能聽見他彈奏管風琴

根的教授宣稱曾自海豚胃裡取出十三隻鼠海豚及十五隻海豹，聽起來海豚貪吃的程度並不亞於白斑角鯊，其實他說的是虎鯨，已知海豚中最大的一種，有時身長超過二十四英尺。海豚科有十屬，而眼前這類海豚，特色在鼻吻極為窄長，比顱骨長四倍，身長三公尺，黑色背脊，粉白肚腹有幾許小斑點。

這片海域值得列舉的還有隸屬棘鰭目、石首魚科的特殊品種，有幾位作家，當然其中詩人多於自然學家，聲稱此魚歌聲婉轉，齊唱時猶如樂團，人類合唱團也望塵莫及。我不否認，只遺憾旅程中石首魚沒為我們唱首小夜曲。

最後一提顧問替大群飛魚所做的分類，話說沒有比看海豚百發百中追捕飛魚更稀奇的事了，無論飛魚飛躍範圍多廣、飛行曲線多高，甚至飛過鸚鵡螺號，就老是倒楣找上張口迎接的海豚。這些飛魚包括眞豹魴鮄或鳶魴魚，嘴巴會發光，入夜後，其飛越夜空劃下亮痕，再潛入深海，猶似絢爛流星。

就這麼航行至三月十三日，鸚鵡螺號準備進行我最感興趣的海底探測。

自太平洋上游出發以來，我們已走了一萬三千里格，目前測定方位在南緯四十五度三十七分、西經三十七度五十三分。昔日先驅號船長唐亨曾在這一帶海域投下探測深度達一萬四千公尺的探測器，卻未測及海底，而美國國會號驅逐艦艦長帕克中尉，也在此處投放一萬五千一百四十公尺的探測器，同樣未果。

尼莫船長決定出動鸚鵡螺號直搗最深處，整合前述相異的探測數據，我準備完整記錄探查結果，客廳蓋板已開，船開始潛入深不可測的水層。

可想而知，這回不能以加滿儲水槽的方式下潛，怕加不到鸚鵡螺號該有的比重，況且，浮上來時得排出超載的海水，幫浦動力也不夠抵禦外部水壓。

所以尼莫船長決定採對角線切入探尋海底，盡可能拉長路徑，讓船側斜板與鸚鵡螺號吃水線成四十五度角，再全速運轉螺旋槳，四枚葉片以無可言喻之勢猛力擊水。

如此強力推進下，鸚鵡螺號按速下沉水中，船殼如弓弦震顫，船長和我留守客廳，緊盯流體壓力計快速偏移的指針。不久，已潛離適合大部分魚群生存的水層。倘使只能存活海面或江河的魚類不多，那麼，能適應深海的就更少了。後者可觀察到六鰓鯊，白斑角鯊的一種，具六個呼吸孔；眼睛大得出奇的望遠鏡魚；披甲魴魚，後胸鰭灰色、前胸鰭爲黑，靠淺紅色骨片腹甲護體；最後是生活於一千二百公尺深海、承受一百二十個大氣壓力的鱈魚。

我問尼莫船長是否曾於更深的水層觀察過魚類。

「魚類？」他回答：「很少，倒是當今科學對深海有何推測或了解？」

「有的，船長。世人已知往底下水層，植物消失速度比動物快，知道某些尚見著動物的區域，已長不出水生植物，知道朝聖扇貝、牡蠣可生長於兩千公尺深水層，極區海域探險英雄麥克·科林托克就曾於二千五百公尺深處取得一隻活海星，皇家海軍鬥牛犬號的船員亦於二千六百二十英尋，即一里格多深處捕獲海盤車。尼莫船長，難道你想告訴我人們根本什麼也不知道？」

「不，教授，」船長答道：「我不至於如此無禮，但倒想問問，你怎麼解釋生物可存活如此深海之因？」

「原因有二，」我回應：「首先因鹹度及密度落差促使海水上下流動，此垂直水流，足以維持海百合及海盤車基本生存需求。」

「沒錯。」船長表示。

「其次，以氧氣爲生命基礎的前提下，大家都知道溶解於海水的氧氣量，越往深處累積越多而非越少，甚至低水層的壓力又使氧氣更濃縮。」

「啊！這也知道？」尼莫船長語帶詫異：「好吧！教授先生，既是事實，大家知道也合理。補充一點，的確，在淺層水面抓到的魚，魚鰾含氮量多過含氧量，反之，若是深水處捕獲的，則含氧量勝於含氮量，算是對你的論述提出佐證。那麼咱們繼續探測吧！」

我們目光轉回流體壓力計，儀器指出深度爲六千公尺，鸚鵡螺號靠活動斜板滑行，已持續下潛一小時。蒼茫深海晶瑩清澈，呈現難以描繪的透亮。又過一小時，抵達一萬三千公尺深，約三又四分之一里格，仍探測不到海底。

不過，到一萬四千公尺時，只見水中冒出數座黝黑山峰，形似喜馬拉雅山或白朗峰這種高山的峰頂，甚至更高，其山谷深度自是無從估量。

鸚鵡螺號雖然承受強大水壓，仍持續下沉，我能感覺鋼板螺栓接合處的震動，金屬支架開始彎曲，艙壁微顫，客廳玻璃窗因水壓逐漸內凹，這架堅固機器若非如船長所言像大塊實鐵堅不可摧，恐怕早撐不下去了。

船身沿著隱沒水底的岩坡下行時，還可見一些貝類、龍介蟲、活蹦亂跳的眶棘平鮋及幾種海盤車。但很快，最後幾種動物界代表也消失了，鸚鵡螺號已潛行超過海底生物存活的極限深度三里格，如同氣球升抵空氣層外，我們來到一萬六千公尺深，等同四里格，代表鸚鵡螺號船側承受一千六百個大氣壓力，也就是船體表面每平方公分得承受一千六百公斤的重量！

「太難得的景象了！」我驚叫：「沒想到竟能造訪從無人類涉足的深海底！你瞧，船長，瞧這些奇巖空穴，雖是地球最深處的居所，卻沒有任何生物生長！這樣聞所未聞的景致，爲何只能留在回憶中？」

「你想不想，」尼莫船長問我：「將美景帶走，而非只是留存腦海？」

「此話怎講？」

「意思是，幫這深海區拍張照片不就得了！」

還來不及表達這突如其來的提議多讓我驚喜，尼莫船長一聲召喚，照相機就送到客廳。壁板全部敞開，電光普照海水，人造光下不見陰影及模糊，太陽就難成這般利於拍照的光線。鸚鵡螺號螺旋槳持續推進，並依斜板角度控制船身保持不動。相機對準洋底景觀拍攝，幾分鐘後，即得到一張清晰的底片。

這是證明我來過這裡的證據，其上可見從未見天日的原始岩群、形成地球堅實基座的底層花崗岩、石堆間的深幽洞穴及無比清晰、描以黑邊的側影輪廓，頗似某些佛拉芒派藝術家的畫風，遠處山邊，則以優美曲折的山巒線為背景，群岩表面平順、黑亮、光滑，一點青苔、斑痕都沒有，奇形怪狀，穩穩矗立於因電光閃爍的細沙地毯，美景筆墨難以形容。

拍完照片後，尼莫船長表示：

「得上去了，教授先生，高壓環境不宜久留，也不好讓鸚鵡螺號暴露在此壓力下太久。」

「上去吧！」我答道。

「站穩了。」

我還不及反應船長叮囑的用意，就給摔在地毯上。

船長一聲令下，螺旋槳加快轉速，斜板垂直豎起，鸚鵡螺號像氣球升空，快如閃電上衝，破浪引起顫聲如雷，外頭情景晃眼而過，無法細看。原與海面相隔四里格之距，鸚鵡螺號四分鐘便穿越，如飛魚般衝出水面，落下時激起浪花沖天，高度驚人。

證明我來過這裡的證據

第十二章　抹香鯨與鬚鯨

三月十三日至十四日間，鸚鵡螺號繼續朝南方前進，我猜得至合恩角的緯度才會掉頭往西，返回太平洋，結束環球旅行。結果鸚鵡螺號沒這麼做，仍一路往南，究竟要去哪兒？極區？太瘋狂了。我開始認爲尼德·蘭對船長的不按牌理出牌備感擔憂不無道理。

加拿大人已好些日子沒同我提起逃跑計畫，他變得不愛說話，沉默寡言。我看得出這種無期徒刑壓得他多難受，甚至能感覺其日積月累的憤怒。他每回見到船長，眼神總燃起陰鬱怒火，害我一直擔心他那火爆個性會走極端。

三月十四日這天，顧問和他來房間找我，我問他倆登門拜訪有何貴事。

「只想問個簡單的問題，先生。」加拿大人答腔。

「請說，尼德。」

「你認爲鸚鵡螺號上有多少人？」

「我不知道，朋友。」

「我覺得，」尼德·蘭接著說：「駕駛這船不用很多人。」

「的確，」我回答：「若只算駕駛的人，可能頂多十來人。」

「是嘛！」加拿大人又問：「何以見得會有其他人？」

「何以見得？」我重複。

我盯著尼德·蘭，其意圖顯而易見。

尼德每回見到船長時……

「因爲，」我說：「若我料想不錯，若我對船長生活方式的理解不錯，那麼鸚鵡螺號不僅是船，可能還是提供打算像船長一樣，與陸地斷絕所有關係之人的避難所。」

「或許，」顧問說：「但鸚鵡螺號可收容的人數終究有限，先生能否估算最多能容納幾人？」

「怎麼估，顧問？」

「就計算一下，根據先生所知船的容積，可推算空氣含量，接著只要知道每人呼吸多少空氣，再將以上結果對照鸚鵡螺號每二十四小時浮出水面補充的空氣量……」

顧問話未說完，我已明白他的心思。

「我了解，」我開口：「其實算法不難，但只能算出約略數字。」

「沒關係。」尼德·蘭很堅持。

「算法是這樣的，」我答覆：「每人每小時消耗一百公升的含氧空氣，二十四小時就是二千四百公升，所以必須求出鸚鵡螺號儲有二千四百公升的幾倍空氣。」

「沒錯。」顧問回應。

「然而，」我又說：「鸚鵡螺號容積一千五百公噸，一公噸容積等於一千公升，所以鸚鵡螺號含有空氣一百五十萬公升，再除以二千四百……」

我很快用鉛筆計算：

「……所得數爲六百二十五，意味鸚鵡螺號的空氣量絕對足夠六百二十五人呼吸二十四小時。」

「六百二十五人！」尼德·蘭複述。

「但請放心，」我補充：「無論乘客、船員或職員人數，都不到這數字的十分之一。」

「對三個人來說還是太多了！」顧問嘀咕著。

「所以，可憐的尼德，只能勸你忍耐了。」

「不只忍耐，」顧問回答：「還得聽天由命。」

顧問著實一針見血。

「反正，」他接著說：「尼莫船長不可能老是往南走！極圈浮冰之前他總得停下，返回比較文明的海域！屆時，就有機會執行尼德．蘭的計畫。」

加拿大人搖搖頭，手撫前額，一言不發，逕自離去。

「先生恕我發表對他的看法，」顧問侃侃而談：「可憐的尼德老想著得不到的東西，念念不忘過往生活，對我們所有受限之處哀聲嘆氣，擺脫不了昔日回憶，變得鬱鬱寡歡。但我們得有同理心，他在這兒能做什麼？沒有。他不像先生是位學者，也不像咱們喜好研究海中美麗事物，自然只能為重回家鄉酒館奮不顧身了！」

看來習慣自由自在、冒險犯難的加拿大人當眞受不了船上的單調，很少有事能引起他的興致。不過這日，一起突發事件助他重溫美好的魚叉手時光。

早上十一點左右，於洋面航行的鸚鵡螺號湊巧闖入鯨群之間，遇上鯨群沒什麼好大驚小怪，因為我知道這些遭濫捕濫殺的動物為了避難，紛紛游往高緯度海域。

鬚鯨在海洋世界扮演的角色及對地理探勘的影響十分重大，正是鬚鯨先後引領巴斯克人、阿斯圖里亞人、英國人及荷蘭人，鼓舞他們力抗凶險惡海，帶著他們從地球此端至彼端。鬚鯨常常喜歡去南、北極海域，某些古老傳說甚至提到鯨類曾將漁夫引至離北極僅七里格遠的地方，即便不是事實，有一天也會成眞，人類很可能為追捕南極或北極海域的鯨魚，抵達地球這處未知之地。

我們在平台上坐著，海象平靜，雖是三月，但在這個緯度，卻如十月般秋高氣爽。指出東邊海平面有鬚

鸚鵡螺號湊巧闖入鯨群之間

鯨的正是加拿大人，他不可能弄錯。我們定神細看，只見黑色鯨背於波濤間起伏，與鸚鵡螺號相距五海里。

「啊！」尼德．蘭叫道：「如果開捕鯨船時遇見這玩意兒，我一定欣喜若狂！是個大傢伙呢！瞧牠鼻孔噴出水氣柱的力道多強！天殺的！爲何我要被綁在這塊鋼板上！」

「什麼！尼德，」我回他：「你還沒忘懷捕鯨舊事？」

「先生，捕鯨人怎麼可能忘記從前的絕活？遇到如此獵捕良機，又怎麼會無動於衷？」

「沒在這片海域捕過鬚鯨嗎？尼德？」

「沒有，先生。只在北極海附近捕過，就是白令海峽和達維斯海峽一帶。」

「所以你對南極的鬚鯨也很陌生，過去你捕捉的都是不敢冒險通過赤道暖水區的露脊鯨。」

「欸！教授，你說什麼來著？」加拿大人反問，語氣諸多懷疑。

「我說事實來著。」

「我也有事實佐證！不瞞你說，一八六五年，也就是兩年半前，我曾在格陵蘭島附近捉到一頭側身遭白令海峽捕鯨船魚叉刺中的鬚鯨。那麼請教牠在美洲西方被擊中後，若非繞過合恩角、好望角，再通過赤道，哪能死在東邊呢？」

「我與尼德兄想法相同，」顧問說：「期待先生的答案。」

「朋友們，先生的答案是鬚鯨有地域性，依品種居住不同海域，不會輕易離開，如果有鯨魚從白令海峽游至戴維斯海峽，純粹是因爲兩海域間存在通道，通道可能在美洲海岸，也可能在亞洲海岸附近。」

「該相信你嗎？」加拿大人瞇起一隻眼睛問道。

「應當相信先生。」顧問表示。

「這麼說，」加拿大人接話：「因爲我從未在這一帶捕過鯨，所以不認得常現身此海域的鬚鯨？」

我曾在格陵蘭島附近捕到一頭鬚鯨

「我就是這個意思，尼德。」

「那就更有理由好好認識一下了。」顧問慫恿道。

「你們看！你們看！」加拿大人激動叫嚷：「牠靠近了！朝我們來了！知道我奈何不了牠，正嘲笑我呢！」

尼德直跳腳，雙手發顫，揮舞著假想的魚叉。

「這裡的鯨魚，」他問：「同北極海的一樣大嗎？」

「差不多，尼德。」

「我見過的大鬚鯨，先生，有長到一百英尺的！且聽說阿留申群島的胡拉莫克島及恩加利克島甚至偶有一百五十英尺的出沒。」

「我覺得言過其實了，」我回答：「那不過是長著背鰭的鰛鯨，和抹香鯨一樣，通常比露脊鯨小得多。」

「啊！」加拿大人目不轉睛盯著海面大喊：「過來了，游進鸚鵡螺號勢力範圍了！」

然後接續剛才的話題：

「你把抹香鯨講得像什麼小動物似的！」他說：「但眞有抹香鯨大得驚人，這款鯨魚可聰明了，聽說，有些會以海藻及墨角藻覆體，結果被當成小島，人們在上頭居住、生火……」

「還蓋房子呢。」顧問接話。

「是的，笑匠，」尼德．蘭不干示弱：「然後有一天，這動物潛入水中，把全部居民拖進深淵。」

「跟《辛巴達歷險記》寫的一樣。」我笑著回應。

「哎呀！蘭師傅，看來你喜歡誇張的故事！剛提到的抹香鯨也太離譜！希望你別信以爲眞！」

「自然學家先生，」加拿大人一本正經：「凡與鯨魚相關之事都該信，瞧瞧眼前這頭，靈活曼妙、神出鬼沒！有人聲稱此動物繞地球一圈只需十五天。」

「我不否認。」

「但你恐怕不知，阿宏納先生，創世紀之初，鬚鯨游得更快。」

「喔！眞的嗎，尼德！爲什麼？」

「因爲從前牠的尾巴是橫擺的，像魚一樣，因垂直擺動幅度受限，只能左右來回擊水，但造物主發覺牠游太快，出手扭轉尾巴方向，從此鬚鯨便改成上下打水，速度也就跟著減慢了。」

「很好，尼德，」我拿加拿大人方才之言回敬：「該相信你嗎？」

「不必太認眞，」尼德．蘭答腔：「若我說有三百英尺長、一萬磅重的鬚鯨，就更不必認眞了。」

「那是眞的太誇張。」我回應：「但不得不承認有些鯨類生長驚人，因爲據說可提供一百二十公噸的鯨魚油。」

「這個，我倒見過。」加拿大人表示。

「這我願意相信，尼德，如同我相信某些鬚鯨相當於一百頭大象那麼大，想像一下此等龐然大物全速衝來將造成什麼後果！」

「牠們眞能撞沉船隻？」

「船隻，我認爲不，」我應道：「不過有人說一八二〇年，就在這帶南方海域，曾發生鬚鯨衝上埃塞斯號，逼得該船以每秒四公尺的速度後退，海浪從船後湧進，埃塞斯號幾乎是立刻沉沒。」

尼德．蘭望著我，表情嘲諷。

「我個人，」他道：「曾挨過一次鬚鯨甩尾，不用說我正在小捕鯨艇上，和伙伴們一起被拋了六公尺高，但與教授先生的鬚鯨相比，我那不過是頭鬚鯨寶寶。」
「這類動物長壽嗎？」顧問問。
「一千年。」加拿大人不加思索而答。
「你怎麼知道，尼德？」
「大家都這麼說。」
「大家爲何這麼說？」
「這誰都知道。」
「不對，尼德，大家並不知道，是推測的，推測背後的邏輯在於，四百年前漁夫第一次追捕鬚鯨時，其體型比今日大得多，所以人們合理假設今日鬚鯨體型不如以往是因其尙未完全長成，故百科全書作者布封伯爵才推論鯨類能夠也應該活到一千歲才對。你明白了吧？」
尼德．蘭不明白，他根本聽不進去，鬚鯨步步逼近，尼德虎視眈眈。
「啊！」他驚呼：「不只一頭，有十頭、二十頭，一整群！我卻被綁手綁腳，無計可施！」
「倒是，尼德兄，」顧問提議：「你怎不拜託尼莫船長讓你去獵捕呢？」
顧問話還沒說完，尼德．蘭已經從蓋板溜下船內，跑去找船長了。一會兒後，兩人一同登上平台。
尼莫船長仔細瞧了這群距鸚鵡螺號一海里遠處嬉戲的鯨魚。
「這是南鬚鯨，」他說：「夠讓許多捕鯨船隊發大財了。」
「那麼，先生，」加拿大人要求：「能否讓我追獵一下？純粹不想忘記我的魚叉手老本行罷了」
「只爲了毀滅而獵捕，何必呢？」尼莫船長回答：「船上又不做鯨魚油。」
「可是，先生，」加拿大人反駁：「你卻准許我們在紅海追捕儒艮！」

「當時是爲了給船員弄點新鮮肉食，現在卻爲殺而殺。我很清楚人類有殺生的特權，卻不允許把殺生當消遣。蘭師傅，你的同行殺害不傷人、性情溫和的南鬚鯨與露脊鯨，這種行爲該受譴責，也因爲他們在整個巴芬灣趕盡殺絕，害這種益獸瀕臨絕種。所以別打擾這些可憐鯨魚，就是你們不找麻煩，牠們的天敵也夠多了，抹香鯨、劍旗魚、鋸鰩都是。」

我能想像加拿大人上這堂道德課時的表情，對獵人說這些話，無異白費口舌。尼德·蘭望著尼莫船長，顯然聽不懂話中含意。不過，尼莫船長言之有理，捕魚人野蠻盲目的嗜殺，總有一天會使海洋最後一頭鯨魚消失。

尼德·蘭吹起口哨，曲調是《洋基歌》[3]，手插口袋，轉身背對我們。

尼莫船長仍盯著鯨群，接著對我說：

「我說鬚鯨除了人類還有其他許多天敵是對的，眼下這群正大敵當前，阿宏納先生，你看見下風八海里遠處那堆移動的黑點嗎？」

「有，船長。」我回答。

「那是抹香鯨，可怕的動物，我有時遇過兩三百條，成群結隊！這種殘忍兇惡的野獸，確實該格殺勿論。」

加拿大人聽到最後一句話，連忙轉過身來。

「那好！船長，」我道：「爲了鬚鯨著想，咱們還有時間……」

「用不著冒險，教授先生，鸚鵡螺號鋼製的船首尖角足以擊退抹香鯨，我想，威力應該不輸蘭師傅的魚

---

3 《洋基歌》：一首美國傳統歌曲，這首歌歌詞是帶有貶義的，尼德可能是想藉此激怒尼莫。

叉。」

加拿大人不客氣地聳聳肩，用船首尖角衝撞鯨魚！沒人聽過這種事吧？

「稍安勿躁，阿宏納先生，」尼莫船長表示：「你將見識一場聞所未聞的追獵，對付這種只長了嘴和牙的兇殘鯨類無須憐憫。」

嘴和牙！對身長有時超過二十五公尺的大頭抹香鯨而言，沒有更好的形容了。此鯨腦袋巨大，佔了身長約三分之一，相較上顎只長了幾簇鬚的鬚鯨，抹香鯨的武裝厲害多了，其擁有二十五顆大牙，牙長二十公分，牙尖呈圓柱狀或圓錐狀，每枚兩磅重。其大頭上半部以軟骨分隔的大腦腔裡，藏了三、四百公斤的珍貴魚油，名爲「鯨蠟」。抹香鯨長相醜陋，根據弗黑多教授之見，稱其魚，不如稱其蝌蚪，因身體構造不良，整片左側骨骼說「殘廢」並不爲過，眼睛也僅右眼可視。

這群醜八怪持續逼近，牠們發現鬚鯨，準備攻擊，可預見抹香鯨勝券在握，不光因爲其體型比溫和的對手利於戰鬥，還因爲能在水裡待較長時間，不必浮出水面換氣。

是時候拯救鬚鯨了。鸚鵡螺號潛行入海，顧問、尼德和我坐在客廳玻璃窗前，尼莫船長前去舵手旁邊，把潛水船當狙擊武器操作，不久，即感螺旋槳急遽轉動，船速加快。

鸚鵡螺號抵達時，抹香鯨與鬚鯨已開戰。鸚鵡螺號對這群大頭怪採砍殺戰術，起先，抹香鯨見新怪物加入戰局反應不大，但很快就不得不閃避攻勢。

多麼激烈的戰況！尼德．蘭瞬間熱血沸騰，拍手叫好。鸚鵡螺號簡直成了船長手裡揮舞的無敵魚叉，直衝腦滿腸肥的抹香鯨攔腰劈斬，留下身首異處的鯨魚殘軀在船後掙扎蠕動。抹香鯨尾鰭狠擊船側，鸚鵡螺號渾然無所覺，自身衝撞鯨群時，也不覺異常。解決一頭抹香鯨，立即奔向另一頭，爲免錯失獵物，尚可原地掉頭、前進、後退，依從船舵隨鯨魚潛入深水或浮上水面，正擊側攻、砍切撕扯，可怕的船首尖角可從四面

只長了嘴和牙

八方、以各種方法刺殺鯨群。

好一場血戰！海面何等翻騰！受驚動物的嘶鳴怒吼多麼淒厲！平時寧靜無波的水層，讓鯨尾攪得駭浪滔天。

這場荷馬史詩般的屠殺持續一小時，大頭鯨在劫難逃，鸚鵡螺號數次遭十或十二頭抹香鯨集結圍攻，試圖合力壓碎船身，從玻璃窗可見其森牙羅列的血噴大口及兇惡眼神，惹得尼德·蘭忍不住威嚇咒罵。船身一度遭逢緊攫之感，如狗群在樹林圍困野豬，不肯罷休。鸚鵡螺號卻僅催動螺旋槳，拖拉揣拽，或衝往上水層，從容面對鯨群千斤體重及推擠重壓。

終於，抹香鯨群四散逃逸，海水恢復平靜，船身似乎也重返海面，蓋板一開，我們立刻衝上平台。

海面滿是支離破碎的屍體，即便猛烈爆炸，也不具這般切割、撕裂、扯碎龐然肉身的威力，周圍漂浮的巨大鯨屍，背脊淺藍、肚腹灰白，偌大肉瘤遍身。幾頭驚魂未定的抹香鯨往海平線竄逃，染紅的波濤綿延數海里，鸚鵡螺號浮在血海之上。

尼莫船長也來了。

「還可以吧，蘭師傅？」他開口。

「很好，先生。」情緒平復的加拿大人回答：「實在怵目驚心，但我不是屠夫，我是獵人，這根本是屠殺。」

「被殺的是惡獸，」船長答道：「鸚鵡螺號並非屠刀。」

「我比較喜歡魚叉。」加拿大人回應。

「各人有各人的武器。」船長盯著尼德·蘭回話。

我很怕尼德按耐不住動粗，後果不堪設想，幸好鸚鵡螺號正靠近一頭鬚鯨，適時轉移他的怒火。

這頭鯨魚沒能逃過抹香鯨的利齒，我認出是一頭南鬚鯨，前額凹扁，一身漆黑，從解剖學得知其與露脊鯨、北大西洋露脊鯨差異在七塊頸椎骨完全接合，且比同類多了兩根肋骨。眼前這頭倒楣的鯨魚側臥水面，肚子千瘡百孔，一命嗚呼，受傷的魚鰭還吊著一隻沒能自殺戮中救出的幼鯨。張開的鯨嘴流出水來，潺潺作響，有如碎浪流過鯨鬚。

尼莫船長駕著鸚鵡螺號靠近鯨魚屍體，船上兩人爬上鬚鯨一側，我驚訝地看他們擠空母鯨乳房裡的奶水，約有二、三公噸。

尼莫船長遞給我一杯溫熱的鯨奶，我連忙表示不愛喝這飲料，他保證鯨奶味道極佳，口感與牛奶沒什麼不同。

喝完後，我同意他的說法，鯨奶是有益的儲糧，可製成鹹奶油或乳酪，能為日常飲食帶來些變化。

從那日起，我發現尼德·蘭對尼莫船長的態度越來越糟，令人擔憂，決定密切留意加拿大人的一舉一動。

第十三章　冰山

鸚鵡螺號直朝南行，沿著西經五十度快速前進，難道眞打算去南極？我不認爲，因爲迄今企圖至地球末端的計畫全數失敗，此外，季節也遲了，因爲南極大陸的三月十三日等於北極圈的九月十三日，已進入秋分時節。

三月十四日，我在南緯五十五度發現浮冰，雖僅是二十到二十五英尺長的灰白碎冰，卻足以構成暗礁，致海潮生波。鸚鵡螺號繼續行駛海面，曾於北極海域捕魚的尼德．蘭對冰山景觀並不陌生，顧問和我則是首度欣賞。

只見南方天際展開一道炫目的白色光帶，英國捕鯨人稱其爲「冰眨眼」，雲層再厚也遮蔽不了，預告即將出現大片堆冰或冰礁。

果然，不久後大塊浮冰現蹤，冰光隨雲霧變化而異，某些冰塊表面呈現綠色紋理，宛若硫酸銅描繪出的曲線，另有冰塊因光線透入，頗似大塊紫水晶。近處的冰晶體上無數切面反射晝光，遠處的則帶有石灰質那種強烈的反光效果，足以建造一整座大理石城鎭。

越往南走，漂浮的冰島越多越大，成千上萬的南極鳥類築巢於上，包括海燕、花斑鸌、海鸚鵡，叫聲震耳欲聾。有些海鳥把鸚鵡螺號當成鬚鯨屍體，飛來棲息，還不時啄得鋼板鏗鏘作響。

穿越浮冰航行期間，尼莫船長時常現身平台，聚精會神觀察這片荒涼海域，冷峻眼神偶爾流露興奮之情，是否正告訴自己，這人煙罕至、與世隔絕的極區海洋有家的感覺？或許。但他不發一語，立定不動，直到再度展現駕船本領時才恢復正常，他嫻熟駕馭鸚鵡螺號，巧妙閃躲冰塊撞擊，有些冰塊甚至長達幾英里，高達七、八十公尺。經常遠方海平面看來已是死胡同，南緯六十幾度的海面完全無路可走，但尼莫船長仍仔細探察，一發現窄口，立刻大膽鑽入，因為他很清楚通過後，窄道可能旋即於身後閉攏。

就這樣，鸚鵡螺號在妙手引領下穿越浮冰群，顧問則興沖沖按照冰塊形狀或大小精確分類，冰山或冰峰、成片無邊的冰原或冰田、漂流冰或浮冰、堆冰或碎冰田，環繞成圈的名為冰圈，長形塊狀的稱為冰流。

當地溫度很低，溫度計拿到船外測得零下二至三度，但我們身穿要價不斐的海豹或海獅皮衣，十分暖和，鸚鵡螺號內亦有電力恆溫暖器裝置，足以抵禦酷寒。再說，只需潛入水下幾公尺，即達人體可忍受的溫度環境。

若早兩個月來，這個緯度可體驗永晝，但現在已開始出現三或四小時的黑夜，再過一陣子，極區將陷入六個月的黑暗。

三月十五日，我們行經紐雪特蘭群島及南奧克尼群島的緯度線。船長告訴我，從前島上無數海豹成群，卻因英、美捕鯨隊趕盡殺絕，捕殺成豹及懷孕母海豹，讓原本生氣蓬勃之地，如今只剩死寂。

三月十六日，上午八點左右，鸚鵡螺號沿著西經五十五度橫越南極圈，沿途浮冰四面包圍，一路冰封至遠處海平線，但尼莫船長總有路走，就是有辦法找出通道。

「他到底要去哪兒？」我問。

「一直往前，」顧問答：「反正等無法再前進，他就會停了。」

「很難說！」我應道。

坦白說，我承認這段探險行程毫無冷場，這未竟之地，美景絕倫，令人嘆為觀止，言語難述。冰群姿態萬千，壯麗堂皇，這頭是一座東方之都，聚集無數清真寺尖塔及寺院，那頭又成一座彷彿歷經地震崩毀坍塌的城池廢墟。冰貌或受陽光斜照，或隱沒於暴風雪的灰濛霧氣，千變萬化從不停歇。而冰山爆裂、崩塌、傾倒隨處可見，場景紛變，宛如欣賞一幅立體透視畫。

當冰群平衡受到破壞時，鸚鵡螺號便潛入水中，崩裂巨響傳進水裡，聲勢嚇人，大堆冰塊落水引發可怕漩渦，範圍直達深水層，鸚鵡螺號跟著顛簸搖晃，如捲入驚滔駭浪間的棄船。

每每見前方無路可行，我心想鐵定受困，但尼莫船長端賴直覺，藉由觀察冰原流動的淺藍細流，線索再薄弱也能找出新通道，從未弄錯，我自然也免不了懷疑鸚鵡螺號來過南極海探險。

然而，三月十六日這天，冰田已完全擋住去路，眼前尚非冰山，而是遇冷凍結的廣闊冰原，這點阻礙擋不了尼莫船長，他以雷霆之勢衝向冰原，讓鸚鵡螺號如楔子卡入易碎的冰層，使其四分五裂，碎裂聲震天價響，簡直是台推力無限的古代攻城錘。拋飛高空的碎冰似冰雹落向四周，我們的船單憑推進力硬開出一條通道，有時衝上冰田，靠船身重量壓碎冰層，有時則潛至冰層底下，稍微搖晃船身，冰面立即裂開大口，順利斷開冰層。

這些日子裡，我們常受冰粒襲擊，有時濃霧瀰漫，站在平台兩端甚至不見彼此，而羅盤上任何一個位置都可能突然颳起暴風，積雪厚實到得靠十字鎬才能敲碎。只要氣溫降至零下五度，鸚鵡螺號外殼就會覆上一層冰，一般的帆纜索具無法使用，因爲滑車繩早被凍結在滑輪凹槽裡，唯獨不用風帆、煤炭，靠電力運作的船才對抗得了這種高緯度區域。

而此環境下，氣壓計顯示壓力通常很低，甚至掉到七十三點五公分，羅盤指示不再準確，越接近南磁極，胡亂擺動的指針越往反向轉，無法指向地理方位上的南方。其實，依挪威天文學家韓斯頓的說法，南磁極大約位於南緯七十度、東經一百三十度；而根據法國航海家杜貝黑的觀測，則是位於東經一百三十五度、南緯七十度三十分。因此得將羅盤移至船上不同位置，觀察數次，取得船所在方位的均值，但時常，依此估值記錄成的航跡很難令人滿意，因爲水道迂迴曲折，方位點也不斷變化。

最終於三月十八日，鸚鵡螺號經過二十來次突擊失敗後，看來眞得停下了，前方不再是冰流、冰圈、冰原，而是冰山彼此相連而成的屛障，綿延無盡、屹立不動。

「冰山！」加拿大人對我說。

我明白對尼德・蘭及先前來過的航海家，這是難以逾越的障礙。正午時分，陽光露臉片刻，助尼莫船長測得相當準確的數據，我們的位置在西經五十一度三十分、南緯六十七度三十九分，已來到南極區前端。

眼前已分不清海洋、水流的樣貌，鸚鵡螺號船首尖角底下展開一片遼闊、混雜不規則塊體的崎嶇平原，變幻莫測的凌亂景象，說明此乃昔日某條冰層崩塌前的河流表面，只是結冰範圍更廣。隨處可見尖峰、高達二百英尺的細冰針，更遠處則是灰白色澤的尖聳峭壁綿延，如大型鏡面，反射半浸雲霧的幾縷陽光。除此之外，這蒼茫天地靜得可怕，偶聞海燕或海鸚鵡振翅聲才勉強打破沉寂。一切都凍結了，連聲音也是。

所以，鸚鵡螺號只得停止探險航程，暫泊冰田。

「先生，」那日尼德・蘭對我說：「如果貴船長能走更遠……」

「那又如何？」

「就當眞是號人物。」

「怎麼說，尼德？」

「因為沒有人能闖越冰山。貴船長是厲害，但，天殺的，他厲害不過大自然！大自然已畫出界限，不論是否甘願都得留步。」

「的確，尼德・蘭，不過我眞想知道冰山後方是什麼！這道牆眞令人惱火！」

「先生說得對，」顧問開口：「圍牆生來只會激怒學者，任何地方都不該出現圍牆。」

「好啦！」加拿大人道：「冰山後頭有什麼，其實大家都知道。」

「冰山！」加拿大人對我說

「有什麼？」我問。

「冰啊，除了冰還是冰！」

「這部分你倒信誓旦旦，尼德，」我回話：「我卻不那麼肯定，所以才想過去看看。」

「哎呀！教授，」加拿大人答道：「放棄這念頭吧。抵達冰山就夠了，接著無論貴船長，或他的鸚鵡螺號都不可能再前進，不管願不願意，咱們都得轉道北走，也就是回到正常人住的國家。」

不得不承認尼德·蘭言之有理，只要可航行冰田的船還沒製造出來，冰山當前唯有止步。

果然，即使鸚鵡螺號開足馬力，使出渾身解數以求脫離冰層，卻仍動彈不得，平常無法前進時，離開退回原路即可，但這裡進退兩難，因爲船後航道已閉合，船只要稍微停留，通道立刻凍結。下午兩點左右，船側甚至以驚人的速度結出一層新冰，我必須承認尼莫船長這回駕駛實在太魯莽了。

我登上平台，船長觀察了一下情況後對我說：

「怎麼！教授，你覺得如何？」

「我覺得我們被困住了，船長。」

「困住！什麼意思？」

「意思是，我們不能前進、不能後退，也不能往任何方向，我想就叫做『困住』，至少有人煙的陸地上是這麼說。」

「所以，阿宏納先生，你認爲鸚鵡螺號無法脫身？」

「很難，船長，畢竟季節太遲，不可能指望解凍。」

「啊！教授，」尼莫船長揶揄道：「你老是這樣！眼裡只見障礙及險阻！我呢，向你保證，鸚鵡螺號不但能脫身，還要往更遠去！」

鸚鵡螺號動彈不得

「更往南走嗎？」我瞪著船長問。

「對，先生，去南極。」

「南極！」我驚叫，難掩懷疑神情。

「對！」船長冷答：「去南極，去這個地球所有經線交會的陌生之地。你很清楚我能讓鸚鵡螺號做我想做的事。」

沒錯！我了然於胸，我太清楚這人如何膽大妄爲！但戰勝南極沿途的重重困難，比去連最大膽的航海家都到不了的北極還難，此舉豈非瘋狂至極，癡心妄想！

我突然心生一念，問尼莫船長是否已發現尚無人類涉足的南極位置。

「沒有，先生，」他回應：「我們將一起發現，別人失敗，我不會失敗。雖然從未駕駛鸚鵡螺號到南極海域這麼遠的地方，但我重申，還會往更遠去。」

「我願意相信你，船長，」我調侃回道：「堅信不疑！勇往直前吧！咱們無堅不摧，直搗冰山！索性炸了它，再攻不下，就給鸚鵡螺號裝上翅膀，好從上面飛過去！」

「上面？教授，」尼莫船長平靜以對：「不從上面，是下面。」

「下面！」我嚷道。

船長脫口而出的計畫使我恍然大悟，我懂了，鸚鵡螺號將於此次非凡壯舉中，再度運用優勢。

「看來我們開始了解彼此了，教授先生，」船長露出一抹微笑：「那麼你多少可預見我誓言成功的可能性，一般船隻辦不到的，在鸚鵡螺號是輕而易舉。若南極出現陸地，只得在陸地前止步，相反的，若能潛行未凍結的海洋，就只管直奔南極。」

「的確，」我接續船長的論點，「儘管海面冰封，底下水層依舊流通，原因在於海水密度極大化時的溫度剛好比冰點高出一度，假如我沒弄錯，這座冰山沉沒部分與露出水面部分的比例是四比一吧？」

「差不多，教授先生。冰山露出水面一英尺，水底下就有三英尺，既然眼前這些冰山不超過一百公尺高，那麼水下頂多三百公尺，三百公尺對鸚鵡螺號算什麼呢？」

「不算什麼，先生。」

「甚至可潛入更深處尋找水溫恆定的水層，安然度過水面零下三十或四十度的低溫。」

「沒錯，先生，正是。」我興奮地回答。

「唯一的麻煩，」尼莫船長接著說：「是得長待水裡數日，無法更換空氣儲備。」

「就這樣？」我反問：「鸚鵡螺號有許多儲存槽，全部儲滿足以提供所需氧氣。」

「設想不錯，阿宏納先生，」船長微笑回答：「爲了避免你怪我魯莽，我得交代清楚所有疑慮。」

「還有疑慮嗎？」

「最後一個，南極如果有海，很可能完全冰凍，那我們就無法浮出水面！」

「是，先生，不過你忘了鸚鵡螺號擁有厲害的尖角，難道不能採對角線上衝，破冰而出？」

「呦！教授，你今天主意不少啊！」

「何況，船長，」我越說越起勁兒：「爲何不可能在南極遇上與北極一樣未結冰的海洋？無論南半球或北半球，冷極與地極都未重疊，所以，在出現反向例證前，大可假定地球兩極要不就是大陸，要不就是無冰層擋道的大海。」

「我也這麼想，阿宏納先生，」尼莫船長回答：「唯獨你得瞧瞧自己，先前對我的計劃諸多反對，如今竟搬出一堆正面理由來壓我。」

尼莫船長所言甚是，我終於放膽開口說服！是我拉他去南極、我超越他、將他拋在後方……當然不是！

可憐的癡人。尼莫船長比你更明白問題之利害，不過是見你在難以成眞的夢想裡打轉覺得好玩罷了。

但他未耽誤片刻，船副已依指令前來，兩人以我聽不懂的語言快速交談，船副可能事先知情，也可能覺得計畫執行無礙，表情未見一絲驚訝。

然而再怎麼無動於衷也比不上顧問的超然淡定，當我對這好孩子宣布打算挺進南極時，他只回一句「悉聽尊便」，我應該爲此感到開心。至於尼德．蘭，沒有誰的肩聳得比加拿大人高了。

「你知道，先生，」他表示：「你和你的尼莫船長，眞令我同情！」

「我們可是要去南極，蘭師傅。」

「或許去得了，卻一定回不來！」

尼德．蘭丟下一句「白忙一場罷了」，便離開回房。

無論如何，這項冒險計畫的準備工作已然展開，鸚鵡螺號的強大幫浦正將空氣灌入儲存槽，以高壓儲存。四點左右，尼莫船長通知我平台蓋板即將關閉，我看了這座快被穿越的厚實冰山最後一眼，天氣晴朗，空氣清新，冷颼颼的，零下十二度，幸好風勢停歇，才不覺低溫太難忍受。

十來名船員爬上鸚鵡螺號船側，拿著十字鎬敲碎船底周圍的冰，一會兒就清乾淨了，冰剛結成尙薄，除冰工作得以快速進行。我們全部回到船裡，常備儲存槽已裝滿未結冰的海水至吃水線高度，鸚鵡螺號即刻下潛。

我和顧問在客廳坐著，透過玻璃窗看到南冰洋的下層海域，溫度計數字上升，流體壓力計刻度盤上的指針開始偏移。

至三百公尺左右，如尼莫船長預料，我們已潛行浮動的冰山底下，然鸚鵡螺號繼續下沉至深度八百公尺，適才海面溫度爲零下十二度，目前不超過十一度，我們爭取回兩度，更別說鸚鵡螺號內部因暖氣設備，溫度始終高出船外許多。所有操作精準落實，無懈可擊。

「先生恕我直言，應該過得去。」

「我也這麼認為！」我以深信不疑的口氣回答。

鸚鵡螺號在未冰封的海底直奔南極，路線不偏離西經五十二度，從緯度六十七度三十分到九十度，還有二十二度半得走，意即至少五百里格。鸚鵡螺號採中速前進，時速二十六海里，等同特快車的速度，如保持這個速度，四十小時後可抵達南極。

入夜後，顧問和我為看新鮮在玻璃窗前待了一段時間，船燈照亮深海，但海裡空蕩蕩的，魚類僅借道自南冰洋游向南極海，並不停留這片幽閉海洋。我們這艘長船鋼殼震動劇烈，可知行進快速。

約莫凌晨兩點，我回房休息幾小時，顧問也是。經過走廊時未遇尼莫船長，我猜他應該在舵手艙。

翌日，三月十九日，清晨五點，我又回到客廳，只見電力計程儀顯示鸚鵡螺號已降至中速，此刻，正緩緩排空儲水槽，小心浮向海面。

我的心怦怦跳，我們即將浮出海面，呼吸南極的自由空氣了嗎？

不。一聲碰撞說明鸚鵡螺號撞到冰山底層，且撞擊聲低濁，表示冰層仍厚。其實，以航海行話來說，我們已經「觸礁」，但得轉個方向，不是海上，而是海下數千英尺深處。我們上頭是二千英尺厚的冰山，其中一千英尺露出海面，所以冰山高度實則超過我們在其邊緣測得的數值。情況有點不妙。

這一日，鸚鵡螺號反覆嘗試，卻屢次撞上頭頂那塊冰牆，有時撞擊深度為九百公尺，代表冰層厚度達一千二百公尺，其中二百公尺露出洋面。與鸚鵡螺號剛下潛時相比，高度已然加倍。

我仔細記錄不同深度，取得這道海底山脈的剖面圖。

到了晚上，情勢未變，冰層深度始終維持四、五百公尺，雖明顯變薄，但船身與洋面之間的冰層還是很厚！

八點鐘了，照每日習慣，鸚鵡螺號早在四小時前就該汰換船內空氣，不過儘管尼莫船長尚未下令釋出儲存槽的氧氣，我並不覺得難受。

這夜我輾轉難眠，受希望和恐懼輪番折騰，我起來好幾次，鸚鵡螺號持續摸索探測，大約凌晨三點，我發現冰山底層深度僅剩五十公尺，等於我們與海面相隔一百五十英尺，冰山逐漸變成冰原，山地又轉爲平地了。

我目不轉睛盯著流體壓力計，船身持續採對角線，沿著冰山底層上升，山底在電光下閃耀，海面上下的冰山坡度趨緩，冰層一海里一海里地變薄了。

最後，清晨六點，值得紀念的三月十九日，客廳門開了，尼莫船長出現。

「是未冰封的南極海！」他對我說。

尼莫船長出現

第十四章　南極

我衝上平台，真的！未冰封的南極海。除了幾塊零星浮冰、幾座浮動的冰山，遠近汪洋一片，天空飛鳥成群，水下游魚無數，海水色澤依深度由深藍變化成橄欖綠，溫度計顯示攝氏三度，冰山綿亙至北方天際，相較山前，藏在山後的簡直是春天。

「我們在南極了嗎？」我問船長，心怦怦跳。

「還不知道，」他回答：「中午才測方位。」

「但太陽能穿透這些雲霧嗎？」我望著灰濛濛的天說。

「露出一點就夠了。」船長應道。

鸚鵡螺號南方約十海里處，有座兩百公尺高的孤島，忌憚這片海域暗礁遍布，我們小心翼翼，驅船駛近。

一小時後，我們抵達小島，再過兩小時，已繞島一周，小島周長四至五英里，一條狹窄水道隔開了小島與大陸，抑或洲陸，總之望不見盡頭。這塊大陸存在似乎應證莫里的假設正確，這位聰明的美國學者確曾指出，南極與緯度六十度之間的海面受不曾於北大西洋出現過的巨大浮冰所覆，並據此提出南極圈擁有大片陸地的結論，因冰山無法於海中央形成，僅海岸邊才行。按照他的計算，覆蓋南極的冰群理應聚集而成範圍達四千公里的大冰帽。

可是鸚鵡螺號怕擱淺，先於離海岸三錨鏈遠處停下，海灘上怪石嶙峋，小艇投入海中，船長、兩名攜帶儀器的船員、顧問和我一同坐上小艇，時間是早上十點，我沒看見尼德．蘭，加拿大人一定不願承認南極存在。

划了幾下船槳，小艇靠近沙灘，擱淺停下，顧問正想跳上陸地，被我攔阻。

「先生，」我對尼莫船長說：「踏上這塊土地第一人的榮耀非你莫屬。」

「好，先生，」船長回答：「我會毫不遲疑踏上南極土地，也是因爲迄今尙無人類留下足跡。」

語畢，他輕輕跳上沙地，情緒激動，胸口起伏劇烈。他攀上一塊終端突出小岬角的岩石，佇立其上，雙臂環胸，目光如炬，站定沉默，彷彿已取得南極區的所有權。五分鐘後，才回神轉向我們。

「隨時上來吧，先生。」他對我高喊。

我跳下小艇，顧問跟在後頭，兩名船員留在艇上。

地面土質有很長一大段是呈淡紅色的凝灰岩，如搗碎的紅磚石，岩渣、熔岩流、浮石遍地，火山生成痕跡顯而易見，某些地方甚至輕噴火山氣體，散發硫磺味，證實地層底下火焰仍具爆炸威力。不過，待爬上一處高崖，方圓幾里內再不見任何火山，眾所皆知，詹姆斯．羅斯曾於南極地帶發現埃黑布斯及泰侯活火山口，座標是東經一百六十七度、南緯七十七度三十二分。

生長於這片荒涼大陸的植物看來十分有限，黑色岩石上覆蓋些許子囊松羅種的地衣，還有一些小嫩芽、幾種細胞藏身石英質貝殼裡的原始矽藻，另有紫紅及深紅的長墨角藻，原本附著於魚鰾，後被浪頭沖上岸，此區貧乏的植物圈組成分子僅止於此。

海岸則遍布軟體動物，小貽貝、帽貝、光滑的心型狀海扇，特別有菱蝶螺，身形細長附膜，頭由兩片圓耳葉構成。亦見許多北極菱蝶螺，長三公分，鬚鯨一口可吞下一大群。這些迷人的翼足類，堪稱海中蝴蝶，使這片未冰封海域沿岸饒富生機。

水中淺灘出現的植蟲動物則爲珊瑚樹，據詹姆斯．羅斯觀察，這類南極海域的珊瑚至水深一千公尺處仍

尼莫船長爬上一顆岩石

可存活，其次是屬夜光海燕種的小海雞冠、大量特別適應此氣候的海盤車與俯拾即是的海星。

然而，此處生機最豐富蓬勃的，當屬天空。天上有各式各樣、千百萬種鳥類翱翔飛舞，啼鳴聲震耳欲聾。岩石上停滿鳥兒，見人經過也不害怕，甚至親暱挨近我們腳邊。水裡還有敏捷靈活的企鵝，偶爾被誤認成游速快的金槍魚，一上岸立顯笨拙沉重。企鵝發出古怪叫聲，成群結隊，齊聚一堂，舉止拘謹，卻喧囂不歇。

我留意到鳥群中有屬涉禽科的鞘嘴鷗，如鴿般大小，白色，短錐喙，眼周一圈。顧問捉了當儲糧，因為這種鳥經悉心烹調，可成鮮美佳餚。天空飛過幾隻灰黑色的信天翁，翼幅四公尺，稱爲海上禿鷲實至名歸；另有巨海燕，其中一種胡兀鷲，弧形羽翼，嗜吃海豹；再有花斑鸌，是一種小鴨，背部黑白相間；最後乃一整批海燕，其中體色灰白的，翅緣呈棕色，體色淺藍的，則是南極海域特產，我向顧問描述後者：「油脂豐富，費侯耶群島的居民會很樂意替牠們裝上燭芯再點亮。」

「差不多是標準的油燈了！」顧問答腔：「既然如此，只能希望大自然先裝好燈芯！」

走了半英里，地面挖有許多企鵝巢，是企鵝下蛋的洞窟，許多企鵝鑽出巢穴，由於其黑肉可食，尼莫船長稍後命人獵捕百來隻。這種動物，叫聲似驢，體型如鵝，背色深灰，肚腹爲白，頸部鑲了一圈淺黃，傻傻讓石頭砸死，也不打算逃命。

然而，雲霧一直不散，都十一點了，絲毫不見太陽蹤影，太陽不露臉令人焦急，沒有太陽，就沒有進一步觀察的可能，又如何測定我們是否抵達南極？

我找到尼莫船長，發現他雙肘倚著岩塊，默默仰望天空，似乎有點煩躁，但能怎麼辦？這位果敢的強人可不能把太陽當大海那般掌控得宜。

正午時分，晝日片刻未現，我們甚至無從辨識太陽在霧幕後的方位。不久，雲霧轉爲降雪。

千百萬種鳥類

「明日再來。」船長丟下簡短一句話，我們便返回被紛飛雪花包圍的鸚鵡螺號。

我們離船期間，同時撒網入海，此刻剛拖網上船，我興致勃勃觀察捕獲的魚類。南極海域是眾多洄游魚類的避難所，魚兒雖躲過較低緯度區的暴風，往往又落入鼠海豚及海豹之口。我注意到南杜夫魚，長一公寸，軟骨類，灰白色身軀飾以青灰色條紋，武器是尖刺；其次乃銀鮫，長三英尺，身形狹長，表皮銀白光滑，圓頭，具三副背鰭，鼻部尾端成管狀，朝口彎曲，我嘗過這種魚肉，儘管顧問讚不絕口，我卻覺得平淡無味。

暴風雪到隔日仍未停緩，所以不可能上平台，我待在客廳紀錄這趟極地大陸歷險，邊聽著海燕及信天翁於風雪中嬉鬧的鳴叫聲。鸚鵡螺號不再停留，沿著海岸，在太陽掠過天邊留下的餘暉中又往南走了十幾海里。

次日，三月二十日，雪停了，外頭又更冷了一些，溫度計指著零下二度，濃霧終於散開，希望今天觀測順利。

尼莫船長還沒來，小艇先載顧問和我去陸地，陸地土質如常為火山土，到處是熔岩、岩渣、玄武岩的痕跡，卻未發現噴出這些東西的火山口。此處與先前情況類似，飛鳥無數，為這段南極大陸增添生氣，鳥禽尚與大群海生哺乳動物共享帝國，那溫和望著我們的是不同品種的海豹，有些平躺陸地，有些俯臥漂浮的冰塊上，幾頭上岸，幾頭潛回海中，因從未與人類打過交道，見我們靠近也不逃跑，估算其數量，大概可餵飽幾百艘船。

「謝天謝地！」顧問道：「幸好尼德．蘭沒跟來！」

「怎麼說，顧問？」

「因為那瘋狂獵人一定會把牠們全殺光！」

「說全部也太多，但我確信無法阻止咱們的好友加拿大人刺殺個幾頭美麗鯨類。尼莫船長又要惱火，畢竟他不會讓不傷人的動物慘遭殺害。」

「他是對的。」

「當然，顧問，不過，你還沒爲這些美妙的海生動物品種分類嗎？」

「先生很清楚，」顧問回答：「實務上我不甚在行，還請先生告知這些動物的名稱……」

「海豹和海象。」

「鰭足科下的兩屬，」博學的顧問立即接口：「食肉目、有爪類、單子宮亞綱、哺乳動物綱、脊索動物門。」

「非常好，顧問，」我讚道：「不過，如果沒記錯，海豹及海象這兩屬又可分好幾種，應該有機會親睹風采，走吧。」

早晨八點，距離有效觀測太陽之時刻還有四小時，我舉步前去海岸一處花岡岩壁圍繞的大海灣。那兒可說放眼望去，無論陸地或冰上盡是海生哺乳動物，我不自覺尋覓起神話中替海神涅普頓看守大批畜獸的老牧人波侯岱之身影。這裡海豹特別多，雌雄分群分工，父親守護全家，母親哺餵幼豹，幾頭年輕、較爲強壯的才獲准遠離幾步。這些哺乳動物想移動時，得靠收縮身體，笨拙地利用發育不全的鰭小跳躍前進，這鰭在同類海牛身上，可是實用的前臂。我得說牠們的構造非常適合在水中活動，其脊椎靈活、骨盆狹窄、皮毛短密、腳掌有蹼，是以泳技超群，而登陸休憩時，姿態優雅萬分，其容顏柔美、眼波流轉，連女人也失色，又圓潤明眸、風姿綽約、溫文儒雅，怪不得古人見了，將雄海豹喻爲特里同[1]、將雌海豹當成美人

---

1 特里同：希臘神話中海之信使，海神波賽頓之子，一般被形容為人魚的形象，上半身人型，下半身魚尾。

魚了。

我告訴顧問，這種聰明的鯨類腦葉極爲發達，除了人類，再無其他哺乳動物有如此複雜的大腦組織。因此，海豹可接受一定程度的教化，容易豢養，我與某些自然學家想法一致，認爲海豹經過適當訓練，可如捕魚犬般大有用處。

海豹大多在岩石或沙地上睡覺，確切來說，海豹並無外耳，與耳朵突出的海獅不同，我還發現幾頭長吻海豚的變種，長三公尺，毛色白，頭型似牛頭犬，上下顎各有十顆牙，上下排共四顆門牙及兩顆百合花狀的犬齒。此外，幾頭海象滑冰而過，其乃海豹的一種，擁有靈活短鼻，是同類中的巨人，腰圍二十英尺，身長十公尺，見我們靠近，動也不動。

「這不是危險動物吧？」顧問問我。

「不，」我答：「除非有人主動攻擊。海豹爲保護幼子，暴怒起來很可怕，將捕魚船撞成碎片時有所聞。」

「情理之中。」顧問回應。

「同意。」

又走了兩英里，我們被一道爲海灣抵擋南風的岬角擋住去路，其矗立海邊，浪頭回襲，激起泡沫飛濺。該處突然傳來如反芻類動物群聚齊發的巨吼聲。

「好了，」顧問道：「莫非是公牛大合唱？」

「不，」我說：「是海象大合唱。」

「這是在打群架嗎？」

「打架或嬉鬧吧。」

「勞煩先生，最好去看看。」

「是該去看，顧問。」

於是我們翻越黝黑岩群，沿途不時有石塊崩落，冰雪令石塊異常滑溜，我不止滑倒一次，弄得腰酸背痛，倒是顧問，可能比較小心或較結實，完全沒摔跤，他扶起我，說道：

「先生願意的話，撐開雙腿行走較能保持先生平衡。」

待登上岬角脊頂，只見一片白皚皚的遼闊平原，到處是海象，這些動物正成群玩耍，所以是高興的嘶鳴，而非怒吼。

海象的體型和肢體構造類似海豹，惟下顎不具犬齒和門牙，而上顎的犬齒，則是兩顆長達八十公分的巨牙，齒槽周長達三十三公分，牙質緊密無紋，較象牙堅硬，變黃速度較慢，非常珍稀。因此，海象遭到盲目獵殺，獵人不分懷孕母豹或幼豹，格殺勿論，每年屠殺數量超過四千頭，幾乎瀕臨絕種。

走過這些奇妙動物身邊時，牠們也不離開，我得以從容視察，其表皮粗厚，膚色是偏紅的黃褐色，皮毛短而稀疏，某些身長達四公尺，比北極區的同類安靜適意，並未遴選守衛監視地盤周遭動靜。

觀察完海象城，我心想該打道回府了，現在是十一點，若尼莫船長覺得條件具備，適合觀測，我希望他操作時我能在場。然而，仍不敢奢望今日太陽露臉，因爲天邊雲層低垂，完全遮蔽視線，太陽似乎起了妒意，不願展現地球未竟之地，讓人類一窺奧秘。

儘管如此，我還是打算回鸚鵡螺號，我們沿著崖頂窄坡下行，十一點半抵達下艇的地點，小艇停擱岸邊，船長已上岸，只見他站上一塊玄武岩，儀器已備妥在旁，他盯著北方天際，太陽已在那附近畫出一抹長弧線。

我站在他身邊，靜靜等候，正午到了，跟昨天一樣，太陽仍未探出頭。

天不從人願，觀測再度泡湯。明日若無法完成觀測，只得放棄測出我們方位的計畫。

因爲，今日恰好是三月二十日，明天二十一日乃春分，太陽將隱沒地平線下六個月，無法計算折射角度，並從消失日起開始漫長永夜，直到九月秋分再從北方天際升起，路線猶如長螺旋線，然後一直待到十二月二十一日。這時正當北極區夏至，太陽開始下降，明日應是最後看到日光之時。

我把自己的想法和顧慮告訴尼莫船長。

「你說的對，阿宏納先生，」他對我說：「若明日測不到太陽高度，接下來六個月便無法作業，然而，正因此趟航行機緣湊巧，抵達這片海域的時間恰好遇上三月二十一日，只要正午太陽一出現，測得我所在方位非常容易。」

「爲什麼，船長？」

「因爲，當太陽位於長螺旋線路徑上時，很難準確測出其距海平線的高度，儀器可能出現嚴重誤差。」

「那該怎麼辦？」

「用天文鐘即可，」尼莫船長回覆：「假設明天，三月二十一日正午，能計算出日輪折射角度正好與北方地平線相切，就表示我在南極。」

「不錯，」我說：「但如此斷言，就數理上來說並不精確，因春分時刻不見得落在正午。」

「當然，先生，但誤差不超過一百公尺，我們也用不著這麼精確。那麼，明天見了。」

尼莫船長回到船上，顧問和我繼續待到五點，在海灘上走動、觀察研究，沒拾得什麼新奇東西，唯獨有顆企鵝蛋大得驚人，說不定有收藏家願意出超過一千法郎收購，淺栗色蛋面上呈現類似象形文字的紋理及符號，堪成稀奇珍玩，我將蛋放在顧問手裡，這謹愼的孩子步伐穩妥，像捧著珍貴中國瓷器般，完好無缺帶回鸚鵡螺號。

上船後，我將這顆稀奇蛋放進博物館櫥窗裡。晚餐胃口大開，吃下一塊美味無比的海豹肝，口感類似豬肉。餐後回房就寢，閉眼前還像印度人一樣，祈求太陽明日不吝賞光。

第二天，三月二十一日，清晨五點，我登上平台，尼莫船長已在上頭。

「天氣晴朗些了，」他開口：「我覺得很有希望，吃過早餐，我們登陸選個好位置觀測。」

約好後，我去找尼德．蘭，想拉他一起去，卻被頑固的加拿大人拒絕，看得出來，他日益沉默，壞脾氣也變本加厲，但這回他執意不去我倒不覺得可惜，畢竟，陸地上海豹實在太多，不該讓他受這種誘惑。

用完早餐，我前往陸地，鸚鵡螺號昨夜又上行了幾海里，船停泊海面，距岸邊整整一里格，岸上矗立一座四、五百公尺的尖峰。小艇載著我和尼莫船長、兩名船員、幾樣儀器，即天文鐘、望遠鏡和氣壓計。

當船行經海面，我看見許多屬於南極海域特有的三種鬚鯨，分別是無背鰭的露脊鯨，英文是「right whale」；座頭鯨，乃腹部有皺褶的鰮鯨，擁有寬大灰白色魚鰭，名字雖有翅膀之意，但魚鰭並未形成飛翼；及長鬚鯨，黃棕色，是鯨類中最靈活的，這強壯動物高噴水氣柱時，猶如煙霧盤旋，老遠就能聽見聲音。不同類型的哺乳動物在這片寧靜汪洋成群嬉鬧，可見南極海域如今已成鯨魚躲避人類濫殺的避難所了。

此外，亦見灰白細長的樽海鞘，一種聚生軟體動物，及在波濤漩渦間浮游的大水母。

九點整，小艇靠岸，天空逐漸明亮，雲層往南飄動，冰冷海面上的霧氣跟著消散，尼莫船長朝一處尖峰走去，想必打算於該處進行觀測。於銳利熔岩與浮石上攀爬十分費力，不時還會聞到空氣中瀰漫火山含硫氣體。以船長這位長久不踩踏陸地的人，爬起陡峭斜坡仍十分靈活矯健，別說我自嘆弗如，恐怕連專門追捕庇里牛斯山山羊的獵人也望塵莫及。

我們花了兩個鐘頭，才抵達這半斑岩半玄武岩組成的岩峰頂，從高處下望，汪洋盡收眼底，往北方天際畫出一道清晰的海平線。腳下是眩目的銀白平原，頭頂天色蔚藍，雲霧消散，現蹤北方的日輪，如遭水平線

攀爬十分費力

利刃削去一角的火球，海水中央噴出上百束壯觀水柱，鸚鵡螺號似沉睡的鯨魚停在遠處，而我們身後東南方向，有塊遼闊陸地，亂石及冰塊遍布堆積，不見邊際。

尼莫船長登上岩峰，拿氣壓計仔細測量高度，因爲觀測結果須將岩峰高度計算在內。

差一刻就正午了，此刻只能依折射光判斷太陽已現身，如一只金輪，將最後光芒灑落這塊遺世大陸及尚無人跡的大海。

尼莫船長利用鏡面可校正折射光的十字準線望遠鏡，觀察沿著一道長對角線逐漸沒入水平線的太陽，我拿著天文鐘，心跳得厲害，如果日輪半隱之時正好與天文鐘上的正午時刻吻合，就確定我們身處南極了。

「是正午！」我大叫。

「是南極！」尼莫船長回應，語氣慎重，一邊給我望遠鏡，可看見水平線從太陽正中劃過。

我注視著岩峰上最後一抹陽光及逐漸爬上斜坡的陰影。

這時尼莫船長搭著我肩頭道：

「先生，一六〇〇年，荷蘭人傑里特克被狂浪暴風捲至南緯六十四度，發現紐雪特蘭群島。一七七三年一月十七日，著名的庫克沿著東經三十八度直抵南緯六十七度三十分，又於一七七四年一月三十日，抵達西經一百零九度、南緯七十一度十五分。一八一九年，俄國人貝林格森來到南緯六十九度，一八二一年再抵南緯六十六度、西經一百一十一度。一八二〇年，英國人布魯斯菲爾受阻於南緯六十五度，同年，美國人莫瑞勒自西經四十二度上溯，於南緯七十度十四分發現未冰封之海，但他所言未必可信。一八二五年，英國人鮑威爾至南緯六十二度止步，該年，英國人威德爾，一名普通的獵海豹漁夫，長驅至南緯七十二度十四分、西經三十五度，最遠達南緯七十四度十五分、西經三十六度。一八二九年，英國人福斯特，雄雞號船長，佔領南緯六十三度二十六分、西經六十六度二十六分範圍的南極大陸。一八三一年二月一日，英國人畢斯戈於南緯六十八度五十分發現陸地恩德比，一八三二年二月五日，再於南緯六十七度發現陸地阿德勒，二月二十一日又於南緯六十四度四十五分尋得陸地葛哈虹。一八三八年，法國人杜蒙．杜維勒於南緯六十二度五十七分的冰山前停下，測得陸地路易．菲利普的方位，兩年後的一月二十一日，又替南方一處新發現的岬角陸地命名爲阿德利，座標是南緯六十六度三十分，八日後，再於南緯六十四度四十分發現克拉里海岸。一八三八年，英國人威克斯沿著東經一百度闖至南緯六十九度。一八三九年，英國人巴連尼在極圈邊界發現陸地撒布里納。最後，一八四二年，英國人詹姆斯．羅斯攀上埃黑布斯及泰侯活火山口，一月十二日，找到位於南緯七十六度五十六分、東經一百七十一度七分的陸地維多利亞，同月二十三日，測得當時所及最高點南緯七十四度，二十七日他到達南緯七十六度八分，二十八日，到七十七度三十二分，二月二日，到七十八度四分，一八四二年，他回頭至南緯七十一度後，無法再前進。而如今，我，尼莫船長，一八六八年三月二十一日，抵達位於南緯九十度的南極，擁有這塊人類所知第六大洲的土地所有權。」

「以誰之名命名，船長？」

「以我之名，先生。」

說著，尼莫船長攤開一面黑旗，薄布上印有金黃色字母N。接著，轉身面對最後一道光芒正輕觸海平面的太陽

「再會，太陽！」他高喊：「消失吧，閃耀之星！在這片未冰封之海好好睡上一覺，讓永夜暗影籠罩我的新領地六個月吧！」

「再會，太陽！」

第十五章　事故或突發事件

翌日，三月二十二日，清晨六點，鸚鵡螺號開始為起程離開做準備，最後的暮光遁入黑夜，天氣更顯冷冽，群星璀璨，亮度驚人，動人的南十字星於天頂閃耀，是南極區的極星。

溫度計顯示零下十二度，寒風刺骨，原本流動的水面，浮冰越積越多，海水各處逐漸結凍，灰黑薄冰一層層鋪上海面，表示新冰層即將成形。顯然，南極海域將進入六個月的冬季冰封期，勢難通行。這段期間鬚鯨何去何從？想必將自冰山底下游離，尋找適合落腳的海域。至於早習慣生活於惡劣氣候下的海豹及海象，則繼續待在冰凍海岸，這些動物天生擅長於冰原挖洞，還能保持洞口暢通，以利透過洞口呼吸；當鳥類受寒冷所迫往北遷徙時，那些海生哺乳動物便成了南極大陸唯一的主人。

此刻，儲水槽已裝滿水，鸚鵡螺號緩緩沉至一千英尺深才停止下潛，螺旋槳拍擊浪潮，以每小時十五海里的速度朝北直行，傍晚已行駛於冰山廣闊的冰殼下方了。

為求謹慎，客廳壁板完全關閉，因為鸚鵡螺號船殼難免碰撞沉落水底的冰塊。所以，我利用這天全心整理筆記，南極回憶充盈我心，我們猶如乘坐漂浮車廂滑行鐵道，輕鬆安然抵達無人涉足之地，現下，當真是歸途了，返程是否也為我保留類似的驚喜？我想有的，海底奇景總是接連不斷，豐富無窮！然而，從五個半月前我們碰巧被丟上船以來，已遠渡重洋一萬四千里格，航程比赤道線還長，多少或新奇或可怕的突發事件使這趟旅程令人回味再三：葛赫斯柏島森林狩獵、托赫斯海峽擱淺、珊瑚墓地、錫蘭採珠、阿拉伯隧道、聖托里尼島火山、維哥灣百萬珍寶、亞特蘭提斯、南極！夜裡，夢中輪番出現種種記憶，大腦一刻不得安歇。

清晨三點，我被一陣猛烈撞擊驚醒，我起身坐在床上，摸黑細聽，突然，整個人被拋落艙房中間。顯然，鸚鵡螺號碰上了什麼，造成劇烈傾斜。

我靠著船壁，慢慢沿著走廊來到客廳，廳裡燈火通明，家具東倒西歪，所幸，玻璃櫃四腳釘實，穩如泰山，因船身傾斜不垂直，導致右牆掛畫緊貼壁毯，左牆掛畫則偏離壁毯下緣一英尺，顯示鸚鵡螺號向右倒，已然動彈不得。

船內傳出腳步聲及嘈雜人聲，卻不見尼莫船長出現，我正想離開客廳，尼德．蘭及顧問剛好進來。

「怎麼回事？」我連忙詢問。

「我就是來問先生的。」顧問回答。

「天殺的！」加拿大人叫嚷：「這我最清楚不過！鸚鵡螺號觸礁了，根據傾斜的狀況判斷，我不相信能像頭一回在托赫斯海峽那樣脫身。」

「但至少，」我問：「能回到海面吧？」

「我們無從得知。」顧問應道。

「其實不難得知。」我回答。

我一看流體壓力計，大吃一驚，上頭顯示深度三百六十公尺。

「怎麼會這樣？」我驚呼。

「恐怕得問尼莫船長。」顧問表示。

「問題是上哪兒找他？」尼德．蘭問。

「跟我來。」我對兩位同伴說。

我們離開客廳。圖書室，沒人。中央樓梯、船員值班室，沒人。我猜尼莫船長可能在舵手艙，不如再等等，於是三人又回到客廳。

我就不提加拿大人如何咒罵，他既借題發揮，我便任其盡情發洩火爆脾氣，不回應半句。

我們試圖聽取鸚鵡螺號內傳出的些微聲響，如此過了二十分鐘，尼莫船長才走進來，似乎沒看見我們，向來沉著冷靜的臉龐流露些許不安，他靜靜查看指南針、流體壓力計，接著指向平面圖上南極海域範圍內的一點。

我不想打斷他思考，直到稍後他轉向我時，才拿他於托赫斯海峽用過的詞反問：

「突發事件嗎，船長？」

「不，先生，」他回應：「這次是事故。」

「嚴重嗎？」

「或許。」

「有立即的危險？」

「沒有。」

「鸚鵡螺號擱淺了？」

「對。」

「擱淺是因爲……？」

「因爲大自然一時興起，非人爲疏失，即使操作無誤，也不見得能阻止平衡法則產生的效應，人類律法可違抗，自然界律法卻抗拒不得。」

尼莫船長挑這時刻闡述哲學理念還眞妙，但總之，他的答覆於我無益。

「我能否知道，先生，」我追問：「事故發生的原因？」

「一個巨大冰塊，一整座冰山，翻過來了。」他答道：「當冰山底部遭較熱的水流消融或被反覆撞擊時，重心就會上移，然後大轉身，翻個筋斗，就這麼回事。翻轉時剛好有塊冰擊中在水底行駛的鸚鵡螺號，又滑至船底，以不可抗拒之力將船往上頂，推至密度較小的水層，導致船體傾斜側臥。」

「難道不能排空儲存槽使船身重新恢復平衡，好讓鸚鵡螺號脫身？」

「正在進行，先生，你可聽到幫浦運作的聲音。從流體壓力計指針看來，鸚鵡螺號持續上浮，但冰塊也跟著上浮，直到出現障礙物阻擋冰塊上升，才能改變我們的處境。」

確實，鸚鵡螺號仍舊朝右傾斜，毫無疑問，只有當冰塊停止上升，船身才能拉直，但誰知那時會不會又撞到冰山上端，會不會困在兩層浮冰之間，遭遇可怕擠壓？

我思索各種結果，尼莫船長不停查看流體壓力計，鸚鵡螺號自碰上冰山翻落後，已上浮一百五十英尺左右，傾斜角度卻始終不變。

突然，船殼一陣輕微震動，顯然，鸚鵡螺號拉直了一點，客廳裡懸著的東西明顯歸位，壁板角度接近垂直。現場沒人出聲，大家都很緊張，也看到及感覺到船身拉直，腳下的地板恢復水平。十分鐘過去了。

「總算直了！」我直呼。

「是。」尼莫船長邊說邊走向廳門。

「繼續潛行嗎？」

「當然，」他回應：「儲水槽尚未排空，一旦排空，鸚鵡螺號就得浮上海面了。」

船長出去了。不久，我便發現在他命令下，鸚鵡螺號停止上升。其實，上浮隨時可能撞上冰山底部，還是待在水裡爲佳。

「我們僥倖脫險了！」顧問這麼說道。

「沒錯，我們原可能遭冰塊壓碎，或起碼受困，然後無法更新空氣……沒錯！我們僥倖脫險了！」

內。

「最好一了百了！」尼德．蘭嘀咕著。

我不想與加拿大人做無謂的爭論，所以沒接話，剛好壁板又開啓，外頭光線透過未遮蔽的玻璃窗湧進船內。

如同方才所言，我們身處水中，只是距鸚鵡螺號方圓十公尺，矗立一道眩目冰牆，船的上下方也有。上方冰牆其實是冰山底層，宛如寬闊天花板，而下方冰牆則是翻轉後的冰山塊冰，慢慢滑動，最後於牆側找到兩個支撐點卡住不動。鸚鵡螺號進入一條名副其實的冰隧道，寬約二十公尺，水波平靜。所以只須往前或往後便能輕易離開隧道，再潛行至冰山下方數百公尺，即有通道可走。

客廳天花板的燈已關，卻因冰壁強力反射船燈光線，室內仍明亮如晝，恣意鑿切的大塊冰面反射出的電光效果筆墨難以形容，每個角度、稜面，依冰塊本身的紋理，散射多樣光影，如一座璀璨的寶石礦山，尤其可見藍寶石與翡翠石之藍綠光芒相互輝映，在柔美細緻的乳白色調映襯下，點點亮光似晶鑽閃耀，肉眼難以逼視。船燈儼然頂級燈塔裡靠透鏡聚光的燈泡，亮度倍增。

「好美！太美了！」顧問讚嘆。

「是啊！」我說：「美不勝收，對不對，尼德？」

「呃！對，確實天殺的壯觀！」尼德．蘭答腔：「眞恨自己不得不承認。此景空前絕後，但我們也付出很大代價才見到，若眞要我說，我想咱們此刻所見是上帝不許人類入眼的東西！」

尼德說得對，這美是有點令人招架不住，突然，顧問大叫一聲，我轉過身。

「怎麼了？」我問。

「先生快閉上眼睛！先生請別看！」

顧問邊說邊火速摀住雙眼。

「你怎麼了，孩子？」

「我眼花，看不見了！」

我不由得朝玻璃窗望去，卻也經受不住迎面而來的強光。

我知道箇中原因，鸚鵡螺號剛才轉為高速前進，所以冰牆原本靜止的光芒變成閃動的亮光，猶如無數寶石瑩光交織，鸚鵡螺號在螺旋槳驅動下，一遊閃電通道。

客廳壁板於是關起，我們繼續遮著雙眼，視網膜前浮現同心圓光圈，與直視烈陽後的反應雷同，需要些許時間來減緩眼花。

末了，我們慢慢放下雙手。

「天啊！以前我可不敢相信。」顧問道。

「現在我也不敢相信！」加拿大人回應。

「等我們返回陸地生活，」顧問接著說：「見慣大自然奇景的我們，該如何面對陸地的乏善可陳及不起眼的人造物！人類世界實在微不足道！」

這喜怒不形於色的佛拉芒人嘴裡竟說出這樣的話，足見我們心情多麼興奮澎湃，加拿大人卻趁機潑冷水：

「人類世界！」他搖搖頭說：「冷靜點，顧問兄，我們又回不去！」

這時是清晨五點，鸚鵡螺號船頭撞了一下，我知道是撞到冰塊，應該是操作失誤，畢竟隨處可見冰塊的海底隧道可不容易航行。所以我想尼莫船長會改變路線，繞過障礙物或順著蜿蜒隧道駕駛，總之，前進勢在必行。但是，出乎我意料之外，鸚鵡螺號顯然正在倒退。

「我們在後退嗎？」顧問開口。

「對，」我答：「想必隧道這頭沒路了。」

「那怎麼辦？」

「這個，」我說：「辦法很簡單，我們照原路倒退，走南邊出口離開，就這樣。」

我說得篤定，實則不然，而鸚鵡螺號倒退速度加快，螺旋槳反向轉動，載著我們高速前進。

「恐怕沒這麼快脫困。」尼德說。

「快幾小時或慢幾小時無所謂，能出去就好。」

「是啊，」尼德·蘭重覆道：「能出去就好。」

我在客廳及圖書室間來回踱步了好一會兒，二位朋友只坐著不吭聲，不久我也陷進長沙發，拿本書心不在焉地亂翻。

一刻鐘後，顧問靠近我問：

「先生讀的書有趣嗎？」

「很有趣。」我回答。

「我想也是，先生讀的是先生自己的書！」

「我的書？」

沒錯，我正拿著本人著作《海底大蒐秘》，還真沒想到。我闔上書再起身走走，尼德·蘭與顧問也站起來打算離開。

「留步，朋友們，」我攔住他倆：「我們一起待到離開這條死路吧！」

「悉聽尊便。」顧問回答。

幾小時過去了，我經常留意懸掛客廳牆上的儀器，流體壓力計顯示鸚鵡螺號持續於三百公尺深處航行不變，指南針始終指向南方，計程儀標明時速二十海里，在這樣狹窄的空間，算有點超速。不過，尼莫船長自然清楚急不得，此刻，幾分鐘猶如幾世紀那麼長。

八點二十五分發生第二次碰撞，這次是船後方，我臉色發白，兩位友人到我身邊，我抓住顧問的手，彼此以眼神探詢，似乎比言語傳達更直接。

這時，船長走進客廳，我迎向前：

「南邊的路堵住了？」

「對，先生。冰山翻轉後堵住所有出口。」

「我們被困住了？」

「對。」

第十六章　缺少氧氣

於是，鸚鵡螺號四周，無論上方下方，皆是穿不透的冰牆。我們成了冰山的囚徒了！加拿大人狠狠捶著桌子，顧問默默無語，我望著船長，他的神色恢復冷峻如常，雙臂環胸，陷入沉思。鸚鵡螺號完全不動了。

接著，船長說話了。

「先生們，」他心平氣和地說：「依我們目前處境，會有兩種死法。」

這令人猜不透的傢伙，一副數學教授對學生演練算式的模樣。

「第一種，」他接著說：「被壓死。第二種，窒息而死。我不提餓死的可能，因爲鸚鵡螺號的存糧肯定撐得比我們久，所以只需擔心壓死或悶死。」

「悶死一項，船長，」我答：「大可無虞，因爲儲氣槽是滿的。」

「沒錯，」尼莫船長表示：「但也只夠兩天，且我們潛水了三十六小時，鸚鵡螺號內空氣早已混濁，必須換氣。四十八小時後，空氣儲備將消耗殆盡。」

「那好！船長，咱們得在四十八小時前脫身！」

「我們至少會嘗試鑿穿周圍冰牆。」

「從哪一面？」我問。

「探測器會告訴我們。鸚鵡螺號將停靠下層浮冰表面，我再派人穿潛水衣從冰山最薄的那面開始鑿穿。」

「可以打開客廳壁板嗎？」

「當然可以，反正也走不了。」

尼莫船長離開客廳，不久傳來哨音，我知道水開始灌入儲存槽，鸚鵡螺號漸漸下沉，停落三百五十公尺深的冰層底，即下層浮冰受海水淹沒的深度。

「朋友們，」我說：「事態嚴重，但我相信兩位的勇氣和力量。」

「先生，」加拿大人回答：「我可不會在這時候怨聲載道惹你心煩，爲了大家得救，我願意做任何事。」

「很好，尼德。」我緊握加拿大人的手說道。

「還有，」他又說：「我十字鎬用得跟魚叉一樣順手，只要能助船長一臂之力，我願聽其差遣。」

「他一定不會拒絕你的幫忙，來吧，尼德。」

我帶加拿大人到更衣室，鸚鵡螺號的船員正在裡面穿潛水衣，我把尼德的意思轉達船長，他欣然接受。加拿大人穿起入海的服裝，隨即像工作夥伴一樣做好準備。每人背有胡嘉侯儲氣瓶，裡面灌滿取自儲存槽的乾淨空氣，這對鸚鵡螺號的儲存槽而言是一大開銷，卻是必要支出。至於倫可夫探照燈，在電光充足明亮的海中並無用武之地。

待尼德準備妥當，我返回客廳，壁板已開，我站在顧問旁邊，研究起周遭支撐鸚鵡螺號的冰層。

幾分鐘後，只見數十名船員踏上浮冰，其中尼德·蘭人高馬大，很好認，而尼莫船長也在。

開始挖牆之前，他先派人進行探測，確定施工方向正確。長探測器插入上方冰層側邊，測至十五公尺處仍遇厚冰牆阻擋，冰山本身高度即超過四百公尺，從頂端冰層下手顯然白費工夫。於是尼莫船長改探測下方冰層，此端測出與水層相隔十公尺，等於冰原厚達十公尺。接著，鑿切面積需等同鸚鵡螺號吃水線範圍，也就是爲了挖出能讓我們鑽出冰原底的洞孔，得鑿穿掉約六千五百立方公尺的冰塊。

大家抱定鍥而不捨的決心即刻動工，由於沿著鸚鵡螺號船周開挖，恐讓情況雪上加霜，所以尼莫船長在離左舷後側八公尺遠處畫出一道大溝槽，讓船員分散圓周幾點同時鑽挖。十字鎬奮力敲打堅冰不久，開始有厚冰大塊碎落，因神奇的比重作用而比水輕的冰塊，紛紛上升至隧道頂部。低處冰層剝落，卻導致高處增厚，反正無妨，只要下方冰層變薄即可，

賣力工作兩小時後，尼德·蘭精疲力盡地回來了，換上另一批人員，由船副領軍，顧問和我也參與其中。

海水奇冷，但揮幾下十字鎬，身體很快就暖和了，雖於三十個大氣壓力下工作，亦行動自如。

工作兩小時後，我回來吃點東西，小憩片刻，一上船立感胡嘉侯儲氣瓶供應的純淨氣流與鸚鵡螺號碳酸過量的空氣大爲不同，船內已經四十八小時沒更新空氣，活氧質量大幅減弱。然而，又過了十二小時，規畫範圍內的冰只挖去一公尺厚，大約六百立方公尺。假設每十二小時完成相同的工作量，尚須五夜四天才大功告成。

「五夜四天！」我對同伴說：「儲存槽只剩兩天用的空氣。」

「還沒算上即便逃離這該死的監獄，」尼德·蘭接話：「我們可能又被浮冰困住，完全接觸不到空氣。」

所言極是，誰知道至少得花多少時間才脫險？鸚鵡螺號得重返水面前，我們該不會早窒息而亡？難道全船注定葬身冰墓？情勢岌岌可危，但人人挺身面對，決意盡己所能，堅持到底。

如我預估，晚間，這個溝槽再挖下一公尺厚，但一早我穿好潛水衣，走入零下六、七度的海水裡，發覺兩側冰牆逐漸靠近，我們活動、操作工具產生的熱度無力使離溝槽較遠的水層升溫，是以出現凍結之勢。新危險迫在眉睫，是否傷及我們自救的機會？又如何阻止海水逐漸朝中間凍結，然後將鸚鵡螺號船壁如玻璃般

兩側冰牆逐漸靠近

壓碎？

我沒讓兩位同伴知曉此事，他們正投身艱辛的救援行動，何必冒著打擊士氣的風險多嘴？不過，我一回船上，立即告知尼莫船長麻煩大了。

「我知道，」局勢再險惡，他總不改其冷靜語氣：「禍不單行，但這防不勝防，唯搶先結冰前完成任務才有機會保命，所謂捷足先登，如此罷了。」

捷足先登！這種說話風格還眞得想辦法習慣！

這日，我揮動十字鎬，努力不懈數小時，靠著勞動支撐意志，而且挖掘冰層，表示人可離開鸚鵡螺號，直接呼吸儲氣瓶裡取自儲存槽的空氣，等於離開含氧量低且混濁的船上空氣。

傍晚，冰坑再下探一公尺，回到船上，我差點被充滿碳酸的空氣憋死。啊！爲何找不出化學方式驅散這種有毒氣體！我們並不缺氧，海水含有大量氧氣，只需利用強力電池解離，船上空氣可立即恢復清新。我曾認眞考慮此法，但無濟於事，因爲我們呼出的二氧化碳已瀰漫全船各處，想吸收二氧化碳，得於空間內裝滿氫氧化鈉且不停搖晃，然而船上沒這東西，又沒其他物質可替代。

當晚，尼莫船長不得不打開儲存槽開關，爲船內釋出幾股純淨空氣，若不這麼做，我們可能醒不過來。

第二天，三月二十六日，我繼續當礦工，朝第五公尺冰層邁進，冰山兩側及底層明顯變厚，看來，冰層恐於鸚鵡螺號脫困前密合，我頓感絕望，十字鎬幾乎要從手中滑落，假如即將悶死或遭冰凍如石的水壓碎，再挖何用？這可是連兇殘的野蠻人都還沒發明出的酷刑，我覺得自己好像落入怪物的血盆大口，只能眼睜睜任其合攏。

指揮調度並親身挖掘的尼莫船長正好經過我身邊，我用手碰碰他，指向冰牢牆壁，右側冰牆增厚，距鸚鵡螺號船身不到四公尺。

船長明白我的意思，示意我跟隨。我們回到船上，脫下潛水衣，一起來到客廳。

「阿宏納先生，」他說：「得放手一搏了，否則我們將被封在這如水泥般的海冰裡。」

「對！」我回應：「但該怎麼辦？」

「啊！」他高聲道：「我的鸚鵡螺號是否夠堅固，得力抗冰層擠壓不被壓碎？」

「所以呢？」我問，不解船長心思。

「難道你不明白，」他接話：「海水凍結幫了我們大忙？你沒看見水凍結將造成困住我們的冰原爆裂，如同水結冰時可使最堅硬的石頭碎裂！你不覺得此乃救星而非災星！」

「是，船長，或許。但鸚鵡螺號再抗壓，也無力承擔這麼大的推擠力道，怕是將被壓成一片鋼板。」

「我了解，先生。所以不該冀望大自然伸出援手，得自力救濟，對抗結冰、阻止結冰。現在不僅兩側冰壁靠攏，鸚鵡螺號前後水域也剩不到十英尺。冰凍自四面八方逼近。」

「儲存槽的空氣還夠船上呼吸多久？」我問。

尼莫船長直視我。

「後天，」他道：「儲存槽就空了。」

我冒出一身冷汗，不過，無須對這答案大驚小怪吧？三月二十二日，鸚鵡螺號潛入未冰封的南極海底，今天已是二十六日了，五天來，我們全賴船上儲備而活！如今剩下的氧氣得留給做事的人。我印象很深刻，記錄這些事之時，恐懼油然而生，整個人陷入驚慌，肺部彷彿已吸不到空氣！

尼莫船長只是站著沉思，未置一詞，看樣子似乎有了想法，卻又打算推翻，否定自己，最後，吐出這幾個字：……

「沸水！」他喃喃道。

「沸水？」我驚叫。

「是的，先生，我們受困空間較為狹窄，若利用鸚鵡螺號的幫浦持續噴射沸水，不就能提高溫度，延遲結冰？」

「得試過才知。」我肯定表示。

「咱們試試，教授先生。」

溫度計顯示此刻外頭為零下七度。尼莫船長領我至廚房，那兒有幾部利用蒸發作用提供飲用水的大型蒸餾器，裡面裝滿水，並置有蛇形彎管，電池發出電熱，藉彎管散出，幾分鐘後，水溫達一百度，幫浦送出水的同時，會再流進新的水。電池生成的熱力強大，海水抽進來後，只要經蒸餾器處理，冷水立即滾沸流入幫浦。

我們開始噴注沸水，三小時後，溫度計顯示外頭溫度為零下六度，上升一度了。再過兩小時，溫度計顯示僅剩零下四度。

「我們一定能成功。」反覆追蹤確認操作進展後，我向船長這麼表示。

「我也這麼想。」他回答：「應該不至於被壓碎，只剩窒息問題要擔心。」

夜裡，水溫升高至零下一度，之後再灌注已然提高不了溫度。然而，至少得零下兩度，海水才會結冰，因此幾乎可確定排除冰凍危機。

翌日，三月二十七日，冰坑已挖去六公尺厚的冰，只剩四公尺得剷除，尚須挖掘四十八小時，鸚鵡螺號內部空氣一直無法更新，這日情況持續惡化。

船內空氣鬱悶難當，半夜三點左右，難受到了極點，不停張嘴喘氣，下巴都快脫臼了，我的肺葉拼命吸取這呼吸不可或缺、可助燃、現下卻日漸稀薄的氧氣，整個人陷入昏沉，全身癱軟，幾乎失去意識。勇敢的顧問出現相同症狀，忍受一樣的痛苦，他寸步不離我身邊，握著我的手，鼓勵我，只聽他喃喃自語道：

「啊！如果我不必呼吸，就能讓先生多吸點空氣了！」

聽到這話，我頓時熱淚盈眶。

所有人都待不住船上，所以一旦輪到自己離船工作，皆迫不及待、歡天喜地穿上潛水衣！十字鎬敲得冰層鏗鏘作響，雙臂痠累，手掌破皮，但疲憊及傷口都不算什麼，新鮮空氣湧入肺部，能呼吸就好！能呼吸就好！

儘管如此，沒有人故意拖延在水中工作的時間，大家一完成分內任務，就將補充精力的儲氣瓶交給氣喘吁吁的同伴。尼莫船長以身作則，率先恪守嚴規，時間到了就卸下裝備交給下一人，返回空氣污濁的船艙，始終從容冷靜，不屈不撓，毫無怨言。

這日，大夥兒比平常更賣力完成工作，挖掘範圍內僅剩兩公尺要挖，我們與流動的海水只隔兩公尺，但儲氣槽幾近空虛，所剩無幾的空氣得留給工作人員，再騰不出一絲給鸚鵡螺號了。

我回到船上，幾乎喘不過氣。我無法形容這一夜多麼難熬！痛苦異常，莫可名狀。第二天，我呼吸窘迫，頭痛加上暈眩，像酒醉似的，我的同伴症狀一致，幾名船員已奄奄一息。

那是我們受困的第六天，尼莫船長認爲鋤頭和十字鎬速度太慢，決定壓碎阻隔我們與流水層的冰層。此人仍保持冷靜與精力，靠意志力對抗肉體的痛苦，持續思考、策畫、執行。

經他指示，船體開始減輕重量，重力改變後即從冰面上浮起，船一上浮，大家合力將船拉至按船身吃水線範圍畫出的大冰坑上方，再將儲存槽裝滿水，船即下沉嵌入冰坑。

此時，船員通通回到船上，關閉對外聯通的雙層門，鸚鵡螺號停在不到一公尺厚的冰層上，到處都是探測器鑽探的孔洞。

儲存槽開關全開，灌進一百立方公尺的水量，等於替鸚鵡螺號增重十萬公斤。

眾人等待、傾聽，忘卻苦痛，重燃希望，得救與否全賭這最後一把。

儘管腦袋嗡嗡作響，我仍聽得出鸚鵡螺號船身即刻傳出的震動聲響，船體開始垂直移動，冰層因碎裂響起古怪的破裂聲，類似撕紙的聲音。鸚鵡螺號逐漸下沉。

「我們穿過去了！」顧問在我耳邊低語。

我無力答話，只能抓著他的手，不由自主抽搐著。

突然，極度超重的鸚鵡螺號，猶如子彈攻陷入海，墜落速度之快彷彿處於真空環境！

於是幫浦開足馬力，開始排出儲存槽的水，數分鐘後，煞住墜勢，流體壓力計即刻顯示船體上升，螺旋槳全速轉動，船身鋼板乃至於螺絲皆搖晃震動，船朝北方急駛。

然而還得在冰山底下航行多久才能浮出海面？一天？那我大概早就死了！

我半躺在圖書室長沙發，呼吸困難，臉色發紫，嘴唇轉青，官能失靈，看不見，也聽不到，時間概念消失，肌肉已無力收縮。

我算不出如此度過多少鐘頭，卻意識到自己性命垂危，明白即將蒙主寵召……

忽然，我轉醒了，幾口新鮮空氣灌入胸肺，我們浮出水面了？穿越冰山了？

不！是尼德和顧問，兩位勇敢的朋友，捨己救我。儲氣瓶裡尚存一點空氣，他們不用，留給我呼吸，他們自己也呼吸困難，寧將生命一點一滴送給我！我想推開儲氣瓶，他們卻抓住我雙手阻止，我大口吸了一會兒空氣。

我的視線落向掛鐘，早上十一點，應該到三月二十八日了，鸚鵡螺號以四十海里的驚人時速前進，在水中奮勇衝刺。

我半躺在圖書室長沙發上

尼莫船長在哪兒？他倒下了嗎？與其他船員一起喪生了嗎？

這時，流體壓力計顯示距水面不到二十英尺，我們與空氣間僅隔一層薄冰原，能順利突破嗎？

或許吧！總之，鸚鵡螺號非試不可，已能感覺船身傾斜，船尾壓低，船首尖角朝上，欲改變船身平衡，只須引水入槽即可，接著，靠強力螺旋槳推進，由下往上如攻城錘般衝撞冰原，先撞裂一點，後退，再全速衝向已裂開的冰原，最後，受強大衝擊力牽引躍上冰面，藉船身重量壓碎冰原。

壁板開啓，應該說是扯開，純淨空氣蜂擁灌入鸚鵡螺號每個角落。

第十七章　從合恩角到亞馬遜河

我實在說不出自己怎麼上平台的，也許是加拿大人背我，總之我能呼吸了，我聞到大海沁人心脾的氣息，身旁兩位同伴也爲新鮮空氣沉醉。長久吃不飽的可憐人，初見糧援，不一定能放任大吃，我們正好相反，用不著節制，大可盡情呼吸，讓肺葉充滿空氣，光是微風吹拂已令人心醉！

「啊！」顧問開口：「有氧眞好！先生別怕吸太多，這兒的空氣夠所有人享用。」

至於尼德．蘭雖不作聲，但張大嘴的模樣連鯊魚見了都怕！當眞使盡全力呼吸！加拿大人活像一座熊熊燃燒的火爐大肆「抽氣」。

我們很快恢復元氣，環顧四周，平台上只有我們三人，不見任何船員，也不見尼莫船長，鸚鵡螺號那些怪水手待在船內呼吸就滿足了，沒人出來享受戶外空氣。

我開口第一句話便是向兩位同伴道謝，表達感激，尼德與顧問在我漫長垂死掙扎的最後幾小時，延續我的生命，如此犧牲怎麼感謝都不爲過。

「好啦！教授，」尼德．蘭回答：「不足掛齒！我們做了什麼值得嘉許的事嗎？完全沒有。這不過是算術問題，你的生命比我們有價值，所以應當保全。」

「不，尼德，」我反駁：「我的命不算什麼，沒有比慷慨善良的人更了不起了，你正是這種人！」

「好啦！好啦！」加拿大人連聲謙讓，有些難爲情。

「而你，勇敢的顧問，你大大受苦了。」

「老實跟先生說，也不太大，不過是缺幾口空氣，但我自認撐得住，況且，我見先生暈過去就完全不想

我能呼吸了

呼吸了，俗話說，這等於斷了我的呼……」
顧問怕自己是陳腔濫調，沒把話說完。
「朋友們，」我激動回應：「我們休戚與共，兩位有權差遣我。」
「那我可得好好利用。」加拿大人答腔。
「嗯？」顧問不解。
「沒錯，」尼德．蘭接著說：「待我離開這鸚鵡螺號地獄時，我有權拉你同行。」
「倒是，」顧問提起：「現在航向對嗎？」
「對，」我答：「我們正朝有太陽的地方前進，目前太陽所在方位即爲北方。」
「沒錯，」尼德．蘭附議：「但還得知道是回太平洋或大西洋？也就是去船務繁忙或人煙罕至的海域。」
這點我也無法回答，我擔心尼莫船長寧願帶我們回亞洲及美洲之間的汪洋，如此他便完成環遊海底之旅，且重返鸚鵡螺號可絕世獨立的海域。萬一眞回太平洋，遠離人居陸地，尼德．蘭的計畫怎麼辦？
應該很快就能確定這點關鍵。鸚鵡螺號快速前進，不久已通過極圈，直駛合恩角。三月三十一日晚間七點，已橫越南美洲岬角。
此刻，我們早忘卻歷經的苦痛，抹去受困冰層的記憶，全心展望未來。尼莫船長一直未露面，客廳、平台皆不見蹤影，船副每日於地圖上標示方位，我得以知道鸚鵡螺號確切航向，而這天晚上，我喜出望外，看樣子我們正取道大西洋返回北方。
我將觀測結果告訴加拿大人和顧問。
「好消息，」加拿大人回答：「不過鸚鵡螺號準備上哪兒去？」

「我也說不準，尼德。」

「這位船長去過南極後，該不會打算轉戰北極，再從著名的西北航道返回太平洋？」

「別小看他。」顧問應道。

「那好，」加拿大人接話：「咱們得在那之前開溜。」

「無論如何，」顧問補了一句：「尼莫船長是號人物，認識他，畢生無憾。」

「尤其是離開他以後。」尼德．蘭回嘴。

隔天，四月一日，鸚鵡螺號浮上水面之時，再幾分鐘就中午了，我們認出西方海岸的火地島，早期航海家見土著茅屋升起滾滾炊煙，於是起了此名。火地島乃一綿延三十里格長、八十里格寬的廣大島群，介於南緯五十三度至五十六度、西經六十七度五十分至七十七度十五分之間。海岸線看來頗低，但遠處卻有高山矗立，我想眼前應是薩米翁多山，海拔二千零七十公尺高，錐塊狀頁岩，尖峭山峰依霧氣濃薄或隱或現，可「預告天氣是好或壞」，尼德．蘭告訴我。

「好一座氣壓計，朋友。」

「對，先生，天然氣壓計，從前我航行麥哲倫海峽，預告從未出錯。」

這時，背景爲天，山峰清晰可見，是天氣晴朗的預兆，而且也應驗了。

鸚鵡螺號返回水底，駛近海岸，沿著海岸走了幾海里。我從客廳玻璃窗看到長藤、大墨角藻及漿果草，像南極海也有幾種漿果草品種，具有含黏性且光滑的纖維絲，長達三百公尺，如同纜繩，比拇指還粗，非常堅韌，也的確常被拿來做成船纜。另一種海草，名叫維勒普草，葉長四英尺，附著於珊瑚的凝結物質，鋪滿整片海底，提供無數甲殼動物、軟體動物、螯蟹、墨魚等窩巢和食物，海豹與海獺亦在此盡情享受大餐，品嘗魚肉佐海菜的英式料理。

鸚鵡螺號飛快駛過這片肥沃豐饒的海底，傍晚，已至福克蘭群島附近，明日即可一覽群島的叢山峻嶺。這片海域不太深，故可合理推測受眾多小島圍繞的兩座大島，從前乃麥哲倫大陸的一部分。福克蘭群島者極有可能是著名航海家約翰．達維斯發現，當時取名爲「達維斯南群島」。後來，英國探險家理查．霍金斯稱該島爲梅登群島，即處女群島。至十八世紀初，才被聖馬洛市的漁民喚作福克蘭，最後，被英國人名定福克蘭群島，爲英國屬地至今。

我們的拖網在這帶海域捕撈不少美麗的藻類，特別有一種根部結滿世界頂級貽貝的墨角藻，此外，十幾隻鵝鴨被擊落平台，隨即送往配膳室。魚類的話，我特別注意到一些蝦虎魚屬的骨魚，尤其是白楊魚，長兩公寸，身上布滿灰白及黃色斑點。

無數水母也令人大飽眼福，最漂亮的一種名爲海蕁麻，是福克蘭海域特有物種，時而採半球狀傘體姿態，表面光滑，飾以棕紅線條，垂落十二絡規格劃一的彩帶；時而呈顛倒花籃狀，闊葉及紅長細枝錦簇，賞心悅目，游動時舞開四隻葉狀胳膊，茂密觸鬚恣意飄散。原想保留幾種這類優美的植蟲動物，但牠們如雲似影，虛無縹緲，一離開出生地恐灰飛煙滅。

福克蘭群島最後幾座高峰隱沒海平面之時，鸚鵡螺號亦潛入二十到二十五公尺深處，沿著美洲海岸前進。尼莫船長依舊未現身。

直至四月三日，我們還沒離開巴塔哥尼亞海域，鸚鵡螺號一會兒潛海，一會兒浮上海面，行經拉貝拉達河寬闊的喇叭狀河口，四月四日橫越烏拉圭，來到離岸五十公尺遠處。航向始終朝北，順著南美洲綿長蜿蜒的海岸行駛。從日本海出發至今，我們已走了一萬六千里格。

早上十一點左右，我們沿西經三十七度切過南迴歸線，穿過佛希歐角，尼莫船長不喜靠有人煙的巴西沿岸太近，故以令人發暈的速度駛離，惹得尼德．蘭大爲光火。連速度最快的游魚飛鳥也追趕不上，只好任這片海域的自然奇景自眼前溜逝。

幾天下來都是這樣的速度，四月九日晚上，眼前出現南美洲最東端的聖羅克角，但鸚鵡螺號再度駛離，潛入更深處尋找陷落此角及非洲海岸獅子山共和國之間的海底山谷。這道山谷於安地列斯群島附近岔開，止於北方一處九千公尺深的凹陷地。此處，大西洋地質斷層延伸至小安地列斯群島，形成一道六公里長、山峰巉峭的懸崖，而綠角群島附近尚有另一道毫不遜色的山牆，足以包圍整片沉沒海底的亞特蘭提斯大陸。廣闊谷底幾座山巒起伏，爲深海增添秀麗樣貌。以上主要按照據鸚鵡螺號圖書室裡的地圖手稿所述，地圖顯然是尼莫船長根據個人觀察親手繪製而成。

鸚鵡螺號花了兩天，利用活動斜板綜覽這片荒涼幽深的海域，其擁有長距離斜潛的性能，可到達任何深度的水層。然而，四月十一日，船突然上升，不久我們在亞馬遜河口又見陸地，開闊河口水量浩大，足以沖淡幾里格範圍的海水鹹度。

越過赤道後，西邊二十海里處便是法屬圭亞那群島，島上很容易覓得藏身之所，問題是風大浪劇，不容小艇犯險，尼德·蘭沒向我開口，想必心知肚明，而我本身因不想鼓勵他嘗試鐵定夭折的行動，也隻字不提逃跑計畫。

計畫雖延誤，我卻自有趣的研究工作輕易獲得彌補，四月十一日及十二日兩天，鸚鵡螺號都沒離開海面，拖網捕獲爲數可觀的植蟲動物、魚類及爬行類。

部分植蟲動物是讓網鍊拖撈上來的，大多是美麗的海葵藻，屬海葵科，其中普戴達海葵藻是這海域特產，身軀呈小圓柱狀，飾以直條紋及紅色斑點，頭上戴著優雅的觸鬚花冠。至於軟體動物，則包含先前觀察過的品種，如錐螺、肉身具規則交叉線對比紅棕斑點的斑岩斧蛤、如石化蠍子般的古怪蜘蛛螺、半透明的硝子螺、船蛸、可口的墨魚、幾種古代自然學家歸入飛魚的魷魚，主要用於釣鱈魚的誘餌。

至於這帶海域的魚類，我就先列舉多樣還沒機會研究的品種。軟骨魚類：溪鰻，鰻魚的一種，身長十五英寸，淡綠色頭、紫紅色鰭、灰藍色背，銀棕色帶鮮明斑點的肚腹，虹膜環繞一圈金色，這種奇特動物應該是被亞馬遜河的水流帶到海洋，因爲牠們一般生活於淡水；瘤鰩，尖嘴、尾鰭細長，武器是一根鋸齒狀長刺；小角鯊，長一公尺，膚色灰白、數排後彎的牙齒，俗稱地毯鯊；蝙蝠鮟鱇，淡紅色等腰三角形，半公尺長，胸鰭肉厚，朝外延伸，貌似蝙蝠，又因鼻孔附近長有角狀附肢，別名海上獨角獸；最後是幾種鱗魨，有身側斑點閃動奪目金色的甲魚及色澤如鴿頸花紋般鮮豔的亮紫色馬面魚。

接下來則以我觀察到的一系列硬骨魚，爲這有點枯燥卻精確的明細表作結：線翎電鰻，翎電鰻屬，鼻吻圓鈍雪白，體色黑亮，配有一條細長的肉腰帶；多刺的長鰭鯡魚，是一種三公寸的長沙丁魚，銀光閃閃；有兩副臀鰭的衛鯖魚；天竺舵魚，黑色，得靠火把誘捕，身形修長，達二公尺，肉質白嫩結實，新鮮吃味似鰻魚，曬乾吃味如煙燻鮭魚；半紅隆頭魚，只有背鰭和臀鰭下方才長有鱗片；火魚，身上的金銀色澤與如紅寶石及黃玉般閃亮的光芒交織輝映；金尾鯛魚，肉質非常細嫩，磷光體質使其在水中清晰可見；還有細舌橘色的波伯鯛、金尾勾孨石首魚、黑刺尾魚、蘇利南四眼魚等等。

雖落筆「等等」，我卻非得再提一種令顧問畢生難忘的魚，其來有自。

原來其中一張網捕到一隻非常扁平的鰩魚，截去尾巴即成十足的圓盤，重達二十多公斤，其身下白上紅，渾身布滿滾黑邊的深藍大圓點，表皮光滑，尾鰭分岔。牠躺在平台上掙扎，極力抖動想順勢翻身，最後奮力一躍差點跳回海裡，很看重這條魚的顧問立刻飛撲過去，我還來不及阻止，他已抓住魚了。

結果，顧問登時後仰倒地，四腳朝天，半身動彈不得，他大叫：

「啊！主人，主人！你快來救我。」

可憐的孩子頭一回沒採「第三人稱」跟我講話。

顧問登時後仰倒地

加拿大人和我連忙扶起他，拼命替他按摩，待他恢復感覺，這凡事都要分類的小夥子嘴裡斷斷續續念道：

「軟骨綱、軟骨鰭目、固定腮、橫口亞綱、鰩科、電鰩屬！」

「是的，朋友，」我應道：「正是電鰩害你落入這悲慘處境。」

「啊！先生請相信我，」顧問答腔：「我一定會報復這畜生。」

「怎麼做？」

「吃掉牠。」

當晚他果眞吃了，純粹是爲了報復，因爲坦白說，電鰩肉硬如嚼蠟。

倒楣的顧問對付的是電鰩中最危險的品種，名叫庫馬那。這種古怪動物可於具導電媒介的環境，例如水中，電死幾公尺遠外的魚群，其身體兩側負責發電的器官面積至少二十七平方英尺，電力強大驚人。

次日，四月十二日，這天，鸚鵡螺號駛近荷蘭海岸，往馬侯尼河口方向去，該處生活著數群海牛家族，此類海牛與儒艮、無齒海牛一樣屬海牛目。這群美麗動物溫和無害，身長六到七公尺，體重至少四千公斤。我告訴尼德．蘭和顧問，有遠見的大自然分配了一個重要角色給這種哺乳動物，即如海豹般，負責吃食海底草原，好消滅堵塞熱帶河川出海口的成堆雜草。

「你們知道，」我補充道：「自從人類幾乎殺光這有益物種，造成什麼後果？水草腐爛、毒害空氣，有毒空氣引發黃熱病，毀了這片富饒之地，熱帶海底毒草遽增，病蟲害來勢洶洶，從拉貝拉達的希歐河口一路擴散至佛羅里達。」

若法國自然學家杜塞內勒的觀點可信，上述災難對我們後代子孫的影響，比起海中鯨類及海豹驟減根本不算什麼，當「上帝委託清除海面浮渣泡沫的超級胃囊」消失之際，章魚、水母、魷魚將氾濫成災，其活動

數群海牛家族

海域則成為最大的汙染中心。

儘管鸚鵡螺號的船員並不輕忽這些理論，依然捉了半打海牛，但這是為了替食物儲藏室增添肉質勝於成牛及牛犢的優質肉。獵捕海牛沒什麼意思，因為海牛任人宰割，毫不反抗，幾千公斤海牛肉存放入船，準備做成肉乾。

當日又專程捕魚，同樣也幫鸚鵡螺號增加不少存糧，顯見這片海域獵物豐富。這回拖網網眼裡卡著一些魚嘴呈橢圓板狀、邊緣肉厚的魚類，那是亞口魚，亞鰓軟鰭目下第三科，其扁平圓盤是由可橫向移動的軟骨片組成，軟骨片間可形成真空，使其能像吸盤一樣附著物體之上。

之前在地中海見過的印頭魚即屬此類，只不過眼前這款骨亞口魚乃此海域特有，船員一抓到，立即放進裝滿水的水桶裡。

捕完魚，鸚鵡螺號靠近海岸，這裡有一群海龜隨波而眠，這些珍貴爬行動物稍聞聲響即醒，獵捕不易，且堅硬龜殼得抵擋魚叉，不過，派亞口魚出馬獵捕，保證百發百中，這種魚簡直是活鈞鉤，能為垂釣的純樸漁夫帶來好運及財富。

鸚鵡螺號的船員在魚尾掛上大小不影響其活動的圓環，環上另繫有長繩，綁在船的另一端。

被拋入海中的亞口魚立即各就各位，尋找海龜胸甲吸附，黏力之強，寧遭撕裂也絕不鬆口，我們拉回繩子，將亞口魚連同其附著的海龜一併拖上船。

如此，我們捕獲幾頭蠵龜，身寬一公尺，體重兩百公斤，其龜殼覆蓋的角質層面積大而薄透，棕底綴白黃斑紋，更顯珍稀。從食用角度來看亦屬上作，鮮美可口，滋味足與綠蠵龜分庭抗禮。

我們的亞馬遜河之旅以捕魚告終，夜幕降臨，鸚鵡螺號重返遠洋。

第十八章　章魚

有幾日，鸚鵡螺號總是避開美洲海岸，顯然不願經過墨西哥灣或安第列斯海，其實這處海域平均水深爲一千八百公尺，航行深度足夠，卻很可能因爲附近島嶼星羅棋布、船隻往來頻繁，所以不合尼莫船長的意。

四月十六日，約三十海里遠處，可見馬丁尼克島及瓜德路普島，一度還瞥見島上群峰。

加拿大人盤算在墨西哥灣執行計畫，一舉登陸或攀上任何一條來往島嶼貿易的船隻，但終究大失所望。假設尼德·蘭在船長不知情下奪走小艇，是可順利逃脫，問題在身處茫茫大海，還是別癡心妄想了。

加拿大人、顧問和我就此事討論許久，遭囚鸚鵡螺號六個月以來，已跟著航行一萬七千里格，如尼德·蘭所言，航程不會無故結束，所以他提出一項出人意表的建議，即挑明了問尼莫船長是否打算無限期留我們在船上？

諸如此類的舉措令人生厭，依我看，這麼做並不能達成目的，根本不該指望鸚鵡螺號船長，只能靠自己。況且，這陣子，那人變得更爲陰鬱、低調，甚少露面，似乎刻意躲我，我難得遇見他。從前他很樂意向我解釋海底奇觀，如今卻放我獨自研究，不再踏入客廳。

他心裡起了什麼變化？原因爲何？對他，我問心無愧，還是我們在船上給他添麻煩？即便如此，我也不敢奢望他會還我們自由。

所以，我拜託尼德·蘭讓我思考後再行動，萬一攤牌未果，恐怕徒增對方疑心，使我們處境更加艱困，傷及加拿大人的計畫。我還說絕無可能推託健康問題，且不論南極冰山的嚴酷考驗，尼德、顧問和我身體從沒這麼好過。船上食物安全、空氣養生、作息規律、溫度恆定，根本不會生病，且對一個完全不眷戀陸地回憶的人來說，對尼莫船長來說，這兒便是他的家，想去哪兒就去哪兒，走外人看來神秘、自己卻感正常的道路抵達目的地。這種生活方式，我能理解，但我們三人不同，我們尚未與人類斷絕關係，就我而言，亦不願與自己獨特嶄新的研究成果同葬大海，如今，我終於能寫出描述海洋實況之書，希望無論早晚，總有公諸於世的一天。

好比這安地列斯海域底下十公尺處，透過開啓的壁板，可見眾多有趣物種，自然也寫進日誌裡了！例如植蟲動物，就有被譽爲葡萄牙戰艦的深海僧帽水母，該品種身形巨大，呈長囊狀，散發珠光，迎風展開薄膜，隨興漂浮的藍色觸鬚宛若絲線，看似迷人的水母，摸起來卻像蕁麻，還會分泌腐蝕液體。節肢動物則有一公尺半長的環節類蟲，具粉紅色鼻管及一千七百個運動器官，於水底蠕動前進時，能發出太陽光譜中的各種微光。魚類的話，例如前口蝠鱝，大型軟骨魚，長十英尺，重六百磅，三角形胸鰭，背脊些微隆起，雙眼生於頭部最前端，浮游海中貌似船隻殘骸，偶爾貼著我們船玻璃，好似一塊不透光的百葉窗；另是大自然爲其調配了白黑二色顏料的美洲鱗魨，與修長多肉、鰭黃顎凸的盒蝦虎魚，以及長十六公寸，齒牙短尖，身覆細鱗，屬白金槍魚種的鯖魚。接著出場的是成群的羊魚，從頭到尾裹著金色斑紋，擺動閃閃發亮的魚鰭，不愧是古時奉獻給黛安娜女神的上乘飾品，深得羅馬富人鍾愛，甚至流傳「捉了羊魚莫入嘴！」的俗諺。最後是金蓋刺魚，身著絲絨綢緞，搭配翠綠絲帶，從我們面前優游而過，身段猶如維侯內斯的領主；還有胸鰭快速擺動躲離的馬刺鯛及十五英寸長、渾身透著磷光的盾齒鯨、以厚實尾鰭打水的鯔魚、胸鰭鋒利到似乎能切開海水的紅白鮭，及銀月鯵，魚如其名，浮近水面時猶如散發皎潔白光的明月。

若非鸚鵡螺號逐漸潛入深水層，應該還能觀察到更多新奇品種！活動斜板帶著鸚鵡螺號直到二千至三千五百公尺深，此處生存動物僅剩海百合、海星及迷人的五角海百合，其頭形似水母，直柄頂端長有花萼；還有馬蹄螺、血紅牙螺、裂螺等近海大型軟體動物。

四月二十日，船身上浮，平均行駛深度一千五百公尺，最近的陸地是盧卡耶群島，島嶼散布海面，猶如大堆鋪路石。此處海底懸崖高聳，這些粗糙石塊砌成的直牆，底座寬大厚實，牆上許多凹陷黑洞，連船上電光也照不見底。

岩石表面鋪滿高大水草、龐然海帶、巨型墨角藻，水生植物羅列，堪稱泰坦巨神的世界。

顧問、尼德和我談論這些特大號植物時，順便聊了海中大型動物，畢竟大植物顯然得供其他大動物食用。然而，鸚鵡螺號幾乎靜止不動，從玻璃窗僅見海草絲上棲息短尾類幾種主要節肢動物，如長足蜘蛛蟹、紫螯蟹及安地列斯海域特有的菱蝶螺。

尼德．蘭要我瞧瞧被劇烈撥動的大海藻時，已經十一點了。

「得啦！」我說：「那兒可是貨眞價實的章魚窩，遇見幾隻這種怪物不足爲奇。」

「什麼！」顧問開口：「是頭足綱那類的烏賊、普通魷魚嗎？」

「不，」我答：「是身形巨大的章魚，不過尼德兄大概弄錯了，我什麼也沒看見啊。」

「眞可惜，」顧問回應：「眞想見識見識這種章魚，聽說牠能一次拖行數艘船至海底深淵。這類海獸，名爲克拉……」

「叫克拉破[1]還差不多。」加拿大人調侃。

「是克拉肯。」顧問不在乎友人開玩笑，執意把名字說完。

「誰說我都不信有這種生物存在。」尼德．蘭道。

「爲何不信？」顧問反問：「先生的獨角鯨我們都信了。」

1 克拉破：「瘋子」一詞的法文音譯。

「結果我們錯了，顧問。」

「當然！但或許還有別人相信。」

「有可能，顧問，但我個人，除非親手宰了牠，否則堅決不認那類怪物存在。」

「那麼，」顧問問我：「先生也不相信有大章魚嗎？」

「啊！連鬼都不信吧？」加拿大人嚷嚷著。

「信的人可多了，尼德兄。」

「漁夫不會信，學者就有可能！」

「抱歉，尼德。漁夫跟學者都有人信！」

「但，正與你談話的我本人，」顧問神情鄭重嚴肅：「清楚記得曾見大船遭一隻頭足綱動物的腕足捲入波濤。」

「你見過？」加拿大人問。

「對，尼德。」

「親眼目睹？」

「親眼目睹。」

「敢問在何處？」

「聖馬洛。」顧問答得斬釘截鐵。

「港口嗎？」尼德．蘭譏諷道。

「不，在教堂裡。」顧問回答。

「教堂裡！」加拿大人直呼。

「對，尼德兄，一幅描繪章魚的畫作。」

「好啊！」尼德・蘭大笑道：「顧問先生唬我！」

「他說得是眞的，」我表示：「我聽過這幅畫，不過主題取材自傳說，你也明白人們如何看待自然史方面的傳說！何況，一提到怪物，人們就天馬行空起來，不僅有人聲稱章魚拖得動船，還有一位瑞典主教歐拉烏・馬格努提過一隻長一英里的頭足綱動物，比起動物，更像座島嶼。又有人表示挪威尼德侯主教某日於巨岩上設祭壇，剛做完彌撒，岩石竟起身返回大海，岩石原來是隻章魚。」

「就這樣？」加拿大人問。

「不止，」我答道：「另一位朋多皮東・德・貝亨主教也說章魚身上可容一隊騎兵操練。」

「從前的主教可眞敢說！」尼德・蘭回嘴。

「最後，古代自然學家提到一種嘴如海灣的怪物，體型大到連直布羅陀海峽都過不去。」

「眞妙！」加拿大人答腔。

「這麼多故事裡沒有一個是眞的？」顧問問道。

「沒有，朋友們，至少那些超出眞實界線，升等爲寓言或傳說的絕對不是。然而，講故事的人爲了發揮想像力，雖用不著正經緣由，至少得找個憑藉好加油添醋。誰也無法否認特大品種的章魚或魷魚存在，但總大不過鯨類。亞里斯多德曾發現體型長達五肘，等同三點一公尺的魷魚，現今漁夫亦動輒可見超過一點八公尺的魷魚，第希埃斯特博物館及蒙彼利埃博物館更收藏有兩公尺長的章魚骨骼。此外，據自然學者推算，一隻僅六英尺長的章魚，卻擁有二十七英尺長的腕足，光這點便堪稱龐然怪物。」

「當今有誰捕獲過？」加拿大人問。

「即使沒人抓到，起碼有水手見過，我一位朋友，勒阿弗爾港的船長保羅・伯斯就常信誓旦旦表示曾於印度海域撞見此巨怪。然而至今最離奇、令人再無從否定這類巨型動物存在的事件，則發生於一八六一年。」

「什麼事？」尼德．蘭問。

「話說，一八六一年，特內里費島東北方，大約我們目前所處緯度，阿列克東護衛艦的船員看見一隻巨大章魚浮游水中，布格艦長靠近該動物，以魚叉和獵槍攻擊都未能制服，子彈和魚叉穿過其軟綿綿的肉體與穿過軟嫩果凍無異，幾番嘗試未果，船員改取繩結欲套住此軟體動物身體，繩結滑至尾巴才停住，眾人試著將怪物拉上船，但怪物實在太重，在繩索拉力下，尾巴被扯斷，少了尾巴的章魚潛入水中，失去蹤影。」

「總算有件事是眞的了。」尼德．蘭說。

「千眞萬確，勇敢的尼德，還有人提議將那隻章魚命名爲『布格章魚』。」

「身長多少？」加拿大人問。

「是不是六公尺左右？」顧問問道，他正倚著玻璃窗，再次觀察懸崖凹陷處。

「正確。」我答。

「牠的腦袋，」顧問接著問：「是否冠戴八隻腕足，水裡游動起來好似一窩蛇？」

「標準答案。」我應。

「眼睛，生在頭頂，是否大得出奇？」

「是的，顧問。」

「嘴巴是否狀如鸚鵡尖喙，只是大得嚇人？」

「確實，顧問。」

「很好！請先生見諒，」顧問淡淡回應：「這隻若非布格章魚，至少也是牠的兄弟。」

以魚叉和獵槍攻擊牠

我望著顧問，尼德·蘭衝向玻璃窗。

「可怕的東西！」他喊道。

我也湊上前看，不由得露出厭惡之情，眼前的駭人怪獸，絕對有資格列進怪物傳說裡。

這頭章魚身形巨大，長八公尺，正飛速倒退游動，與鸚鵡螺號同向，青色巨眼瞪得老大。長在頭上的八條臂膀，甚或說八隻腳，使這類動物得到頭足綱的名號，其腕足爲身軀的兩倍長，扭動交纏，猶似復仇女神的頭髮，可清楚識得腕足內面長有二百五十個狀如半球形瓶蓋的吸盤，這些眞空吸盤有時會緊貼客廳玻璃窗。這怪東西的嘴巴長得像鸚鵡喙嘴，覆蓋角質，呈垂直開合，角質舌頭上長有數排尖牙，不停從大剪刀嘴吐出，微微蠕動。自然多奇妙！鳥喙竟出現在軟體動物身上！身形如紡錘，中段鼓脹，是一大塊重達二萬至二萬五千公斤的肉團。牠身體顏色正因被激怒，快速自灰白轉至紅棕。

是什麼激怒這頭軟體動物？大概是出現比牠大、腕足無法吸附、大嘴無從咬起的鸚鵡螺號。話說回來，章魚非等閒怪物，造物主賦予驚人生命力，其擁有三顆心臟，著實力大無窮！

能置身大章魚面前實屬難得，我不想錯過可仔細研究頭足綱品種的機會，於是克服對其外貌的恐懼，我拿起鉛筆開始素描。

「說不定是阿列克東護衛艦碰上的那隻。」顧問道。

「不，」加拿大人反駁：「這隻很完整，但那隻丟了尾巴！」

「不能以此判斷，」我回應：「這類動物有再生能力，腕足及尾巴可重新長成，布格章魚的尾巴長了七年想必長好了。」

「況且，」尼德回嘴：「也可能別隻才是牠！」

果然，右側玻璃窗開始出現其他章魚，數來共七隻，成了鸚鵡螺號的隨扈，其嘴喙摩擦鋼板的吱嘎聲不

這頭章魚身形巨大

絕於耳，我們被當食物覬覦了。

我繼續素描，怪物始終同游，速度分毫不差，看來像靜止不動，簡直可以貼著玻璃窗臨摹縮小版，剛好船速也不快。

突然，鸚鵡螺號緊急停下，一陣撞擊致船身大力晃動。

「是觸礁了嗎？」我問。

「反正，」加拿大人回答：「船還浮著，應該沒事。」

鸚鵡螺號的確浮著，卻不走了，螺旋槳葉片停止擊水，一分鐘後，尼莫船長走進客廳，後頭跟著船副。

我有段時日未見船長，他沉著臉，沒對我們說話，可能也沒看見我們，逕自去壁板前瞧著章魚，朝船副吩咐幾句。

船副離去，不久，壁板關閉，天花板燈亮起。

我走到船長旁邊。

「一場章魚特展。」我像在水晶魚缸前品魚的人般輕鬆而談。

「的確，自然學家，」他回答：「現在我們要與牠們展開肉搏戰。」

我望著船長，以爲自己聽錯。

「肉搏？」我重複道。

「是的，先生。螺旋槳不動了，我猜是某隻章魚的大顎咬住葉片，導致船無法前行。」

「你打算怎麼做？」

「浮出水面，殺光這群渾蛋。」

「談何容易。」

「的確，電力彈遇上這團軟肉恐怕沒轍，阻力不夠，無法爆炸，所以改拿斧頭對付牠們。」

「魚叉也行，先生。」加拿大人接話：「你不拒絕的話，我一定幫忙。」

「當然同意，蘭師傅。」

「我們陪你一起。」語畢，即隨尼莫船長走往中央樓梯。

那兒已聚集十來人，拿著戰斧，蓄勢待發，顧問和我各取一把斧頭，尼德．蘭則抓起魚叉。

這時鸚鵡螺號已浮出水面，站在樓梯最上端台階的船員卸下蓋板的螺絲，結果螺帽才剛鬆開，蓋板即被大力掀起，顯然遭章魚腕足的吸盤拉扯。

一條蛇般的長臂滑進開口，另有二十幾條在外頭舞動，尼莫船長大斧一揮，砍斷這巨大觸手，只見斷肢蜷曲滾落樓梯。

正當眾人爭先恐後爬上平台時，另兩隻腕足凌空揮打，剛好擊中走在尼莫船長前面的船員，還來不及反應，人就被捲走。

尼莫船長怒喝，跳上平台，我們也跟著衝出去。

多麼震撼的畫面！可憐的船員遭腕足纏繞，黏附吸盤，被大軟管舉在空中隨意東甩西摔，他聲嘶力竭，不停呼喊：「救我！救我！」，且說得是法文，聽來尤其驚心動魄！所以船上有法國同胞，或許還好幾位！那撕心裂肺的求救聲，我一輩子都忘不了！

不幸的船員怕是完了，如此強力捲縛，有誰能救？但尼莫船長依舊撲向章魚，揮斧再砍下一隻腕足，船副亦怒擊其他攀附鸚鵡螺號兩側的怪物，船員們搶進砍殺，加拿大人、顧問和我也持利器刺入大堆肉團，空氣中瀰漫濃烈麝香味，太可怕了。

我一度以為那被章魚纏住的不幸船員能擺脫強力吸盤，八隻腕足已砍下七隻，剩下一隻仍緊抓受害者不

一條蛇般的長臂滑進開口

放，像抓羽毛般在空中扭甩。但當尼莫船長與船副再撲向前時，章魚噴出一道腹部囊袋分泌的黑色液體，登時伸手不見五指，待烏雲消散，章魚連帶我可憐的同胞皆失去蹤影！

當下眾人怒不可遏，忍無可忍，決與怪物誓不兩立！十或十二隻章魚攻上鸚鵡螺號平台及船側，雙方陷入混戰，平台上血流墨汁交融，蛇般的斷肢殘塊四處跳動，那些具再生能力的黏稠觸手猶如七頭蛇，尼德·蘭的魚叉連番刺入章魚的青色巨眼致其破裂，卻猝不及防，我勇敢的朋友突然遭怪物觸手擊倒。

啊！我焦急驚恐，心都快炸開了！章魚朝尼德·蘭張開駭人喙嘴，眼看可憐的尼德即將被咬成兩半，我縱身相救，但尼莫船長搶先一步，其手上的利斧消失巨顎間，卻奇蹟救人成功，只見加拿大人翻身站穩，將魚叉深深刺入章魚三顆心臟。

「有恩本當報！」尼莫船長對加拿大人說。

尼德並未多答，僅欠身致謝。

戰鬥達一刻鐘之久，怪物節節敗退、肢殘體斷，遭到致命打擊，最終棄守戰場，隱沒洶湧波濤。

尼莫船長渾身是血，佇立船燈旁，一動也不動，望著吞噬夥伴的大海，斗大的淚珠自眼眶滑落。

像抓羽毛般在空中扭甩

第十九章 灣流

四月二十日的嚇人場面，永生難忘，記錄事件始末時，我情緒依舊激動，寫好後，我重覽全文，並讀給顧問及加拿大聽，他們覺得雖如實詳載，卻少了臨場感。恐怕只有《海上勞工》作者[1]，著名的法國詩人，才有如此生花妙筆得逼眞描繪當時景況。

剛提到尼莫船長望海落淚，承受莫大悲痛，自我們登船以來，這是他失去的第二名夥伴，且死得慘烈！這位朋友遭章魚巨腕緊纏氣絕，遭鐵顎撕咬、粉身碎骨，無法和同伴一起長眠寧靜的珊瑚墓地！

而這場戰役留給我的，是受苦者震裂心扉的絕望叫喊。可憐的法國人，連船上慣用的語言都忘了，直接以母語發出最後呼救！鸚鵡螺號的船員與尼莫船長生死與共，與他一同離斷與人類的關係，其中竟有我的同胞！這神祕團體顯然由各種國籍之人組成，他是唯一的法國人嗎？又是一個令人百思不得其解的問題！

尼莫船長回房了，又再一陣子不見蹤影。鸚鵡螺號航向不定，來去浮游如行屍走肉，若從鸚鵡螺號判斷，我想他大概陷入哀傷、沮喪及躊躇，因爲他是船的靈魂，船能感知他所有情緒！螺旋槳障礙已除，卻幾乎不用，隨波逐流，走不出前一場戰役之地，走不出吞沒兄弟的海域！

如此過了十天，直到五月一日鸚鵡螺號在望見巴哈馬海峽口的盧卡耶群島後，才斷然取道北上。於是，我們順著海洋中最大的河流前進，此河流有專屬河岸、魚群、溫度，稱作灣流。

這確實是條自由奔流大西洋的河流，與海水涇渭分明，爲鹹水河，比周圍海水更鹹，平均深度達三千英

1 《海上勞工》作者為法國十九世紀作家維克多・雨果。

尺，平均寬度爲六十英里，某些流段，每小時流速至四公里，流量穩定不變，水量勝過地球上所有河流的總和。

依據莫里船長的發現，灣流實際源頭可說始於加斯戈涅灣，源頭處水溫不高，顏色尚淺，灣流自此成形後，南下沿著赤道非洲，水流受熱帶區陽光照射而變熱，接著流經大西洋，抵達巴西海岸的聖羅克角，再分出兩條支流，其中一條與安地列斯群島暖洋匯流，如此，負責恢復水溫平衡、整合赤道與極區水流的灣流，開始發揮平衡作用。在墨西哥灣熱到發燙的洋流，順著美洲海岸北上直達紐芬蘭島，受達維斯海峽寒流推送，偏往對角線方向，繞地球一大圈，重新流回大西洋，於北緯四十三度又分二支流，其一藉東北信風折返加斯戈涅灣及亞速群島，另一支則走愛爾蘭及挪威海岸，水流溫度略降，至斯匹茲堡島後，降至四度，注入北極洋。

鸚鵡螺號正航行於大西洋這道河流，巴哈馬海峽出口寬十四里格，深三百五十公尺，灣流正常時速爲八公里，流速越往北越慢，但願能一直保持這種規律的流速變化，因爲已有人指出，流速及流向一旦改變，歐洲氣候勢必受到干擾，後果不堪設想。

中午左右，我同顧問待在平台，告訴他關於灣流的特性，解釋完後，請他伸手探探水流。

顧問照辦，爲其不冷不熱訝異不已。

「這是因爲，」我表示：「灣流自墨西哥灣流出時，水溫與人的體溫差不多，其等同一台大型暖氣，令歐洲沿海終年綠意盎然，若莫里船長觀點爲眞，則灣流熱度經充分利用，熱能足使一條大如亞馬遜或密蘇里河的生鐵熔流永遠維持熔點。」

目前，灣流流速爲每秒二點二五公尺，與周邊海水壁壘分明，受擠壓的水流高出海面，與冷水間形成水位差，加上其顏色深、富含鹽分，純靛藍色與外圍綠色海水截然不同，分界線如此清楚，使得位於卡羅萊納州附近的鸚鵡螺號，船首尖角破的是灣流的浪，船尾螺旋槳打的仍是大西洋的水。

灣流甚至將整批生物帶著走，如地中海常見的船蛸，成群結隊同遊。而軟骨魚中，最醒目的是鰩魚，細長的尾巴幾乎占身長三分之一，形成長二十五英尺的大菱形體；還有一公尺長的小角鯊，頭大、鼻吻短圓、尖牙數排，全身看似覆滿鱗片。

硬骨魚裡，可見此海域特有的驢隆頭魚，虹膜如炬的深海鯛魚及石首魚，長一公尺，大嘴多刺鬚，滿口細牙，可聞微弱叫聲；也有先前提過的天竺舵魚、金銀色澤的藍劍魚，還有鮮豔度不輸最美熱帶鳥類的鸚鵡魚；堪稱大西洋彩虹、三角形頭的條紋鰯魚、無鱗藍比目魚、身上黃色橫條紋形似希臘字母「Γ」的蟾魚、一群棕色斑點的小蝦虎魚、銀首黃尾的肺魚、多種鮭魚及身形修長、溫潤光澤，被拉塞貝德獻給終身伴侶的鯔魚；最後一款美魚是美洲高鰭石首魚，全身飾以勳章、緞帶，經常出沒這大國的海岸，可惜勳章與緞帶在該國不受重視。

附帶一提，每到夜裡，灣流磷光閃閃，與船燈電光較勁，在動不動就受暴風雨威脅的時節格外明顯。

五月八日，我們仍在北卡羅萊納附近，對面是阿德哈角，此處灣流寬度爲七十五英里，深度二百一十公尺。鸚鵡螺號仍舊漫無目的，船上撤離一切警戒，我琢磨依目前情況，脫逃可望成功，的確，沿岸住有居民，隨便都能覓得藏身之處，而海上眾多輪船穿流不息，自紐約或波士頓往返墨西哥灣，另有專走美洲沿岸各點的雙桅小帆船，應有希望尋得船隻收留。所以，儘管離美國聯邦海岸還有三十海里，仍屬良機。

然而，加拿大人的計畫卻因一項麻煩情勢窒礙難行，即惡劣氣候。我們臨近的海岸受灣流所致，暴風雨頻繁，盛產龍捲風及颶風。脆弱小艇對抗洶湧惡海，無異自尋死路。尼德・蘭心裡有譜，雖然唯獨逃走才能治癒思鄉情切，也只能咬緊牙關，忍耐爲上。

「先生，」那日他向我表示：「該做個了斷了，我心意已決，你的尼莫避開陸地北溯，不瞞你說，南極那趟我受夠了，所以，決不跟他去北極。」

「那怎麼辦，尼德，這時候逃走又行不通？」

「老辦法，找船長談。咱們行駛至貴國海域時，你什麼也沒提，現在來到我國海域，我可要說了。數日前，我才想鸚鵡螺號即將抵達新蘇格蘭，當地近紐芬蘭島處有個大海灣，聖羅倫河就流入這海灣，那是我的河，魁北克的河，我的家鄉，一想到此，不禁火冒三丈，怒髮衝冠，走著瞧，先生，跳海我也在所不惜！我再也待不下去，快憋死了！」

加拿大人顯然忍無可忍，生性好動的他無法適應遙遙無期的監禁生活，面容日漸憔悴，性格越發陰鬱，我能體會他的痛苦，因爲連我也憂鬱纏身，過了將近七個月，得不到一點陸地上的消息，加上尼莫船長深居簡出，章魚大戰後脾性變得更加沉默寡言，這一切讓我覺得今非昔比，也不再有初來時的興致勃勃，只有像顧問這樣的佛拉芒人才能在鯨群與其他海洋生物間甘之如飴，說眞的，假如這好孩子易肺爲鰓，想必是條出色的魚！

「如何，先生？」尼德．蘭見我不吭聲，開口確認。

「所以，尼德，你要我去問尼莫船長打算如何處置我們嗎？」

「是，先生。」

「即使他早已言明也不管？」

「對。我希望一勞永逸，拜託你爲我開口，就說我要問的。」

「但我難得見他一面，他甚至躲著我。」

「所以更該去見他。」

「我會問的，尼德。」

「何時？」加拿大人追問。

「碰到的時候。」

「阿宏納先生，你是想讓我自己去找他嗎？」

「不，我來就好。明天……」

「今天。」尼德·蘭說。

「好吧，就今天。我去見他。」我答應了，若讓加拿大人自己去保證壞事。

加拿大人離開後，我想既然決定了就立刻去問，我喜歡馬上結案，不喜歡懸而未決。

我回到自己房間，聽見尼莫船長房裡有腳步聲，機不可失，我前去敲門，並無回應，再敲一次後，我轉動把手，門開了。

我走進房內，船長在裡面，正伏案工作，沒聽到有人進來。我來到他身邊，打定主意，沒問到決不離開。他猛然抬頭，皺著眉，不客氣地問：

「是你！有何貴幹？」

「有事相談，船長。」

「我在忙，先生，工作中。我給了你獨處的自由，難道我不能也有？」

船長的接待令人掃興，但我決定聽完再回應。

「先生，」我冷冷地說：「我找你談的事，不能拖延。」

「什麼，先生？」他揶揄道：「難不成發現我不知道的東西？大海給了你新祕密嗎？」

咱倆當真沒交集，我還來不及回答，他已指著桌上一份攤開的手稿，語氣更加嚴厲地說：

「阿宏納先生，那份手稿以多國語言寫成，是我研究海洋的梗概，願神保佑，別與我同葬大海。我已於手稿署名，上頭記載本人生平，將封存入一只小浮瓶，由鸚鵡螺號最後一位生者丟入海中，隨波漂流。」

「署名！親筆生平！所以他的秘密有公諸於世的一天？但此刻，在我眼裡，只是導入正題的引子。

「船長，」我應道：「我贊同你執行此事的想法，你的研究成果不該石沉大海，不過我覺得此法未免太原始，誰知道容器會讓風吹去哪兒？落入誰的手中？怎麼不找個更好的辦法？你本人或船上任何人難道不能……」

「不可能，先生。」船長火速打斷我的話。

「我和我的朋友願意妥善保存這份手稿，只要你還我們自由……」

「自由！」尼莫船長起身道。

「是，先生，這正是我準備探詢之事。登上貴船已七個月，今日，我代表自身及同伴請教，你是否打算永遠留我們在船上。」

「阿宏納先生，」尼莫船長開口：「我今天給你的答案與七個月前無異：誰進了鸚鵡螺號都不得離開。」

「那簡直逼人爲奴！」

「隨便你怎麼形容。」

「但任何奴隸都保有恢復自由之身的權利！不管用什麼方法，他認爲可行就好！」

「這種權利，」尼莫船長答道：「誰說你沒有？我哪裡想過拿誓言綁住你們？」

船長望著我，雙臂盤胸。

「先生，」我說：「二度討論此事非你我所願，但既然起了頭，不如打開天窗說亮話，我重申，這不只關係到我個人，對我來說，研究是一種幫助、一種有力的情緒轉移、一種訓練，一種忘我的熱情。我同你過著避世、低調的生活，將研究成果有朝一日能留世的微小願望，託付給一只不靠譜的容器和無法掌控的風浪。無論如何，你在某些方面，令我敬佩、甘願追隨，也是我能理解的，但你的生活亦有另一部分，在我看來複雜神秘，這艘船上，只有我和我朋友一無所知。即使心為你跳動，為你某些痛苦難過，或為你的天才或勇敢行為感動，我們仍得壓抑自身情感，即使親見美好，無論來自敵友，也不敢流露一絲善意。如此，凡牽涉你個人之事，我們就覺得自己成了局外人，陷入難忍、絕望的處境，不只我，尼德・蘭尤其絕望。任何人，只因是人，就該為其多費心思，你是否想過，人對自由的熱愛、奴役的憎恨，足以讓像加拿大人這種個性的人，萌生復仇計畫，想方設法、百般嘗試？」

我不再開口，尼莫船長起身：

「尼德・蘭儘管想方設法、百般嘗試好了，與我何干？又不是我找他來的！也不是為了尋開心留他在船！至於你，阿宏納先生，你是個明白人，即使不言明也心裡有數。我沒什麼好回答的，希望這是你第一次也是最後一次提起這事，再有下回，我連聽都不聽。」

我只得告退，自這日起，情勢極為緊張，我將談話內容告知兩位朋友。

「現在知道，」尼德說：「不必再對此人抱任何期待，鸚鵡螺號正駛近長島，無論天氣好壞，就逃了吧。」

但天候越來越糟，開始出現暴風雨的徵兆，空氣變得灰白混濁，細絲成縷的卷雲與天邊積雨雲層相連，低處的雲層快速飄動，海面波濤洶湧，激起長浪，除了暴風之友海燕外，不見其餘海鳥，氣壓計度數明顯下降，表示空氣中濕度極高，受大氣間充滿電離子影響，風暴瓶內的混和液體開始分解，各種元素的爭鬥即將展開。

五月八日，暴風雨來襲，鸚鵡螺號正好航至長島附近，距紐約水道幾海里遠，這回我得以記錄狂風驟雨，因爲尼莫船長不知爲何，不願躲入深海，偏偏停留海面與暴風對峙。

剛開始吹的大風來自西南方，秒速十五公尺，下午三點左右，風速來到二十五公尺，已達暴風標準。

尼莫船長站上平台，暴風中不動如山，腰間縛繩，以抗滾滾巨浪。我也登上平台，綁妥繩索，欣賞壯觀風雨之時，亦讚嘆此人昂首而立的非凡氣概。

片片雲幕低垂入海，橫掃海面波濤，大漩渦中層的細浪已不復見，只剩煤灰色長浪捲來，浪峰連綿不絕。鸚鵡螺號時而倒臥岸邊，時而垂直如桅杆，顛簸搖晃，令人膽戰心驚。

五點左右，豪雨傾盆而下，卻未鎮住狂風巨浪，暴風秒速來到四十五公尺，將近時速四十里格，這等風速足以傾覆屋宇、將整片屋瓦吹進門、折斷鐵柵欄、推動二十四磅重的大砲。然而，風暴中的鸚鵡螺號卻驗證了某位工程學家之語：「休想靠不堅固的船身對抗大海。」它不是海浪可摧毀的堅石，而是一只鋼鐵紡錘，聽命行事，機動靈活，無須纜索桅具，對抗怒濤，安然無恙。

我不免仔細觀察如脫韁野馬的大浪，浪高十五公尺，寬一百五十至一百七十五公尺，浪行秒速十五公尺，僅風速一半，海水深度越深處，海浪越大越兇猛，我也因此看懂波浪的功能，波浪能挾帶空氣入海，爲深海送進活氧，有人算過，最大浪壓打落時，每平方英尺海面恐承受三千公斤的重擊，如此猛浪就曾搬動赫布里底群島上一塊八萬四千磅重的巨石，還有一八六四年十二月二十三日那場暴風雨，也是這樣的巨浪肆虐日本江戶[2]市部分地區，當日再以時速七百公里直襲美洲海岸。

隨著夜色降臨，風雨增強，氣壓計數值如一八六〇年颶風襲擊留尼旺島期間，降至七百一十毫米，日落時分，只見天邊一艘大船正與暴風苦戰，其將蒸氣壓降至最低，努力於大浪中保持平穩。那應是走紐約至利

2 江户：東京之舊稱。

天邊一艘大船正與暴風苦戰

物浦或勒阿弗爾航線的輪船，大船很快消失於夜幕間。

晚間十點，天際泛起紅光，閃電在空中劃出多道強光，我受不了閃光，尼莫船長卻正面直視，彷彿打算吸取暴風靈魂。天地間充斥交雜各種怕人聲響，碎浪咆哮、狂風怒號、雷霆轟隆，暴風席捲天際，東方又來颶風，朝北、西、南方繞一圈後又回東方，正好與南半球的氣旋風暴反向。

啊！好一個灣流！稱風暴之王當之無愧！是灣流上方層疊不同溫度的氣層，才生成如此強烈的颶風。

跟著大雨來的，是一連串閃電，雨點變身帶電的羽飾，聽說尼莫船長總盼死得其所，似乎打算迎向雷擊。突然一陣猛烈顛簸，鸚鵡螺號的鋼角如避雷針般朝天豎起，針尖處冒出幾道長火花。

我匍匐爬向蓋板，精疲力竭，開了蓋板便鑽進船艙，來到客廳，暴風雨正值最大強度的時候，在鸚鵡螺號裡根本站不起來。

尼莫船長近午夜才回船艙，我聽見儲存槽逐漸滿水，鸚鵡螺號緩緩潛入水下。

我從客廳開啟的玻璃窗看到幾條倉皇失措的大魚，如鬼魅般游過火光閃爍的水域，甚至目睹幾條魚當場遭雷電擊斃！

鸚鵡螺號持續下潛，我想至十五公尺深處應可回復安靜，未料上方水層太過翻騰洶湧，得一路潛至五十公尺海洋深處才能喘口氣。

深海底多麼安靜、沉寂、平和！哪有人會說此時此刻洋面正興起可怕的暴風雨呢？

跟著大雨來的，是一連串閃電

第二十章　緯度四十七度二十四分及經度十七度二十八分

暴風雨後，我們被拋回東方海域，所有在紐約或聖羅倫近海逃脫的希望成空，可憐的尼德，如喪考妣，像尼莫船長一般不願見人，變成我和顧問形影不離。

方才說鸚鵡螺號偏離航道至東方，更精確地說，應該是至東北方。接下來幾天，船有時浮行水面，有時潛入水底，在令航海人戰戰兢兢的濃霧中前進。濃霧主要因冰霜融化後，大氣濕度過高所致。這一帶海域，多少船隻明明已尋得岸邊模糊燈光，仍遇難失蹤！晦暗濃霧造成多少不幸！風聲淹沒浪潮擊打礁石的聲音，又導致多少觸礁事件！儘管有方位燈、鳴笛及敲鐘示警，船隻相撞仍層出不窮！

因而此處海底情景猶如戰場，輸家倒臥長眠，有些已陳舊腐爛，有些還很新，金屬船身及銅製船底在鸚鵡螺號船燈照耀下，反射閃閃光芒，其中又有多少滿載船員及移民的船隻，是於統計中著名的危險地點如哈斯角、聖保羅島、貝勒島、聖羅倫河口等地丟失生命財產！光是這些年，皇家郵政、英曼、蒙特羅等航線不知多少罹難船隻發喪，觸礁沉沒的有索維號、伊西斯號、巴哈馬塔、匈牙利號、加拿大號、盎格魯撒克遜號、洪堡號、美利堅合眾國號；撞沉的則有北極號和里昂號；而總統號、太平洋號、格拉斯哥城失事原因不明。鸚鵡螺號經過這些陰森殘骸時，彷彿進行亡者閱兵。

五月十五日，我們來到紐芬蘭島淺灘的最南端，這片淺灘乃海水沖積而成，堆積大量沉積岩碎片，有些是灣流自赤道帶來，或反向從北極出發，沿著美洲海岸下行的寒流所送，此外亦積累不少雪崩沖刷下的不規則石塊，而無數魚類、軟體動物或植蟲動物命喪淺灘，形成一處大型屍骨墓地。

紐芬蘭島淺灘海水深度不深，頂多幾百英尋，只是偏南處卻突然深陷，出現一個三千公尺深的窟窿，灣流到了這裡寬度變大，水流展開，速度及溫度下降，變身大海。

鸚鵡螺號沿途驚動不少魚群，列舉如下：圓鰭魚，一公尺長，黑背橘腹，是同類魚中少數對婚姻忠貞的榜樣；大頭鰻，身形巨大，顏色翠綠，鱔魚的一種，美味可口；狼魚，目大，頭臉似犬；像蛇一樣卵生的鳚魚；蝦虎白楊魚，或稱黑鮈魚，長兩公寸；長尾魚，銀光閃閃，游速快，常遠離北極海域探險。

船網也打撈起一條勇敢大膽、強壯結實的魚，頭上長刺，鰭帶螯針，活像二到三公尺長的蠍子，是鳚魚、鱈魚、鮭魚的頑敵，此乃北海杜父魚，身長瘤節，棕色，鰭爲紅色。鸚鵡螺號的捕魚手費了一番功夫才逮著，其鰓蓋骨結構得保護暴露乾燥空氣下的呼吸器官，故離水後尚能存活一段時間。

現在再列舉其他備忘：條紋鳚魚，一種北極海域中常隨船而游的小魚、北大西洋特有的白堊尖吻魚、蠍魚，還遇上某種偏好這一帶海域的鱈魚，我在物種豐富的紐芬蘭島淺灘見到不少。

這款鱈魚可謂山魚，因爲紐芬蘭島正是一座海底大山，當鸚鵡螺號從擁擠成團的魚群間開出一條水道時，顧問忍不住大發議論：

「什麼！鱈魚！」他說：「我以爲鱈魚跟黃蓋鰈、龍利魚一樣扁平，難道不是？」

「太不食人間煙火了吧！」我嚷道：「鱈魚只在魚鋪被剖開陳列才平平的，在水裡，是同鯔魚一般的紡錘狀，非常適合游動穿梭。」

「我相信，先生，」顧問回答：「鱈魚雲集，如螞蟻過境！」

「啊！朋友，若無蠍魚和人類等天敵會更多！你知道光一條雌魚能產多少卵？」

「我盡量猜，」顧問應道：「五十萬。」

「一千一百萬，朋友。」

「一千一百萬？除非我親自算過，否則怎麼也無法相信。」

「算吧，顧問，但你很快就會相信我了。何況，法國人、英國人、美國人、丹麥人、挪威人捕捉成千上萬的鱈魚，鱈魚消耗量龐大，若無驚人繁殖力，早不見於大海，絕種滅亡了。單單英國及美國就動員五千艘漁船、雇用七萬五千名水手捕撈鱈魚，平均每艘捕獲四萬條，合計二千五百萬條[1]，挪威沿海亦然。」

「好，」顧問答腔：「我相信先生，不算了。」

「算什麼？」

「一千一百萬顆魚卵。我倒是有個發現。」

「什麼？」

「若魚卵全孵化成功，四條雌魚的產卵量已足英國、美國及挪威所需。」

當我們經過紐芬蘭島海底淺灘時，可清楚看見每艘船拖拉十來條釣線，上頭裝有兩百副魚鉤，釣線一端以小錨鉤拉住，再以綁在軟木浮標上的浮標索固定水面。鸚鵡螺號得靈活駕駛，才能順利通過魚線網。不過鸚鵡螺號並未在這帶繁忙海域停留太久，而是上行直往北緯四十二度，與紐芬蘭島的聖尙港及哈茲康坦港同緯度，後者爲橫越大西洋的海底電纜終點。

鸚鵡螺號轉向東方，不再往北走，似乎打算順著鋪設電纜的高地前進，高地經屢次探勘，已留存精確的地勢起伏數據。

五月十七日，我在距哈茲康坦港五百海里遠、二千八百公尺深處，發現平鋪海底的電纜，由於未提早告知顧問，他初見還以爲是條巨蛇，正準備照老方法分類，待說分明後，老實的孩子才恍然大悟，爲了不讓他太失望，我告知許多電纜裝置的特點。

1 按前文計算，應為兩千萬條。

首條電纜鋪設於一八五七年至一八五八年間，卻傳送約四百封電報後就中斷了。一八六三年，工程師又搭建新電纜，長三千四百公里、重四千五百公噸，由大東方號運載，但此番嘗試再度失敗。

而今，五月二十五日，潛至三千八百三十六公尺深的鸚鵡螺號，正好來到通訊中斷、裝設失敗的位置，距愛爾蘭海岸六百三十八海里。當時是午後兩點，有人發現與歐洲的電報聯繫中斷，船上電工決定先割斷電纜再打撈，至晚上十一點將受損的部分拉上船後，重做一副連接器與接頭，又放回海底。然而過了幾日，電纜又斷了，這回則無法從深海回收。

美國人倒不氣餒，海底電纜創辦人、衝勁十足的西乎斯．菲爾，投入全部財產，同時發起新股募集，資金隨即募足，以更好的技術造出另一條電纜，金屬管內的電線束，以杜仲膠包覆絕緣，並利用內含紡織原料的避震墊保護。大東方號於一八六六年七月十三日再度運送電纜出海。

鋪設工程相當順利，卻也發生意外事件，電工數度於打開纜線時，發現遭人釘入釘子，痕跡猶新，意在損毀線芯。安德森船長、軍官及工程師開會商議，接著張貼公告若罪犯於船上擒獲，將不經審判，直接丟入大海。自此，這類犯罪事件不再發生。

七月二十三日，大東方號離紐芬蘭島僅差八百公里時，收到愛爾蘭拍來的電報，獲悉普魯士及奧地利於薩多瓦戰役後簽署停戰協議的消息。二十七日，冒著濃霧測定哈茲康坦港方位後，終於順利完工。第一封電報，由年少美國傳給古老歐洲，內容睿智、意涵深遠：

「光榮歸於蒼芎上帝，和平歸於人間善者。」[2]

我從未指望電纜還能如剛出製造廠般嶄新，這條覆滿貝殼碎片，遍生有孔蟲的長蛇，外塗厚石泥包覆，

2「光榮……善者。」：此語出自於《路加福音2：14》，這封電報由當時的美國總統發給英國維多利亞女王。

保護其免受軟體動物鑽穿。它靜臥海底，不受海水波動干擾，在最適電壓下，美洲往歐洲的電光傳輸爲零點三二秒。這條電纜效期應該無限，因爲有觀察指出，杜仲膠在海水泡越久，效果越佳。

此外，幸好於高地搭建，電纜再不會因下沉過深而斷裂。鸚鵡螺號沿著電纜至最底的鋪設位置，深度四千四百三十一公尺，此處的電纜不受任何拉力影響。然後，我們駛近一八六三年發生電纜斷裂的地點。

該處海底出現一座寬一百二十公里的山谷，即使擺座白朗峰進去，峰頂也超不出水面，山谷東側擋著一面二千公尺高的峭壁，我們五月二十八日抵達，僅距愛爾蘭一百五十公里遠。

尼莫船長打算上溯不列顛群島靠岸嗎？不，出乎意料之外，他掉頭南下，駛往歐洲海域，繞過翡翠島時，一度望見克利爾角及燈塔島上的燈火，爲無數自格拉斯哥或利物浦開出的船隻照明引路。

我腦海裡閃過一個重大問題，鸚鵡螺號敢走英吉利海峽嗎？在我們回頭往陸地行駛後，尼德．蘭又現身了，抓著我問個不停，該從何回答？尼莫船長持續不見人影，難道他讓加拿大人一瞥美洲海岸後，準備帶我看法國沿岸？

然而鸚鵡螺號一路南下，五月三十日，朝右自英格蘭末端及索稜格群島間穿越，地角舉目可及。

假如打算前往英吉利海峽，應當直接往東走，但並未如此。

五月三十一日整天，鸚鵡螺號似乎想找某處，卻遍尋不著，在海上不停兜圈，令我困惑不已。中午，尼莫船長親自測量方位，他沒跟我說話，我從未見過如此陰鬱的他，誰能令他煩心？因爲靠近歐洲海岸？因他拋棄的國家觸景生情？又是怎樣的情緒？內疚或悔恨？這些問號長久盤據我心，我有預感，不久後，船長的秘密將不期然曝光。

翌日，六月一日，鸚鵡螺號還在繞圈子，顯然試著找出海上某個具體位置，尼莫船長像昨天一樣前來測量太陽高度，碧海藍天，東方天邊八海里遠處，出現一艘大汽船，斜桁上未懸掛任何旗幟，無法辨識國籍。

尼莫船長在太陽經過子午線的前幾分鐘，以六分儀精密觀測，風平浪靜便於測量，鸚鵡螺號不搖不晃，保持靜止。當時我也在平台上，船長測定完成後，吐出一句：

「就是這裡！」

他再度爬下蓋板，難道是看到大船改變航向，疑似朝我們靠近？我不知道。

我返回客廳。蓋板關閉，我聽見儲存槽水聲淙淙，鸚鵡螺號開始垂直下潛，螺旋槳則剎住，停止提供推進力。幾分鐘後，船身停落八百三十三公尺深處海底。

客廳天花板燈光熄滅，壁板開啓，透過玻璃窗可見海水在船燈照射下十分明亮，光線範圍達半海里。往左看，除了靜海茫茫，不見他物。

倒是右邊海底一處特別隆起引起我注意，可能是什麼廢墟，層層白色貝殼覆蓋，好似披著雪衣。再仔細查看那堆東西，才認出是膨脹變形的船隻殘骸，桅杆斷裂，應是船頭先沉入海的。這起不幸事件必定年代久遠，結上一層厚厚水鈣的船體道盡在海底度過的漫長歲月。

這是什麼船？鸚鵡螺號何以造訪其墓？難道此船並非因海難沉落大海？

正想不通時，一旁的尼莫船長娓娓道出始末：

「這艘船過去名爲馬賽號，配備七十四門大砲，於一七六二年下水。一七七八年八月十三日，由拉波瓦普·菲特里尤指揮，力戰普雷斯敦號；一七七九年七月四日，與艾斯坦上將的艦隊一齊攻克格赫納德；一七八一年九月五日，參與葛哈斯伯爵於雀撒匹克灣的戰役；一七九四年，法蘭西共和國爲其易名，同年四月十六日於布列斯特港與維拉黑·爪耶斯的艦隊會合，在凂·斯塔貝勒上將指揮下，護送來自美洲的小麥運輸船隊；法蘭西共和二年牧月十一及十二日，該艦隊遭遇英國艦隊。先生，今天是一八六八年六月一日，即牧月十三日，七十四年前的今天，就在此處，緯度四十七度二十四分，經度十七度二十八分，此船歷經一番

「就是這裡！」

英勇奮戰，被打斷三支桅杆，三分之一船員戰死，仍寧與三百六十名船員同葬海底，也絕不投降，戰艦旗幟被釘上船尾，船在『共和國萬歲』的呼聲中隱沒浪濤海波間。」

「復仇者號！」我脫口喊出。

「對！先生，正是復仇者號！多美的名字！」尼莫船長雙臂環胸低喃道。

「復仇者號！」我脫口喊出

第二十一章　大屠殺

這等陳述方式、無預期的沉船場景，怪人講愛國戰艦歷史講到慷慨激昂，最末幾句令人永難忘懷復仇者一名的意義，這一切深深觸動我心，目光離不開船長，只見他將雙手伸向大海，目光熾熱，盯著那艘光榮沉艦，或許，我永遠不知其身分、來自何方、將去何處，卻越益明白此人非一般學者，尼莫船長與其他船員不是單純因憤世嫉俗而關進鸚鵡螺號，恐怕是爲了時間也無法沖淡的深仇大恨或崇高的復仇使命。

會憤恨到伺機報復嗎？很快就知曉了。

鸚鵡螺號又慢慢升往海面，復仇者號的模糊形影逐漸消失眼前，不久，船身輕晃，表示已浮在水上了。

這時，傳來一陣巨大悶響，我望著船長，船長站著不動。

「船長？」我出聲。

他沒回應。

我離開他前往平台，顧問和加拿大人早我一步抵達。

「哪來的巨響？」我問。

「是砲聲。」尼德．蘭答。

我朝剛才看見的大船方向望去，只見其全速逼近鸚鵡螺號，離我們僅距六海里。

「那是什麼船，尼德？」

「從索具及低桅高度看來，」加拿大人應道：「我打賭是戰艦，但願能追上我們，必要的話，乾脆擊沉這該死的鸚鵡螺號！」

「尼德兄，」顧問答腔：「它能怎麼對付鸚鵡螺號？潛水攻擊？沉入海底砲攻？」

「告訴我，尼德，」我問：「你能辨識這艘船的國籍嗎？」

加拿大人蹙眉瞇眼，皺起眼角，集中精神盯看幾分鐘。

「沒辦法，先生，」他回答：「它沒掛國旗，認不出國籍，只能確定是戰艦，因爲主桅頂飄著一面長軍旗。」

我們繼續觀察這艘疾駛而來的船一刻鐘，然而，我不確定這個距離它能否認出鸚鵡螺號，更不確定它對這潛水艇了解多少。

沒多久，加拿大人便告訴我那是艘大型軍艦，有船首尖角的雙甲板裝甲艦，艦上兩座煙囪冒出濃濃黑煙，船帆排列緊密，與成排橫桁錯雜，斜桁上未掛任何國旗，又因距離尚遠，無法辨認如細絲飄揚的軍旗顏色。

軍艦快速前進，若尼莫船長任其趨近，我們就有獲救的機會。

「先生，」尼德．蘭道：「等船離我們一海里遠時，我就跳海，建議你也這麼做。」

我未回應加拿大人的提議，繼續注視軍艦，只見其隨著距離靠近越變越大，如果我們上得了船，無論英國、法國、美國或俄國的船，一定會收留我們。

「請先生好好回想，」顧問接話：「我們上回游泳的經歷，若先生覺得跟隨尼德兄無虞的話，請相信我一定將先生拖上船。」

我正準備回話，軍艦前端突然噴出一道白色蒸汽，幾秒鐘後，某樣重物墜落海中，激起水花紛飛，濺上鸚鵡螺號船尾，沒多久，耳邊響起爆炸聲。

「什麼？他們向我們開砲！」我大叫。

「好傢伙！」加拿大人低語。

「所以對方不當我們是攀附船隻殘骸的遇難者！」

「請先生見諒……呃，」顧問拍掉身上那新打來的砲彈濺起的水花：「請先生見諒，對方認出獨角鯨，準備決戰獨角鯨。」

「他們應該看清楚，」我高聲說：「他們對付的是人啊。」

「或許正因爲是人才如此！」尼德．蘭望著我說。

一語驚醒夢中人，無疑地，人們現在已弄清所謂怪物存在的眞相，難道當初亞伯拉罕．林肯號靠近鸚鵡螺號，加拿大人拿魚叉攻擊時，法哈居艦長已認出這獨角鯨其實是比神怪鯨類更危險的潛水船？

對，一定是這樣，如今人們勢必於各海域，全面追捕這艘可怕的毀滅性武器！

如果尼莫船長如人們所料，利用鸚鵡螺號展開報復，那確實很可怕！那個在印度洋的夜晚，我們被關進小房間，會不會就攻擊了某艘船艦？那名如今埋葬珊瑚墓地的男子，是否即爲鸚鵡螺號開戰下的犧牲者？是的，我重申，一定是這樣。尼莫船長神秘生活的一部分即將揭露，即使身分未經證實，至少，各國已開始聯手驅逐對抗，對付的也不再是虛幻生物，而是對他們積恨難消的男人！

駭人往事歷歷在目，我們在這艘逼近的船艦裡遇不上朋友，只找得到無情的敵人。

落在我們周圍的砲彈越來越多，有些擊中海面彈至極遠處消失，就是沒有一顆打中鸚鵡螺號。

此時裝甲艦只距我們三海里遠，儘管砲火猛烈，尼莫船長並未現身平台，然而，這種圓錐砲彈只要有一顆正中鸚鵡螺號船殼，勢必造成致命傷害。

這時加拿大人對我說：

「先生，咱們該盡力一試從劣勢脫身，發信號吧！天殺的！也許他們會察覺我們是好人！」

尼德·蘭取出手帕，準備朝空中揮舞，結果手帕才抖開，即遭一記重拳打落，儘管他孔武有力，仍踉蹌倒地。

「混蛋！」船長喝斥：「你是要我把你釘上鸚鵡螺號尖角，再衝向那艘船嗎？」

光聽尼莫船長講話已經很可怕，見他表情更嚇人，他因心跳劇烈臉色慘白，或許有一瞬間還暫停跳動，瞳孔極度收縮，他的話不是用說的，是用吼的，他傾身向前，扭住加拿大人肩頭。

後來，船長放開加拿大人，轉身面向戰艦，周圍彈如雨下：

「啊！你知道我是誰，該死的國家船艦！」他聲如洪鐘：「老子用不著國旗也認得你！開眼見識見識我的旗吧！」

尼莫船長在平台前方攤開一張黑旗，與插在南極那面類似。

這時，一顆砲彈擊中鸚鵡螺號船殼，卻因打偏了未造成損傷，彈開的砲彈自船長身邊掠過，落海失去蹤影。

尼莫船長聳聳肩，對我說：

「下去，」口氣簡潔有力：「你和你的同伴，都下去。」

「先生，」我喊道：「你要攻打那船？」

「先生，我要把它擊沉。」

「別這麼做！」

「我要做，」尼莫船長冷冷地回答：「少妄加評斷，先生。命運讓你見到不該看的，敵人來襲，必得猛烈回擊。進船艙吧。」

「這是哪國的船？」

「混蛋！」

「你不知道？好！甚好！至少國籍成謎，沒讓你知道。下去。」

加拿大人、顧問和我只能照辦。大約十五名鸚鵡螺號的船員圍繞船長，他們懷著不共戴天之仇，盯著進逼的船艦，流露同仇敵愾之情。

我下去時，又來一顆砲彈擦過鸚鵡螺號船殼，只聞船長大喊：

「打吧，瘋船！耗盡你無用的砲彈吧！你絕躲不過鸚鵡螺號的尖角，只是你沒資格死在這兒！我可不願你的殘骸與復仇者號相混！」

我返回房間，船長及船副待在平台，螺旋槳啓動，鸚鵡螺號迅速避離至軍艦射程之外，對方窮追不捨，尼莫船長只求保持距離。

下午四點左右，擔驚受怕、心急如焚的我再也按耐不住，直往中央樓梯走去，蓋板敞開，我硬著頭皮爬上平台，尼莫船長還在來回踱步，步伐焦躁，注視落於下風處五、六海里的戰艦。他如猛獸般繞著戰艦打轉，將其引至東方，任由追逐，卻不發動攻擊。也許是還沒下定決心？

我想勸阻最後一次，但才喚尼莫船長，他立刻發聲逼我安靜：

「我就是權利！我就是正義！」他朝我說：「我曾遭壓迫，那些就是壓迫者！因爲他們，我所愛、所親、所敬，祖國、妻子、子女、父親、母親，全在我眼前灰飛煙滅！我所有的恨都在那艘船！你給我住口吧！」

我望了緊追而來的戰艦最後一眼，隨即去找尼德和顧問。

「咱們得逃走！」我直呼。

「好，」尼德說：「哪國的船？」

「不知道，但無論哪來的，天黑前都會被擊沉。總之，與其成爲正當性難測的報復行爲的共犯，不如與那船同歸於盡。」

「我也這麼認爲。」尼德・蘭冷靜地回答：「等天黑吧。」

入夜了，船上一片沉寂，羅盤顯示鸚鵡螺號並未改變航向，我聽見螺旋槳快速規律拍打海浪的聲音，鸚鵡螺號繼續待在水面，隨波輕晃，時而左偏，時而右傾。

我和同伴已決定軍艦夠近時立刻逃，要不發出聲音引起注意，要不就讓對方看見我們，畢竟再三天就月圓了，月照明亮，視野極佳。一旦上了軍艦，即使預防不了遭撞擊的威脅，至少盡其在我，做了該做的事。好幾次，我以爲鸚鵡螺號準備出手，結果只是任敵人靠近，沒多久，又閃避遠離。

大半夜過去，什麼也沒發生，我們伺機而動，不多交談，心煩氣躁，尼德・蘭恨不得直接跳入海，我強迫他等待，依我看，鸚鵡螺號想攻擊雙甲板戰艦就得待在海面，那麼不僅有機會逃跑，還輕而易舉。

凌晨三點，我惴惴不安，登上平台，尼莫船長仍未離開，他站在前方，挨著旗幟，微風吹來，黑旗在他頭上飄揚。他緊盯軍艦，目光炯炯，似乎正引誘、降伏對方前來，比拿拉繩拖曳還有效！

此時，月亮跨過子午線，木星於東方升起，大自然靜謐平和，海景天光悄聲比美，大海爲明月獻出明鏡，月亮可能從沒照過這麼美的鏡子。

萬籟俱寂，對照鸚鵡螺號船身蓄積的怒火，一想之下，不禁渾身發抖。

軍艦在離我們兩海里遠處，持續逼近，亦步亦趨跟隨顯示鸚鵡螺號方位的磷光，對方一綠一紅的方位燈及懸掛主桅支索的白色船燈清楚可見，帆纜索具上的大片反射光，說明軍艦燈火盡開，煙囪噴出火光陣陣、燃煤渣紛飛，空中滿布火星。

我一直待到早上六點，尼莫船長似乎沒發現我，軍艦離我們僅剩一海里半，當第一道曙光出現，對方又展開砲擊。鸚鵡螺號攻擊對手的時刻可能不遠，我和同伴也將永遠離開這位我不敢妄議的男子。

他緊盯軍艦，目光炯炯

我準備下去通知兩位同伴時，船副登上平台，身後跟著好幾個船員，尼莫船長沒看見他們，抑或視而不見，他們進行某些動作，可謂鸚鵡螺號的「戰鬥準備」，其實很簡單，卸下圍繞平台的扶手繩，同時將船燈罩與駕駛艙罩縮進船體，貼緊船殼密合，如此，這支鋼製長雪茄表面再無任何妨礙行動的突出物。

我回到客廳，鸚鵡螺號還浮在水面，幾縷晨光透進水層，微波蕩漾，玻璃窗閃耀旭日紅光，六月二日，可怕的一天開始了。

五點，計程儀顯示鸚鵡螺號速度減慢，我明白是故意讓敵人欺近，再者，砲聲越發響亮，震耳欲聾，砲彈劃過四周水面，落海時發出怪異呼嘯。

「朋友們，」我說：「時候到了，握個手，願上帝保佑！」

尼德．蘭堅定、顧問鎮定，我卻忍不住緊張。

我們走進圖書室，正當我推開通往中央扶梯的門時，猛然聽見上方蓋板關閉的聲音。

加拿大人衝向梯階，被我拉住，熟悉的汩汩聲傳來，應是船上儲存槽開始注水，果然，不一會兒，鸚鵡螺號已潛入水下幾公尺。

我明白它的意圖，我們來不及行動了。原來，鸚鵡螺號不打算攻擊雙甲板艦堅固的裝甲，而是瞄準吃水線下的船底，其金屬外殼根本起不了保護作用。

我們又被囚禁了，被迫淪爲即將發生的慘案見證人，況且，我們也沒時間多想，只能躲進我的房間，面面相覷，說不出話。我六神無主，無法思考，只能坐等可怕的爆炸發生，痛苦難當。我等待、傾聽，完全依賴聽覺而活！

這時，鸚鵡螺號速度明顯加快，顯然準備前衝，整個船殼都震動起來。

我倏地驚叫，它撞下去了，力道雖不大，仍能感受鋼角穿擊的力量。我聽見擦撞及刮削的聲音，鸚鵡螺號挾強大驅動力劃過軍艦，猶如拿針劃破舟船帆布！

我再也按耐不住，發狂似地衝出房間，直奔客廳。

尼莫船長在客廳裡，沉默、陰鬱、冷酷，注視著左側壁板外的動靜。

大塊船體沉落水底，爲了親睹其臨死慘況，鸚鵡螺號也跟著潛入深淵。離我十公尺遠處，只見海水隆隆，灌入裂開的船身，接著淹沒雙排大砲和舷牆。甲板上擠滿驚慌失措的黑影。

水不停淹上，受難者爭往桅索，緊攀桅杆，在水中掙扎，宛如遭海水突襲的人類版蟻窩！

跟著船長往外看的我，不知所措，全身焦慮緊繃，頭髮直豎，瞪大雙眼，呼吸急促，幾乎喘不過氣，發不出聲音！一股不可抗拒的吸引力讓我緊貼玻璃窗不放！

大型軍艦逐漸下沉，鸚鵡螺號沿路追蹤監視，忽然，軍艦大爆炸，看來像是油箱起火，高壓空氣炸飛甲板，海水推力之強，連鸚鵡螺號也偏了方向。

於是，不幸的戰船迅速沉沒，先見擠滿遇難者的桅樓，接著是遭人群壓彎的船舵，最後是主桅頂端。而後，整塊灰暗物體消失，連同船員屍首，捲入驚人漩渦……

我轉向尼莫船長，這殘酷的判官、名副其實的復仇天使繼續盯著窗外。等一切結束，尼莫船長向自己房間走去，開了門進去，我看著他進房。

只見他房裡那些英雄肖像畫下方牆板，掛著一幅年紀尚輕的女子與兩名孩童的畫像，尼莫船長凝視良久，朝畫中人伸出手，雙膝跪地，泣不成聲。

大型軍艦逐漸下沉

第二十二章　尼莫船長最後話語

客廳壁板將駭人景象關在外頭，廳內卻未亮燈，鸚鵡螺號裡只餘黑暗與寂靜，在火速駛離這水下一百英尺深的悲慘之地後，將往哪兒去？北方或南方？這人犯下可怕的報復行爲後，準備逃往何處？

我回到房間，尼德和顧問悶不吭聲，我對尼莫船長感到極端厭惡，儘管他曾受人摧殘，也無權如此懲罰，即使我非共犯，至少被迫成爲復仇見證人！實在太過分了！

十一點，電燈亮了，我來到客廳，空無一人。我查看各項儀器，發現鸚鵡螺號正以時速二十五海里快速往北逃，時而浮上海面，時而潛入水下三十英尺深。

從地圖上標記的方位看來，我們正通過英吉利海峽口，飛速朝北極海方向奔馳。

途中有魚來去匆匆，只能略略捕捉風采，如長鼻角鯊、錘頭鯊、常出沒這帶海域的貓鯊、大海鷹魚、貌如西洋棋騎士的海馬雲集及行動如蛇、稍縱即逝的鰻魚，還見交叉高舉雙螯的螯蟹部隊橫行奔逃，最後是同鸚鵡螺號比快的成群鼠海豚。只是此刻觀察、研究、分類再也不是重點。

晚上，我們已跨越大西洋二百里格，夜幕低垂，大海蒙上一片漆黑，直至月亮升起才驅散。

我回到房裡，輾轉難眠，噩夢連連，駭人的毀滅場景不斷重現腦海。

打從這天起，鸚鵡螺號究竟要帶我們至北大西洋海盆何處？老是快到無法想像！老是隱身極北濃霧間！是駛近斯匹茲堡島端及新地島沿岸嗎？或走鮮爲人知的海域，如白海、卡哈海、鄂畢灣、里亞霍夫群島，及陌生的亞洲海岸？我不知道，亦無從估算過了多少時間，船上幾座掛鐘已停擺，宛如置身極區，黑夜白晝不再規律運轉。我覺得自己被帶到足以讓愛倫坡盡情發揮想像力的奇幻境地，如虛構的戈登・皮姆[1]，無時無刻想親見「身材比例較陸地上任何人都高大許多的蒙面人，奮力穿越屏障極地周邊的瀑布！」

我估計，但也可能弄錯，鸚鵡螺號這段冒險旅程持續了十五到二十天之久，若非發生一場災難結束旅程，還不知道要走到什麼時候。期間別說尼莫船長，船副也未露面，船員更是不見人影，連瞥見都難。鸚鵡螺號幾乎都在水下潛行，浮出海面換氣時，蓋板採自動開闔，地圖上不再標記方位，我全然不知身處何方。

還得提有個氣力、耐心皆耗盡的加拿大人也不再現身了。顧問無法讓他說半句話，又擔心他思鄉過度，神經錯亂，自尋短見，所以始終忠誠守護，寸步不離。以目前處境，我們都明白不能再這樣下去了。

一個我實在不知日期的早上，那個清晨我半夢半醒，陷入痛苦又難受的昏睡，等我醒來，只見尼德・蘭俯身向我，低聲說道：

「我們逃吧！」

我連忙坐起。

「何時逃？」我問。

「今晚。鸚鵡螺號似乎撤除所有戒備，船上可說陷入無政府狀態，你準備好了嗎，先生？」

「好了，我們在什麼地方？」

「今早我透過濃霧，看見東方二十海里處有陸地。」

「是什麼陸地？」

「不知道，但無論什麼陸地，先躲上去再說。」

---

1 戈登・皮姆：美國作家愛倫坡的長篇小說《南塔基特亞瑟・戈登・皮姆的故事》中的主角名。

「好，尼德，好，今晚就逃，被大海吞沒也不管。」

「海況糟糕，風勢猛烈，但駕駛鸚鵡螺號的輕便小艇撐過二十海里，對我不難，我已趁船員不注意，偷放進一些食物和飲水。」

「我跟你行動。」

「另外，」加拿大人又說：「如果被發現，我會反抗，被殺也不足惜。」

「死也要死一起，尼德兄。」

我下定決心，視死如歸，加拿大人離開，我登上平台，陣陣浪濤襲來，我幾乎站不住，氣候惡劣，但濃霧那頭既有陸地，就該逃脫，別說一天，就連一個鐘頭都不該耽擱。

我回到客廳，怕遇到尼莫船長，又期待碰面，想見又不想見，還有什麼話好說？他的所作所爲，令人不由得生厭，在他面前，我難道藏得住這種情緒？不！所以最好別面對面！最好忘了他！也只能如此！多麼漫長的一天！這可能是在船上的最後一日！我自己待在客廳，尼德．蘭和顧問怕露出破綻，盡量避免和我說話。

六點，我吃了晚餐，其實並不餓，儘管胃口差，爲了保持體力，仍勉強吃了一些。

六點半，尼德．蘭進我房間，對我說：

「出發前我們不能再見面，十點月亮還不會升起，我們趁黑行動，去小艇，顧問和我在那兒等你。」

加拿大人說完了就走，完全不給我時間回應。

我想確定鸚鵡螺號航向，於是又回客廳，查出我們目前深度五十公尺，正以驚人速度朝北北東前進。

我望了最後一眼大自然的奇景、博物館內堆列的豐富藝品及有一天將與收藏者同葬大海的無價之寶，我想好好銘記在心，就這麼待了一小時，在天花板電燈照耀下，重覽玻璃櫥櫃裡的奇珍異寶，然後返回房間。

我於房內穿上厚實的出海裝，收拾好筆記，貼身繫妥。我心跳得厲害，壓抑不住激動情緒，而慌亂、緊張絕對能讓尼莫船長看出破綻。

此刻他在做什麼？我到他房門口聽了一下，有腳步聲，尼莫船長在裡面，還沒睡，他每次走動，總讓我覺得是要到我面前質問我爲何逃走！心底不停響起警報聲，加上想像似乎更爲響亮，這種感覺十分難受，我自忖或許進船長房間直接以動作或眼神面對他還好得多！

這念頭太瘋狂，幸好我忍住了，我躺回床上，讓緊繃的肌肉放鬆，雖然精神略微鎮定，腦子卻興奮異常，在鸚鵡螺號上的日子重現眼前，回憶快速流轉，所有我從亞伯拉罕·林肯號失蹤後遇上的幸運與不幸事件、海底狩獵、托赫斯海峽、巴布亞島土人、擱淺、珊瑚墓地、蘇伊士水道、聖托里尼島、克里特島的潛水夫、維哥灣、亞特蘭提斯、冰山、南極、受困冰層、對戰章魚、灣流暴風雨、復仇者號、軍艦船員同沉海底的可怕景象！種種事件，猶如舞台背景，一幕幕掠過眼前，身處這些事件要角的尼莫船長無止境的變高變大，身形不斷增大至超出常人比例，不再是同我一般的人類，而是水中人、海中神。

九點半了。我抱著快炸開的頭舒緩不適，閉上雙眼，不願再思考，還得再等半小時！這半小時的噩夢眞會把人逼瘋！

這時，隱約傳來管風琴音，和弦流露莫可名狀的憂傷，好似欲斬斷世間情仇的靈魂，最深沉的哀歌。我聆聽，屏氣凝神，與尼莫船長一起沉浸帶人超脫塵世的醉人樂章。

突然，腦海閃過一絲令我害怕的念頭，尼莫船長離開房間，現在人在客廳，而我經過客廳才逃得了，所以得在客廳與他打最後一次照面，然後他可能會看見我、跟我說話！他一個手勢就能毀了我，隨便一句話，就能把我鎖在船上！

可是，十點鐘聲即響，離房與朋友會合的時候到了。

即使尼莫船長站在我面前，也猶豫不得。我小心打開房門，只覺轉動門把時門軸特別大聲，這聲響大概是我自己想出來的！我彎身穿過鸚鵡螺號的漆黑廊道，走一步歇一下，緩和心跳。

抵達客廳轉角門邊，我輕輕開啓，客廳一片漆黑，管風琴聲微弱，尼莫船長在那兒，沒發現我，我想即使燈火通明，他恐怕也看不見我，因爲他已將全副心神投入樂音。

我慢慢挪動地毯上的腳步，小心不撞上東西，以免發出聲響暴露行蹤，是以花了五分鐘才到通往圖書室的那扇門。

正準備開門，尼莫船長一聲嘆息，我就地釘住。我知道他站起來了，藉由亮燈的圖書室滲入客廳的些許微光，甚至還能瞄到他的身影。他朝我這邊走來，雙臂盤胸，不聲不響，與其說走，不如說像幽靈般飄忽，胸口因哭泣而鼓脹氣悶。他喃喃自語，最後幾句話我聽得分明：

「全能的上帝！夠了！夠了！」

此人良心發現，正內疚告解嗎？

我慌慌張張，衝進圖書室，爬上中央樓梯，沿著上層通道抵達小艇停放處，我鑽進入口，兩位同伴早已入內等候。

「走吧！走吧！」我急呼。

「馬上走！」加拿大人回答。

加拿大人已事先拿隨身攜帶的活動扳手，將鸚鵡螺號鋼板上的孔洞關閉、鎖上螺絲，小艇出口還關著，加拿大人開始旋開將我們鎖在潛水船上的螺栓。

船內突然傳出聲響，人聲奔相走告，發生什麼事了？有人察覺我們逃了嗎？我感覺尼德．蘭在我手裡塞進一把短刀。

「對！」我低語：「視死如歸！」

加拿大人停下手邊工作，我聽見一個名詞，被重複傳送二十幾次，可怕的名詞，我明白引起鸚鵡螺號騷動的原因了，船員警覺的對象不是我們！

「大漩渦！大漩渦！」有人叫嚷。

大漩渦！還有什麼遭遇能比現在聽到的名字可怕？所以我們正位於危機四伏的挪威沿海？在我們準備卸下小艇離船而去時，鸚鵡螺號也將被捲入深淵嗎？

人們知道漲潮時，費侯耶及羅弗敦兩座群島間的海水受推擠竄流，造成漩渦，勢不可擋，船隻一旦被捲入，休想脫身。猛浪自四面八方襲來，形成這被稱爲「大西洋肚臍」的深淵，引力範圍可達十五公里遠，不僅吸入船隻，連鯨魚、甚至北極熊，無一倖免。

船長駕駛鸚鵡螺號至此，或許有意，或許無心。鸚鵡螺號被捲進螺旋般的漩渦，越往內半徑越窄，我感覺到掛在船側的小艇亦跟著高速旋轉，感受到長時間轉動帶來的天旋地轉，驚慌失措、極度恐懼、血流暫停，連帶神經也不聽使喚，瀕死般地冷汗直流！脆弱小艇旁的呼嘯聲多麼怕人！幾海浬外的回音咆哮得多麼厲害！浪濤碎落海底尖石的聲響多麼震耳欲聾！再堅固的物體碰上尖石也當粉碎，按挪威人的諺語，還能將樹幹毀成「一張毛皮」！

太糟了！我們被搖得七葷八素，鸚鵡螺號像有生命的人般抵禦，鋼鐵肌肉喀拉作響，有時垂直而立，我們也跟著豎起！

「要挺住，」尼德說：「再旋緊螺栓，緊貼著鸚鵡螺號，或許還能活命……！」

話沒說完，只聽喀拉一聲，螺栓鬆落，小艇脫出凹槽，如投石器裡的石頭被拋入漩渦。

我的頭撞上鐵條，撞擊猛烈，立即失去知覺。

小艇被拋入漩渦

第二十三章　結局

海底旅行就這麼結束了。那天夜裡的經過、小艇如何躲過可怕的大漩渦，尼德、顧問和我又如何逃離漩渦，我不知道。只是醒來時，已躺在羅弗敦群島[1]某名漁夫的小屋裡，兩位朋友，安然無恙，在我身邊握著我的手，我們激動擁抱。

當下無法考慮要怎麼回法國，因爲往來挪威南北的交通工具不多，只能耐心等北角[2]那半個月來一次的汽船。

我們受善良漁民熱情款待，我也乘機瀏覽冒險紀事，記錄精確、沒有遺漏、細節詳實不誇張，忠實呈現人類無法涉足之地的奇特探險，當然，隨著人類進步，我想終有一天能暢行海底。

人們會相信我嗎？不知道，但無所謂，如今能肯定的，是自己有資格評述海洋了，不到十個月，我走了二萬里格，這趟穿越太平洋、印度洋、紅海、地中海、大西洋、南北極海域的海底世界環遊，帶給我精采絕倫的奇觀異景！

倒是鸚鵡螺號怎麼了？是否戰勝大漩渦的威脅？尼莫船長還活著嗎？他將繼續在洋底進行報復行動，或自上回屠殺後就此收手？那份記載他生平的手稿，隨波逐流，有一天會被人發現嗎？我終將得知此人來歷的吧？那艘沉沒軍艦的國籍若確認，尼莫船長的國籍是否也將揭曉？

---

1 羅弗敦群島：是挪威諾爾蘭郡下轄的一個群島，位於北極圈內。

2 北角：挪威最北端的海岬名。

我躺在漁夫的小屋裡

希望如我所願，希望他堅不可摧的潛水船能戰勝海中最駭人的漩渦，儘管無數船隻葬身漩渦，鸚鵡螺號必能全身而退！這樣一來，如果尼莫船長永遠住在大海，住在他認定的祖國，願那顆孤獨心裡的仇恨能平復！願綜覽海底奇觀能澆熄他報復之情！也願別再身爲判官，而是持續歡喜探索海底的學者！此人儘管命運奇特，卻也受人敬佩。我難道還不懂嗎？我不也過了十個月超然脫俗的生活？因此，六千年前的《傳道書》上有此一問：「誰能探得深淵之底？」[3]如今世上，只有兩人有資格回答，尼莫船長和我。

3 「誰能探得深淵之底？」：此句來自《傳道書7：24》。

國家圖書館出版品預行編目資料

海底兩萬里／儒勒．凡爾納著；吳欣怡譯.
—— 初版 —— 臺中市：好讀, 2016.04
面：　公分，——（典藏經典；87）

ISBN 978-986-178-380-2（平裝）

876.57　　105003749

好讀出版

典藏經典87

海底兩萬里【法文全譯插圖本】

Vingt mille lieues sous les mers

作者／儒勒．凡爾納（Jules Gabriel Verne）
翻譯／吳欣怡
總編輯／鄧茵茵
文字編輯／莊銘桓
行銷企劃／劉恩綺
發行所／好讀出版有限公司
台中市407西屯區何厝里19鄰大有街13號
TEL:04-23157795　FAX:04-23144188
http://howdo.morningstar.com.tw
（如對本書編輯或內容有意見，請來電或上網告訴我們）
法律顧問／陳思成律師

戶名：知己圖書股份有限公司
劃撥專線：15062393
服務專線：04-23595819轉230
傳眞專線：04-23597123
E-mail：service@morningstar.com.tw
如需詳細出版書目、訂書、歡迎洽詢
晨星網路書店 http://www.morningstar.com.tw

印刷／上好印刷股份有限公司 TEL:04-23150280
初版／2016年4月1日
定價／380元
如有破損或裝訂錯誤，請寄回台中市407工業區30路1號更換（好讀倉儲部收）

Published by How Do Publishing Co., LTD.
2016Printed in Taiwan
ISBN 978-986-178-380-2

讀者回函

只要寄回本回函，就能不定時收到晨星出版集團最新電子報及相關優惠活動訊息，並有機會參加抽獎，獲得贈書。因此有電子信箱的讀者，千萬別吝於寫上你的信箱地址

書名：海底兩萬里【法文全譯插圖本】

姓名：________________ 性別：□男 □女 生日：____ 年 ____ 月 ____ 日

教育程度：____________________________

職業：□學生 □教師 □一般職員 □企業主管
□家庭主婦 □自由業 □醫護 □軍警 □其他 ____________

電子郵件信箱（e-mail）：________________________ 電話：________________

聯絡地址：□□□ ____

你怎麼發現這本書的？

□書店 □網路書店（哪一個？）________________ □朋友推薦 □學校選書

□報章雜誌報導 □其他 ____

買這本書的原因是：____

□內容題材深得我心 □價格便宜 □面與內頁設計很優 □其他 ____________

你對這本書還有其他意見嗎？請通通告訴我們：

____

你買過幾本好讀的書？（不包括現在這一本）

□沒買過 □1～5本 □6～10本 □11～20本 □太多了

你希望能如何得到更多好讀的出版訊息？

□常寄電子報 □網站常常更新 □常在報章雜誌上看到好讀新書消息

□我有更棒的想法 ____

最後請推薦五個閱讀同好的姓名與E-mail，讓他們也能收到好讀的近期書訊：

1. ____

2. ____

3. ____

4. ____

5. ____

我們確實接收到你對好讀的心意了，再次感謝你抽空填寫這份回函

請有空時上網或來信與我們交換意見，好讀出版有限公司編輯部同仁感謝你！

好讀的部落格：http://howdo.morningstar.com.tw/

好讀的臉書粉絲團：http://www.facebook.com/howdobooks

請填妥後對折黏貼，直接投郵即可，無須貼郵票。

廣告回函
臺灣中區郵政管理局
登記證第3877號
免貼郵票

好讀出版有限公司　編輯部收

407 台中市西屯區何厝里大有街13號
電話：04-23157795-6　傳眞：04-23144188

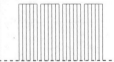

沿虛線對折

購買好讀出版書籍的方法：

一、先請你上晨星網路書店http://www.morningstar.com.tw檢索書目
　　或直接在網上購買

二、以郵政劃撥購書：帳號15060393 戶名：知己圖書股份有限公司
　　並在通信欄中註明你想買的書名與數量

三、大量訂購者可直接以客服專線洽詢，有專人爲您服務：
　　客服專線：04-23595819轉230 傳眞：04-23597123

四、客服信箱：service@morningstar.com.tw